小说卷

中国当代著名女作家大系

在我的开始是我的结束

方　方 作品

陕西新华出版传媒集团
太白文艺出版社

图书在版编目（CIP）数据

在我的开始是我的结束 / 方方著. — 西安：太白文艺出版社，2017.10
（中国当代著名女作家大系 / 何向阳，张莉主编. 小说卷）
ISBN 978-7-5513-1301-8

Ⅰ. ①在… Ⅱ. ①方… Ⅲ. ①中篇小说—小说集—中国—当代 Ⅳ. ①I247.5

中国版本图书馆CIP数据核字（2017）第248327号

在我的开始是我的结束
ZAI WODE KAISHI SHI WODE JIESHU

作　　者　方　方
责任编辑　耿　英　卢虹竹
装帧设计　焚香图文
内文设计　前程设计
出版发行　陕西新华出版传媒集团
　　　　　太白文艺出版社（西安北大街147号 710003）
　　　　　太白文艺出版社发行：029-87277748
经　　销　新华书店
印　　刷　西安市建明工贸有限责任公司
开　　本　787mm×1092mm　1/16
字　　数　307千字
印　　张　19.5
插　　页　4
版　　次　2017年10月第1版 第1次印刷
书　　号　ISBN 978-7-5513-1301-8
定　　价　38.50元

2003年，与蒋子丹、迟子建、蒋韵同游法国香堡

2011年，在萨尔茨堡

2009年，在庐山脚下

方方，本名汪芳，1955年生于南京，祖籍江西。1982年毕业于武汉大学中文系。上大学前写诗，曾获《诗刊》新诗一等奖。现为湖北省文学院专业作家、华中科技大学中国当代写作研究中心主任、湖北省作家协会主席。

中篇小说《风景》《琴断口》曾获全国优秀中篇小说奖、鲁迅文学奖、2012华语文学传媒大奖杰出作家奖。其他作品多次获《小说月报》百花奖、《小说选刊》优秀作品奖、中国女性文学奖、中国小说学会年度排行榜等国内重要奖项。

现已出版小说、散文集一百余部，多部作品被译为法、日、意、葡、韩、泰、西班牙语等在国外出版。

1982 年，大学毕业刚分到电视台一个月，便为台里写了一部名为《绿色窗口》的电视报道剧。正在审看自己的剧本

大学时在宿舍摆拍

工人时代

1990 年，在厦门大学

1995 年，在五台山上

序　言

社会变革中的女性声音

何向阳

进入21世纪以来，中国社会发生了巨大变化，作为目睹社会进步的中国作家，未曾缺席于社会变革的记录，而在中国社会前进历程的忠实的录记者中，当代中国女作家已成为一种不容忽视的力量。于新时期蹒跚起步、于新世纪日臻成熟的当代女作家，无论其社会观察的视野，人性探索的深度，还是对人类文化的传承与借鉴，对艺术风格与艺术手法的积淀和历练，就整体风貌而言，都较20世纪初、中期女作家写作有极大的进步。文学史将会对这一代，甚或几代女作家的写作成就做出高分值的评估。作为中国改革开放受益者的当代女作家，正以她们敏锐的洞察和细腻的书写，投入中国突飞猛进的现代化进程中，并为后人提供着观照和研究这一时代变化的精神档案。

20世纪末，我曾以《夏娃备案：1999》为题，对1999年的由女作家写作、以女性作为主人公的十二部小说加以梳理。20世纪、21世纪的世纪更替之年，中国女作家经由写作提出的一些与自身、与人类相关的问题，给出了寻勘身心发展的道路，其对于性别心理与社会发展的深入思考，不仅丰富了文学的承载量，更提供了人类认知自我的新经验，比如铁凝《永远有多远》传递给我们母性教育的传统乃至本能；王安忆《剃度》展示了特立独行的时代女性的决绝个性；而方方《在我的开始是我的结束》让我们看到的是女性在亲密关系中寻求自我的渴望或是在他者身上印证自我的失败。分歧的，共生的，冲突的，裂变的，未成型的，已板结的，需解冻的，身体的，心灵的，灵魂的，我们从她们的文学中得到的东西根植于一个国度一个时代却终将超越对一个国度一个时代的了解。

哲人曾言，“女性的进步是社会进步的一面镜子”，足见女性在社会中的重要地位。文化亦然。女性的文化进步是社会文化进步的投影，其实两者更是深层互动的，女性对于文化、身份、性别、社会的思考，已成为推动整体社会向前运动的力量。

这种力量的成因源于中国女性在20世纪经历的三次解放。1919年，新文化运动，使中国妇女从封建性的三从四德中解放出来。这次的解放，思想解放意义大于经济独立意义，男女平等平权的思想深入人心，于此，如丁玲、冰心、林徽因、萧红等女作家写出了她们年轻时期的代表作。其中，《莎菲女士的日记》《生死场》影响深远。1949年，新中国成立，宪法规定男女平等，中国妇女的地位与作用发生了巨大变化，经济上的独立使其摆脱了对男性的依附，而在各领域取得进步与成就。女作家得益于这一社会风气之先，丁玲、杨沫、茹志鹃等均有佳作推出，中国女作家的写作开始受到国外研究者的重视。1978年，中国实行改革开放，思想上的解放使作家焕发出极大的创造力，女作家作为思想活跃、敏感的一个群体，在思考社会问题的同时，更注重对性别文化的勘探。张洁《爱，是不能忘记的》、宗璞《三生石》等作品代表了这一时期的探索。三次思想文化上的洗礼和社会发展的互动，使得中国文学在1978年之后迎来了迅速发展的黄金时代。

中国自20世纪70年代末改革开放以来，这一时期的文学被称为新时期文学，新时期文学近四十年来，女作家写作发展迅速，可以说，就是从这个新时期开始，中国女作家集体发声，并以其强劲的写作，呈现出时代女性对于社会发展的文化“干预”。巾帼不让须眉，这种独有的文化现象引人瞩目，以致在新世纪成熟壮大，被一些文化研究者们称为她世纪。20世纪80年代，女作家的性别觉醒与文化自觉开始较早，她们在关注外部世界变革的同时，开始关注内心，关注精神。张洁《爱，是不能忘记的》、张抗抗《隐形伴侣》写社会问题，但却是女性立场上对于情感的深度审视与叩问。张辛欣《在同一地平线上》，关注精神上的两性平等与女性自我价值的实现，以及知识分子女性在爱情与自我之间试图寻找到一个两全存在空间的努力。刘索拉《你别无选择》，反思男性文化传统，也对传统女性化写作提出了颠覆性的质疑。刘西鸿《你不可改变我》《花儿为什么这样红，为什么这样红》的女性书写，将“我”与“你”即女性与男性的一系列性别问题提出来，并均做出了来自女性个人的答案——你别无选择！你不可改变我！其勇敢的姿态更是对历史框定的女性顺从与懦弱的文化性格的诘问与反叛。

20世纪八九十年代，叶文玲、池莉、赵玫、范小青、裘山山等佳作频仍，其在多个文体间的跨越更打磨了小说的锋芒；90年代始，林白、陈染、海男等期望通过身体而将视点拉回到性别关注上来。这种写作在历史、个人、身体、社会、情感间跳跃，呈现出女性写作的犹豫和艰难的自我调整。而从20世纪80年代《对一个精神病患者的调查》、90年代《羽蛇》，到21世纪《炼狱之花》《天鹅》，三十年跨度始终坚守女性精神自我深度写作的徐小斌引人瞩目。新一代女作家，注重隐藏在身体性后面的社会文化，不那么尖锐，更倾向温暖、幽默、智性的表达，但她们心底仍然保留着一个完整的女性空间，如徐坤《厨房》、迟子建《世界上所有的夜晚》、潘向黎《白水青菜》、魏微《大老郑的女人》、盛可以《手术》、叶弥《小男人》等，都体现了以女性文化视角介入历史现实的丰富性追求。

新世纪伊始，女作家写作成果斐然，杨绛等老一代作家也有新作推出。张抗抗《把灯光调亮》在坚守其新时期开端之作《北极光》的浪漫主义理想底色的同时，强化了传统知性写作的典雅；叶广芩《梦也何曾到谢桥》《黄金台》为代表的我称之为“后视镜”式的写作，在对传统文化与现代化的可持续性发展的探索方面可谓独树一帜；方方的《水随天去》等探讨经济不平衡发展对于纯真爱情的挤压；蒋韵《心爱的树》《完美的旅行》《行走的年代》试图在对“已逝”岁月的追踪中确立传统价值的独立性；林白《长江为何如此远》和《妇女闲聊录》提供给了我们回溯历史与观察现实的与众不同的角度；孙惠芬《歇马山庄的两个女人》等系列作品将观察点定位于出走与还乡两大母题，使其作品在现实性的叙事之上平添了哲学的意蕴；葛水平《喊山》《地气》承续了中华山川地气中深藏的诗意之美，其利落的行文中苍凉的味道耐人寻味；邵丽《明惠的圣诞》聚焦纷繁复杂的社会环境中日常生活的个人体验与情感微澜；金仁顺《云雀》《桃花》等根植饮食男女，其心思缜密又声色不动的叙事兼具温润与冷凛两种魅力；乔叶《走到开封去》等承续了她个人创作中对“慢”的探求，审视的目光于小事情间不经意扫过，却如探照灯一般揭示出最深处的幽怨和最原始的黑暗；鲁敏的写作确如“取景器”，隐秘的、细微的、节制的，带有缠绕感甚或是残缺的生活，成就了她小说的“气象与光泽”，《思无邪》《饥饿的怀抱》均写日常生活的不如意处，却在极简主义式的写作中透出干净与温暖；付秀莹《爱情到处流传》《六月半》篇篇出手不凡，以感伤与坚忍并存的从容气度体认着中华美学的精髓，并使诗化小说通过个人的写作向前推进了一步；滕肖澜《美丽的日子》等笔触在沪上弄堂里小人物的日常生活间腾挪有致，有柴米油盐的实在，也有细碎世俗中的温情；阿袁《长门赋》《鱼肠剑》等让我们看到了人性的丰富驳杂，其小说的精神分析与反讽意味承接了现代写作的传统。

以上列举的只是活跃于文坛的当代女作家群体的一小部分。无论是社会发展还是写作环境，当代女作家们都身处一个创造力得以充分发挥的时代。1977 年以来，作为中国文学长篇小说最高奖的茅盾文学奖，评出九届，有四十余部长篇小说正式获奖，女作家占八部，所占比例五分之一。1995 年以来，作为除长篇小说以外的其他门类文学作品的最高奖鲁迅文学奖，已评六届，共有二百多人获奖，女作家超过四十人次，所占比例五分之一。1980 年以来，全国优秀儿童文学奖，评出十届，获奖者中，女作家在小说、童话、幼儿文学（绘本）等均有收获。20 世纪 70 年代始评的全国少数民族文学创作骏马奖，获奖者中多次见到女作家的身影。而由中国当代文学研究会下属的中国女性文学研究会设立的中国女性文学奖，有效推动了女性文学的创作与理论探索。获奖只是专业荣誉，更广泛的社会承认，还包括作家文学作品的读者拥有度、文学作品的文化艺术衍生品以及国外研究与译介，在此不一一列举。总之，女作家无论创作还是思想，都表现出不让须眉的强劲实力，她们通过文学所表达的对于社会人生诸多问题的思考，在整体上已然超越了文学史上她们前辈的书写。

这就是我们今天编选《中国当代著名女作家大系》的原因。当今世界正发生着日新月异的变化，置身于这样一个时代是作家们的幸运，作为中国社会变革的见证者，同时也是人类社会发展的一个重要组成部分的女作家，她们的录记、思考与贡献，我们不能忘记。

2017 年 10 月 12 日　北京

（何向阳，女，中国作家协会创作研究部主任，研究员。出版诗文集《思远道》《自巴颜喀拉》、理论集《夏娃备案》、专著《人格论》等，获鲁迅文学奖，作品译成英、俄、西班牙文）

目录

暗示

一

叶桑想起衣服没有洗时，黄昏已经结束了。空气中有一层粉灰的色彩。叶桑笑笑对自己说，我今天简直糊涂了。

于是她便开始把脏衣服往洗衣机里送。邢志伟那时候坐在沙发上打电话。在邢志伟抑扬顿挫的声音里，叶桑把最后一件衣服塞进洗衣桶。

水便开始旋转起来。叶桑凝神望着衣服和洗衣粉渐渐地被卷入水中。有一支歌恰好进入她的耳朵。唱歌的人似乎很动情：走吧走吧，为自己的心找一个家。感情深浓得让叶桑觉不出来这歌是从窗外传入还是由洗衣机里那个小小的漩涡中扑面升起，隐约中只觉得那支歌如同一个人的低语。她笑笑，觉得人生很矫情。应该说叶桑日常还是很喜欢有流行歌曲萦绕耳边的，但这不影响她对流行歌曲实乃“无病呻吟”的总体评价。叶桑说就像人人都明白腌菜价廉而无营养，却仍然喜欢吃一样。邢志伟的妹妹正是唱流行歌曲的，听了叶桑这一说，从此不进她哥哥的家门。

旋转的水翻起了邢志伟的一件衬衣，叶桑忽然想起忘了搜搜邢志伟的衬衣口袋。她又一次笑笑对自己说，我今天简直糊涂透了。上回有一张红色电影票在里面，结果将那件很漂亮的“鳄鱼牌”衬衣染了色。邢志伟说电影票是公家发的，看的是《焦裕禄》，还强化说李雪健演得土极了。邢志伟那天对叶桑尤其殷勤，叶桑心里满不是滋味，却没有追问。她想书上常说在这些小事上穷追猛打男人是最没出息的女子才会做的事。她天天都这么想，倒真也宽心了好多。

叶桑听着那支缥缈而来的歌，怀着散漫的心情自我调侃。这回如果再摸出一张，难保邢志伟就不会说是刚看的《大决战》。想着，她的手居然就真在衬衣口袋里触到了什么。

这是一张淡蓝色的字条。外面的“走吧走吧，为自己的心找一个家”仍然坚持情深意浓地低语。蓝字条上写着：老地方见行吗？好想你啊。落款为丁香。字迹娟秀得很有暧昧色彩。叶桑的头皮顿时一奓，满眼金花便如尘土纷纷而落。她想，这也是因为今天我的糊涂所致？

叶桑拿了字条走到邢志伟跟前，她的心口隐隐地痛。邢志伟是在给他的上司打电话，虽然唯唯诺诺却也还没忘记把马屁拍得恰到好处。叶桑便将字条展开放在邢志伟面前，然后在沙发的另一头坐下。她一脸冷然地盯着邢志伟，心说，我看你怎么跟我交代？

邢志伟放下电话，拿起字条，脸上什么表情都没有出现，只是用一种淡淡的口气反问道，你这是什么意思？你想要干什么？

一时间叶桑倒呆住了，因为她的确不知道自己想要干什么。“为自己的心找一个家”已由低语变成了号叫，以一副荡气回肠的姿态在叶桑和邢志伟面面相对的距离中穿行。在叶桑的怔忡之间，邢志伟面不改色心不跳且还浮出一脸冷笑，然后，看也没有看叶桑一眼便甩手而去。

随着门哐的一声响，低语和号叫一瞬间全部消失。叶桑倒吸了一口冷气，这口冷气便从头一直渗到了脚心。她想要哭，可眼泪终于还是没有流下来。地上新铺的塑料地板被她适才仔细地拖过一遍，了无灰尘。叶桑望着地板想，如果眼泪落在上面，一定会显得很晶莹的，而且在顶灯的照射下还会有反光。如此想着，她还是没有眼泪。

夜便是在叶桑无泪地坐在沙发上时进入深处的。虫鸣声音很微弱，却明显是浓妆重抹着夜色。邢志伟一直没有回来。叶桑想，这么说是去了那个“老地方”了？是同那位“丁香”在幽会？正拥抱和接吻吗？像当年她领教过的一样，有一只手伸入那个丁香的胸部，然后一直往下滑着？然后用一种做报告似的语言说要做“更深入的了解”？叶桑想着头皮竟发麻，时不时地有嗡嗡声袭来，胸口也有些堵。叶桑心说我的眼泪该不是已经像河水一样地在脸上泛滥了吧?

然而叶桑的眼泪还是没有落下来，这使她多少有些意外。后来闹钟便响了。它在每天早上固定的时间里响起，使一个空空的房间生出家庭氛围。叶桑用手在脸上揩了一把，站了起来。无泪的脸很是干燥。叶桑便走进卫生间，精精细细地为自己洗了一把脸，将长发盘上了头顶。在盘发时她甚至想起一个叫韦唯的歌星。叶桑一直觉得自己的头发跟韦唯的类同。她知道韦唯嫁给了一个美国佬，而且跟他生了个孩子，正在从一流歌手的位置上往回走。从报纸正面上看，她很幸福，可从反面呢?叶桑想，那可就难说了。叶桑为自己煮了一碗泡饭，夹着一点榨菜丝简简便便地吃完，拎了自己出差常用的包，便出门了。她没有为邢志伟留条，她脑子里根本就没有想过留条这件事。

叶桑走出宿舍大门时，太阳刚好出来。阳光照耀着她的脸，像晒化冰块一样轻易地将她脸上一夜未眠的疲惫晒散。她叫了一辆的士，用一种她自己都觉得十分从容的声音对司机说，往前走。她几乎没有看一眼她已经住了八年之久的那幢宿舍楼，便一走永远不回头。

的士载着她在绿树浓荫中穿行。路过了邢志伟工作的那栋豪华的大厦，大厦以刺目的姿态从他们面前晃过，她却犹如没有见到一般。

司机说，不在这里停?

叶桑反问道，凭什么要停那里?

司机说，我只是问问，因为从你们那幢楼里出来的人很多都是在这里停的。

叶桑冷笑一声道，你倒像懂得很多。可我不是。

司机便很不悦了，说，你去哪里我不管，可是你要告诉我我得朝哪边开。

叶桑足足想了五分钟之久，才说，也许到下关码头比较合适。

二

叶桑搭乘的船是江申号。船是傍晚6点半开的。一声长鸣，轮船离港，叶桑方霍然而惊。她意识到自己是离家出走了。她想，我会到哪里去呢?我是不是还糊涂着?

叶桑买的是四等舱船票，她印象中自己原本是打算买二等舱的。家里的钱主要为邢志伟所赚，她想狠狠花一笔钱，权当出气。可不知怎么，她还是只买了个四等舱。这使她瞬间想起一个词：鬼使神差。她想这是最恰如其分不过了。

四等舱里十来个人，而且乡下男人居多，臭气烘烘。叶桑在她的床位上呆坐了三分钟，便怀着满心的厌恶走了出去。她走到了船尾，倚在船舷边。她眼里仿佛是满眼风光，又仿佛空空如也。然后她就一直待在那里。

船很笨重地在两岸灯火的相夹下缓缓而行。船过之处，像一把锐利的刀，将平展的江水开膛破肚。翻开的浪便白花花地沿着刀口朝着两边翻卷去。但只是一会，被船劈开的刀口便愈合得天衣无缝，就仿佛从来没有经历过什么一样。叶桑想这就是水，随之又跟着想起一句老话：女人如水。叶桑这么一想，心里便生出觉悟。原来如此，原来如此，叶桑想。她觉得自己总算晓得这句话的来头了。这老话本来就是男人想出来的。女人一直以为是夸女人的，是指女人的清爽和柔顺，却从来也没有真正意识到它的刻毒之指：女人不仅有开膛破肚之痛，还须将这痛楚掩盖得天衣无缝。因为女人就是水。

天便在她恍恍惚惚的觉悟中黑透了。江上白色的浪花倏然消失，只剩得一匹硕大的黑缎子在叶桑的面前涌动。这种涌动一直随船而行。来自空中抑或是来自船下阵阵不安的喧哗与悸动也一直随船而行。两岸的灯在叶桑凝视江水的两眼边角渐明渐灭，好像被风吹熄，也好像被船所弃。殊途同归，无论吹熄或者遗弃，总之全都是在一望无际的幕布间消失。

涌动中的行走，令叶桑突生一种心驰神往的感觉。她想这种流动是多么有意思呀。是什么样的动力在驱动着它这样长流不息呢？它的最深远处究竟是喧哗着的还是静谧着的呢？融入流水间会有一种什么样的体验呢？为什么人不能活在这生生不息的水里呢？赤裸裸着彼此都对对方透明？叶桑由不得轻叹一口气。一个苍老的声音便在她叹气完后响起，孩子，你不是想不开吧？

那支低吟过又回荡过的歌声伴随而来，走吧走吧，为自己的心找一个家。叶桑回过头，莞尔一笑，还好。她看到一个银鬓鹤发的老头。老头黑白分明的两只眼睛令叶桑凝固了她的笑容。那声音依然苍老着，不要乱想了，平平安安回家吧。老头说完便走，他行路如飘，像一个没有体重的人。叶桑忍不住有点毛骨悚然。

几近半夜时，叶桑才回船舱。舱里已鼾声四起，呼吸的臭味填塞在所有的缝隙里。和叶桑床对角的上铺有一个人在昏黄的灯下看书。在叶桑爬上床的一瞬间，她似乎听他用如幽灵一般的语气问，你还不去？叶桑吓了一跳，心说他这是什么意思？她抬起头用眼睛盯着他。那人却全然漠视她的存在，从容地翻看着自己的书。叶桑充满着疑惑和惊异，她想，除了他，还有可能谁说话呢？叶桑终是没有想清楚，在困意袭来时，她便倒头睡了去。

虽是臭气扑鼻，可叶桑还是做了梦。早上醒来，她忘了梦里的内容。依稀只记得有浓雾滚滚，雾中有一只手使劲向她挥舞着，仿佛还有叫喊，声音尖锐得把雾撕成碎片。至于叫喊的内容，她使尽全力也回忆不起来。

早饭，叶桑泡的是方便面。这是一种绿色袋包装的排骨鸡面，是邢志伟最爱吃的一种。脑子里一浮出邢志伟的形象，她便突然忆起梦中大雾里摇摆的那只手。套在手上的衬衣袖子正是邢志伟所穿的鳄鱼牌，那上面蓝色的线条清晰可见。这是叶桑有一回到深圳去专门为他买的。思路至此，叶桑泡面的手由不得颤抖起来。她想邢志伟在向她召唤吗？他和那个丁香睡觉睡得不如意了？可是因为那个丁香是个平胸？邢志伟以前说过，他喜欢叶桑就是因为她的胸高，而他邢志伟一看女人的胸脯平得像个飞机场就胃口大失。叶桑挺了挺身子，低下头观察了一下自己的胸部。当她清晰地看到自己深不可测的乳沟时，突然觉得她周围的人也都盯着她的乳沟往深处观察。她赶紧双手一护胸，手上的方便面却哐的一下落在地上。她张皇地望着同舱的乘客。大家也都把视线投到了她的身上，眼神显得很是特别。不知是哪个床铺上的声音说，有没有烫着脚？船上有医务室。叶桑的鞋上全是面，脚背热乎乎的，她呆了一下，说，没有。

船到终点时，叶桑的脚已经红肿得行动不便了。疼痛令她逃离了无休止的冥想。叶桑想果然自己现在不行了，一碗面竟也能使她步履艰难。

码头上没有任何人来接她，这很自然。因为叶桑买了抵达终点的船票，可她究竟会去哪里，自己却连想也没有想过。船在她意识空白中到达了汉口。当叶桑看到了龟蛇两山和江汉关的大钟时，一刹那间竟有些惊愕，随之内心便有一股激情在冲动。她想原来是回家来了。回家的路，是不需要意识做指引的，本能便可把人领到家。

叶桑再次打了的士。她一上车便用熟练的方言说，到珞珈山。

她的家便是住在那个山脚下面。她忽然想起小时候和两个妹妹一起在山上捡橡子玩，然后躲在树丛后拉屎的事。有一回，一男一女两个大学生正在她们拉屎时挽手而来，随后又在她们视野里亲吻，吓得她们一声也不敢吭，屎也拉不出来。那是一个冬天。她仿佛从那次起，每次上厕所便会浮起她儿时看到的那组镜头，然后就有了便秘的习惯。等她大学毕业以后，再到山上，地上已经找不见橡子了，以前的树却依然是青绿青绿的。她为此感到很奇怪，甚至神秘。

叶桑推门进家，爸爸不在家，妈妈竟也不在。只有二妹坐在窗口，举着一片树叶，对着阳光照看。叶桑走到她的身后，她浑然不觉。叶片上的经脉清晰可见，有如丝丝血管。二妹自语道，暗示。

叶桑说，二妹，我回了。

二妹仍旧看着树叶，但嘴里却答了一句，回了吗?

叶桑说，二妹，是我呀。

二妹说，是你吗?

叶桑说，我有两年没有回家了，你未必（方言，难道）看也不看我一眼?

二妹说，你要我看吗?

叶桑于是叹息了一口。她走进她曾经和两个妹妹共住的房间。房内陈设如旧。二妹二十岁时精神分裂，业已五年光景。叶桑总觉得她被分裂的不是精神而是年龄。二妹仅如一个四五岁的小女孩，脸上满是童稚的神气，一副茫然的样子看着大人，说一些她听不懂的话，有所不如愿发起脾气，也不过是坐在墙角嘤嘤地哭泣。二妹发育得却十分饱满，像叶桑一样，也有很高的胸脯。二妹在大学三年级时喜欢了一个男孩子，喜欢得如痴如醉，一天不见便神思不定。男孩子似乎为了回报她的爱，同她有过两次幽会，并且两次都热烈地亲吻了她。第三次幽会在黄昏。二妹脉脉含情，用手扯着树上一片片的叶子。那男孩从她手上拿过一张叶片，便告诉二妹他不爱她，只是感激她对他的感情。二妹当时便呆了。男孩子不敢直视她，举起树叶，对着阳光照看着。树叶变透明了，一览无余地展示着叶脉。男孩子说，我暗示、暗示、反复暗示你多次我的意思，你都拒绝意会。二妹呆说，暗示? 次日上课时，二妹竟不顾讲台上的老师和满教室的同学，一个人站起来，反复而沉痛地说，暗示，暗示。语气凝重而怪异，令满座肃然，一时间竟出现好几分钟静默。自此以后，二妹便休了学。

叶桑躺在小妹的床上。客厅里的老式挂钟当当地响了几下。这是父亲最爱之物。叶桑知道，这是姨妈有一年从新疆回来，送给爸爸妈妈的。二妹走了进来，坐在一张椅子上，钟声还在响着。二妹凝视着叶桑，嘴上说，是暗示，你意会了吗？是暗示。叶桑目光所至的天花板上突然显影出波涌的江水，雪白的浪惨烈地向两边翻卷。一只手拂了过来，只几下，水竟至平静，有如一幅温情的风景画。叶桑说，是，我意会了，是暗示。二妹说，你不能，没人可以意会。

三

天黑了好久，仿佛一个世纪。叶桑听到大门有开锁的声音。叶桑想他们回来了。

爸爸妈妈是同小妹一起回来的。爸爸惊讶于叶桑的突然而至。爸爸说，这太让人意外了。

妈妈显得很高兴，拉着叶桑看了又看，说，女儿回家有什么好意外的？

小妹扑了上来，欢叫着，太好了，大姐回来得正是时候。

叶桑淡淡一笑，推开小妹，说，我的脚痛。

爸爸妈妈方才看到叶桑的脚已经穿不下鞋了，两个人便一起惊呼大叫起来。

电话铃响的时候，叶桑正在抹药。妈妈接过电话，听了一下，转手交给叶桑，意味深长地说，是你的。叶桑迟疑片刻，还是接了过来。线那头传过来的是邢志伟的声音。邢志伟用一种平静的口吻说，你到底要怎么样？叶桑没有说话，她将电话挂断了。

二妹说，暗示？

叶桑望了她一眼，回答道，是的，暗示。

妈妈立即厉声对二妹一吼，你进屋去。

叶桑望着二妹走进房间的背影。忽而她也站起来，慢慢地走了两步，说，我好累，我想睡了。便踩着二妹的影子进去了。叶桑能透过背脊感觉到爸爸和妈妈面面相觑的神色。当她掩上门时，忽听得妈妈低呼了一声，我的天啦！

早上天亮的时候，叶桑醒来。床边坐着一脸灿烂笑容的小妹。小妹说，早，大姐，睡得可好？

叶桑一笑，说，还行。

小妹说，想不想听听我的事？

叶桑说，什么事？

小妹说，我要结婚了。

叶桑说，是吗？

小妹说，就是爸爸前年带的那个研究生，宁克。

叶桑想起有一年她回家探亲时在码头见过的一个高个子男孩，是爸爸委托他帮忙接船的。男孩子很儒雅，也很殷勤，假期中常到家里找爸爸进行专业询问，爸爸不在家时便坐在客厅里的沙发上同叶桑聊天，喜欢用专注的目光凝望叶桑。叶桑说，哦，是他？

小妹说，大姐还记得他？

叶桑说，当然。

小妹便拍手笑了起来，太好了。昨天两家爹妈会晤过了，今天他哥要请我吃饭，大姐你跟我一起去吧。他有哥撑腰，我有姐壮胆，扯平了。

叶桑想起那年返回的时候，送船的还是宁克。在船上，宁克久留不去，直至船要起锚了。叶桑只好先开口谢别。宁克突然说，早认识你几年我就不会让你离开珞珈山，你不该和我错过。叶桑当时只是一笑，说，你真能犯傻呀。宁克说，你不信？叶桑说，我信。可现在我得跟你说一句很迫切的话，再见了。宁克便挂着一脸的伤感下了船。叶桑当时觉得男人如此这般十分可笑也十分可爱，此刻却又莫名地生出些怅然。

小妹说，宁克会打的来接我的。

叶桑说，我不去，我没法走路。

小妹说，有车哩，不需要走。

叶桑说，我说了我不去。

小妹讶异地望着她，片刻才说，大姐，你这次回来很特别。

叶桑淡淡地说，是吗？也没什么。只不过，我不想你硬把你的幸福感强加在别人头上。

小妹说，姐夫怎么欺负了你？我饶不了他。

叶桑说，这件事与你无关。

吃早饭时，桌上便很沉闷，只有二妹时而说一声，暗示。小妹磕了一下碗，说，二姐，你就不能一个字不说？或者换几个字说说。你说得让我觉得天下无处不是暗示。叶桑心里一怔，觉得天下果然可不就无处不是暗示？

爸爸妈妈都忧伤着面孔。爸爸沉默不语，妈妈不断地给叶桑夹着小菜，而平常，她只是为二妹做这些。叶桑想，妈妈这是暗示我和二妹一样了？

叶桑刚放下碗，爸爸郑重其事地对叶桑说，叶桑，爸爸要跟你谈一谈。

叶桑说，谈什么？

爸爸说，谈你的心情。

叶桑说，心情是可以谈出来的吗？

爸爸说，是不是跟邢志伟闹矛盾了？

叶桑说，谈不上矛盾。

爸爸说，那为什么突然跑回来，而且不听邢志伟的电话？

叶桑说，我只是想回来看看爸爸和妈妈，不行吗？

爸爸说，诸事都有因果关系。看爸爸妈妈也不是心一动就可以回来看的。

叶桑忽而想起两个小和尚关于风动还是幡动的论争，慧能大师说是心动。叶桑点点头，说，是心动。

爸爸正色道，跟单位请过假了？

叶桑有些茫然地望望妈妈。忽而忆起，她果然忘记了请假这一说。妈妈叹息了一口，说，就让孩子先在家轻松地过几天吧。

爸爸面带怒容说，这都是你的遗传，孩子一个个都经不住事。已经废了一个，我不能眼睁睁看着再废一个。

二妹说，爸爸暗示？

叶桑瞥了二妹一眼，她想二妹真绝。叶桑说，我还不至于吧。我只是想休息休息，我觉得好累。

妈妈说，你何必危言耸听？孩子只是觉得累，回家来休息休息，顺便看看父母嘛。

爸爸说，我有预感。三十年前我跟你结婚的那天夜里，看见一只手在窗帘上摇来摇去，我就晓得那是一只惩罚我的手！现在要一一应验了。

叶桑大惊，一只手？她恍若入梦，梦中那只手摇摆着，叫喊的声音是什么呢？

暗示。吐出这两个字的竟是小妹。爸爸和妈妈一起扭过头望着她，瞠目结舌。

小妹说，我只是提醒大家，不要把每个人都变成二姐。

爸爸说，这正是我的用意。

早餐就是这样结束的。

太阳照射到窗口，很明亮。阳光下可看见飘浮于空气中的尘土，它们像是很轻盈地在舞动，又似很沉重地在挣扎。心情是个操纵者。

叶桑穿着她长及膝盖的银灰色毛衣，光着小腿，在客厅里试步。她的脚上抹过药之后业已好得多了。她的小腿很白，皮肤细腻，稍近一点便能看到皮肤下浅蓝色的毛细血管。二妹仍然倚在窗口看树叶。二妹长期不出门，面色苍白如纸，眼睛愈发显得黑幽幽的，因为表情单调，望之便如纸偶。她静静地看着树叶的经脉，阳光落在她的手上、脸上和她专注的神情上。叶桑看着她，竟看出些许浪漫的意味，心里便又生出许多感动的情绪。叶桑想，沉醉在二妹心境里的东西一定很美，否则她怎么可以这样旁若无人地独享一份满足呢？

叶桑说，二妹，可以陪我到山上走走吗？

二妹说，走走？

叶桑说，是呀，我好久没去了。你记得不？小时候，我常带你去的。

二妹说，小时候？

叶桑走上前，拉起了她的手，说，来，陪陪姐姐。

两个人便相挽着出门。门外落满夜里飘零的秋叶，踩上去，发出轻轻的沙沙声。叶桑说，这真是一种美丽的声音呀。

二妹说，是暗示。

叶桑说，也许。

她们两个都很轻地迈着步子，两人的影子便也很轻地从落叶上拂过，稍稍地掠起了一点沙沙的碎叶声。宁克便是这时候坐着车来接小妹的。他突然看见了小心翼翼地踏着落叶的这对姐妹。她们如此缓步而行，让这片清冷的宿舍楼兀地生出一道风景。宁克的呼吸一下子屏住了。他心说这是多么奇异的两个女人呀。宁克让司机将车驶到她们面前停下，然后他开门下来。他望着神情淡淡的叶桑，充满激情地叫了一声，叶桑！

叶桑笑笑，说，你好。小妹在等你。

叶桑并没有停下脚步，她说完这句话便越过了宁克。山上的小路也由此进入了她的视线。

山上的景致也不复她少年时光曾有过的清冷。纵然已入秋，可居然还能绿得那么浓烈。路太好走了，没有一点崎岖的意味，于是失去幽雅和意境。二妹看见满山的树叶，竟然兴奋得咿咿哇哇地乱叫起来。叶桑起先有些紧张于她的喊叫，想要制止她，二妹却挣脱她们相挽着的手，顺着山坡上的树一路跑跳起来。叶桑看着二妹幼稚而笨拙的动态，竟觉得她与这山上的景致好是协调，仿佛有了二妹的跳跃和叫喊，才令这小小的山头有了动感和自然。叶桑想，在这山上，二妹可真是个精灵呀。叶桑不禁也大声地笑了起来。她喊道，二妹，好玩吗?

二妹说，好玩吗?

在二妹的声音升起时，叶桑已然看见二妹随之散发在树林里的思绪。它们飘若游丝，被穿林而过的风吹拂着，上下沉浮。有一些已经升得老高了，高过了树尖，融入云中。另有一些挂在绿色的叶片上，阳光照上去，闪放着紫蓝色的光彩，炫目至极。叶桑心里惊呼道，呵呵，这是多么美丽呀!

叶桑说，二妹，你来看看吧。她拉着二妹，伸出手指着思绪飘满的空中说。

二妹说，红的，玫红的。好看。

叶桑定睛望去，果然另有一些玫红色的游丝同二妹的那些汇在了一起。那玫红尤其新鲜浓烈，欢快地在风中扭动自己。叶桑怔住了。她想，它们无疑是我的了。

四

黄昏的时候，二妹开始发烧，而且来势凶猛。二妹的脸被烧得红通通的，只是她红红的脸上一直挂着笑。

爸爸说，一定是今天在山上吹了风。吃点退烧药，看能不能坚持到明天。

妈妈说，我看还是去看急诊吧。

爸爸说，你为什么总要和我过不去呢?

妈妈说，我只是为了孩子着想。

爸爸说，可如果我要先说去看急诊，你会不会要求孩子留在家里吃药呢?

妈妈默然片刻，说，也许有这种可能吧。

叶桑有些烦，说，你们两个怎么总是这样又疯狂又理智呢?

爸爸生气道，叶桑你这是说的什么话?

二妹嘿嘿地笑着，说，暗示。

很晚很晚的时候，宁克送小妹回来了。宁克再次看见了叶桑。宁克似笑非笑地说，你好。

小妹说，没一点礼貌，得叫大姐。

宁克为难地吭吭吧吧喊不出来。叶桑淡然一笑，说，二妹病了。

小妹便进里屋探视。宁克凝视叶桑的目光立即无所顾忌了。叶桑说，你还没有叫我大姐哩。

宁克说，真要叫?

里屋传出小妹的尖叫声，烧成这个样子了，还不送医院? 被叫声惊动的爸爸妈妈本已上了床，纷纷又披了衣服出来。

小妹出门来，用抗议的口吻道，爸，妈，二姐病得很重哩。你们该不是想让她早点死吧?

爸爸厉喝道，你放肆!

妈妈亦道，你太过分了。

叶桑说，现在不是教育小妹的问题，而是赶紧决定去不去医院。

小妹说，这还用说，非去不可。宁克你陪我一起送我二姐。

宁克说，你明天早上不是有一个外事活动吗?

爸爸说，那我去吧。

妈妈说，你还不是明天一二节有课? 妈妈接着又说，我恐怕也不行，明天省教委来我们实验室检查。

叶桑说，还有我哩。

宁克说，我看我和大姐一起去送比较合适。

急诊室里空无一人，只有几盏昏黄的灯照射着自己。夜风并不大，却顽固不过地吹刮着未曾上钩的窗子，哐哐声便一下或几下地敲打着急诊室的静谧。墙角散发出刺鼻的尿味。急诊室里自是无厕所，被尿憋得无奈的病人便不顾一切地就地解决，这使得尿味成为急诊室永远的气息。叶桑整理着肮脏而糟乱的床单，于无意中嗅了几嗅，立即，她的胃里便一阵阵地翻动，只想作呕。她想幸亏不是我病，又想人只要活着是否就必须得承受这些呢？宁克一手扶着二妹，一手高高地举着输液的瓶子，艰难地进来。宁克又搀扶又举瓶，样子很别扭，叶桑看得便有些呆呆的了。

二妹躺在了床上，她真病得很厉害，绵软地任叶桑摆布，嘴上却说，好玩。叶桑有点惊异，因为二妹的口头语一直是暗示。

叶桑说，你不说暗示了？

二妹说，好玩。

宁克说，她的话很哲学哩，暗示跟好玩二者有一种深刻的内在关系。

叶桑说，何必显示自己有文化？

宁克便红了脸，讷讷地说不出什么来。叶桑心里不觉有些好笑。

药液从输液管里一滴滴地坠下，二妹眼珠一动不动地凝望着药液的下滴。她的眼神很是特别。叶桑不觉也随她凝望，片刻，叶桑仿佛能听到输液管里滴答的声音。那声音很有节奏，有如金属轻轻地碰撞，十分悦耳。间或还伴有呲呲的声响，叶桑先是猜不出那呲呲声来自何处，好一会她才意识到那是二妹静脉的吸入之声。她似听见二妹说，流水哗啦啦，又似听见二妹说，芬芳扑鼻。芬芳的气息和哗啦啦流水便都清晰地让叶桑感觉到了。芬芳如玫瑰，流水如清溪。叶桑想难道发高烧竟使二妹清醒？叶桑念头到此不觉霍然而惊，她惊跳起问道，二妹，你怎么了？

她很安静，很稳定，你别着急。这是宁克的声音。宁克说话时，将双手搭上了叶桑的双肩，他微微地用了一点力，将叶桑按在原处坐下。

叶桑说，二妹的话你听到了吗？

宁克说，她什么也没有说。

叶桑说，不，她说流水哗啦啦，还说芬芳扑鼻。

宁克说，她真的什么也没有说。她已经睡着了。

叶桑便怔住了，心想我怎么竟没有看见她睡着呢？又疑惑自己是掉进了自我幻觉中，还是感受到了二妹的幻觉呢？见她一副呆头呆脑的样子，宁克笑了，说，你有时候真像个天真的小姑娘。

叶桑怍然作色道，请你放尊重一点。她说时，一张蓝色的字条从脑海的空中飘落下来，随之落下的还有一束丁香。于是她又平缓了脸色，说，你得叫我大姐。

宁克说，你听过爱屋及乌一词吗？

叶桑心一沉，说，小妹可不是一只鸟。

宁克说，在我心里她是。我爱那鸟，是因为我想要走近那屋。

叶桑说，我不晓得该说你是真多情还是真不要脸。

宁克沉默了。昏黄中，叶桑看不清他的脸色。她想他一定脸红了。由此她忆起邢志伟不动声色的表情。她又想，他如果还会害羞就说明他还不是很坏；而有的人，是连害羞都不会的。

天快亮的时候，二妹醒了。她开口说的第一句话竟是很美。叶桑对宁克说，你能想象得到她睡着的时候人上哪去了吗？

宁克说，一定是一个鸟语花香之地。

叶桑说，你说得很对。她想起了她似曾感觉到的芬芳的气息和流水的声音。

五

及近中午，爸爸妈妈赶来了。二妹业已退烧。医生说不必住院，但最好再观察半天。爸爸和妈妈便留下来看护，让叶桑和宁克回去休息。爸爸说了许多感激宁克的话。宁克说，马上就快是一家人了，您还客气什么？说完却又似做贼心虚般望了望叶桑。叶桑正打着一个长长的呵欠，但眼角的余光窥见了宁克的神态。

叶桑同宁克同打了一辆的士。上车后，叶桑竟支撑不住打起盹来。仿佛入梦，又未曾入梦；仿佛温暖，又仿佛寒冷。正不知如何时，竟醒了过来。其实是到家了。宁克摇动着她，她发现自己靠在宁克的臂弯里。她抬起眼来，看到宁克温情的笑意。但叶桑想，这样的笑，也可以称为诡谲。她迅疾地下了车，连再见或谢谢之类的话都没说，直接就奔进了屋里。躺在床上，才感受到胸口剧烈的跳动。细品着宁克的目光，竟也有一些心潮起伏，浮想联翩。叶桑想，一个人落入陷阱原来这么容易，一个人的自律能力原来这么薄弱。如果宁克这时来到她的床边，她会怎么样呢？她想她会对他说，你过来吧，我需要你。

然而宁克没有来。叶桑这一觉睡出许多纠缠不清的梦，直睡得日迫黄昏。

在杂乱无章的声音中她醒来。睁开眼时，她看到二妹笑嘻嘻地躺在对面床上。妈妈掖被子，爸爸倒水，小妹在客厅里大声说话，宁克你干吗不多睡一会?看我大姐睡得多好。叶桑便忆起梦里曾与一个男人缠绵，那个男人肯定不是邢志伟。宁克走了进来，他看了叶桑一眼，见叶桑惺忪地睁着眼睛，便打了一声招呼，嗨，睡得还好吗?

叶桑闻到了他身上的气息，这是她好熟悉的气息，从深梦中一直弥漫到她清醒之时。叶桑说，很好。你呢?

宁克说，也很好的，虽然短暂。

二妹嘻嘻地笑着，说，暗示。

晚上，电视节目很无聊，很俗气。每天如此，便也只有看。叶桑原本是可以避开这些俗气的，可小妹搂着宁克的腰俩人进里屋了。叶桑只有懒懒地坐在沙发上，目无光彩地望着电视机。

妈妈说，要不看本书?

叶桑摇摇头。她侧耳听着屋里的动静，心里生出些怅然。妈妈又说，还是给邢志伟打个电话吧。

叶桑说，为什么?

妈妈说，他到底还是你丈夫呀。再说，男人的心原本就是花的。

叶桑说，他可以花，我可以不理。这不很公平么?

妈妈说，可你到底是个女人呀。

叶桑冷冷地说，我不知道别的女人怎么样，至少我这个女人现在只打算按我自己想的去做了。

妈妈说，你想要做的就是长期住在娘家，也不工作了?

叶桑说，当然不是。

妈妈说，那你打算怎么办?

叶桑说，我只是在做一个等待。

妈妈说，那是一个什么样的等待呢?

叶桑说，我也不知道。但我知道它很快就会来了。

妈妈说，你这口气简直像二妹，莫名其妙的。

叶桑说，其实二妹精神自成一体，简洁而又深刻，我很羡慕她哩。可惜我这辈子进入不了她那个境界，如果我进去了，我会比她走得更远更彻底也更灿烂。叶桑说到此时，眼前竟展现出一片辽阔的天空，蓝得纯净无比，叶桑只觉得自己被融在其中。她说，那时我就会有我自己的天空。

妈妈说，你千万别跟我说这些毛骨悚然的话。叶桑，你一向脑子都是很清楚的。

叶桑说，我知道，我脑子是很清楚，而且越来越清楚。

几分钟后，叶桑看见妈妈走到了书房里。她听见妈妈对爸爸说，你必须同叶桑好好谈谈，她有些不太正常。她也听到爸爸回答道，你自己神经兮兮的，倒说孩子不正常，我看叶桑挺好。就是要硬给邢志伟那小子看一看。她又听到妈妈说，她和邢志伟毕竟是夫妻。邢志伟年轻有为，只不过花了一次，我看还是劝他们和解的好。她再次听到爸爸回答道，和解了一时，和解得了一生吗？叶桑不想再听下去了，一股强烈的乏味感紧紧地攫住了她。她忍不住捂住了自己的耳朵。她只觉得无论是妈妈想的，还是爸爸想的，都与她所想的相距遥远，远得如同不在一个世界。理解这两个字，叶桑想，在这个世界上只是一个自欺欺人的符号，是一种应酬的手段。人心遥远无极，怎是理解两个字担当得了的？何况这世上谁又理解过谁呢？

宁克和小妹调着情从里屋出来时，见叶桑捂着耳朵，一脸痛苦不堪的表情，顿时吓了一跳。宁克说，叶桑，你怎么了？

小妹瞥他一眼，说，叫大姐，礼貌点。大姐，你不舒服？

声音惊动了爸爸和妈妈。当那两张明显苍老而又忧心忡忡的脸出现在客厅里时，叶桑心情更加烦乱了，她想他们怎么都这样。她感觉到自己的心情被身外的这些噪声割裂得粉碎，以致她想要把这些碎片迸射出去。她想要大喊或者狂乱地砸点什么，更或是揪扯自己的头发，甚至于让自己燃烧起来。叶桑几乎抑制不住自己的欲望。这时她听到爸爸的声音。爸爸温和不过地说，叶桑，明天你陪我去给你姨妈上香，好吗？

叶桑抬起了头，她浑身的躁乱迅疾地消失了。她眼前仿佛出现一个女人艳丽的面庞。她记起她小时候经常坐在她的膝上，接受她温情的抚摸。一瞬叶桑似又感到了那张温热的掌心。后来有一天爸爸痛不欲生地喝酒，还砸了家里的许多东西。乒乒乓乓的声音令襁褓中的二妹放声啼哭，直到嘶哑。妈妈冷眼看着，一动不动。好多天后，叶桑问妈妈为什么。妈妈淡淡地说，姨妈死了。叶桑于这突来的回忆中，看到了往昔日子里暧昧的色彩。那色彩令她碎散开的精神又汇拢而来。她说，好的。她说这话时，知道妈妈的脸色灰暗了下去。

六

很多年前很多年前的一天，叶桑和妈妈一起去关山。路过一座破败得有如废墟的小庙，妈妈以一种胜利者的轻松的口气说，你的姨妈现在就住在那儿。

叶桑在走进卓刀泉骨灰堂大门的那一刹那，突地想起妈妈胜利者的笑容，那个在风中几欲倒下去的小庙同时浮现在她的脑海里。为此，她对这幢派头十足的骨灰堂吃了一大惊。她没有想到骨灰堂可以是这样的一幢大房子，甚至像一座礼堂。

叶桑跟在爸爸身后。她已经发现爸爸一进那大门脸色便阴沉了下来。爸爸走到姨妈的骨灰盒前，甚至没有告诉叶桑这便是姨妈的遗骨，便径自走上去伸出了手。爸爸的手放在镶在骨灰盒上的姨妈的相片上。他长久不语，以一种情人的深情抚着那小小的遗像。渐渐地，两行老泪缓缓地从他的面颊上流淌下来。在密集的骨灰架上，姨妈只占了其中小小的一格。姨妈的骨灰盒是黑色的，黑漆经历了二十年仍然发亮，一尘不染。叶桑淡然地望着爸爸想，一定是爸爸经常来抚摸的缘故。如果死的是妈妈，他也会这样做吗？再如果，那个丁香死了，邢志伟也会这么经常地对着一个骨灰盒流泪和伤感吗？叶桑想着，脸上便浮出几丝刻毒的笑意。姨妈的骨灰放在卓刀泉骨灰堂里已经二十年了，姨妈一直没有入土安葬。是姨妈还在做一个等待，还是爸爸在等待？

爸爸终于流完了眼泪。他随之想起了他带的几支檀香。他说这是姨妈最喜欢的香。他小心地将香炷插在姨妈的面前，然后点燃。爸爸用一种轻柔而细腻的动作做着这些事，轻柔细腻得令叶桑生出些恶心，她便走到了外面。檀香的气息追随她而至，并以一种不可抵挡的魅力浸染着叶桑。叶桑觉得它们正从她所有的毛孔里渗入她的体内，然后在她的身体里流动，于是已经忘却许久的那只掌心又带着令人回味无穷的温暖，沿着她的背脊一直升向了她的后脑。叶桑感受着这些，心里想好像还有一支歌。那支歌是怎么唱的？太阳光金亮亮，雄鸡唱三唱，花儿醒来了，鸟儿忙梳妆。姨妈之所在，是这样的一个明媚地方吗？叶桑恍然间就见到姨妈站在了那里。姨妈有如仙女，容光焕发，呵气如兰。姨妈的嘴唇动着，仿佛在说，叶桑，你还好吗？叶桑惊异时隔二十年之久，姨妈竟如此年轻美貌，神采飞扬。姨妈又仿佛读懂了叶桑的内心所思，似又说，快乐使我如此。你呢？叶桑张了张口，想说我不快乐，又想说还好，却不知何故没说出来。

叶桑顿然觉得自己的思绪有腾云驾雾之感。当她的肩膀被人拍了一下时，她禁不住失声叫道，姨妈！

拍她的却是爸爸。叶桑发现爸爸用一种惊讶的目光望着她。叶桑定神想想原来只是幻觉。爸爸说，叶桑，你怎么了？

叶桑说，没什么，只是想起了姨妈以前的样子。

爸爸便又湿润了眼睛，他用一种很有磁力的声音说，你能回忆你的姨妈，我很感动。这个世界上差不多所有的人都已经忘记她了。

叶桑略带讥讽地说，怎么会？不是还有您吗？我想您是一天也不会忘记姨妈的。

爸爸沉默不语了。

叶桑陪着爸爸走了许久，有公共汽车过来，他们却没有上。爸爸用充满沧桑感的声音低低地说，叶桑，你很奇怪爸爸同你姨妈的关系是不是？

叶桑说，我没有，因为每个人都有自己的秘密。

爸爸说，但是爸爸想要告诉你这一切。

叶桑说，那又是何必呢？

爸爸说，我告诉你不是想要你对我有什么样的理解和原谅，而是想请你帮我分担我多年来的痛苦。我已经深觉自己不胜其重了。我之所以挑选了这样一个时候，那是因为我知道，只有一个正在痛苦中的人才有可能帮别人分担痛苦。

叶桑说，您以为我在痛苦吗？如果您这样认为，您就错了。

爸爸说，叶桑，我知道你自小就敏感自尊，可在爸爸面前不必掩饰自己。毕竟我是你爸爸呀。

叶桑便冷冷地笑了，说，我又何必做这种愚蠢的掩饰？我只是想一个人清理自己罢了。

爸爸说，清理？

叶桑说，是的，不过是清理自己身上的浊气而已。

爸爸便长叹了一口气，说，你这孩子，叫我怎么说你呢？你还是听我说吧。

爸爸不在意叶桑的听和不听，而是自顾自地讲了起来。或许爸爸的倾诉欲太强烈，也或许他只想要有人与他分享往事。尽管耳边不时有风一样刮过去的汽车和没有间歇的噪声，但叶桑还是都听了进去。爸爸的故事便同噪声糅在了一起。

爸爸说他年轻的时候，第一个爱上、也是他终此一生仅爱的一个女人就是姨妈。他们两人感情很好，好得准备大学一毕业就领结婚证。他们甚至偷尝了禁果，那种欢悦和快乐使爸爸至今难以忘怀。这在当时的确是冒天下之大不韪的事。姨妈一家住在江边不远的一幢老式红房子里，那是姨妈家的祖屋。房子很陈旧了，但有六间之多。姨妈和她的父母以及一个姐姐两个弟弟同住在那里。姨妈的姐姐在四川上大学，所以姨妈和她姐姐共有的房间经常只是姨妈一个人住。也正因为此，为姨妈和爸爸提供了幽会的好地方。为了防范姨妈父母的目光，爸爸常常在半夜里爬窗而去，与姨妈共度良宵；及至黎明前，再越窗而返。为此吃过许多苦头，却也乐此不疲。但是有一天是爸爸同姨妈约会的日子，姨妈的姐姐因失恋精神受到刺激，从四川休学回到家里。而恰恰那天姨妈又因在她的系里为毕业典礼排练节目，未曾回家。姨妈阴差阳错未曾通知爸爸。在很晚的时候，他一如往昔地进了那个令他亢奋的房间。他甚至来不及同他的恋人多说什么。他只觉得这天的姨妈浑身战栗，激情万丈，他只是想他们相爱太深，分别三天如隔三年，如此算他们就是分别得太久了。这么想过后，爸爸心里也涌起万丈的激情。直到一切平静之后，爸爸听到一个声音淡然地问你是谁时，才大惊大骇得几欲撞墙。姨妈受到的伤害可想而知。爸爸用一种苦涩不过的语气说，她差点哭断了气。而最不能容忍的则是姨妈的父母，他们几乎想要将爸爸扭送到公安局。是姨妈哀哀相求，也是念及自己女儿的名声，姨妈父母才忍下这口气。费了许多的唇舌，姨妈终于表示原谅爸爸，而姨妈的姐姐也表示放弃爸爸，因为经那一夜激情后，她因失恋而几欲崩溃的精神病态竟得到了抑制。却就是在爸爸以为风暴已经过去的时候，姨妈的姐姐被查出怀孕。于是爸爸便只有了一种选择：和姨妈的姐姐结婚。爸爸说，那就是你的妈妈。

在爸爸面色惨然地讲述这些往事时，叶桑竟几次忍不住要笑。她想爸爸你可真蠢哪，偷情竟偷错了人。这样滑稽的故事在人间可真还是少有呢。爸爸居然还有勇气为她复述一遍。便也在这时，叶桑想起一个十分重要的问题。马路上的噪声突然间消失了，叶桑顿觉头顶挨了一棒，满眼金花有如尘土落下。她突然忆起几天前在洗衣机旁金花从两眼跌落的情景，不幸会随它而至。她的脸色一下子就灰下来了。叶桑说，那个肚子里的小孩子是我吗？她充满紧张，她想如果是，那么在我未曾出生时，我便是一个杀手了。

叶桑急切不安地等候爸爸的回答。爸爸说，不是。

爸爸说得很肯定，不像是说谎。但叶桑还是没有相信。叶桑说，为什么不是？

爸爸苦苦笑了笑，说，你问得太有意思了。因为那怀的本不是你呀。

叶桑说，那么他呢？

爸爸说，流产了。

叶桑说，为什么？

爸爸说，这是我答应结婚的唯一条件。我不愿意在将来看到那个孩子，因为他是我的心头之痛。

叶桑哑然。她松下了浑身绷得紧紧的神经，又有一点失望。

爸爸说，你是我们婚后第三年出生的。因为那一年负气分配至新疆的姨妈来信说她已经结了婚，于是爸爸才正式开始和妈妈像一对正常的夫妻一样生活。一年一年就这么过去了。在小妹出生后的第二年，姨妈患心脏病从新疆调了回来。爸爸到那时才知道她从未嫁人。于是爸爸的旧情复燃，爸爸开始像当年一样追求姨妈。爸爸想要离异，想要补偿姨妈。孤身凄凉而归的姨妈终于回应了爸爸温情的召唤，重新陷入业已逃离的陷阱。仍然是在那座老式的红房子里，爸爸和姨妈旧梦重温。姨妈一天天恢复她的美丽，而爸爸一天天恢复他的自信。终于有一天，妈妈出现了。妈妈直勾勾地望着并躺在床上的他们好几分钟之久，然后摇摇晃晃地走了。姨妈急切地对爸爸说，你快回去，她会崩溃的。爸爸说这是他听到姨妈最后的声音。当他回家同妈妈讨论离异问题的时候，姨妈便割腕而死。爸爸说，等我赶到，她的血已流干了。她脸色白得像墙，脸上仿佛还有一丝丝笑意，她平静得让人心碎。爸爸又说，自你姨妈死后，你妈妈以往所有的精神病态全部消失，而我全部的幸福也都丧失了。

叶桑浑身都出了汗。她知道她的腿在发抖。血泊中的姨妈带笑的面容一圈一圈地在她的脑子里漾开来。她是为了断一份情而笑，还是为失去一份情而死呢？而爸爸面对如此惨烈的结局，又如何能继续平静地待在这个世上呢？叶桑不禁侧身望着她的爸爸。她看见他一脸憔悴的皱纹由眉间往四周爬开来，他仿佛苍老得弱不禁风。

爸爸说，叶桑，你怎么样？

叶桑说，这应该我问您。您怎么样？

爸爸说，虽然我痛苦不堪，我还可以笑。

叶桑说，是吗？

爸爸说，这就是我今天要对你说的。一个人的生命承受力是很强的，有时强得连自己都不了解。一度，我以为我会死，或者会疯，但把你姨妈的丧事办完后，我发现我已经挺过来了。我既没有疯，也不想死了，虽然我一刻也没有忘记她。你只需记住，不要把自己的生命想象得太高贵了。其实人生命的质地是贱而韧性十足的，它的本质是什么都能承受得住，无论何等的重负、压力甚至屈辱。活着，是它唯一的本能，因为生命这条链需要延续。你既然能够来到这个世上，你便是人类生命链上的一节，也可以说是生命寻找到你并托付于你，使你成为它的载体。你已然拥有天生的承受一切的能力。只要你不矫情，不故意扭曲，这世上没有你承受不了的事。你的第一声啼哭，既是你的生命给你的第一个暗示，也是终身的最大的暗示，那就是你得让这个生命永远像你的第一声啼哭一样新鲜而有活力。你无权遗弃生命，你只能静静地延续和丰满你这一节生命链，一直到最后的自然脱落。或者可以这么说，直到最后让生命来遗弃你。

叶桑能看到她一点点散发开的思绪在爸爸陈述时一丝丝归拢了来，并且拧在了一起。每拧进一丝时，她都能感觉得到被爸爸的话敲打一下。待爸爸讲完时，她已经深为震动。一瞬间，一切幻象都消失殆尽。

叶桑听到了清晰的汽车喇叭声和小孩的欢笑，生活的流水便呈现着一派平静地在她面前流淌了。这条平静的河流裹挟着许多鲜活的生命，笑声和哭声、痛苦和欢乐、热情和冷漠、明朗和阴沉都是生命之光。

七

叶桑想要回去了。不管她将要面对什么，她想总归迟早要面对的。无论如何，她有一份正式的工作，并且她也需要正常的生活。早上起床的时候，二妹已经把窗帘拉开。二妹对着阳光照看着一片树叶。阳光很亮，树叶的经脉清晰无比。叶桑坐在床上也能看得非常清楚。叶桑说，二妹，你从叶片上看到了什么呢？二妹回过头用一种肯定的语气回答说，暗示。

饭桌上，叶桑请小妹代她买一张船票时，小妹说，今天我要陪一个旅游团到荆州去，明天就回来。你能等我回来再走吗？船票包在我身上。

叶桑凝望小妹片刻，说，好吧。叶桑想起宁克十分用情的目光，她好像听到一个声音说，这仅有的一天一定会生出一个故事。

下午的时候，宁克来了。宁克手上拿着两张粉色的票。宁克显得懊恼地说，她要到荆州怎么也不告诉我一声呢？我好不容易买到这两张音乐会的票。

妈妈说，算了，就一场音乐会嘛。成了家以后机会多着哩。

宁克叹口气，以无奈的口气说，也是，浪费就浪费吧，不过一百二十块钱。

妈妈说，多少？

宁克说，一百二十块呀，六十块钱一张票哩。

妈妈很无知，并不知道现在音乐会入场券涨价幅度远甚于鸡蛋猪肉。妈妈有些急了，说，这么贵，浪费了怎么好？

爸爸说，这样吧，叶桑回家这些天，也没怎么玩玩，不如叫宁克陪大姐去听听音乐。叶桑，你说呢？

叶桑说，我没什么兴趣。爸，叫宁克陪你去吧。她说这话时，瞥了宁克一眼。宁克一脸愠色地瞪她一眼。

宁克说，要不教授和师母一起去？

妈妈脸色淡然地说，我们老夫老妻的还赶这个时髦干什么？这是你们年轻人的事，还是叶桑去，免得宁克浪费了钱。叶桑，你也该出去放松放松了。

叶桑伸伸懒腰，说，好吧，既然大家都推举我，我也就舍命陪君子了。

宁克笑道，大姐可真幽默。我还能半道操把刀把大姐杀了不成？爸爸妈妈也都笑起来了。

宁克留在家里吃了晚饭。叶桑原想把自己精心地打扮一下，在南京同邢志伟一起听音乐会时，她总是要将自己修饰得光彩照人才肯出门。但这次，她想了想，只在日常穿的裙子外随意披了件黑色的外套，却十分精心地换了一套很是精致也很是性感的内衣。叶桑跟着宁克后面出门时想，我如此这般，莫不是留一份心想要被宁克勾引?

从珞珈山到歌舞剧院路途漫长，其间要过长江和汉水。宁克一上大路便扬手拦了的士。叶桑说，你还挺气派嘛。

宁克说，那要看是跟谁一起，去干什么。

宁克为叶桑拉开门，又伸手挡在车门顶上，唯恐叶桑碰了头。叶桑的心态倏然间改变。她从容地靠在软软的车座里，雍容华贵地望着车窗外一掠而过的都市景致。宁克从另一边上的车，他坐下片刻后，便轻轻地把自己的手放在叶桑的手背上。叶桑没有动，只心说，故事开始了？一会，宁克便又用自己的手将叶桑的手握住。叶桑感到她的手心出汗了，心里生出些渴望，同时也生出些拒绝。

叶桑说，你一定听说过“得寸进尺”这个词吧?

宁克没作声，只是把手拿开了。叶桑说，这就对了。叶桑说这些话时，向外观望风景的姿势一直没变。她记起当年宁克的害羞，她想宁克难道现在还会脸红？如此想过，竟为那只拿开的手感到几分失望。

音乐会没有任何特色，歌手们漫不经心地唱着。上半场下来至少有三个人是放的录音。音调升得很高了，一个身穿通红衣裙如一盏灯笼的女演员却还能优雅地忸怩作态，腹部动也不动，仿佛没有出气。观众席上很平静，大家看得目不转睛。待她下台时竟也有雷鸣般的掌声。红灯笼笑盈盈地谢幕再三，叶桑看到她笑容里充满了狡黠和得意。

宁克低语道，来这里听音乐的人都不是爱音乐的人，而是爱听音乐这种形式，在这种形式中享受一种风雅，为自己多一点谈资。

叶桑说，这里面有你吗?

宁克笑了，说，当然。只不过我心里保持着一份清醒。因为我知道最糟蹋音乐的正是这些人，他们的能量能使糟粕成为精华，而让精华被历史的尘埃埋没。

叶桑冷冷一笑，说，还有一种人更可恶，那是一种糟蹋语言的人。他们不能说正常的人话，老是挂着一嘴的文化给人看。

宁克笑道，你骂人倒来得快。只不过你要我说正常的人话，谁知道我说了你爱不爱听呢？比方……宁克顿住了。只一会他又说，我还是一嘴文化的好。叶桑，我们能不能到大自然中的花前月下散散步？免得让这里的音乐糟蹋我们？叶桑禁不住扑哧一笑，便起了身。

一出剧院的大门，宁克便一把搂住了叶桑的腰。叶桑微微挣了挣，没有挣脱，便倚到了他身上。

接吻是从出租车上开始的。像去时一样，宁克先照顾着叶桑进了车里，然后再由另一边的门上去。宁克一上车便把叶桑抱坐在了自己身上。空间太小了，叶桑坐得很不舒服，但她忍住了，她想要知道故事的发展。宁克把手臂垫放在叶桑的颈下。宁克的姿势也很不舒服，但他的激动已使他对这样的不舒服忽略不计。他用手轻轻地撩开叶桑的头发，心里发出一阵阵的惊叹。他想这是一个多么奇异的女人呀，她是那么与众不同，想到此他便把嘴唇放在了叶桑的唇上。叶桑一直闭着眼睛，她不想看到宁克的面孔。如果看了，叶桑想，那一定会干扰她的情绪。宁克的嘴唇放上去时，她只感到自己的唇仿佛被烫了一下，原本就在自燃的她便有如被加了一把干柴，一下子就更加燃了起来，瞬间火焰熊熊。

叶桑在恍惚中知道下了车，也在恍惚中知道进入了一个房间。有一只手臂始终环绕着她，她在手臂中旋转，于旋转中她看到了小时候经常玩的一个叫莲花宝座的玩具。莲花一旋转，花瓣便一片片地张开，开至鼎盛，花心处便露出一个宝座。宝座上什么也没有，只是一个空空的座位。她呻吟着想，这本不应该是空的啊，它为什么竟是空的呢？如果空着，打开的意义又是什么呢？打开来难道就是让人看一个空座吗？或是想要告诉人们盛极而后便是空？

叶桑在思绪中波浪起伏。随着思绪的风起云涌，生命的力量在思绪过程中蓬勃而奔放，所有的骨节都嘎嘎作响，所有的经脉都绷紧如弓，所有的器官都在寻找自己最恰当的表达方式。空气膨胀的声音由轻微的嗞嗞声转瞬变成雷霆呼啸而过，有如风暴席卷走叶桑惯见的人间风景，令她来到一个全新的场地。那地方晶莹剔透，芬芳扑鼻，缥缈如仙境。她相信她从来也没有听说过这样一个地方。她惊愕得几乎喊出声来。

她于是张开嘴，不料却有一股强烈的热气呵进她的嘴里。当她真切地听到第一声喘息时，她眼前便只剩得一片黑暗。一道闪电倏然划过她的脑海：生命难道只有活着这一个场地？

一盏发着蓝光的小灯亮了。叶桑看到了赤裸的自己和赤裸的宁克。她知道自己做了些什么，她想我也就是那个丁香了，她又想我也就是姨妈了。想过却很平静，她开始收拾自己。宁克说，再躺躺好吗？一会，我还能行。叶桑想了想，又躺下了。宁克贴紧了她，她感觉到他的皮肤光滑得像条鱼，他们两个人的皮肤在一起摩擦时竟不觉有阻力。宁克说，说说话吧。

叶桑说，说什么呢？

宁克说，说什么都行。

叶桑说，讲给你听听我姨妈的故事，好吗？

宁克说，你还有一个姨妈吗？

叶桑便将爸爸那天讲述的所有关于姨妈的故事以及所有关于生命的论调复述了一遍。叶桑说，爸爸使我清醒。

宁克说，可是教授的故事和他所得出的结论正好相反。生命是很贱，而贱的东西更容易被摧毁。事实上每一个生命都有它不可承受的薄弱环节，这些薄弱环节是镶嵌在生命的不同地点。比方你姨妈，她能独自一人在新疆生活二十年，想必她抗拒孤独的能力，忍受艰难与痛苦的耐力，都相当强大。但她生命中有一样东西她承受不起，所以她最后还是以自戕的方式了结生命。

叶桑说，你认为她承受不起的是什么？

宁克说，她承受不了罪恶。

叶桑浑身一颤，她感觉自己从灵魂到肉体全部被肢解和粉碎。叶桑望着幽幽的蓝光，小妹的脸从那蓝光中浮出。叶桑说，你可真叫我无言以对。

宁克说，你不必那么联想，你和你姨妈不同。

叶桑说，是吗？

宁克说，你能承受罪恶，也能承受痛苦，你只是……

宁克不说了。

叶桑说，说下去。

宁克说，你无法承受诱惑。

叶桑说，这么说来你是嘲笑我禁不住你的诱惑了？

宁克说，你千万别亵渎我对你的感情。今晚我们是两情相悦，是不是？我们很自然也很和谐，是不是？我们是有一份感情在各自心里的，是不是？我们彼此的心是一直在通话的，否则不会时隔几年仍然没有陌生的感觉，是不是？我们融为一体是彼此都觉得自己正好是对方的一个部分，是不是？每一个生命都有与它相对应的另一个生命，只是让这个世上变幻莫测的自然所拆散，几乎所有的生命都失掉对方。有的茫茫然从不知其所在，有的却是失之交臂。而我一直相信你就是我对应的那一个。但你却耐不住寂寞，与我错过，否则我无法解释我第一次见你便有眼熟之感，见过之后又始终难以忘怀。我不相信一见钟情，我只相信我命中本该有你。我总想证实这一点，今天进入了你，我知道我所想的一点没错。

叶桑冷冷地说，你的薄弱之处在于你太能臆想，你让我觉得你像我的二妹。

宁克沉默片刻，突然用二妹的口气说了一声，暗示。然后他笑了起来，叶桑却没有笑，她想姨妈无法承受罪恶，我无法承受诱惑，这都是些什么话?!

八

叶桑到家时几近12点。宁克打的送到她门口。宁克没有下车，这与叶桑想象的不一样。宁克只是在车里对着她飞吻了一下，以示道别。叶桑看着他关上车门，呼一声车便离她而去。尾灯只一会便消失在夜雾里。叶桑心知这个故事随着这盏尾灯的消失，到此已经结束了。她浑身都感到松快，从南京带回的所有的抑郁感全部一散而尽，仿佛原先失重的心，现在业已平衡。她边开家门边想，这下我跟邢志伟扯平了。邢志伟能做的，我也做得到，而且还会比他做得更漂亮，我更应该轻轻松松地回家，日子该怎么过就怎么过。无非如此。

电话铃在叶桑踏进客厅时正好响起。叶桑心稍微一提，她想，可是小妹来查问她的未婚夫的行踪了？却不料是邢志伟。

邢志伟说，听音乐会去了？你妹夫这人还有趣吧？我这可是第五通电话了。

叶桑沉静着自己，说，怎么想起了我？

邢志伟说，看来你今天心情不错，愿意同我对话了。

叶桑说，主要是想通了。活着就只有这么个意思，只要自己不在乎了，就什么都能解决。所以今后，你跟我睡觉也好，跟你那个丁香睡觉也好，我都会无所谓的。

邢志伟说，几天不见，你也变得这么俗了。我们先不谈我们之间有没有一个叫丁香的人，我只想问问你是怎么一下子变得这么开通的？开通得让我觉得你不是你。是你妹夫开导的吗？

叶桑便笑了起来，她说，你这是在吃醋？

邢志伟说，醋也好油也好，我只觉得除了声音是你的，其他的都不是。

叶桑说，很有意思。

邢志伟说，什么时候回来？

叶桑说，明天晚上的船票。

邢志伟说，很好。我会去码头接你的。回来后一切我都能说清楚，而且一切也都并不是你想象的那样。

叶桑说，但愿我能信你，也但愿你说的是真话。

邢志伟说，那好吧，南京见。

邢志伟说着欲挂电话，叶桑突然叫了起来，哎——别急。天凉了，你的那件厚毛衣放在壁橱第二格里，用一个粉红色的塑料袋装着。棉毛衫和棉毛裤都在衣柜第三个抽屉里。

邢志伟笑了起来，声音很响。他说，好的好的，我知道了，再见。

叶桑握着已经挂断的电话，呆呆地站着没动。她想，他那一阵笑意味着什么呢？

叶桑洗过澡，散发着一身清香进屋时，看到二妹已经睡得很香了。叶桑走到二妹的床边。月光正好越过窗子，照在二妹的枕头上。二妹的脸在月光的照耀下，毛茸茸的，散发着有如婴儿肌肤的光泽。叶桑有些惊异。她从来没有注意，二妹竟是夜夜吮着月光入睡的。那是什么样的感受啊，月光下的梦会有怎样意境呢？难怪她与人不同。

这天的半夜里，叶桑梦见自己上了回家的轮船。在臭气烘烘的船舱里，她蒙眬地感觉到有人在抚摸她，长长的热气一直喷到她的脸上，她一动不动，她知道自己正在梦里。突然她就走到了长江上，有浓雾托着她。她踩着轻盈的步子在雾中穿行，身体失重，裙子张扬得和雾一样宽长。这样的感觉她从来没有过，于是她跟一个同行者说也许死了就是这么一副飘然欲仙的样子。她甚至记起这个同行者就是她在船上见到过的那个老头。

叶桑离开汉口的那天，爸爸妈妈以及小妹、宁克全都去送了她。原来准备连二妹都带去码头玩玩的，还是叶桑说，都去干什么？又不是向遗体告别。

爸爸妈妈相互对望了一眼。小妹便说，大姐，你这是说的什么话？

宁克说，大姐的思路就是别具一格。

叶桑笑笑，说，你们怎么这么紧张？过年我还回来参加小妹和宁克的婚礼哩。还有爸爸要五只咸水鸭是不是？真不知道吃这么多咸水鸭干什么。

爸爸妈妈便又都一起松了一口气。叶桑想这简直有点莫名其妙。

船离港时，叶桑竟有些泪眼迷离。她已经许久不曾流泪了，甚至业已忘却流泪的滋味。而在轮船一声长鸣时，望着岸上与她依依惜别的亲人，她的眼泪突然就淌了下来，令她自己猝不及防。她想，我怎么会因为这个而流泪呢？妈妈见之，立即哽咽着叫道，叶桑，到家……就来电话。

宁克脸上有些伤感。他站在小妹的身后，将手放在自己的唇边不动。叶桑知道他的意思，她不动声色。小妹热烈地扬着手，同叶桑再见。叶桑回应着她，心说，我怎么样才能回报你呢？而你怎么样才能惩罚我呢？小妹。

船便在嘈嘈杂杂声中告别了岸，渐渐地远行而去。所有岸上的人都在叶桑的眼里消失。叶桑有些怅然，但又觉得轻松。她回到自己的舱里。叶桑这次买的是三等舱，四人一室的，有洗手设备。另外三人二女一男，全是上海人，仿佛是一家，彼此叽叽咕咕用上海话说着叶桑一句也懂不了的内容。上海人出门只要有人结伴，都好持一份矜持，不大搭理外人。叶桑在舱里坐了片刻，索然无味，便又走到了甲板上。

夜晚，叶桑回到舱里时，那一家人业已睡下。男人正呼噜噜地打着响亮的鼾。叶桑辗转一夜，无法入眠。男人的鼾声像机器一样一直轰鸣着，从叶桑的耳朵进入，又从她的脑子上碾过。及近凌晨的时候，叶桑心力交瘁，她便披衣而出。

明月浮空。有风散漫地在空旷无际的江面上吹刮，仿佛无主。大约是早雾的缘故，风显得湿润而冰凉。叶桑一出门，不曾透出一口气，便被那湿而凉的风包围了，它们浸过叶桑的衣服渗入她的皮肤，以致飕飕地往她的骨髓里钻。叶桑却并无寒意。轮船单调的马达声使得江面上愈发显得空寂。隔岸的地平线外，有三两柱探照灯光不时地在空中扫动，偶尔也从江上一晃而过。不知道这个早晨有没有雾？如果有，会是怎样的呢？整个长江都会被弥盖住吗？叶桑忽然忆起她曾有过的梦中雾行，她是在长江上行走来着。江水很瓷实，仿佛在橡皮上走动，雾便同裙融成一体，像是披风，又像是翅膀，让人觉得雾升起时，她也能随之升起。升起来的她会到哪里去呢？叶桑想一定还有一个地方，人不会只有活着这一种形式，生命也不能只有活着这一个场地，只是大家都没有去过，而去过的人却无法往回传递信息。叶桑恍若就看见了一些影影绰绰的人在走动，其中一个身影令她十分熟悉，叶桑知道，那一定是姨妈。

于是叶桑恍若看到姨妈的清晰的面庞。姨妈的声音也随之横空出现，姨妈说，我承受不了罪恶！叶桑霍然一惊，周身的血一起涌到头顶。

天边有了一线白色，江面上更加寂静。一个男人出来小解，男人留着小小的黑胡子。看见叶桑，很是疑疑惑惑地一步三回头走进厕所。出来时，他两手放在裤扣上，似在扣扣子。他走近叶桑，说，是干这行的吗？他的手动了动。

叶桑一蹙眉，恶心感顿起。她呕了一声，吐出一些清水。男人吓了一跳，说，怀孕了？

叶桑说，不，是恶心。

男人说，女人怀孕时都会恶心。

叶桑说，是看见你这种人便恶心。

男人说，那是因为我能让你怀孕。

叶桑说，人渣。

男人说，天晓得谁是！说完他便一副不屑一顾的神情掉头而去。叶桑在他走后又呕出一摊水。她想这个地方没法待了。

天边的白色由一线变成了一片，其间夹杂有几丝淡淡的红色。船依然以它固有的方式剖开江水，江水依然以它固有的方式弥合成原状，反反复复，令阅者心碎。叶桑有如醉酒一般在船上转了几圈，她不知道自己到底想站在一个什么位置上，也不知道自己想要做什么。最后她在船头停了下来。因为，她业已看到东方的一点红色了。

那一点点的红色在叶桑的凝视下渐渐地漾开，像一滴红墨掉到水里一样。江水仿佛受到色彩的感染，哗哗地响得更为热烈。红色开始张开了，水也火红地沸腾着。光点像是被人一把撒出的，散乱地跳跃，大珠小珠落玉盘。叶桑竟是听见了它们如是的声音。第一缕光便是在这样的时刻射了出来，仿佛劲箭从紧弓中一弹而出。那声震耳欲聋的嘭响令叶桑浑身一震，而后嘭嘭声便接踵而至。光芒四射开来，直至一弯金红的弧线露在了天边。沸腾的江水以更加热烈的涌动朝那光源处奔去，就好像那边是座悬崖，所有滚滚而来的水都将要奔至那里倾泻，以期有瀑布一般壮丽的跌落。叶桑禁不住神摇意夺。恍然凝思中她全身心感受到一种召唤。月光下二妹有如婴儿般的脸浮出她的眼前。二妹说，流水哗啦啦，芬芳扑鼻。二妹说这话时面带笑意，那张童稚般的面孔显得何其美丽而动人。叶桑突然觉悟，这种召唤是来自另外的境界。在此前，她的生命早已得到无数的暗示。

此时金红色的弧线升成半轮火球，半江的水都在熊熊燃烧。叶桑在凝视着这种燃烧时也觉出自己的燃烧，燃烧得身体几欲呈现升腾之势。她无法直视这燃烧的天空，因为她怕自己会在这燃烧中化为灰烬。

她于是低头下望，而脚下的水却涌动得更加急迫，急迫有如手掌推动着她的脚后跟。急水中不时有高高的浪头涌出来，宛如朝她伸出的手臂，一次又一次，不厌其烦。召唤的声音也愈加强烈了，将哗哗的流水声全然压下，令她觉得自己汇入其中，正随着激流一起往天边奔涌而去。她不禁亢奋异常。

当一个通红通红的火球忽地一下跃然于水面时，当远处的红色一直波及她眼皮底下时，叶桑升腾的欲望已锐不可当。我就是这水，我就是这水上的火，我就是这激流，我就是这燃烧的天空。她如此想过，立即感觉到自己身忽飘飘，轻如飞燕，相随云雾，飙升而去。

后来她便听到扑通一声巨响，以及响声后许多人共同发出的惊骇的啊——声。那是叶桑听到的最后的声音。

此时的江水复归平静，天边和水面上火烧的红色也在消退。这些叶桑都知道，因为这个早晨的灿烂需要叶桑的横空出现才能完成。

纵是下坠也是升腾。这是叶桑最后的一线思绪。

1996 年春写于武汉

树树皆秋色

一

华蓉新家的窗口正对着一片山。

山景常常是很美的。夏天绿得如墨，秋天却带着彩。人往窗前一站，立即就觉得爽心悦目。华蓉当上博导没几天，就搬进了这幢宿舍楼。分房时，华蓉名次排得很前，所以，她可以尽兴地在这幢楼里挑好的楼层。

但华蓉却挑了顶楼，连一点犹豫都没有。

华蓉的同事们很讶异。都说武汉这鬼地方热天热土，顶楼的房间，被夏天的烈日一暴晒，又该怎么过？华蓉笑笑没说什么。

华蓉有自己的主意。华蓉不喜欢有楼上的响声。原先华蓉住二楼时，三楼人家有对双胞胎姐妹，活泼可爱，每天早早晚晚的脚步跳动声和叮叮当当掉东西的声音几乎害得华蓉神经衰弱。华蓉常常想上去提意见，可都是学校老师，熟人熟事，没办法开口。开不了口，就只有忍受。华蓉这一忍几近八年，想想连日本人都打走了。所以华蓉再挑房时，早早就想好了一定要选顶楼。天热天冷有什么关系？现在都装有空调，多花点电费，什么都能解决。华蓉也不在乎那点钱。

当然，促使华蓉挑顶楼的原因还有一个，就是从顶楼看山景效果最佳。闲时，上到楼顶的平台，还能越过山头看到远处的东湖。如果是白天，太阳又照着，东湖的水便有波光，软缎一样随风变着色彩；至于晚上，湖四边的灯光就像是一粒一粒的小眼睛，鬼头鬼脑的，四处探看，煞是有趣。华蓉想，不住在顶楼，哪里能明白风景就在你的窗下！

华蓉的房子四室两厅，很大，很适用。华蓉喜欢简单，所以，她没有像同事们那样大肆装修。她对装修公司的要求就是简洁适用。搬到华蓉楼下的梅芜每次过来看她的装修，就要苦口婆心地对华蓉说，要装就装好，一次到位嘛，何必省这笔钱？你又不是没有钱，你又不是家庭负担重，你一个人把钱留着做什么？我要是你，一定要把家里布置得高雅而有格调。

梅芜是华蓉的大学同班，她的丈夫王志强也是。华蓉不太看得起梅芜，心里也就暗笑梅芜所说的格调。梅芜成天一身名牌，刻刻意意地把自己弄得十分精致，说话也做轻言细语的优雅姿态。梅芜还喜欢教导学生如何过高雅的生活，常说自己喝茶要加放红玫瑰，睡前一杯红葡萄酒必须有冰块才能喝下去，而床头窗前的百合则一定是要带水珠的。好多刚入校的学生为了尽快弄掉身上的土气，首先就是跟梅芜学。女生们还提了一个口号：近学梅教授，远学赵雅芝。赵雅芝是香港的一个明星，在电视剧里演过好多女一号。刚也刚得，柔也柔得，连跟人武打都带着十足的女人优雅，让人煞是喜爱。梅芜是知道赵雅芝的，心里也曾崇拜过，听到学生们拿自己跟赵雅芝比，竟是有些美滋滋的。小男生们也都在背后议论，说梅老师举手投足都给人以东方女性美的味道。

只有华蓉了解梅芜。梅芜穿一件圆领衫，用扁担挑着行李到学校的样子华蓉总是记得。那时候梅芜叫梅秀莲，寝室的窗口总是挂着她的大花裤衩，裤衩上有个粗针大线缝的口袋，那是当年的梅秀莲用来装钱的。凡是十块以上的钱，就得放在这里面。不过，当梅秀莲改成梅芜后，一切就都变了。华蓉每次看到梅芜做优雅状时心里总想笑，觉得人活到梅芜这一步，其实骨头里业已俗透，哪里会知道格调是些什么？这种做派只能哄一些傻瓜男人，女人却是一眼看得透的，华蓉想。

二

华蓉的确是一个人生活，多少年来都是一个人。华蓉好像也习惯了这种一个人的清静。当然，华蓉觉得春秋两季时可用清静一词，夏天的时候用清凉比较好。到了冬天，便只能用清冷二字了，甚至有时会觉得清冷得肃杀。

但是没办法，就是肃杀得屋里没一丁点细菌，华蓉也只能是一个人。

旁的人不知道是怎么回事，搞不懂华蓉为什么只能一个人生活。华蓉自己也不知道是怎么回事，她也没搞懂为什么自己会是一个人生活。

华蓉相貌中等甚至偏上，学问高到了博士，家里的父母也都是教授。论哪样条件，都是不错的。可华蓉偏就没找到男朋友。梅芜一毕业就跟同学王志强结了婚。婚后的梅芜便特别喜欢怜惜华蓉，每次见了华蓉都幽幽地叹说，可惜这世上的罗切斯特太少了。华蓉便笑，说要是罗切斯特多了，这世上就不会有简·爱。

说起华蓉的毛病，也真是毛病。华蓉与人交往从来都不曾主动出击过。这也是没办法的事，华蓉生长的时代就是一个女人矜持的时代。华蓉一直等着人来追求她，却一直没能等到。当然，凭良心说，也不是没有人追求过华蓉。至少有三个以上的男人明明暗暗都对华蓉表示过爱意，然而他们都不是华蓉所喜欢的一类。有一个人举止有些猥琐，跟华蓉说话结结巴巴的，令华蓉心烦。还有一个人喜欢吹牛，总说他认识谁谁谁某某某，这些谁谁谁某某某当然都非富即贵。华蓉觉得自己跟这样的人交往，会被他的俗气熏得鼻子流血，也懒得搭理。最后一个却不知道摆的哪门子谱。追华蓉时劲头很大，华蓉走到哪里，他的关心就会跟到哪里。追得令华蓉对他生出一点好感时，他又立即退了回去，天天等着华蓉来拍他的马屁，好让他在寝室里跟人夸耀。华蓉见他退了，自己也就撤。可他偏偏一见华蓉撤退，立马又紧紧地追上来。待华蓉又被感动，再次主动迎上时，那老兄竟又退守回去。这么进攻和防守了几回，华蓉也不耐烦了，觉得这人太不真诚，视感情为游戏。偶尔在清冷的夜晚，华蓉还会怀疑对方是否想要玩弄自己。这种警惕性一滋生，所有的交往都败了胃口。所以华蓉索性就全面撤退，任凭对方再一次发起进攻，攻势猛烈得几乎把华蓉这座碉堡炸翻，华蓉还是懒得一睬。华蓉想，我一出来，你便拖刀而逃，这算什么？这一懒一想，就把华蓉全部的爱情渴望灭掉了。然后华蓉就一直在等待。

华蓉觉得这世上总有一个人会被自己等到。但生活常常比想象残酷，这个人竟是始终没来。华蓉等了很久很久，等得心和脸都憔悴不堪，却连个影子都没看见。等久了的华蓉心里就生出厌倦。厌倦过后，连等的感觉都找它不到。春去秋来，夏退冬进，一次又一次。皱纹爬上眉头，白发混入青丝，冰霜压在心头再不融化，然后华蓉就觉得自己一个人生活也没什么不好。

华蓉就是这样一个人生活了许多年。博士毕业后，一个人走过了助教、讲师、副教授，一直到教授的全部过程。每一次升级，华蓉都会精心为自己庆祝一番。华蓉的庆祝就是穿上自己喜欢的衣服和鞋，把自己带到学校后面的山上。口袋里装着 CD 机，耳机塞进耳朵里，然后在音乐和树丛里自由自在地行走。音乐无主题，是用来为华蓉的思绪伴奏的，是思想的背景乐。树很密集，在错落有致间，各自生长，彼此独立着分享阳光和空气。有时走得久了，华蓉会有点恍惚，觉得自己也是树中之一棵，像它们一样，很独立，永不被拥抱，差异也只不过自己是活动着的而已。通常的时候，山上没人，华蓉还会大声地喊上几嗓，我要坚强啊，我要好好地生活啊。然后下山回家。这差不多成了华蓉自己的仪式。这仪式每进行一次，都能让华蓉开始虚虚的内心重新踏实。

有一次梅芜知道华蓉总是独自在山上走来走去，怜惜之情又挂得满脸。华蓉批了博导，梅芜便和丈夫王志强一起去看华蓉，说是要陪着华蓉一道去山上走。王志强也是华蓉的同学，像梅芜一样跟华蓉熟。华蓉没有同意。刚好那天下了雨。华蓉说下雨路不好走，山上小路泥厚。王志强穿了双鳄鱼牌的皮鞋，一想鞋上若沾满了泥，也煞风景，便立即附和了华蓉。其实华蓉是根本不在乎下不下雨的，华蓉不愿去，是因为那地方是她一个人的，就仿佛那里是她的爱情禁区，她不想被人突破。

华蓉便在学校的餐馆请梅芜和王志强吃了一顿饭，以示答谢他们的关心。饭间梅芜说华蓉是事业得意，情场失意。王志强却笑说华蓉她其实连真正的情场都没有上去过。

华蓉想想觉得王志强说的是。虽然有三个人追求过她，可是她同他们中的任何一个连拉一次手的事都没做过，连一场电影都没有一起看过，连一次倾心的交谈都没有过，连一回放纵的欢笑都没有发出过。华蓉便有些惭愧，觉得自己多少还是有些不值。

渐渐地，华蓉觉得自己已经不会爱了，而且也不喜欢爱了，觉得爱也是一种俗事。觉得不爱虽没有意思，可爱也没有意思；觉得不爱虽然厌倦，可爱也是厌倦的；觉得不爱有些心累，而爱同样心也累着。不爱所有的坏处，爱也都有；反过来爱所有的好处，不爱也有。这样想过，华蓉的心便更是静得不起波澜，连夜深的时候都不起。喧哗的日子就只有擦着华蓉安静的生活边缘往前走，像是风，遇到华蓉，就从她两边绕过去了。

三

现在华蓉搬到了山边。

华蓉住进去的第一天，推开窗户，看到所有的树都站在自己的眼前，那么挺拔那么俊逸那么舒展，比之以前她在树底下看到的它们，竟是完全不同的姿态。风吹时，满耳沙沙的声音清晰而温柔。华蓉惊愕了一秒，便兴奋起来。那种快感就好像自己的所爱正在大声地对自己表白情意。

以后华蓉每天早上起来，便拉开窗帘，推开窗子，对着眼前绿意浓郁的山深呼吸。鸟的叫声像鸟一样，飞进华蓉的屋里。花开的声音、树尖发芽的声音和叶片上露珠滚动的声音华蓉都能听得到。听熟了以后，方晓得季节不同，这些声音的波动就会不同。倘放进电脑里处理，波段起伏的幅度和节奏是完全不一样的。到了晚上，华蓉去拉闭窗帘，她也会站在窗前，用片刻的时间凝视与夜色融成一体的山树。只有华蓉能看到山的轮廓线从哪里起，从哪里止，从哪里跌下去，从哪里涨起来。夜里的山是睡着的，它的睡意是深是浅，有没有梦幻，华蓉觉得她全都能感觉得到。

有一天，华蓉去给电大讲课，课间一个学员问她丈夫是不是也与她在同一所大学。华蓉想了想，说了个谎。华蓉说是。回来后，华蓉开窗透气，心里想着那个学员的话。想完突然觉得自己的回答也没有错，她正是同窗前的这片山在一起生活哩。他就如她的丈夫，每天守着她，送她出门，迎她归家，定季节地为她变幻色彩。春天的红粉，夏天的绿翠，秋天的金黄，有雪的冬天白成一派。他定时定期地为她调节声音，风声雨声鸟声，加上树枝与风的合响。他知她疼她包容她，让她安静让她平和。节假日的时候，由着她走进山上的小路，让她享受着山间的绿荫和清新。华蓉在山里听鸟叫，听叶落，听风唱，然后就感觉自己是被爱人拥抱着。华蓉这样想过后，情不自禁地热泪盈盈，一股幸福的感觉油然从心底升出。

天气晴朗的时候，华蓉还会翻过山到湖边去。湖在山那一边的脚下。水面阔大，湖水碧绿。有木船泊在湖上，渔民拦鱼的栅木一排挨着一排。水景美得让华蓉心醉。在水边，华蓉会觉得自己也与这片水一起生活着。因为不常见不常来，所以华蓉想，和朝夕相处的山比，这水应该算是情人了。

这样，华蓉就有了丈夫，也有了情人。

华蓉有时候在电脑前为自己的项目忙得昏天黑地时，会突然想到她的丈夫和情人，想过后，便自己笑笑自己。华蓉想，这样很好玩呀。

四

这天是黄昏，一个晴朗日子的黄昏。

山上的树尖正合力地撑着西天一大片落霞，努力地阻止它的快速滑落。山顶上像是要燃烧起来的样子。

华蓉很喜欢看这样的晚霞，很绚烂很明亮。华蓉想，这孤独黯然的黄昏有它的照耀，也会变得亮起来。

华蓉心情很好，她为自己做了三样小菜：一碟牛肉丝，一碟豆腐，一碟菠菜。华蓉就坐在窗边，披着落霞的光彩悠然地吃自己的晚餐。桌上有几张报，她吃的时候便信手翻阅着。华蓉是读报爱好者。订了许多报刊，每天晚餐从吃第一口饭开始，她就开始翻阅报纸，就仿佛它们也是一道菜。华蓉的一顿饭从头到尾几乎要用掉一个小时，其实她的大部分时间都是在看报。所以华蓉的饭吃到最后，都是凉的。好在华蓉有热汤，用热汤泡上凉饭，是华蓉晚餐最后的节目。

华蓉洗碗时，电话铃响起来了。华蓉的电话很少，如果有的话，不是学生打来的就是教研室的人打的。华蓉从容地拿起话筒，未及开口，里面便炸起一阵噼里啪啦的声音。这是一个男人的声音。

那声音说，老六，你是怎么回事？叫你拿酒，怎么拿到现在都没来呢？这么长时间，就算从头酿酒也酿好了呀！就算是去种麦子也长好了呀！你是不是自己一个人先在家喝醉了？我告诉你，那酒虽然是你的，可它是我替你从四川背回来的。我是出了力流了汗付出了心血的。我起码有百分之四十九的股份。你要是背着我这个大股东偷酒，瓶子里只要少了一滴，明天早上你起来，仔细看你的脑袋还在不在你肩膀上！还要看看你的肠子是不是挂在山脚下的树枝上！

声音又大速度又快，华蓉几乎没有打断的机会。华蓉只能硬着头皮听下去，听到这一句时，华蓉觉得很好笑。脑袋既然不在肩膀上，又怎么能仔细看呢？华蓉隐忍不住，便笑出了声。对方的声音戛然而止。只几秒，便问，你谁呀？老六的女朋友？怪不得老六不来哩，你扯他后腿了？跟你讲，老六做爱平均要用一个小时，你赶紧打个对折。要不我们“光协”通不过你。

华蓉怕他说出的内容更加不堪，便强行打断了他的话。华蓉说，对不起，你打错电话了。对方大惊，说，这怎么可能？这电话我一天要打好几十通，怎么会错？华蓉说，对不起，你的确错了。然后华蓉就挂断了。

放下电话的华蓉，耳边却一直响着那个声音。华蓉想这个人说话好有趣。

华蓉的心情因为这个黄昏和这通有趣的电话，便变得很爽。她晚上的工作效率也特别高。华蓉正为公安局研究一种更高层次的防火墙。华蓉做过许多高科技的尖端项目，是行内的顶尖高手之一。华蓉心静而无杂务，又有大量的时间，她不做研究就不知道自己做什么好。所以，每一个项目到华蓉手上，她都能从从容容地做好并且尽可能使之完美。华蓉有一年还成为全国“三八红旗手”的候选人，只是在最后评定时，输在了一个商场营业员手上。梅芜为此而大松了一口气。梅芜说，你根本就是一个问题女人，你要是也当“三八红旗手”，全世界男人都要气疯。华蓉知道梅芜说话喜欢夸大其词，便笑说真能有这种效果，我倒想试试。华蓉对当不当“三八红旗手”毫不在意，因为华蓉觉得自己不靠这种额外的东西吃饭。

每天的10点钟，是华蓉冲澡的时间。华蓉是要在这个时间里洗去疲倦，因为她习惯工作到12点钟以后。华蓉洗净身体，披上浴巾，还没有来得及穿睡衣，电话铃响了。华蓉心里有些奇怪，因为晚上华蓉家的电话一般都是不响的。这个世界上，很少有人牵挂华蓉，因此也很少有人需要用晚上的时间与华蓉聊点什么。

华蓉便披着浴巾，倚在沙发上接电话。

又是一个男人的电话。华蓉听出来这是早上打错电话的那个男人。只是他的声音不再那么放肆，说话的节奏也不快了，倒是显得很有礼貌也很小心谨慎的样子。

男人说，您好，是华教授吗？华蓉说是。男人说，对不起啊，先前我拨错号了。您的电话跟我朋友老六的电话只差一个数字。华蓉说没关系。男人说，我乱七八糟地说了一大通，真的是太不好意思。幸亏您不认识我，要不然，我就会没脸进学校大门的。华蓉笑了起来说，哪有这么严重！电话那边的男人也笑了起来，说我跟老六太熟了，所以讲起话来就没边没沿。想到哪扯到哪，什么都敢胡说。华蓉说，你说话很有趣呀。男人说，是吗？谢谢您。我后来查了下学校的电话号码本，发现我是把电话打到您家去了。我见过您，我知道您住在山前面那幢新宿舍里，所以，忍不住打过来道歉。华蓉说，你也是我们学校的？男人说，是，我住在你们后面的教工宿舍楼，不过我们那房子跟你们的没办法比。华蓉便哦了一声。男人说，知道您没生气，我很高兴。华蓉说，没关系，每个人都有可能出现这样的错误。男人便再歉意了一声，挂了电话。

华蓉放下电话，突然发现自己竟赤裸着身体跟一个陌生男人说着话。她的脸不禁红了，仿佛有人追赶似的，忙跑进卧室，把睡衣套在身上。穿好睡衣重新走进客厅，她的心还怦怦地跳个不停。华蓉有一种犯忌的感觉。

这天晚上的梦中，就老有一个声音跟华蓉说话，语调和语速都像极了打错电话的男人。华蓉早上醒来时，觉得自己这梦有些怪异。

然后十几天就过去了，那个曾经给华蓉带去一点点冲击的声音也很轻易地让华蓉忘掉了。

五

华蓉今年被安排招收八个硕士和六个博士。她想少招一点。虽然学生都很可爱，可是华蓉还是不喜欢跟太多的人打交道。华蓉去找系主任王志强。

王志强说他招得还要多。又说考的人太多，录取比例太低了也不好。更何况现在的大学生水平只相当于以前的高中生，而研究生则跟大学生差不多。不多招一些，往后的科研人员就不够用。王志强说了许多理由，每一条都无法抗拒。华蓉只好作罢。

说完华蓉欲走，王志强突然拦下她。王志强说，华蓉，你难道不想解决一下个人问题？华蓉笑了，说，你怎么也关心我这一档事了？王志强说有人托我。华蓉觉得奇怪，便问，谁呀？王志强说，人文学院的张宏教授，长得有些像吴宓的那个。华蓉眼前便浮现出那颗如同子弹头的脑袋。华蓉有些不悦，说，亏得他敢想，也亏得你敢问。王志强说，我原先也觉得不合适，而且对你也不公平。可梅芜说你已经年过四十，还能怎么样呢？张教授肯找你，就已经是很不错的了。虽然他的年龄是大了一些，可是现在的社会风气就是这样。你看咱们学校六十岁的男人都只找四十岁的女人，五十岁的男人要找三十岁的女人，而四十岁的男人要找的是二十岁的女人。梅芜分析得也有道理，她说以你现在的情况，能找到一个六十岁的男人，也算合适。何况张教授虽然今年退休，可身体也蛮不错的。你还是现实一点。

华蓉顿觉满嘴都被苍蝇塞住，一时说不出话来。王志强以为华蓉在考虑，便笑道，你这还是张教授钦点的。那天开会，他跟我说，学校满园风景，就华蓉是一枝独秀。我把这话说给梅芜听，她一脸的不高兴。

华蓉终于把苍蝇都吞下了。华蓉说，那你就让梅芜去一枝独秀好了。王志强怔了怔说，什么意思？华蓉没有回答，又接着说，王志强，我想问你一个问题。如果梅芜现在死了，你是不是要去找一个二十来岁的女孩子？你才四十多岁，再青春一回，该多合算呀？华蓉说完笑笑，没等王志强回答，便扬长而去。

华蓉想，这一嘴的苍蝇，不吐出来还给你怎么行？

这天晚上，华蓉便在家里生着闷气。华蓉想，原来女人过了四十，在别人眼里就跟垃圾一样了。社会上那些小市民这样想倒也罢了，可你王志强和梅芜也这样想，岂不是太过分么？华蓉觉得自己简直被王志强和梅芜气得快成痴呆了。王志强说的每一个字，都像是被她的一根根头发穿了起来，然后就吊在她的耳边甩来荡去，害得她所有的事情都做不了，所有的书也看不进去。

万般无奈的华蓉只能坐在电脑前，机械地玩上面的蜘蛛纸牌，玩了一遍又一遍，直到玩得两眼发花。

在华蓉连蜘蛛牌都玩不下去的时候，电话铃响了。它把华蓉从痴呆中拯救了出来。华蓉想，啊，这可真是一个救命的电话啊。不管是谁打来的，我都万分感谢你。

华蓉如她以往一样往沙发上一靠，抓起了电话。电话里传来一阵明朗而快乐的声音，您好，请问是华教授吗？

电话里的声音令华蓉觉得又熟悉又陌生。华蓉说，我是。请问你是？对方说，我是前不久打错电话的那个人。华蓉一下子想起关于老六以及酒的话。随之也想起她曾经做过的一个梦，梦中老有一个人在她的耳边说话，那人的声音就跟眼下电话里的一模一样。华蓉说，哦，想起来了。华蓉心里立刻就有笑意浮出。

对方笑了，说，华教授，我知道您一定想得起来。我今天很冒昧地打这个电话，因为我实在是有事要找您。华蓉不解，心想他竟然有事找我？想着，华蓉嘴上便说了出来，有事找我？什么事？对方说，我有个朋友想考您的博士，他请我找您打听一下情况。华蓉说，他自己怎么不来问呢？对方仿佛被问住了。隔了一会，方说，我说了您别生气。昨天喝酒，大家点评学校的女教授谁最有气质。说到了梅教授，也说到了您。我跟他们吹牛，我说我认识您，而且跟您是哥们，前几天还通过电话。他们全不相信，还把我一顿死骂。我就跟他们拍了胸脯，说如果我是吹牛出门就被车撞死。哪晓得饭桌上一个朋友刚好要考您的博士生，死活缠着我给您打电话。您看，我也不能让牛皮一下子就破了是不是？只好跟您打电话了。华蓉笑了起来，说，原来是这样呀。说吧，想要知道什么情况？对方一听华蓉这话，声音立即就快乐而明朗了起来，华教授，您可真是我的哥们呀！

然后他便就专业提出一些问题，比方用什么教材，范围大概多广，将招收多少人诸如此类。华蓉一一做了解答。华蓉说话时，对方不停地 OK，似乎还用笔在记录。华蓉知道他没有说假话，于是华蓉心里的感觉便很好。

问题问完，华蓉觉得这个电话可以结束了，但对方却意犹未尽。对方说，华教授，你们住博导楼的人本事都很大，我们都想有一天能成为像你们这样的人，也住进你们这样的楼里。昨天我们几个朋友一起喝酒，大家都说，想要住进博导楼，就得少打牌少喝酒，用功用到博导楼所有的灯都熄掉。华蓉说，这话不错，付出多少，方得到多少。对方说，您知道吗？你们博导楼左边单元顶楼有一盏灯每天到半夜十二点以后还亮着，全楼差不多都黑了灯，就它还是光芒万丈的样子，天天如此。我们都叫它北斗星。这颗北斗星最刺激我们。现在我们都在跟它打拼，非要拼到它灭掉我们才休息。

华蓉听他说时，先没有在意，说着说着，华蓉便开始想这灯是谁家的。左边单元顶楼，蓦然间，华蓉意识到，这盏灯正是自己的。华蓉不禁开心起来，心想这简直是太意外了。

对方见华蓉并没有继续与他对答，知道该挂机了。他说，我叫马驰，我朋友他们都叫我老五。如果我再打电话麻烦您，您直接叫我老五就行。因为马驰这个名字用汉口话一说，就成了马屎。

然后他就戛然挂了电话。这个结束语有些突然，又有些二愣子，华蓉还没有反应过来，耳边就只剩了呜呜的长音，华蓉只好也放了电话。

华蓉靠在沙发上，转着神，回想电话的内容。电话的最后两个字是马屎。华蓉想着便自己笑了起来，华蓉想，果然很马屎哩。想着，就觉得适才那朗朗的声音都带着马屎的气息。

六

从这天开始，华蓉隔三岔五就会接到马屎的电话。依然是为他的朋友咨询一些问题，问题都不大，很容易回答。答完后，马屎多少都会跟华蓉聊几句天。开始华蓉叫他马驰，可是那谐音果然与马屎无异。马屎便在电话里求华蓉叫他老五好了。马屎说，你这样叫我，那马屎气会沿着电话线一直进到您家，您难道没闻到臭？华蓉扑哧一笑，以后就改口叫他老五了。

初始华蓉并不喜欢老五经常的电话骚扰。华蓉心想，你这样没完没了，难不成还想把考试题目都从我这儿套去？于是华蓉多少有些不耐烦，华蓉尽可能长话短说。但老五仿佛从来意识不到这一点，他依然喋喋不休，有时是咨询，有时也不是。有一天老五打电话时，一副悲痛万分的样子，声音也有些哑哑的。华蓉心想他家不知道出了什么大事哩，但华蓉也没有问，华蓉对别人的事素无兴趣打听。老五却主动讲了起来，老五悲哀地说，迈克尔·乔丹要退休了。华蓉不知道迈克尔·乔丹是什么人，刚想问，老五又说，乔丹一走，这 NBA 还有什么看头？NBA 要没看头了，我们怎么活?! 这时的老五的声音充满了痛心疾首。华蓉不知道迈克尔·乔丹，但却知道 NBA 是美国的篮球大赛。华蓉说，就这点小事？老五听华蓉说得这么轻飘，高声叫了起来，什么?! 这是小事？这起码是世界上第二大的事！华蓉有些想笑，忍不住又追问一句，那世界上第一大的事是什么呢？老五叫得更加厉害，当然是天塌下来，把地球压扁了呀。

华蓉几乎失笑出声，可见老五太认真，终是没笑。她只是长长地哦了一声说，原来是这样。

放下电话，华蓉坐在沙发上想想，觉得老五这个人真的很搞笑，而搞笑的人可以给旁人带去许多的欢乐。

七

这天下午，华蓉给研究生上完课，刚走出教室，便遇到了梅芜。

梅芜也刚下课，两个人因住同一栋楼，便一起往回走。梅芜又提起文学院的张宏教授。梅芜抱怨华蓉错失良机。华蓉不解，问什么良机。梅芜说，张宏教授最近出版的一本书得了国家“五个一工程奖”，既出名，又得钱，今年还有可能当上省政协委员。这个风头一出，上门提亲的人排起了队。最后还是哲学所的一个女博士手段高明，先跟他上了床，再谈结婚的事。你猜那女博士多少岁？刚满三十哩。我一听这消息，肺都气炸了，回家使劲骂王志强，说他不会办事，明摆着我们华蓉排在前面的，怎么倒让人家给占了先呢？唉，不过想想也没办法，三十岁和四十岁的人摆在一起，换了谁都会挑年轻的。男人呀，不在乎你人好人坏，也不在乎你地位是高是低，更不在乎你是贤惠还是智慧，他们只要两样，一个是美色，一个是娇嫩。要说起来，娇嫩多半还排在美色的前面。华蓉，你就是吃了这个大亏呀。如果连张宏都淘汰你，这样推理下去，你岂不是得找个七十岁的老头？不过，听我一句话，只要身体好，也行。

梅芜一直呱呱地说着，华蓉几乎没有打断她的话的机会。她们走完了学校的林荫路，又走过了露天电影场，满是学生喧闹着的运动场也走过了，梅芜的话就一直没有停。运动场上有几个年轻人在打球，他们望着梅芜和华蓉，仿佛议论着什么。

走到楼栋门口，华蓉觉得再不让梅芜闭嘴她就会难堪了。因为华蓉知道，梅芜进到电梯里，不管有没有其他人，她都还会这么说下去。这就是梅芜。

于是华蓉说，你打住，听我劝你一句话。回去跟你家王志强离婚，赶紧趁张宏教授还没正式登记结婚，把他挖过来。这么优秀的男人，有名又有钱，绝不能让他落在那个无耻的女博手上，要不显得我们这帮博导多么无能。我是不行了，已经遭到了淘汰。可我看了看，整个学校，别人也都不行，只有你有这份实力。以你的东方女性美和高雅格调一举战胜女博士的年轻和娇嫩，断断没问题。所以，你得为我们争口气。

华蓉说这番话时，站在门栋前。底楼人家吊在窗上的三角梅，玫红的颜色就在华蓉眼边晃。这色彩有些轻佻，又有些孤单。梅芜听得目瞪口呆，望着华蓉一脸发傻。华蓉便趁着她傻着面孔时，自顾自地进到电梯。华蓉对电梯工人说，一直到顶，我有急事。没等梅芜进来，电梯便启动了。当电梯徐徐缓缓向上升时，华蓉心里才有一点点快感随之升起。

华蓉进了门，鞋一脱，全身松弛着躺在沙发上。四周很静，华蓉为自己寻找舒服的感觉，以便忘却适才的不快。但是不行，梅芜的话还是一点点从这静中浮了出来，嗡嗡地聒噪个不停。无论华蓉怎么样抵制，它都不歇，就如江水一样不肯断流，华蓉渐渐便有些恼怒。恼怒一层层叠加起来，积累成一胸恶气。恶气膨胀着胸膛，却不知道应该朝谁发火。火发不出去，水便流了出来。不知不觉间，华蓉已经泪流满面。

电话铃恰到好处地响了起来。华蓉连眼泪都没有抹，便拿起了电话。

华蓉连一声喂都没有发出，电话那头便惊呼起来。这是老五的声音，也只有老五有这样的声音。

老五说，华教授，我知道您已经到家了。刚才我们看到您和梅教授两个人一起走回去的。我们光协的几个人都在运动场。我们看你们都看呆了，个个都有惊讶感。你知道为什么吗？老六说，原先单看梅教授时，觉得梅教授有气质。可当梅教授跟华教授走在一起，梅教授的气质那就是个屁了。她那个雅是包装出来的，是自己在做雅。华教授呢，什么都没做，又自然又随意，是真雅呀。老六的话让我们全体光协成员都醒了似的。大家都盯着梅教授看了又看，那个俗呀，没办法说，也只有跟她相配的王教授可以耐呀。

华蓉的眼泪在老五热烈而急促的话语中悄然返回，先前那些已经流到脸上的也都干掉了。一种说不出的愉悦像水银泻地一样轻滑地溜到华蓉内心的每一条缝隙，华蓉的心一下子就满了，适才的火与水都被水银所遮盖，然后华蓉就觉得自己心里有荧光放射了出来。握着电话，一个字都没有说，笑意便上了华蓉的脸。华蓉一方面明白自己虚荣，另一方面也庆幸这世上终归有人既识梅芜也识她。

但华蓉的教养使华蓉不喜欢背后听人议论他人，就算是说华蓉自己也厌烦的梅芜，她也不习惯。所以华蓉说，打住，老五。你们在背后这么议论老师，好像不对吧？老五似乎是怔了怔，方说，Sorry（对不起），非常 Sorry。我们光协那几个家伙，凑在一起就喜欢议论女人，完全忽略了对方是老师还是同学。当然最主要的是您和梅教授显得年轻，看上去跟我们相差不了多少，于是浑然忘却二位身份。华蓉听他拿腔拿调的话，心下暗笑。华蓉说，光协是什么协会？光电子，还是光纤通信？还是……

线那头刚刚打住话的老五停下话头还没喘一口气，便以比刚才更加嘹亮的声音大笑了起来。笑时他突然急剧地咳嗽，仿佛是被自己的大笑所呛到。

华蓉有些不解了，说，这有什么好笑的？老五止了笑，说，光协的全称是光棍协会。

这一下，连华蓉也大笑了起来，笑得哈哈哈的，她身体的抖动连带着沙发颤动，而沙发的动作又引起窗户的共振。窗台上泡了一支水草的玻璃罐便一圈圈地漾开了波纹。要命的是华蓉在笑时也咳嗽起来。华蓉竟跟老五一样被自己的笑所呛到，这是华蓉从来都没有过的经历。华蓉想，怎么这么好玩呢？

华蓉原以为自己今天的心情会不好，什么事都做不出来的。结果没想到，她竟是进入一种格外兴奋的状态。她丝毫不觉得累，只觉得浑身有用不完的精力。键盘的敲击声像一首循环往复的歌，一直在华蓉的书房里回响。这天华蓉的工作做得又快又好。

华蓉上床睡觉时已经是半夜。华蓉望着天花板想，是老五的电话把梅芜带给她的烦乱和阴暗一扫而尽的。

八

第二天，华蓉从复印中心回来时，时间跟昨天到家差不多。华蓉刚进门，才脱下一只鞋，就听到电话铃响。按华蓉平常的做派，她会从容地换好鞋，然后再去接这个电话。可这天，华蓉突然有点冲动，她的另一只鞋还没有脱下来，便高一脚低一脚地奔到了电话跟前。

电话那头却是一个低沉的声音。这份低沉让华蓉心里倏地掠过一丝失望。

这是王志强的声音。王志强说，我是在办公室给你打电话。然后他就不说话了。华蓉有些奇怪，心道，你在家里和在办公室给我打电话又有什么区别？用得着专门强调？华蓉想到便说，你为什么不能在家里打？王志强说，你昨天跟梅芜说了什么？她一晚上都在生气。

华蓉释然，甚至有点幸灾乐祸。华蓉说，这样啊！那我就要跟你说实话啦。梅芜老跟我夸文学院的张宏教授，她特别崇拜张教授，我就劝她离婚去把张教授抢到手。当然，我也是很想看看你去找一个二十来岁的女孩子会怎么过日子呀。王志强说，华蓉，你在我心目中一直是个雅人，你怎么能说出这么俗的话呢？王志强显然有些生气了。

华蓉想了想，说，是有点俗。其实这就像你们请我吃了一碗红烧肉，我也回请你们一碗红烧肉一样，很正常呀！王志强顿了顿，似乎在琢磨华蓉的话，顿了好几秒，方说，什么意思？

华蓉笑了，说，回家跟梅芜一起研究研究吧，这也是学问。华蓉卖了个关子。华蓉想，我才懒得跟你多说哩。王志强说，华蓉，你怎么回事？我和梅芜都觉得越来越搞不懂你了。华蓉突然大声叫了起来，糟糕，我炉子上的菜煳了，我挂了。

华蓉放下电话，心道，你以为你们搞懂过我？

华蓉这一刻，才开始从容地脱她脚上的另一只鞋。鞋脱完了，华蓉却并不想离开沙发。她的眼睛盯着电话，暗骂道，谁稀罕你这个烂电话，少给我打来才好。骂完了人，她还是呆望着电话。电话纹丝不动，好半天都没有任何声音。华蓉这时才想，真的该去炒菜了。

这天跟华蓉平常所有的日子都一样。华蓉看着报纸吃完晚餐，便站在窗前。华蓉望着外面山头的红云渐渐地灰下去，用劲地吐纳几下，置换掉心里的旧气，试图让新气充满心胸，然后甩了几圈胳膊，像是抖擞自己一番，方去坐到电脑桌前。

唯一不同的是，华蓉老觉得还有一件什么事没有做似的。她有一点点不安。

这天的电话比平常多，不到 8 点，就已经来了三个。每次华蓉都很欣喜地去抓电话，但这三个电话都让华蓉有一点失望。一个电话是华蓉的爸爸打来的，只是家常聊天；另一个电话是华蓉的一个博士生打来的，说他的论文大纲已经拉出来了，要请导师过目；还有一个电话，是北京长途，说是有一个重要的学术会议将在成都召开，问华蓉能不能参加。

华蓉有时候平均三天也接不到三个电话，这天却集中一起跑来。这三个电话都没能冲掉华蓉心里若有所失的感觉，反而白白地让华蓉一连失望了三次。

从 8 点到 10 点，电话就再也没有响起。

像平常一样，10点钟，华蓉洗了澡，心态平静地倚在沙发上小憩。因为不再希望，所以也就无所谓失望，早先有过的一点点不安也于无形中消失。华蓉想，寄哪一篇论文去参加成都会议比较有分量呢？

偏这时，电话铃又响了起来。电话就在华蓉手边，华蓉伸手接起，刚说一声你好，还没等对方出声，华蓉就知道，是老五的电话来了。此时的华蓉心情已经散淡了下来，就像是盼了许久的东西一直没到，便懒得再要一样。

老五还是那副开心不过的嗓音。老五哈哈着说用功用累了，觉得你可能做学问也会累，所以就打个电话聊聊天。华蓉淡淡地，就这事呀？老五说，当然也是想问问你的气顺了没有。华蓉不解，什么气？

老五说，哎呀，昨天你不是笑呛着了吗？万一你出了什么事，比方呛坏了肺，或者呛出个心肌梗死，我岂不是有责任？警方较真追查起女教授死亡原因，判我一个伤害人才罪，我岂不是又掉得太大？所以今天特地问问情况。退一万步，就算真出事了，我也好准备花圈什么的吧？你帮我挣过不少面子，我多少也要寄托点哀思呀。

老五一惊一乍的这通话，让华蓉哭笑不得，华蓉散淡下去的精神就又提起来了。华蓉说，我真要有什么事，也轮不上你送花圈呀！老五笑了起来，说，咱没资格公开送，私下里往那块石头跟前放，还不行么？说得华蓉也笑了起来。华蓉说，叫你这一说，像真的一样了，你这是咒我哩。老五说，不敢不敢，要是真的，我哪笑得出来？哭也得哭几天哩。华蓉说，这种话谁信呀！老五说，真的，是真的会哭的。我这人，感情特别脆弱，特别深沉。

华蓉不禁大笑起来。华蓉说从你嘴里说出这话，让我觉得好肉麻。老五也笑，说，我也觉得自己肉麻得厉害。可是女人都爱听肉麻的话，没办法，所以我们光协的人成天都在操练怎么样可以把话说到最肉麻的地步。华蓉笑，练好了，就出门去哄女孩子？老五说，华教授你以为现在的女孩子好哄么？难啦！她们现实得很。不光要肉麻的话，首先要看你有没有钱，其次再看你有没有社会背景，最后再看你有没有前途，你人品怎么样就无所谓了。咱们学校的女孩子，眼睛全都盯着四十岁以上的成功男人，说他们已经完成了原始积累阶段，嫁过去就能过好日子。轮到我们这拨人的，就光剩些被成功人士挑剩的歪瓜裂枣了。华蓉说，不要这么说人家女孩子，你们男的也一样呀。除了现实，而且还俗气。光想挑漂亮的，逊色一点，就说人家是歪瓜裂枣。

你们也好不到哪去。老五笑了说，我这真是找死，在女生面前说女生，这不是照着地雷踩么？华蓉纠正道，你是在女老师面前说女生，我自然是要护她们的。老五道，糟，又踩了一个雷，而且还响了。讲忘了形，没记得你是教授。不过我得申明一下，你大不了我几岁，表面上看，我比你还显老。华蓉说，这是个无效申明，老师就是老师，无论大小。老五赶紧道，好好好，你是老师，你以后在背上挂个牌子，上面写着，我是老师，免得一不小心，又有学生忘了形。华蓉听了这话，刚想笑，但一转念，又忍住了，华蓉想，不能让学生在自己面前太轻佻了。

这天老五跟华蓉聊了将近半小时才打住。撂了电话，华蓉站到窗前透气。华蓉想，他为什么要说我大不了他几岁，并且他比我还显老呢？他说这话是什么意思？他是想要表达什么还是想对我暗示什么？而且，他对我已经不用您而用你了。

暗夜的天空很沉静，只几粒星星飘一样地浮在上面。风有几丝凉意，扑面而来，让人觉得分外惬意。华蓉想，真是一个好爽的夜晚啊。

九

此后，老五就总在晚上 10 点给华蓉打电话。老五总有说不完的闲话。老五的话总是让华蓉笑个不停。华蓉觉得老五的思维方式和说话方式都与她完全不同，他仿佛是来自另一个世界的大脑。

老五说，他以前陪老六去跟人相对象，可每次对方都把他相中了，却从来没有相中老六。现在老六决意找一个有过婚史的女人。老六每次跟人套近乎，想请人帮他介绍对象时，总是一开口就问，你们那里有没有人家死了男人？老五学着老六的腔调，华蓉笑坏了。

老五又说，有个富豪要出国，这天正好航空班机停飞，富豪得办手续转机。人家都排着队，富豪一路挤到前面，想插队。他把机票甩给服务小姐说，我必须坐这班飞机的头等舱。服务小姐说，先生，我很乐意为你服务，但我得按先来后到的次序。富豪很生气，大声说，你知道我是谁吗？服务小姐听他这一问，就拿起麦克风大声广播道：各位旅客请注意，F12 号柜台前有一位先生不知道自己是谁，如果有哪位旅客能帮他识别身份的话，烦请到 F12 号柜台，谢谢！华蓉听到这里，立即笑出了声。老五说，还没完哩。那富豪气得要命，愤怒地瞪着服务小姐，说 fuck you（混蛋）。那服务小姐满脸笑容，从容地说，那您也得先排队才行。华蓉笑得软倒在沙发上。

老五还说，今天他们光协的几个人骑车出去郊游，路过一个名叫乡巴佬的村头餐馆，见它挂在外面的菜牌很是有趣，便进去吃饭。他们点了四盘菜，一盘“乱棒打死猪八戒”，一盘“波黑战争”，一盘“一国两制”，还有一盘“走在乡间的小路上”。吃之前，他们怎么也想象不出来这些菜会是些什么。结果等菜上桌后，他们一干人笑得下巴几乎掉下来砸了脚。“乱棒打死猪八戒”就是几十根豆芽上放了几片猪头肉；“波黑战争”就是菠菜炒黑木耳；“一国两制”是炒花生米和煮花生米共放一个盘里；最让人意外的是“走在乡间的小路上”，那是两只猪脚压在几根香菜上。老五说，这是我见到过的最幽默的餐馆老板。华蓉听得目瞪口呆，几乎又一回把自己笑呛着。

老五每天都有层出不穷的笑话，令华蓉觉得每天晚上的 10 点钟，就仿佛是她一个节日的开始。到那时她总是从头笑到尾，笑完后，放下电话，浑身轻松。华蓉想，自己这一辈子发出的笑声全部加起来，可能都没有老五这一两个月让她笑得多。华蓉因为这些笑声，精神爽了起来，走路也觉身轻如燕。

华蓉因为精神头好，干起活来劲头十足，不知觉间又把睡觉的时间向后挪了近一个小时。有一天，老五打电话来，一边说话一边呵欠连天。华蓉说，怎么没精神？老五说，睡眠不足呀。你们楼那颗北斗星也不知道发什么疯，这些日子天天都不熄灯。我们发誓要跟它打拼的，眼下有点拼不过了。老六昨天晚上恨不得去砸灯。华蓉一想这些天自己果然是睡晚了许多，不禁哈哈大笑。老五说，你笑什么？华蓉说，我笑你们这帮学生拼不过老师，竟然想去砸人家的灯，真可怜。老五也笑了说，这是老六，不是我。老六说，他打算牺牲自己，以便把大家从睡眠不足中拯救出来。你知道不？他老先生一夜不睡没关系，早上可以补懒觉。可我们不行呀，我们要不去上课，老师嘴上带笑，心里骂娘哩。华蓉说，哦，是这样。

这天晚上，华蓉便早早睡觉了。她躺在床上睡不着，满耳满心都是老五的声音。华蓉想，这个老五，实在是有些意思。

十

在华蓉最愉快的这段日子，她竟遇到了她人生中最倒霉的一件事。华蓉从来没有想到这样的事也会轮到她的头上。

华蓉的一个博士生，叫严俊，写了一篇论文，内容一半以上都是抄别人的。华蓉看过这篇论文，并没有发现是抄袭，但她觉得文章观点有些陈旧，推理亦有些混乱，便直接在上面做了一些批点，让博士生拿回去进行大改。华蓉特别批写道，修改完后，请勿急于发表，待我看后再说。结果博士生急功近利，他把华蓉的名字署为第一作者，寄到学术杂志去了。巧的是学术杂志恰逢一篇稿子出了问题，版面空下，而编辑偏是华蓉的低一级同学，一向知道华蓉的认真严谨，于是将那论文给予发表。

被抄袭者正在英国读博士后，恰好此时回国奔丧，突然就看到了那本杂志。于是愤怒地撰文，贴到各大学的网站上。网上的学术打假者们立即行动起来，他们找出了原文，将抄袭文章一条一款地进行比照。第一作者是华蓉，第一剽窃者的名衔自然也落到了华蓉头上。于是臭骂华蓉的帖子铺天盖地。

华蓉因赶着做公安局的防火墙项目，一连几天都没上网游走，竟是不知自己已经陷入如此绝境。

第一个告诉华蓉这个消息的是老五。老五在半夜把电话打到了华蓉家里。华蓉听此一说，人都僵了。她连夜爬起来上网。华蓉先看了那博士后的论文，又看了批评者对比的文章，立即就有魂飞魄散之感。再看后面的跟帖，各种恶毒的粗鄙的谩骂和讽刺，足以让华蓉无颜见人。其中有一个帖子的大标题赫然写着：道是博导缘何年轻，原来全靠剽窃成名。这时的华蓉，人都几乎要垮掉了。

华蓉欲哭无泪，觉得自己的一世名声就败在了这个学生手上。幸而老五的电话及时打来。华蓉向老五讲述事情的过程，讲的时候，华蓉不禁失声而哭。老五很替她着急，一边安慰，一边替她出主意。老五说，你不要急，这没你什么事，你什么都没有做错。你只需要把这件事跟学校说清楚就行了，最好直接找校长说。

第二天华蓉便去了校长办公室。校长请校学术委员会立即成立了调查小组进行调查。华蓉便叫了那个博士生一起，让他向学术委员会讲述事情原委。事实是一则华蓉根本没有同意博士生发表此文，那份原稿上有华蓉的批字；二则华蓉从来就不在学生论文上署自己的名字，从来没有过，这次的署名完全是学生在她不知晓的情况下所为，纯属学生的个人行为。

事情的来龙去脉本来也很清楚，调查小组基本上认定剽窃事件与华蓉无关。但因为网上传播得影响太大，名声太恶，校方担心处理得不好，臭了学校的名声，于是学术委员会为了慎重起见，暂不表态，又开始进行第二轮调查。

这件事前前后后花了十天时间。这十天华蓉气急交加，仿佛天天都在油锅上。华蓉完全不敢上网，因为但凡高校的 BBS 上都能看到骂她的帖子。华蓉一想到那些谩骂的文字，便紧张得浑身战栗。

只有老五天天都给华蓉打电话。老五的电话越打越长。没有老五的电话，华蓉简直不知道那几天自己怎么度过。

有一天，老五突然打电话要华蓉上网去看看。华蓉不肯，老五一定要她看。老五说，你要不看，你会后悔的。

华蓉于是战战兢兢地上了网。不料她看到凡是骂她的 BBS 上都贴着一篇文章，文章的标题就叫《华蓉无罪》。文章披露了事情的真相，甚至还贴上了华蓉在那篇论文上批字的照片。文章结尾说，我们为有严俊这样的同学而倍觉耻辱，但我们为有华蓉这样的老师而倍觉自豪。

这篇文章一出，骂华蓉的帖子立即全部消失。接下来同情和理解以及向华蓉表达歉意的帖子一条一条地跟在后面，甚至还有一些表示对华蓉的钦佩，因为当教授要做到华蓉这一步也不容易。

华蓉看得热泪盈眶。这时老五的电话又来了。老五开心地说，怎么样，心情好点了吗？华蓉哽咽着说，老五，是你做的？老五说，我是你哥们，我怎么能不帮你？华蓉继续哭着说，老五，谢谢你。老五笑了起来，喂，你真哭呀，你忘了你是老师了？你就不担心在我面前没面子？

叫老五这么一说，华蓉真有点不好意思起来。华蓉想，糟糕，我是老师哩。

第二轮的调查结束了，结论依然同上次一样，华蓉没有任何责任，但她的那个博士生却被开除了学籍。那学生走时，不敢见华蓉。华蓉原想把他找来教训几句，老五说，算啦，他连学籍都丢了，这个教训也够大了，你当老师的就饶人家一把吧。华蓉觉得老五说得有理，便也没说什么。

这场突如其来的风波折磨了华蓉一场，但到底没有影响华蓉的名誉和事业。只是它给华蓉的生活却带来了莫大的冲击。

最直接的副作用就是华蓉习惯了老五的电话，倘有一天老五的电话没来，华蓉心里便若有所失。

十一

华蓉已经好久没有独自到山上溜达了。每天早上开窗和晚上关窗时，也常常忽略了山景。以前华蓉心里空空落落的时候，她需要山上的风和树来充填她的心。而现在，华蓉心里是饱满的，所以，当山上刮过来的风带着树林里的湿气和树叶的芬芳从华蓉面前拂过时，华蓉竟没有注意到。

华蓉甚至忘了季节正在改变山的颜色。

有一天，梅芜遇到华蓉，上上下下打量了她好半天，打量得让华蓉不解。华蓉说，怎么了？好像不认识我似的。梅芜说，在谈恋爱？华蓉笑了起来，说，恋爱是什么？它是吃的还是穿的？梅芜说，你别哄我。最近我见你脸上总是带笑，走路也脚步轻快，有时还哼哼歌，跟你以前完全不一样。我是恋爱过的人，一看就知道你的生活有了变化。

华蓉笑道，你不是说四十岁的女人是垃圾吗？这年头还有谁肯跟垃圾恋爱呢？梅芜一副不信的样子。梅芜说，没有吗？真的没有吗？那你怎么会显得这么快活呢？华蓉说，人只有一辈子的活头，没有了爱情，难道连快活都不应该有？梅芜说，我们女人嘛，一辈子不就是靠爱情支撑着？华蓉说，不见得吧？人生又不是只有这一样东西。梅芜说，华蓉你就别嘴硬了。夜深人静，熄了灯，你一个人躺在床上，针掉在地上都像打雷声，那时候你内心还会觉得快活？你要真这样，算我服你。华蓉说，是吗？如果我就是很快活呢？如果我把针掉地上的声音当锣鼓声听呢？梅芜盯着华蓉，冷笑道，人都说你华蓉是一个很真实很自然的人，我看未必。如果你坚持那时候你也快活，你就是天下最虚伪的人。华蓉也用同样的眼光盯着梅芜。华蓉说，梅芜，有些东西，你永远都无法理解。

华蓉说完，便自顾自而去。梅芜却没有放过她，梅芜在她的身后说，可是有一点，我非常清楚，那就是你未必知道你心里有多么寂寞。

华蓉没有说话。华蓉仿佛被梅芜击中死穴，因为华蓉当然知道自己多么寂寞。但是不肯服输的华蓉又想，笑话，难道你知道？

晚上8点，华蓉正工作得紧张，电话铃突然响了。华蓉心道，不是学生的就是教研室的什么人。她怕说过电话后中断思路，便不想接，伸手将桌边电话拿起又挂上。可是电话还是响，一遍一遍地骚扰着华蓉。这是一个打发不走的电话。华蓉无奈，只有放下手上的事，接起电话。

却不料电话那头是老五的声音。老五有些不安，说，我是不是打扰你了？华蓉说，还好，只不过我没想到你会这时间打电话来。老五说，有个老同学从深圳过来了，一会我们要出去喝酒。我担心你等我的电话，就提前打给你说一声。

突然就有股热流在华蓉心头一涌。华蓉没有说话。老五说，你怎么了？华蓉说，没什么。老五说，10点钟，就算没我的电话，你还是要歇一会，至少休息半个钟头，别太累着了自己。华蓉说，好的。老五说，我不多说了，他们在外面叫得很凶，那帮人都跟狼似的。华蓉说，你去吧。不过，老五，夜酒不要喝得太多。老五说，我知道了。

这一次老五的电话最短，三分钟都不到，可是却实实在在地干扰了华蓉。

华蓉坐在电脑桌前，心里老是响着老五的那句话：我担心你等我的电话，就提前打给你说一声。似乎跟平常说得一样随意，却带着绝不同平常的温暖和关切。华蓉的心有些慌乱，有些茫然了。

电脑已经进入了屏幕保护程序。三维花盒变成圆球，变成锥体，变成方块，在华蓉面前晃来晃去。华蓉的心是散的，注意力集中不起来，案头的事情也就没办法做下去。

华蓉想，我这是怎么了？

十二

去成都开会的日期迫近。华蓉订好了机票，想想觉得应该告诉老五。老五晚上打电话时，华蓉就说了。老五说，把你的手机号告诉我，我好给你打电话。华蓉说，我没有手机。

老五立马就叫了起来，你们这种教授怎么这么小气？什么时代了，手机都不配一个？钱都留着干什么？华蓉说，跟钱没关系，主要是平常没有用场。老五说，难道买一样东西就非得天天用？只在关键时候用一用，就不值得买了？华蓉说，我也没什么关键时候，所以就没买。老五说，你怎么知道你没有关键时候？前不久一个旅游团去越南，在海上遇了险，全靠一只手机跟岸上联络，才把人都救了上来。这时候的手机还不抵了你家买的所有东西？因为它能救人命。

华蓉想想觉得老五说得对，更何况，有了手机，她无聊时，也可以给老五打电话。于是第二天，华蓉便匆匆忙忙上街买了一部。手机是三星牌的，银白色的外壳，小小巧巧，华蓉很是喜爱。拿着手机，华蓉全然不知道应该怎么操作，只好跑到教研室去，请王志强指导。

王志强一边教一边说，我真搞不懂，你花这份冤枉钱干什么？又没什么人给你打电话。华蓉说，没人给我打电话，我就不能给人打？王志强说，我还不知道你？你的电话能不打就不打的，谁还指望接你的电话？华蓉笑道，王志强，没准我打给你哟。王志强怔了怔说，你会打电话给我？华蓉说，万一飞机出事，我好打电话留下遗嘱呀。王志强说，华蓉，最近你好像比以前幽默了好多哩。

晚上老五打电话来，华蓉不等他说什么，赶赶紧紧地把手机号码告诉了老五。老五说，想通了？不省钱了？华蓉说，早说过了，不是钱的问题。买这个是怕万一出什么事，好用它来留遗嘱。老五便笑，说，尊敬的华教授，你现在说话好像用了我的语气。华蓉一想，也是，便也笑了，说这就叫近墨者黑。老五便又笑。华蓉说，你笑什么？老五说，你哪里有近墨？你只是听墨者言而话黑。华蓉想，果然不是？她从来都没有见过老五。她对老五的一切都一无所知，除了老五的声音。不过，华蓉一转念又想，她是老师，老五是个学生，她有什么必要去知道老五更多呢？听讲电话便也足够。

老五见华蓉不说话，以为她生气了，忙说，生气了？华蓉说，怎么会？老五说，那怎么不说话？华蓉说，不知道，突然就没话了。

老五便也沉默。几秒钟后，老五说，谁送你？华蓉的心怦然而跳，这是一种史无前例的跳动。华蓉迟疑了几秒说，我常出差，也不需要什么人送，我已经找车队要了车。

华蓉很想老五接上她的话。她想听到老五说那我来送你吧，但是老五却没有说。老五只是说，哦，是这样。华蓉心里有一丝失望一掠而过。华蓉说，把你的电话告诉我，我有什么事好给你打电话。老五说，还是我给你打吧，我们这儿是公用电话，管理员得站在走廊上大声喊名字，麻烦。华蓉一想，也的确麻烦，便说那好。老五又笑了起来，说，你要记得把手机打开，一直到睡觉前再关上，否则就白买啦。

华蓉走的那天下起了雨。华蓉出发得很早，怕长江一桥堵车，便走了二桥。结果料想不到车走二桥奇顺无比。尽管车到天河机场时雨下得更大，但华蓉还是早到了一个多小时。司机放下华蓉便回去了。华蓉无聊，办完登机手续，进了候机厅，就只好在书摊前翻书看，看得自己累得发慌，才听到广播叫登机。

华蓉上了飞机，放好行李坐定后，见她座位旁边的小伙子用手机打电话，说一会要关机了，所以现在打声招呼。华蓉这才想起自己的手机一直没有开。于是华蓉忙不迭拿出手机打开了电源。孰知手机上的灯刚亮，她便听到铃响。起先华蓉还以为是旁边小伙子的手机铃声，扭头看，发现小伙子正打着电话。再低头细看时，方发现响出声的正是自己的手机。

华蓉慌张地接手机。这是华蓉第一次接听手机。华蓉说，喂，你好。对方没等华蓉的问候声落下，便吼了起来，你怎么回事？千叮咛万嘱咐让你记得把手机打开，你倒好，一直关机。你知道我一早打了多少遍吗？

这是老五的吼声。华蓉有些歉疚，华蓉说，对不起，老五，我忘了。主要是我还不习惯用。你有事吗？老五说，你说能有什么事？下这么大的雨，我当然要知道你的飞机会不会正点开，如果延误，你在机场怎么办？谁知道你会不会照顾自己。华蓉说，我已经登机了，飞机会正点开的。老五说，到了那边，一下飞机，就开手机，听到没有？华蓉说，知道了。你别生气呀，老五。老五这才缓解了语气说，哪里会呢？我打不通你的电话，一下急了。好吧，你现在可以关机了，飞机起飞时，手机是一定要关的。

华蓉关了手机，却无法形容自己的喜悦。华蓉想，老五早上就这样一遍一遍地跑到公用电话前给我打电话么？华蓉想时，便幻想出一个年轻男人，不停地从宿舍疾步而去，然后站在走廊的电话前焦急着面孔打电话。快乐便从华蓉的幻想中一直浮上心头。

飞机非常顺利地抵达双流机场。成都是阴天，天空中灰灰的，仿佛染了色。比华蓉早到五分钟的南京大学钟瑛教授见到华蓉又是拥抱又是握手。钟瑛教授因与华蓉一起开过好几次会，彼此很熟。钟瑛教授说，你怎么又年轻又漂亮了？你好像倒着长哩。华蓉笑道，哪里会？你拍我马屁可没什么好处。

钟瑛教授又说，我记得你说，成都的天气总是阴沉着脸，特别容易让人心情不爽。今天你看上去很爽呀。华蓉说，是吗？那样的蠢话也是我说的？不过我今天的确心情很爽。

汽车很快朝成都市区驶去。

华蓉这次记得打开手机了。如果手机铃响，肯定会是老五。因为除了老五，没有人知道这部手机的电话号码。王志强虽然教会华蓉使用手机，但华蓉却没有把手机号给他。华蓉想，这是我和老五的专线哩。

便是在华蓉愉快地漫想着时，老五果然来了电话。老五说，平安到了吗？华蓉便笑，说，不平安能接你的电话吗？老五也笑，说怕你要交代遗嘱哩。华蓉大笑了起来，说这次你没机会，只能等下次了。华蓉笑时，头仰在了座椅上，钟瑛便斜着眼望她。

十三

成都之行，是华蓉生平最愉快的一次出差。虽然一连好几天，成都都是阴着面孔，但华蓉却觉得世界上再没有比成都更好的地方了。普天之下，四处光明。华蓉做论文演讲时，满脸流光溢彩，声音洪亮。下来后，钟瑛教授三番两次盯着她说，你有些不太对劲呀。华蓉便笑，说，恐怕是你不对劲吧？钟瑛教授说，不不不，以前从没见你有这么多电话，也从来没有见你笑成这样。华蓉便笑而不答。

人在成都的华蓉，每天都接到老五的电话，少时也有两通，多时甚至早中晚都有。华蓉担心他的电话费居高不下，老五说他没那么傻，他是用卡打的，有时还会用网络电话，不要钱。华蓉觉得老五的本事还真大，这些事，华蓉想也想不到上面去。老五在电话里问成都的天气，又问华蓉演讲得怎么样，有没有把男教授们镇住。还说成都男人喜欢坐在茶馆里摆龙门阵，要华蓉也去坐坐，闻闻人间气息。

华蓉说，你觉得我平常连人间气息都没闻过？老五说你那虽然也是人间，但没气息。华蓉说，这话怎么讲？老五说，人间气息就是要有些脏兮兮臭烘烘的味道，要有人吵架有人胡说的声音，要屋子里一派凌乱，你有吗？华蓉回答不出来。华蓉那里是没有。华蓉有的只是山上的树和鸟。华蓉看树被风吹，听花开花落的声音，闻植物的清香，被鸟叫感动。

老五便要华蓉无论如何去爬一趟青城山。老五说，这地方可能适合你这样的人。但华蓉没去。青城山华蓉以前去过，华蓉从来也没有觉得青城山适合她。华蓉倒是喜欢都江堰。她觉得站在都江堰的江畔，会觉得人的智慧和创造力量真是无穷无尽。华蓉想，老五你以为我对那些空灵的东西有兴趣？我是一个科学家哩。

会议一结束，华蓉就回家了。刚进门，老五的电话就打了过来。华蓉说，你也太神了吧？好像跟踪我似的。老五说，我正要去食堂买饭，看到一辆普桑往你们楼开，我想会不会是你在里面，就盯着看了一下，果然就看到你的头。华蓉说，这么巧。老五说，缘分嘛。华蓉心里顿了一下，没有说话。老五说，你别紧张，缘分也不光是说男女缘分，还有什么朋友缘分、师生缘分、难友缘分、同牢缘分哩。华蓉笑了，说，是我紧张还是你紧张？老五也笑，说，我还不是怕你骂我？华蓉说，我骂过你吗？老五说，目前为止还没有。好啦，我不跟你多说了，要不食堂该没饭了。

华蓉放下电话，将屋里的窗子全都打开。山上有几束杜鹃花开着，粉粉的，仿佛发现华蓉立在了窗前，便努力地散发着自己的能量，展示自己的美丽。

华蓉没有看到。华蓉现在心不在山。依然生长着的绿树和鲜花，依然吹来拂去的风，依然披着阳光金边的山顶，虽都在华蓉的视野内，却都没有从华蓉的眼睛进到心中。

华蓉的情绪沉溺在一种她自己也弄不清的旋流中，这旋流流转飞速，令她的内心激扬而动荡。

华蓉出行从来都没有这样被人牵挂过。从来都没有人对她出门是否顺利，回家是否平安有过关注；从来都没有人因为她的无恙而松一口气，因为根本没有人为她提着气；从来也没有人怕她在外寂寞而时时问候。现在华蓉都有了。她有人牵挂，有人担心，有人关注。不管这些东西来自什么样的心情甚至目的，反正华蓉都有了。有了这一切，华蓉的人生变得何等丰富和充实！

晚上，老五按时打来了电话。老五用一种惊喜万分的语气说，我们发现了一个天大的秘密。原来那盏北斗星就是你的呀。你一走，它就熄了，让我们好好舒服了几天，打牌看球喝酒，样样都玩了一轮。今天老六正吆喝着找人斗地主，结果突然看见灯亮了。老六沮丧地蹲在地上捶脑袋说，不是听说那老教授去世了吗？怎么又活过来了呢？我这才想起，这灯应该是你开的。

华蓉差点笑岔了气。

十四

早上华蓉起床的时候，突然心里升起一个念头：她很想见见老五。

这个念头一起，便挥之不去。认识老五这么久，两个人在电话里说话也已经十分随便，甚至有一些亲昵的意思。华蓉什么事都向老五讨主意，而老五对她的关切和体贴也令她对老五生出许多依恋。这一点，华蓉想，彼此都是心知肚明的。然而她对老五的一切都一无所知。老五是哪里人，老五多大年龄，老五学什么专业，老五长得什么样子，老五有多高的个子，老五住哪一间屋，老五的电话号码是多少，老五在哪个教授门下，甚至老五现在是学生还是教工，诸如此类，华蓉始终没有问过老五，而老五居然也就从来没有说过。如此这般，就仿佛老五一直深藏在暗处，却将她所有的行踪都掌握在手中。

华蓉觉得这显然不合常规，但又无法说出所以然来，因为她也从来没有问过人家老五，老五又凭什么要把自己的事情一五一十地说出来呢？

这天老五打电话来，说话说到一半，突然说，哎，你今天这条裙子很好看哩。老五现在已经不叫华蓉为华教授了。老五叫她哎。华蓉说，你看到我为什么不跟我打招呼？老五说，打了呀，我朝你笑了笑，你也朝我示意了一下。华蓉惊道，是吗？她使劲回忆哪个学生跟她打过招呼，但却回忆不出来。因为校园这么大，走在路上，总会有学生热情地叫她一声。华蓉说，那你可以报名字呀。老五说，好几个同学一起走，我不好报呀。华蓉说，这好像不太公平哩。你总能看到我，而你走到我面前，我却不知道你是谁。老五说，学校不就是这样？学校老师只有几千个，学生却有几万人。学生可以把老师的底细弄得一清二楚，老师却没办法认全学生。再说了，我都走到了你面前，你却对我一点感觉都没有。你是不是也有些问题？

老五的话有理有节，回得华蓉无话可说。华蓉想说，难道你不想我们坐在一起喝喝茶，当面说说话？但话到了嘴边，华蓉还是没有说。华蓉觉得两人见面的话，应该由老五先提出来。

但老五就是不说。老五只是一如既往地给华蓉打电话，在电话里说许多笑话，华蓉听了虽然也跟着笑，心里却觉得已经没有以前有趣了。好几次，华蓉找些事情套老五，想让老五提出来彼此见个面，但老五不知是真的感觉愚钝，还是装傻。华蓉说，听说《英雄》的电影很好看哩。老五说，是呀，我前两天刚看了，值得一看。华蓉说，哪天买张碟去看看算了。老五说，不行不行，这电影最好要去电影院看，而且得去好电影院，那样才能找到享受的感觉。华蓉说，一个人看电影有什么劲？老五便说，哪天我有空带你去看。华蓉说，好呀。

老五在这里放了话，可什么时候老五有空呢？

好几回，华蓉说，老五，这几天你忙吗？老五说，还行，也不算太忙。华蓉说，没打算出去消闲消闲？老五说，去了，星期天跟老六几个坐了一下午的酒吧，没劲透了。华蓉便没说什么，心道，你有空跟他们坐一下午的酒吧，怎么就不想用这个空陪我去看《英雄》呢？

华蓉当然不会把这样的话说出口来。

老五有一天看了一个纪录片，拍的是湖南岳阳的张谷英村。老五在电话里跟华蓉说，那个村子太有意思了，哪天我们一起去看看怎么样？华蓉说，好呀。我也很喜欢看这样的地方。

话是老五挑起来的，华蓉真还存心等了。结果老五后面的话就再也没有。老五说的哪天到底是哪天呢？华蓉终于意识到这是一个遥遥无期的日子。

时间长了，华蓉渐渐觉得心口有些堵。老五在电话里说笑时，华蓉的笑声多少也有了一些勉强。

这天是周末，一大早，华蓉还没有起床，梅芫打电话来，说有事想请华蓉帮忙。梅芫说她今天应该去荆州讲三天的课，可是王志强的姐姐明天一早从美国回来，她实在没办法走开，想请华蓉替她去讲，讲课费全部由华蓉得。

华蓉有点犹豫。按说梅芫遇到这种情况，她理应帮忙，但要华蓉把手上的工作停下，她又觉得太浪费时间。梅芫似乎猜透了她的心思。梅芫说，知道你也有困难，不过，我不找你找谁呢？吴教授的儿子周末回家，他肯定不愿意出去；李教授那边，他老婆说好容易一家人在一起待两天，最好别出门。你看，都是拖家带口的，人人都忙得不亦乐乎，就你最清静。你只当是自己到下面去消闲度假的，好不好？

梅芫的话说到这地步，华蓉不答应也不可能了。梅芫见华蓉的意思是同意了，便忙不迭地告诉华蓉汽车几点来接，谁人接待，授课内容是些什么，讲课费是多少，住宿要达到什么标准，诸如此类。梅芜末了还追加了一句，梅芜说，他们给我的讲课费比别的老师要高两百块，我让他们照我的标准给你，你千万不要在外面讲哦。华蓉一笑，说你最好让他们少给我两百，我保不准会跟人说的。

华蓉觉得应该把自己下午出差的事告诉老五，可是她却没有老五的电话。她无法通知老五。她唯一能做的，就是打开手机，等着老五晚上打电话去她家找不着人时，给她打手机。华蓉想着便有些烦，两个人的交往，为什么她必须这么被动呢?

刚吃过中饭，车便来了，华蓉急急忙忙地跟车而去。

一个小时不到，车便行驶在江汉平原上。平原无山，高速公路的两旁绿野无边，间或有些小树散漫地立在田野上。树下偶尔会有一幢红砖的民房，孤零零地被绿色衬着，越发显得鲜艳。华蓉想，老五说过好多次要与她一起出门，却从来没有兑现过。老五究竟是个什么样的人呢?华蓉真是搞不懂，老五给予她这么多的关心和牵挂，却偏不肯让她见他一面，难道他长相奇丑，害怕华蓉见后而厌恶他?可是不对，老五说过，每次他陪老六去相亲，对方总是把他看中了，这说明老五的面貌是很讨人喜欢的。可为什么，华蓉就不能见他呢?或者是他比华蓉年龄小得太多?华蓉想，年龄算什么?见上一面又没打算要与他怎么样，就算小二十岁又有什么好怕的?华蓉心里有一万个问题千转百绕，百思不得其解。郁在心里的闷气便在这拆解不开且驱之不散的问题中越来越浓，浓到一定程度，便形成了愤怒。华蓉摸出手机，果断地把电源关了。

十五

华蓉从荆州返回家中时，天已经大黑。屋里三天无人，已经闻得到灰尘的味道。华蓉将所有的窗户打开透气，顾不得吃饭，便开始做清洁。

一个房间的地还没有拖完，电话铃就响了。华蓉心里噔了一下，心知这一定是老五的电话。华蓉拿起电话，老五的声音果然嘶嘶啦啦地在耳边响了起来。听惯了这声音，三天没有听到，华蓉突然觉得好亲切。

老五说，你怎么回事?出门了招呼也不打一声，手机也不开，你这不是存心让人急吗？我先还以为你病了，绕圈子打电话问了梅教授，才知道你去了荆州。为什么不开手机？郁在华蓉心里的闷气还滞留在那里，迟迟未散，所以华蓉说，我觉得开不开都无所谓呀，所以就没开。

老五仿佛噎住了，半天没说话。华蓉也不说。华蓉想，既然连面都不想见，打电话又有什么意思？电话两头都沉默着。

最后还是老五先开了口。老五声音低沉了下来，好吧，既然你这样想，我也没话讲。华蓉做潇洒状地笑笑，说没话讲就没话讲啰，我也无所谓呀。华蓉的话音一落，老五那边便放了电话。

华蓉想，有什么大不了的？当初没你电话时，我还不是一样过的！我从来也没有见过你，现在仍然只当从来没有认识你这么个人。华蓉想着，从从容容地拖地抹桌子，然后为自己煮了一碗面。

几天不在家，邮件将信箱都塞满了。华蓉忙不迭地收看邮件，回复邮件。有一封邮件是钟瑛教授写来的。上面说，虽然你说你什么都没变，但我看得出，你在恋爱。只有恋爱才会让你有这样好的状态。不过，我作为过来人，还是要提醒你，现在的男人都不是省油的灯，你谨慎些，一定要弄清对方的底细。千万不要在一切情况都没弄清之前，就先动了自己的感情。那样，最后受伤的就会是你。

华蓉读罢笑笑，她想，钟瑛教授未免自负，难道她华蓉精神状态好一点就是在恋爱？现在的事实证明她并没有恋爱，可精神状态照样可以很好。

处理完邮件，10 点已经过了。华蓉冲了澡，习惯地坐在沙发上，仿佛等着什么，结果什么也没有。华蓉突然意识到，今天不会有电话了。她心里立即发空，但转念一想，没有也好。华蓉想罢，便到阳台上，看外边已与黑夜融为一体的山。因为有灯光的照射，影影绰绰地能看到树在风中摇摆。

但是，华蓉的心思却根本不在山上。华蓉耳朵一直注意着屋里，她怕万一有电话铃响她没有听见，就惨了。

只是，华蓉的电话机一直很安静地泊在桌子上，就仿佛死了一样。

其实华蓉根本就没有料到老五不打电话会给她的内心带来什么样的冲击。华蓉先以为这不是什么大不了的事。反正她也没有见过老五，反正她对老五的一切都一无所知，从此当自己不认识这个人又有何难？三天过去了，老五就真跟消失了一样，华蓉这时发现自己错了。

第二天她还能让自己坐在桌前工作，老五没来电话，她还能安慰自己，说没什么了不起的，过几天就好了。可到了第三天，她的心里就已经空得什么都没有了。她只能坐在电话机前呆守着，希望老五的声音能从那里出来。华蓉不去阳台上望山，她站在北边书房的窗前，不时地朝着那栋老旧的教工楼张望。她想，老五，哪一盏灯会是你的呢？她想，老五，你真的不打算理我了？她想，老五，早知如此何必当初呢？

早上起来，华蓉头疼得厉害。她给教研室打了个电话请病假，要求将硕士生的课挪到下星期补上。华蓉没有吃早餐，连牛奶都没有喝。她躺在床上，昏昏而睡。一个人生活最害怕的是生病，一旦病倒，极易万念俱灰，因为这时候屋里会静得仿佛没有活物。没有人问长短，也没有人问冷暖，想喝一口水都不是一件易事。华蓉想，整个世界似乎都与她无关了，她的生生死死都只是她一个人的事。人这样活一生，还有什么意义呢？

华蓉开始流眼泪，无声地悄然地流泪。泪水将她的枕头浸湿了。

电话却还没有来。

十六

华蓉病了两天，第三天开始好转，于是她爬了起来。两天没有好好吃东西，华蓉的脸一下子如被刀削下去一样，裤子也肥了一圈。她走路有些虚，一高一低的。但华蓉在心里反复告诫自己，要振作起来。她是老师，她有学生，她有工作，她有责任。支撑人一生的柱子有很多，缺了一根，比方爱情，但还有其他，剩下的柱子照样可以把华蓉的人生高高撑起，撑得亮亮堂堂的。

华蓉带了八个硕士生，另外还有其他几个进修的老师听她的课。学生们很体恤她，见她身体尚虚，为她倒了茶，又让她坐在椅子上。华蓉努力让自己保持状态。她讲课从来都有张有弛，纵是生病刚好，她也尽可能地不让自己的声音呈现病态。这么做当然会有些勉强，一勉强，就吃力。于是讲完课下来，华蓉的衣服都被虚汗湿透。她几乎无力走路回家，两个女生见她如此，就叫了男同学用自行车驮着她，一直送她到家。

华蓉没有胃口，便以面包代饭。电话响时，华蓉没在意，这时候的电话多半会是教研室打来的，不是学习就是开会，华蓉常常烦这些电话。结果当华蓉接起电话，没想到听到的却是老五的声音。华蓉一下子泪水盈眶，一个字也说不出来。

老五没有像以前那样无所顾忌，反而有些小心翼翼的。老五说，你病了？华蓉说，还好。老五说，我看到你的学生用自行车驮你回家。华蓉说，只不过有点虚而已。老五说，有没有去医院看看？华蓉想到自己躺在床上寂寞而孤单的两天，眼泪便一条条往下淌。华蓉说，已经好了。说了这四个字，华蓉觉得自己行将呜咽出声了，她便强忍着自己，迅速地说，没事我挂了。然后她便挂了电话。

结果华蓉连面包都没有吃，眼泪怎么都止不住。她便索性上床睡觉了。

晚上10点，电话铃像以前那样准时地响起。在这个时间段响起铃声仿佛业已是许久以前的事了，因此它让华蓉有些心惊肉跳。电话当然是老五的。华蓉一接起电话，老五就说，明明是你先不理我，你还对我使气，你说我冤不冤呀！我想了几天，觉得我这么冤下去可不行，我非得翻案不可。冤有头，债有主，你得给我平反才行。老五的声音朗朗的，一副有说有笑的样子，像华蓉第一次听到时那样。

华蓉说，我哪有不理你？我只不过是出差没开手机罢了。老五说，还狡辩。明明知道我惦记你，你就故意不开手机。你这不是存心不想理我又是什么？华蓉想说，因为我们的交往不公平，你见得到我，能掌握我的行踪，而我却不知道你，就连你走到我面前，我也不认识。但华蓉终是说不出口。华蓉想，如果她提出两人见个面，而老五不同意，那她该是何等尴尬。

老五不介意华蓉沉默，老五说，今天老六跟我说，他表哥和表弟到汉口来看他，两个人都是头一回进城。他们从二桥搭车过来，看到这么大的桥，特别激动。一见老六，就讨论修这样一座桥得多少钱。老六的表弟说，起码要一百块钱。老六的表哥就训他的弟弟，说，一百块钱修个呵欠呀，少说也得一千块。老六的牙都笑疼了，等他们走后，老六就跟我说，这两人真是笨呀，这样一座大桥，少了一万哪里修得成？你说，老六跟他们有什么差别？一万块钱就能修二桥，再怎么少，也得花十万吧？

老五学的是黄陂乡下话，学得绘声绘色，华蓉想不笑都不行。于是她就笑了。等到老五说十万时，华蓉已经无法止住自己的笑声，华蓉说，十万修你个头呀！

老五也哈哈大笑。老五说，老六的这一招真灵呀。华蓉说，什么意思？

老五说，老六说他最会哄女人，有一回，他正追的一个女孩生气了，他就装傻讲了这个笑话，女孩笑得一塌糊涂，然后气就消了。我不相信老六的这一招会这么灵，今天特地试了一下，发现果然是灵哎。华蓉说，原来你是拿我当试验品？老五说，是呀。试验成功，你笑了。我奶奶说过，笑过的人不准再回头接着生气，那样会折寿的。

华蓉无可奈何。

十七

老五又开始给华蓉打电话了。老五依然一副没心没肝的语气，今天给华蓉讲个笑话，明天又给华蓉来段牢骚，有时候也讲讲他复习的情况。华蓉问老五是要考博还是考硕，老五哼哼哈哈地，表示等考取了，自然会告诉华蓉。华蓉问老五需不需要自己帮忙，老五也哼哼哈哈地，说暂时不需要。有一天周末，华蓉半开玩笑地说，想请老五吃顿饭。老五忙说他不会便宜华蓉，等他录取了，他非得让华蓉在汉口最豪华的地方请他吃饭。华蓉便笑说为什么非得是她请。老五说，教授钱多呀。

华蓉想，她已经主动把球扔给了老五，老五居然轻易绕开了，却又给人感觉接下了球。

有一天，华蓉的学妹刘雯从日本回来。刘雯是华蓉读研时的同学，两个人是上下铺的关系。刘雯也没有成家，一个人过，但她有一个同居的男友。刘雯落落大方地带着男朋友一起回母校看老师和同学。晚餐就在华蓉家吃。刘雯在吃饭时就大谈同居比婚姻更好的理论，刘雯的男朋友也与她持同样的观点。刘雯劝华蓉不必要婚姻，但一定要找个男人同居，彼此可以相互照应。喜不喜欢都没关系，过得去就行。华蓉说，你讲得有道理，但我操作起来有难度。刘雯问为什么。华蓉说，我就没有机会去认识男人。我这里只有男学生，没有男人。刘雯就笑，男学生毕业了，不就是男人？华蓉也笑，说，你没发疯吧，找小不点同居？刘雯大惊小怪道，喂，什么时代了，你还这么守旧？这可是国际潮流哩。

刘雯送给了华蓉一部从日本带来的子母电话，电话有来电显示。刘雯开玩笑说，如果有男人给你电话，对他印象好，也不必让他留电话号码，免得他多疑，对你感觉不好。你直接反打过去找由头接近就行了。华蓉很高兴，她产生的第一个念头便是，老五再打电话过来，就可以查到他的电话号码了。

华蓉送走了刘雯，正琢磨着换电话，老五的电话就来了。华蓉说，咦，你今天早了几分钟，再晚一点，我就换电话了。老五说，什么换电话？华蓉说，我同学从日本来，送给我一部电话，特别漂亮，还有来电显示。往后，你不管在哪里打电话，我都能抓到你。老五说，还用这么麻烦，我把我的手机号码告诉你不就行了？华蓉心里微怔一下，说，你什么时候买的手机？老五说，有一两个月了。华蓉说，你怎么不把号码告诉我？老五说，你也没有找我要呀！我还以为你怕浪费自己的电话费哩。华蓉说，你好过分，你害得我有事想找你的时候，死活要等到晚上。老五便笑，说，我怕我正在打着麻将，你的电话打来了，把我这点好形象都弄没了。华蓉说，天知道你是什么形象。老五说，你不知道我是什么形象？年轻英俊，明亮开朗，活泼健康，幽默大方，基本上是人见人爱哩。华蓉笑说，你脸皮真是比城墙还厚，哪有这么夸自己的？老五说，这年头，就讲究自吹自擂，用报纸的语言就是，隆重推出自己。华蓉说，哪个导师有你这样的学生，连课也不要上了，从头笑到尾。老五说，不会，我上课时特别严肃，我是一个勤奋刻苦的好学生。华蓉就又笑，说，告诉我，你是哪个导师，我要问他是不是有你这个学生上课特别好玩。老五说，哈，想查我的底细呀，我可不上当。

华蓉一下子沉默了。华蓉想，难道我不能知道你的底细吗？老五似乎察觉出华蓉的沉默，说，你不高兴了？华蓉想了想，终于把她想过好久的话说了出来。华蓉说，为什么你不告诉我关于你的事？老五说，因为……因为……老五第一次打了结巴。打完结，老五迅速地说，这有什么意义呢？

华蓉想既然话都说出来了，不如都说了吧。华蓉说，你不觉得我们应该坐在一起说说话吗？我没别的意思，作为朋友，聊聊天也可以呀。老五说，可我有别的意思。华蓉说，什么意思？

老五突然大笑起来。

华蓉感觉得到他全身都被笑声震动。华蓉心里突然发紧，她有一种不太好的感觉。老五笑完了说，你别误会了，我不是笑你。我是不满意你的话。你觉得我们俩是简单的朋友吗？华蓉的心突突地跳着，这下连全身的肌肉都紧张了起来。华蓉说，又怎么不是？

华蓉期待着老五就这个话题继续说下去。华蓉觉得她有可能听到她最想听的话，那是她期待已久的东西。华蓉在心里积极地思索她将如何回答老五的那些话。华蓉想，如果老五向我表达爱意，我最好还是要婉拒他。我要告诉他，我俩没可能。

但是老五没有。老五突然转了话题。

老五说，喜欢旅游吗？华蓉心里顿了一下说，喜欢。老五说，你去过九寨沟没有？听说那里的水色天下第一，漂亮得无词可以形容。

华蓉立即索然，全身紧张的肌肉又一点一点松散了下来，松散得仿佛垮到了地上。自然风光再美，却不是这时候谈的。九寨沟华蓉去过，曾经为那里的美色欢呼和惊叫。但现在，九寨沟却煞了她的景致。华蓉很想挂电话了。

老五说，等考完了我带你去旅游好不好？去九寨沟？或者走得再远一点，去西藏？华蓉淡淡地说，好呀。华蓉的回答有些机械。华蓉想，从理论上说，你已经带我去了好几个地方。你只不过说说而已，这种承诺，难道我还会信！

老五说，你的呼应不太热烈哩。下面我要说句话吓你了。如果我们一起出去玩，两个人开一间房，你敢不敢住？

华蓉以为自己会有震动感的，却不知为什么，她一点感觉都没有，因为她的心情已经淡了下去。她根本就不信老五真会有一天同她一起出游。她觉得自己似乎有些知道老五了，但华蓉还是笑着回答了老五的话。

华蓉说，我没有不敢的，我只有不信的。

十八

整个夏天，华蓉都与老五热线联系着。炎热的日子容易让人焦躁。老五的电话就仿佛是清凉的风，将泊在华蓉屋里的暑气驱除一尽。

这期间，华蓉也出差过两次。华蓉走到哪里，老五的电话就追到哪里。有时华蓉遇到什么事，也会打老五的手机。牵挂老五和被老五牵挂成了华蓉生活中极其重要的内容。

但是老五仍然是一个谜，华蓉对他知之甚少。好在华蓉也想通了，华蓉想，你不想我见你的面，你不想我知道你的事，你不想我了解你的为人，你什么事都只是说说而已，但这都无所谓，只要你天天给我电话，只要你牵挂我关心我，便已足够。

暑假华蓉没有回家。虽然父母从远方打来电话，劝她回家休息几天，但华蓉没有答应。华蓉一来觉得过年反正要回去，二来她也想利用暑假，把手上的项目做完。华蓉心存一丝希望，那就是老五如果考试完，万一来真的要约她出门，她不能因为项目在手而导致出去不成。所以，她得抢时间完成了再说。不过，这样的隐情，华蓉自然对谁也不会说，就是对老五，她也只字未露。

但老五却回家去了。华蓉只知道他回湖南，但是湖南的什么地方呢？华蓉却全然不知。因为老五没有说，华蓉也就懒得问。其实华蓉顺便问一声也没什么，说不定老五也正等着她问，但华蓉却想，如果你想要让我知道，你就会主动说。她一点也没有想到，也可能老五会想，如果你想知道，你就会主动问。

老五在老家，时断时续地给华蓉打电话。更多的时候是华蓉打过去。有时候老五在打牌，有时候老五在跟人唱歌，华蓉多半只能匆匆讲几句话。连着几次下来，华蓉觉得老五完全是一副心不在焉的状态，心里便有些不快。

有两天，华蓉试着不打电话，想看老五会不会打过来。结果老五竟然没打。华蓉心里酸酸的，蛮不是滋味，只好还是自己打过去。料想不到老五却没有开机。

华蓉因此而难过了一天。华蓉想，老五你太过分了。你明知我等你的电话，你却故意不打过来。

好在当晚老五的电话就打了过来，老五说，你前两天怎么不给我打电话？华蓉说，你不是也没有给我打吗？老五说，我这边家里人来人往的，不方便。华蓉说，我昨天给你打了，你有开机吗？老五说，哦，昨天呀？我跟朋友进山里玩去了，手机没电了。华蓉心里委屈得慌，但又不好说什么。老五见华蓉不说话，便说，你不要这么小心眼好不好？华蓉说，我怎么小心眼了？我又没说什么。老五说，算啦，要是为这种小事弄得不愉快，不值得。

这天，华蓉独自坐在沙发上流眼泪。

华蓉想，难道我真的是在恋爱？难道我对这个老五已经动了感情？尽管一切都不可能，为什么我会为他的电话来与不来而激动和难过呢？难道我真是太寂寞、太孤独了，需要一份慰藉，需要一份牵挂？甚至也不管是什么人给予的，对方出的什么招式都不想弄清楚，就紧紧抓着不放手？难道这些电话便可打乱我全部生活的阵脚？

华蓉知道自己陷入情感迷途，她困惑而且不安。从理智上，她知道老五用这样的方式同她交往有悖常规，不可思议，至少在诚意上出了一点问题，可从感情上，她却摆脱不了自己的需要。她需要老五的电话，需要听到老五的声音。她承认她已经是老五的手下败将。

此后的时间，华蓉都是在又快乐又痛苦之中度过的。老五在电话里无论说什么都让她快乐，而放下电话后，一种对老五的无从了解又让她痛苦。华蓉反反复复地回忆与老五从认识到来往的整个过程。她想事情的开始是那么自然，而到了后面却令她觉得诡异。华蓉甚至生出一种恐惧：老五是不是和他的哥们拿她做个试验?

一天，老五终于在电话里说，他马上启程回学校。华蓉说，是哪一趟车?我去接你。老五说，算啦，大热天的，我打个车就行了。华蓉说，你回来就给我电话，我们一起吃个饭?老五笑道，难道我不吃你这顿饭你就过不下去?华蓉揣摩了一下他的话意，然后坚定地说，你说得对。老五仿佛停顿了片刻，然后说，来了再说吧。

老五并没有说吃不吃饭的事。这天夜里，华蓉在梦中见到一个人，高个子，大眼睛，很洒脱的一副神态。华蓉觉得他就是老五，于是拼命地叫着，跑到他面前大声地跟他说话。对方一片茫然，无论华蓉说什么，他都面无表情。原本很清晰的面孔就在那茫然和冷漠中渐渐模糊掉了。

华蓉不由大声地叫着，老五你是谁?你到底是谁?

没有人回答，那人已经远去。华蓉突然就醒了。蒙昽中的华蓉记起了自己适才的叫喊。华蓉静了静心，然后对自己说，我不在乎你是谁，但我一定要见你。

十九

便是从这天起，老五的电话突然没了。华蓉打老五的手机，没有开机。手机是华蓉联系老五唯一的渠道。手机不通，华蓉便没有任何办法。第一天华蓉有些不悦，心道你居然不给我打电话！第二天华蓉就有些烦，心又道，你再打电话来，看我理不理你！第三天华蓉就有些沉不住气了。华蓉想，你为什么不给我打电话?你什么意思啊你！

一个星期过去了，老五依然没有电话打来。恰巧这一连几天，华蓉吃饭看报时，都看到报上登有什么什么地方汽车坠崖、什么什么江上轮船遇险的消息。那些黑色的标题，令华蓉心惊肉跳。

华蓉的屋里又变得一片死寂。晚上10点，华蓉就开始紧张，开始浑身出汗，有时还会手足发抖。她什么事也做不了，只能守到电话机前，眼巴巴地望着电话，仿佛只有这样，她才能度过这漫漫的长夜。

但电话也像死了一般，连一声呼吸也不发出。焦急、烦躁、不解以及思念、期盼、担忧就一起冲上来折磨着华蓉。

暑假结束，学校业已开学，老五却像从这个世界上消失了一样。华蓉进入了一种魂不守舍的状态。她不停地在老五住的教工楼前徘徊，她试图引起过往人们的注意。她想或许这中间会有老五，或许有老六以及他们光协的什么人，如果老五有什么事，他们看到她，一定会上前来对她说的。

但是华蓉依然没有得到老五的任何信息。

华蓉觉得自己心理上已经承受不了老五的突然失踪。不管怎么样，她都想要知道这是怎么回事。于是，华蓉决定放下自己的矜持，上门去找老五。

华蓉便去了教工楼。这是华蓉第一次进这幢楼。楼很旧，还是大跃进的时候，老师和学生为证明自己的能力突击抢建的。墙壁上四处斑驳，墙角的水泥被磨损掉了，里面的红砖都裸露了出来。

看楼的是一个老头，电话就在他的旁边。华蓉盯着那部电话，心想老五就是用它给我打过无数次电话吗？想到这点，华蓉便有些百感交集。老头见华蓉看着电话发呆，便上前询问华蓉找谁。华蓉说找一个外号叫老五的人。老头摇头说没听说过。华蓉又说或者老六也行。老头有些不耐烦，说老七老八都不知道。华蓉说，我有急事找他，他的大名叫马驰。老头说，马屎？还牛粪哩。拿我开什么心？华蓉只好拿出自己的证件给老头看，说，我是计算机学院的教授，有急事找这个学生。老头说这里面住的学生没几个，主要是青年教工。华蓉说，不管是学生还是教工，找到他就行。老头说，没头没脑你叫我咋找？华蓉说，就是一到晚上10点就来打电话的年轻人。老头说，来打电话的都是年轻人，我哪晓得你要找的是哪个？

华蓉拿这个老头无奈，于是站在门口，向那些进来出去的年轻人询问。华蓉询问了至少十个，居然没有一个人知道老五，也没有一个人知道马驰，连老六也没人知道。华蓉一派茫然，她想，这是怎么回事？

华蓉十分沮丧，那种沮丧的感觉几达极致，仿佛一直正常运转着的地球，此时突然错了位。这样的错位令一向理智一向独立的华蓉不知所措。华蓉觉得自己似乎掉进了一个迷宫，到处是路，却不知道应该走哪一条。于是她心里又有些恨老五，恨他这么长时间什么都不告诉她，以致她想找他时，却一点线索都没有。老五是出了什么意外，还是根本就在躲着我？更或老五从一开始就只是逗我玩玩？华蓉有些六神无主，华蓉也有些心力交瘁。

但华蓉宁可相信老五出了什么意外的事，也不愿意相信老五只是拿她开涮。华蓉想，如果前者是残酷的话，后者则未免可怕。想过后，华蓉又自我安慰，生活既不至于这么残酷，也不至于这么可怕吧？

华蓉再一次到教工楼。那老头依然一脸严肃地守在那里，他两眼直勾勾地盯着华蓉，令华蓉感到阵阵心虚。

华蓉问老头，最近这楼里有没有年轻人出什么事？这一回老头的话匣还真打开了。老头说，这楼里最近是有些邪，一连出了两桩大事。华蓉忙问什么事。老头说，一个年轻人在餐馆和朋友聚会喝酒，喝多了，跟人打架，受了重伤，听说成了植物人；另一个年轻人从家返校时，在车上看到有人偷东西，就去抓小偷，结果人家小偷是成帮的，几个人上来对付他，他小偷没抓着，倒叫人杀得浑身是伤，送到医院，听说没进病房就断了气。

华蓉立即呆掉了。她想，难道这两个人中间会有一个是老五？想过又想，当然，这两个人中间定有一个是老五，要不他怎么不见了呢？

一种无边的疼痛开始撕裂华蓉。

老头继续说，最怪的是，这两桩事都在一天里发生，一个是英雄，一个是混蛋。你说这楼是不是有些邪？昨天学校还说打算今年把这楼拆了，盖新房子。我看也是该拆了。

老头后面说些什么，华蓉几乎没有听清楚，她神情有些恍惚。华蓉摇摇晃晃地回到家里，进门连鞋都没有来得及换，便软倒在地。

二十

华蓉大病了一场。她几乎处于半昏迷状态，什么东西都不吃，什么话也不说。她的一个博士生发现她一个人病倒在家，忙打 120 求救。救护车当晚就出现在楼下。王志强和梅芜听到楼道里人声喧哗，出门打探，方知生病的人是华蓉。

华蓉已是面无人色，王志强和梅芜都吓了一大跳。梅芜哭道，华蓉，才几天没见，你怎么成这样了？两个人便随救护车一起去了医院。

华蓉在医院急救了三天，天天噩梦缠身，心口疼得死去活来。两个浑身血淋淋的人不停地在远处朝她手舞足蹈。他们都对着华蓉叫喊，快来救我，我是老五。华蓉挣扎着想要走近一些，却怎么都挣扎不起来。华蓉于是也喊，却无论如何也喊不出声。

后来华蓉听到有人哭泣，不明白为什么会有人哭，于是她睁开了眼睛。

睁开眼睛后的华蓉第一个看到的人竟是她的母亲。华蓉很惊讶，然后她看到自己头上悬着的输液瓶子。华蓉这才明白，她生病了。华蓉一旦意识到这一点，人便缓解了过来。

华蓉的父母是接到梅芜的电话赶过来的，华蓉的哥哥和姐姐也赶来了。老母亲一把鼻涕一把泪地问华蓉怎么回事。华蓉知道自己的病因，但她没有办法说出口。华蓉只是说，可能赶项目太狠，累倒了。华蓉的母亲便使劲抱怨王志强，说他们不该让华蓉有这么大的工作量。王志强一脸委屈，却也只能不停地向华蓉的母亲道歉。华蓉只好在心里对王志强说，对不起，只好让你担待着一点。

华蓉一清醒便坚决要回家。任谁劝说，她都不肯留在医院。她公开的理由是不想让父母和兄姐每天往医院里跑，回到家里也可以休养；隐秘的理由却是还放不下她想等的电话，华蓉心存着一丝侥幸。

医生给华蓉做了全面检查，觉得华蓉身体并无大碍，的确是劳累和疲惫的缘故，只要好好休息一阵子，就会没事。但医生却私下对华蓉的母亲说，华蓉的病可能是出在精神上。或许受了什么刺激，千万不要伤害她，要化解她心里的结，免得不小心转为抑郁症。

这一点，华蓉本人并不知道。

华蓉又回到了她的家里。华蓉的父亲和兄姐因各自尚有工作，都陆续回去了，只留下华蓉的母亲陪着。华蓉每天恹恹地躺在床上，不想说话，也不想起来。她不看电视，不用电脑，连以前天天要看的报纸也不看了。华蓉的心里被深深的悲哀所笼罩。华蓉想，老五多半是死了。他的死固然令她悲伤，然而最让她受不了的还不是死亡，而是她永远都不会知道老五是一个什么样的人。她为这个人伤心动情，为他坐卧不安；为他而空空落落，为他而充实饱满；为他而笑，为他而哭；听到他的声音就快乐，接不到他的电话就痛苦。但她却对他什么都不知道，甚至连他真实的名字都不知道，连他是不是住在后面的教工楼里也不知道，他曾经对她所说过的话哪句是真哪句是假，她还是不知道。老头说，一个是英雄，一个是混蛋。他们都死了，她却不知他们两个哪一个是老五。

华蓉的心里为百结所缠。

华蓉的母亲是教古典文学的，很知道怎么跟人谈话。每当华蓉恹恹地躺在床上沉默不语时，母亲便坐在床边，长一句短一句地自话自说。母亲能看透华蓉生病的根本原因，所以有些事母亲只字不提，比方爱情，比方婚姻。有一次华蓉的母亲说起了九寨沟，华蓉的神情立即就散乱了，母亲马上就转了话题。后来她就不说任何与旅游相关的事。她说得最多的是魏晋文人的故事，像王子猷雪夜访戴、谢安与人围棋之类。华蓉便静静地听着她说。偶尔，她会插上一两句嘴，提出一点小小的问题。每逢这时，华蓉的母亲就特别高兴。

时间就在与母亲每天有一搭无一搭的闲聊中过去。刚回家时，华蓉的头发大把大把地掉落，母亲每天要从卫生间里扫出一大团。慢慢地，华蓉的头发掉得越来越少，有几天地上只有几根。母亲长嘘了一口气，她知道，华蓉最难的时候已经过去了。

有一天早上，华蓉醒了，见母亲站在窗口看山，便也起来走了过去。华蓉的母亲说，这里的空气真是新鲜呀。华蓉说，是呀，我每天早上和晚上都要站在这里呼吸新鲜空气。母亲又说，这山多漂亮呀，可以说是越看越觉得漂亮。华蓉说，当然了，要不我怎么会搬进这套房子？母亲说，看着这样的山，心里有踏实感。华蓉笑了，说，妈你怎么跟我想的一模一样？

华蓉突然记起，她已经好久没有细细地看山了，而这山在她心里曾经是每天与她相伴的丈夫。他给她关怀和温暖，为她变幻季节和色彩；送她出门，迎她回家；为她浅唱低吟，也为她呼啸叫喊。她居然在这么长一段时间里冷落他忽略他，甚至把他忘得干干净净。华蓉想，老五到底是什么样的人，难道对我这么重要吗？记住他给过我帮助给过我快乐，还不够吗？记住他让我痛苦让我不安，还不够吗？如果他死了，这件事就过去了；如果他没有死，这件事也过去了。既然一切都进入了过去时，我又还有什么过不去的呢？

华蓉想通过，内心一下子就平静了。这天中午，华蓉就跟母亲说，她已经全好了，一点问题都没有了，她心里的结也已经完全解开。母亲明白华蓉的意思，她笑了，说这才像我家的华蓉。母亲仍然没有问华蓉解决了什么问题，打开了什么结。她只是一边清理着自己简单的行李，一边对华蓉说，像你这样的人，拿得起放得下，你什么样的难关不能过？

华蓉很高兴。华蓉说，妈你最了解我。

二十一

华蓉的生活回复了平静，几乎完全回到了以前的状态。只是每天晚上 10 点，华蓉仍然喜欢坐在电话跟前。她如果不坐在这里，心里就虚虚的，不知道怎么办才好。

当华蓉坐在这里的时候，老五的声音会一直响在她的耳边。华蓉有时候还会分析那两个事故中，哪一个人是老五。华蓉觉得跟人喝酒打架的人有些像老五，又觉得在车上抓小偷的人也有些像老五。这时的华蓉就会想，如果我是一个泼辣一点的人就好了，我直截了当地问他多大年龄，住在哪间房，学什么专业，家里有什么人，家在什么城市或什么乡村，不也很好吗？我为什么这么矜持，这么放不下自己的自尊心呢？错的是我自己，我还有什么好说的？

华蓉这样自责自怨的次数越来越多。

时间就这样慢慢地走着，离老五的电话消失有一个月或两个月了。这天晚上，外面起了风，山上的树都摇晃着，呼啦啦地叫得很凶。华蓉开了一扇窗，山上的喧哗便都涌进了屋里。

10 点钟，非常准时的 10 点钟，华蓉的电话响了。华蓉正坐在电话跟前，像她近些时那样把自己沉溺在往事和自责中。突兀而起的铃声，让她吓了一跳。她有些紧张，又有些恐惧。她全身发抖，然后拿起了电话。

里面传来了老五的声音。真的是老五的声音。

老五说，你还好吧？那熟悉的热烈的有些淘气的带着笑声的问候让华蓉战栗。华蓉立即泪流满面。

华蓉说，你是老五吗？是老五吗？老五像华蓉第一次听他电话那样爽朗地大笑着。老五说，你还好吗？难道你连我的声音都听不出来了？华蓉说，你到哪里了？你出了什么事？老五说，没有呀，我一切都好好的。华蓉说，那你怎么不给我打电话？老五说，哦，是这样，我们住的那幢楼条件太差，我刚到学校，老六就拉我在校外租了房子，为了应考好冲刺呀。华蓉说，你的手机为什么不开？老五说，我在返校的路上，手机被人偷走了，所以，我就干脆把外界的联系都掐断了。

老五依然快乐而爽朗，华蓉的心却开始发凉。

老五说，我本来打算考本校的博士生，但今年报考的人特别多，估计我竞争不过那帮人。我同学告诉我，天津大学搞数控的马宏教授今年才开始招生，报他的人不多，我如果改报他的名下，机会比较大。他好像是你同学对不对？华蓉说，哦，马宏呀，他是我的同学。老五欢呼地叫了一声，真的是呀？太好了。你是不是还欠我一顿饭呀？这回我强烈要求你请了。我想你等着请我这顿饭已经等得太久了吧？

华蓉几乎已经死过去了一次，而老五消失的理由却这么轻松简单。现在失踪的老五又回来了，回来的理由却比消失更加简单。

华蓉说，你说完了吗？老五说，没有呀，这么久没有通电话，我有好多话要对你讲哩。华蓉说，对不起，你打错电话了。老五似乎愣了一下，然后说，怎么会？我听得出你的声音。

华蓉一字一顿地说，对不起，你打错了电话，你恐怕弄错了一个数字。华蓉说罢便把电话挂了。

二十二

第二天，华蓉叫了几个学生来帮她把房间的布置全部打乱。按照华蓉的要求，他们将家具重新摆放了一遍。客厅的电话被挪到了餐桌旁边，沙发也转了方向。

七八个学生一直干到中午，华蓉与他们有说有笑的，整个屋里都焕发着一股新鲜明朗的气息。中午华蓉请学生们在学校的餐馆吃了一顿饭。饭后，华蓉便打车到洪山电信局，她把家里的电话号码换掉了。

从此这个叫老五的人被剔除出了华蓉的生活。

回来的时候已是下午，华蓉没进家门，直接上了山。她沿着山上的小路慢慢地走着。那曾经是她多么熟悉的道路啊。重新走在她熟悉并且热爱的路上，她只觉得自己内心平静。山上的树叶都黄了，纷然地落着，小路几乎被落叶完全覆盖。

回到家，华蓉推窗透气，一面山都在眼前，树树都舒展着秋色，这秋色染透了华蓉的心。

2003 年写于武汉

在我的开始是我的结束

那本来可能发生的和已经发生的
指向一个终结，终结永远是现在
足音在记忆中回响
沿着我们不曾走过的那条通道
通往我们不曾打开的那扇门

——摘自艾略特《四个四重奏》

一

黄苏子生下的那天，她父亲正坐在医院的走廊上读苏轼的词。他已经有了两个儿子和两个女儿，对于老婆生不生孩子或这回生成什么性别他都无所谓。这是个秋天。秋天这种季节总像一个怀着勃勃雄心而永不被人赏识的男人，心情沮丧，脾气好一阵坏一阵。现在就正好遇上他脾气坏的时候。天空因此阴沉着脸，黯淡的云彩便如同天脸上的斑块。

医院走廊的灯和它的太平间一样，狡黠地散发着光线，昏色令四周暧昧。玻璃窗都破了，破得龇牙咧嘴，像一头愤怒的狮子正张着大口。冷光便在玻璃碴子的牙上闪烁。风带着微响，擦着牙边，灌进走廊。黄苏子的父亲坐在一张摇摇晃晃的椅子上看苏词。他不停地因风而缩缩脖子，椅子也就在他缩脖之时发出吱吱的响声。

书页在黄苏子父亲的手指上无声地翻动。他的手指白皙细长，蓦然间会痉挛一下。书已老旧得发黄了，字是竖排着的。书面上有一张面孔瘦削并留着长胡须的苏东坡画像。这个苏东坡并不如黄苏子父亲想象中那样伟岸和潇洒。黄苏子的父亲曾经愤怒地想过，苏东坡要是这副样子还成得了苏东坡?为此他断定画此肖像的人非但没见过苏东坡，甚至从来也没有读懂过苏东坡。只是眼下的黄苏子的父亲用了一张大红塑料皮包装着此书，并非是他不喜欢这张肖像的缘故。

这是1966年的秋天。黄苏子的父亲正在被人批判，而黄苏子的母亲因为红卫兵搜家受惊而动了胎气。

苏子说，有笔头千字，胸中万卷。致君尧舜，此事何难。用舍由时，行藏在我，袖手何妨闲处看。身上健，但悠游卒岁，且斗樽前。黄苏子的父亲看得心动，联想自己被贴得满墙的大字报，不由连说，好好好，写得好。

便是这时，一个女医生款款地走过来告诉他说，生了个女儿，三斤八两。她说时显得很别有用心地望了望黄苏子父亲手上的书。

黄苏子的父亲赶紧把书一合，说，毛主席这篇文章写得太好了。

女医生说，哪一篇呀?

黄苏子的父亲做贼心虚，忙不迭回答说，就是《实践论》。太好了，写得太好了。我都想好了，给孩子起名叫黄实践。我姓黄。

女医生笑了笑，认真地回答说，这个名字很有纪念意义。我参加过学习毛主席著作讲用团，不过你看不出来像一个学习毛主席著作的积极分子。女医生说完就走了。

黄苏子的父亲一身冷汗湿透了内衣。

其实，他原本想好，无论生男生女，他都要用黄苏子这三个字命名的。一个多嘴的女医生却令他这个美丽而富有意味的名字没有出笼便自取消亡。因为这个，黄苏子的父亲心里对刚刚来到人世间的黄苏子便无端地生出几分厌倦。

黄苏子是在十二年后知道了自己名字的来历。那是她的父亲在批判会上发言时讲出来的。父亲在讲到医院那一节时，热泪盈眶，然后当众宣布要把那个消亡了的“黄苏子”请回来。于是很多人都鼓了掌。他们都是黄苏子父亲的同事和黄苏子的同学——一所中学的老师和学生们。

黄苏子也坐在台下，她刚读初一，正处在敏感和害羞的年龄。许多同学都向她张望，窃窃私语地说她些什么，还有人哧哧地笑，这令她感到十分紧张，紧张得只想撒尿。一个男生——黄苏子班上的同学都叫他“流打鬼”——甚至咧开大嘴说，黄实……贱人变成了黄苏……婊子……他说时，唾沫喷到了黄苏子的脸上。周围的人都大笑起来。

笑声在阳光下波浪起伏。围墙旁的榆树借着阳光，把它长长的阴影投射过来，斑斑驳驳的树影落洒在人群里。一蓬高枝伸得老远，一头倒在讲台上。风动一动，阳光就像洒在阴影中的碎银子，摇摇闪闪。于是坐在台上的人便也随风黑一阵白一阵或是黑白相间地花一阵，如同演戏。花着脸的校长在台上不停地喊叫，安静点！听黄老师继续批判“四人帮”！

黄苏子悄悄地哭了。四周虽然已经安静了下来，可是大部分人都没有听到她的哭泣声。

黄苏子原本话就不多，这一来，她便更不爱说话了。黄苏子的父亲并不知道这些。他第二天便去为黄苏子改了户口，回到家里，大声向全家人宣布，从今以后，世界上没有了黄实践，有的只是黄苏子。

黄苏子的姐姐一撇嘴说，梳子？还发卡哩。

黄苏子的大哥说，其实叫黄实践也还蛮有纪念意义的。

黄苏子的大姐便尖叫道，“文化大革命”还有什么好纪念的？爸爸挨斗，践践出世，没什么好事，神经病才去纪念。

黄苏子的小哥说，妹妹小名原来叫践践，现在叫什么？苏苏还是子子？

黄苏子的父亲想了想，说，好像都别扭，是吧？

黄苏子的母亲说，世界上真没几个像你这么神经的。

黄苏子在家里的小名便仍然叫践践。

黄苏子就是在这样一个众说纷纭的家里长大。她一直都是一个腼腆安静的女孩子。她的两个哥哥和两个姐姐从不因她是小妹而格外照顾她，父母也不因为她是家中小女而对她多出一份怜爱，就仿佛她是一个多余的人。于是黄苏子就总是形单影只，一副落落寡合的样子。有时被兄姐欺负了，迫于无奈去母亲面前告状。母亲是个家庭妇女，与父亲的婚姻并不愉快，故常常不分好坏，偶尔帮她几句，更多时却反过来骂她喜欢惹事。这个结果使得黄苏子在自己被人欺负后常常不知道应该怎么办才好。而她告状的代价却是两个姐姐一致认为她是一个阴险的人。

黄苏子的父亲从来也不理会儿女之间的纷争。他很少跟他们在一起，他把他的时间都献给了学校，他对学生的关心也是无微不至的。于是他年年都拿回一张先进工作者的奖状。“文化大革命”中他拿，“文化大革命”后他也拿。他每天都在办公室里忙到天黑。有时天黑了也不回来，让黄苏子或是她的哥哥姐姐把饭菜送到学校去。黄苏子想，他好像不是他学生的老师，而是他们的爸爸。黄苏子从来也不记得父亲帮助过她什么，或者轻言细语地对她教导过些什么。她唯一记得清楚的是有一次在家里吃饭，她夹菜没用公筷，而咀嚼的声音又略微大了一点，黄苏子的父亲顿时把人脸拉成马脸，呵斥道，夹菜必须用公筷，嘴巴不要出声，从小就要讲文明。结果吓得她那天连菜都不敢再夹。

随着年龄的增长，黄苏子越来越不爱说话，也不好活动，甚至连笑也非常非常之少。这样一来，她也就没有什么朋友。她总是默默地做自己的事情，对什么都很淡然，仿佛有些木。于是从小就对她不是太好的哥哥姐姐们越发不喜欢她，在家里总呵斥她，你是不是弱智呀?

但黄苏子显然一点也不弱智。她轻轻松松就考上了市里最好的中学，而她的哥哥和姐姐都比她要费劲得多。尤其她的小姐姐，靠了黄苏子父亲本人是学校老师，内部照顾，又交了一些钱，才被收留进去。

黄苏子的姐姐比她高两级，黄苏子上高中时，她已几近毕业。虽是亲姐妹，两人却从不一起去学校，就算在学校操场相遇，也无话可说。学校的老师都认识黄苏子的父亲，很自然地也就认识黄苏子这两姐妹。大家都议论说这两姐妹真是怪怪的。黄苏子的父亲一向注意自己的形象，对此颇为不满，他声色俱厉地批评黄苏子，认为原因在于黄苏子的骄傲，却并没有怎么说姐姐，这使得黄苏子心里蓦然地生出一点点对父亲的斥恨。黄苏子想，不说话是两个人的事，凭什么骂我不骂她?因了黄苏子父亲的叱责，黄苏子和她的姐姐更是如同路人。姐姐也没有什么对不起黄苏子的，而黄苏子也没有怎么对不起姐姐，只是她们两个人就是扭不到一起去。学校老师们议论了几回，也就算了。

高二下学期时，班上突然有个男生追求起黄苏子来，连连地给她写情书，文字十分热烈。黄苏子初始把这些情书都撕了，不理那男生，也没对人说过。

可男生依然不依不饶。在一次学校联欢会上，那男生又当着另三个男生的面，亲手递给了黄苏子一封信。这封信热情得令黄苏子浑身肉麻，主要因为其中一句“如果我俩相爱，我们将每天从早到晚在一起。我要时时刻刻地亲吻你，一直从头亲到脚，要让我的嘴唇亲到你身体的每一个地方”，黄苏子读此大为恶心，便在情书下批了三个字：不要脸！然后就把它贴在了黑板上。

这件事令全班哗然。那男生当即被老师拎到了办公室。黄苏子的父亲亦气得面孔发歪，恨不能扇那小子几个大巴掌。他怒吼道，我的女儿未必就那么容易让你这种臭小子亲到！黄苏子的父亲在学校一直是个雅人，文质彬彬，礼貌温和，极令青年教师们尊敬，都说他有儒士风度，这也是黄苏子父亲常常自鸣得意的。这回为了黄苏子，他失了态。他这句话说得太没水平，青年老师暗地都笑。连黄苏子都想，就算是卫护我，何必这样说呢?

这句话果然留下后果。学校的男生们有事没事就打趣，说，想亲亲黄苏子真不容易呀。那个写情书的男生，也一改一往情深的样子，但见没人，便痞着脸对黄苏子说，我要克服什么样的困难才能亲到你呢? 黄苏子只有用“不要脸”“流氓”这样的词回敬他，却不敢再告诉老师或是父亲。

因为这些事，黄苏子对她的父亲感情上便有了一种莫名的变化。她觉得她总是生活在父亲的影响下，就像一个赶路的人，一心向前进，从不在意足下的石子，不管是将它踢到路边的草丛中还是将它踢进阴沟。这都不关赶路人的事，他只是盯着他自己的目标，然而石子却因之改变了命运。黄苏子觉得自己就是一个石子，被她父亲的行动卷带着，落进阴沟。她只能日复一日地生活在幽暗和阴冷之中，总也见不到太阳。如果她出生时他不是在看书，如果他不给她起黄实践的名字，如果他不在学校的批判会上说出这件事，如果他不是一味地袒护姐姐，如果他不用那样的语言说那个男生，她就不会是现在这个样子。她不会见人不想讲话，也不会想笑都笑不出来。

黄苏子自从有过这样的想法后，见了父亲便开不了口，后来索性连叫都不叫他了。

黄苏子的父亲起先并不在意这些，可时间长了，发现往往跟黄苏子说了好半天的话，却一点也得不到回应，而且黄苏子在非得叫他不可的时候，也只是轻轻地叫一声，喂。黄苏子的父亲多少也有些不悦，觉得自己好歹还是个父亲。黄苏子曾经听见父亲对她母亲说，你这个女儿哪像是我黄家的人?

连起码的文明行为都没有，完全像是从下层人家里养出来的。

黄苏子的母亲说，你这是什么话？你神经病呀！你以为你这是个很上的层？

黄苏子听后心想，母亲说得对，你神经病。你以为你是个很上的层？

黄苏子考大学时特别想考中文系，她觉得她有些喜欢文学。喜欢文学的缘故，是她有一次看了一个作家的文章。作家说他自小是个不爱说话的人，因为爱上了文学，他就几乎把他所有的话都通过笔来说了，文字成了他的嘴巴。黄苏子觉得这个观点很合她意，于是她就在分班的时候，要求到文科班去。

黄苏子的父亲原先也是学中文的，可他并不因此而赞同黄苏子的选择，反倒是大惊小怪。不经黄苏子同意，他便去找教导主任，将黄苏子从她选择的文科班里调到了理科班。晚上吃饭时，他轻描淡写地把这事通知给黄苏子。

黄苏子怔了怔，想问为什么，你为什么不征求我的意见？你和我到底是谁上大学？可是她只是嘴动了动，并未说出口。因为正吃饭，谁也没有注意到她蠕动的嘴，只道是她在咀嚼。黄苏子想，好吧，你踢吧，你想把我踢到哪里就哪里吧。横竖我就只是一个石子，横竖我已经都在阴沟里了，我还在乎什么呢？黄苏子用饭团把自己的愤怒压了下去。

黄苏子的父亲以为她默许了，便在饭桌上当着一家人的面说，你也不想想，你那点文采怎么能去学文科？你的每篇作文都文不对题，你连标点都打不好，你的错别字还特别多。你怎么一点也不像我的女儿呢？我当年在学校每篇作文都得全班最高分，得过好多奖。因为这些，我才报考中文系。你呢？你取得了什么成绩？你怎么没一点自知之明呢？

黄苏子的父亲说这番话的语气并不激烈，仿佛还有些漫不经心，但黄苏子却觉得字字如针扎耳，扎得她感觉自己的耳朵流出了鲜血。鲜血流到她的肩膀，又顺着手臂一直滴到她的指尖。她的手指夹着筷子，于是血又沿着筷子流进了碗里，以致饭都被染红了。黄苏子使劲地把饭往嘴里送，她用劲地咀嚼着，以致她又一次咀嚼出声。

她父亲说，说过多少遍了，你吃饭能不能雅一点？

黄苏子没有听见这句话。以后她每每吃饭，恍惚间总觉得碗中鲜红，每一口都沾着血。

黄苏子的高考成绩不错，她考取了重点大学的计算机专业。这专业很红，很多人想上而没能考取；而黄苏子并不想上，她却轻易考取了。黄苏子的父亲高兴至极，晚餐时破天荒地喝了一小盅白酒，然后说，不是我为你掌舵，哪有你的今天？

黄苏子依然淡淡的，没有笑容亦没有愠怒。她低着头默默地吃着饭，雪白雪白的饭粒在黄苏子眼里依然是一粒粒鲜红。她想，我今天又怎么样了呢？难道比昨天愉快吗？

黄苏子的父亲饮完酒，将酒杯轻放在桌上，而后仰天长叹，总算又为国家培养出一个人才了。

二

黄苏子住进了学校的宿舍里。八个人一个房间，几乎没有个人空间，就连换换衣服，掰弄一下脚丫都有七双眼睛盯着。黄苏子十分不习惯。好在她睡上铺，她便将帐子无论冬夏都挂在床上，并且永远地闭着帐帘。

于是许多许多的时间，她都躲在自己的帐子里。同室七个女生如果找她讲话，她也会像他父亲一样很客气很礼貌，但她从来不同她们一起疯笑。她听到她们说笑话时，心里总是想，这有什么好笑的呢？这也值得大笑？

寝室里的女同学都处在明朗欢乐的年龄，春春勃发，每一个日子都令她们新鲜而且愉快。她们自然也不会喜欢寡言少语甚至有点阴郁的黄苏子。读到大三时，已经几乎没有人跟黄苏子说几句话了。对此黄苏子并没有什么不快。

便是这一年，男生们仿佛醒了，开始频频向女生发起恋爱进攻，但却没有人追黄苏子。黄苏子想起当年高中时的情书，那些火辣辣的句子时而也会将她的心燃烧起来。于是她就有些盼望男生前来追求，特别是班上一个姓武和一个姓陈的男生。这两人学习成绩虽不是特别好，但为人却都十分英武洒脱。黄苏子喜欢的就是这种气质。但是无论是姓陈的还是姓武的甚至班上其他男生，对她似乎都敬而远之。

有一天，黄苏子从树林里走过，见到睡在她下铺同学的背影。下铺正在与一个男生约会。她偶一心动，想听听他们说些什么，于是便悄然绕到他们身后的树林里。

下铺正与她的男友说笑。下铺说，你干吗盯着我追？黄苏子比我漂亮得多，你怎么不追她呀？

那男生说，谁找她呀？你可别吓我。猜猜我们宿舍的武大侠叫她什么？

下铺便嬉笑说，你们能叫出什么新鲜名字来？顶多就是冷美人嘛。

男生说，哈，叫冷美人倒好，谁不喜欢冷美人？要命的是他叫她僵尸佳丽，这一叫立即在男生中传遍了，陈国强都说神似。

下铺当即哈哈大笑起来，笑声把树叶震得窸窸窣窣往下落，落得黄苏子满头都是。黄苏子略微怔了一下，一片树叶掠过她的鼻尖。她瞬间静下心来，然后走出树林，从两个同学的身边走过。她甚至还朝他们看了一眼，仿佛用的就是僵尸似的眼光。她用这种眼光把他们大惊失色的神情尽收眼底。

黄苏子这天在她的帐子里流下了眼泪，但只一会。纵然她已经知道姓武的和姓陈的对她如何议论，她也觉得没什么了不起的。黄苏子想，我是僵尸，你们一个是武猪，一个是陈麻子。那个姓武的男生稍稍有些胖，而那个姓陈的男生脸上有几星斑点。

这之后，她便没有了盼望男生追求的欲念，她内心原本对爱情略有向往的柔情也随之而去。她每次跟人说话，说完后便想，他们会不会说我是诈尸？想完后又把牙一咬，暗暗地骂上两句脏话，觉得自己有点平衡，就算了。

黄苏子暗中骂脏话的习惯似乎就是在大学毕业前养成的，但她从来没有脱口而出过，因为她实在是太不爱说话，早已习惯把所有的话都搁在心里。时间长了，骂的次数多了，就如同在库里储粮一样，她心里的脏话一垛一垛地越堆越多。粮食存多了，不出光进，越沤越坏。黄苏子的脏话也就在她心里不停地发酵。她甚至有意识地收集各种各样下流奇绝的脏话，认真得仿佛是一个收藏家。一旦听到格外淫荡污秽的言语，她便兴奋，觉得又搜罗到了奇珍异宝。到了大学快毕业时，她的心里似乎已经装不下她的收藏，于是，她将它们输入电脑，拷进了一张软盘。这世界上没有人知道她有这张软盘，世界上也没有人知道她的这个绝招。沉默是她外在的表达方式，而在内心堆积如山的辱骂才是她真正的精神。每次黄苏子骂完一个什么人，心里都会生出一股莫名的快感，有时旁边没人时，她还会失笑出声。黄苏子只有在这样的时候，才会觉得自己需要笑一笑。

黄苏子大学毕业分配在了机关，这是很多人想去的地方。班上同学暗地里便都说，别看黄苏子平常不声不响，可是悄悄地把什么事都做了。天知道她用什么方法收买了什么人，她那份阴险谁都看得出来。

其实黄苏子并没有去任何地方活动。只是前来要毕业生的人看了黄苏子的相片和成绩单后，非要黄苏子不可。黄苏子各科考试成绩都很不错。系里负责分配的老师自是跟黄苏子不熟，于是想要塞别的人，比方自己的亲朋之类，可用人单位没有同意，学校也无奈。

进了机关的黄苏子很快就适应了那里的风气，因为黄苏子发现，机关是一个很适合她待的地方。那里的人差不多都如她一样有着两套肚肠。所不同的是，他们的嘴巴把两套肚肠中的内容都说出来，或是人前一套，人后一套；或是会上一套，会下一套。而黄苏子则不同，她把她的另一套语言深藏在心里，只说给自己一个人听。当黄苏子知道大家同她不过五十步和一百步的关系时，感觉就要好得多，于是，黄苏子的性格也比在家和大学时要随和了许多。她想，原来大家都是分裂的人啊。

黄苏子的同事们只道她天生言语少，却从未觉得她难相处。兼之黄苏子工作责任感强，交给她的任务从来都不马虎，于是黄苏子也就得到了她过去从未得到过的诸多好评。

黄苏子的处长姓刘，年纪并不算大，便是他去学校确定的毕业生。他经常当众夸奖黄苏子，然后就说学校如何如何想要把别人塞给他，可他慧眼识英雄，笃定只要黄苏子。黄苏子的工作成绩果然说明他的选择完全正确。黄苏子嘴上没说什么，却由衷地对处长深怀好感，工作也就更加卖力。

很快，处长提出要把自己的弟弟介绍给黄苏子。至于他硬把黄苏子要来机关是不是有这层因素，不得而知。黄苏子对处长的提议并无恶感，因为她的确是应该恋爱了。

黄苏子顺从地同处长的弟弟见了面，彼此倒也都有好感。头一次有处长一起，喝了几杯茶，交换了地址和电话。第二次两人便单独相约了。黄苏子天生不会找话讲，处长的老弟似乎也不够灵活。仍然是去茶馆喝茶。茶一杯一杯下肚，可两人沉默的时间比说话的时间更多。最后快分手时，处长的老弟终于找到他讲起来最轻松的话题。他说他有一个小学同学也在黄苏子就读的大学，而且也是学计算机的。黄苏子便问叫什么。那老弟说他叫武大松，大家都管他叫武大侠。黄苏子的脸色顿时便变成灰土，这个小学同学正是创造“僵尸佳丽”名称的人。黄苏子心里的谩骂立即开始。因为骂得太专心，甚至没听到那老弟在说些什么。直到分手后，黄苏子坐在公共汽车上使劲想，方想起那老弟说下次约武大侠一起吃个饭。黄苏子心说，日你妈的，我陪你们去吃饭？你们吃屎去吧。我要去了他妈的就是婊子。然后黄苏子又忍不住心骂连天，骂得自己坐过了站都不晓得。

黄苏子当然没有如约去吃那顿饭，但处长的老弟也再没来找过她。处长当她的面装作什么事都没发生过的样子，一句多的话都没提。越是这样，黄苏子越是能想象出来那顿饭吃的是些什么内容。

果不其然，不出半个月，机关大多的人都知道了黄苏子有个外号叫“僵尸佳丽”。小车队的司机有一回跟她开心，竟叫了一声“僵尸佳丽”！周围的人听了都哧哧发笑，黄苏子装作没有听见，从从容容从这群笑的人眼前走过。这天刮着很大的风，却没有把黄苏子心里倒海翻江的大骂声刮进他们的耳朵里。

处长以后也就再没表扬过她。

黄苏子坐机关没几年，社会有了颇大的变化。走出门去，竟是觉得人人都富了，只有机关还穷着。占着这么好一个地方，日子却比随便一个什么人都过得穷酸，科员们便常常在办公室怒发冲冠。领导一想，自己最终的考核还是得靠这些科员投票，不把他们的日子弄富足，谁会为你名下的“正”多画一笔呢？票少了，自然影响提拔。于是领导们纷然激动，一致通过机关成立房地产公司。一个实权最大的领导说，一定要把自己的权力利用到最大限度，将公司赚来的钱用来发放奖金。

这个决定令全机关人奔走相告，无不拍手叫好。但当领导贴出告示招聘公司总经理时，却只换来一片沉默。人人都在想，赚了钱是好，可赚回来了也不归自己得，倘办砸了呢？这一砸还正砸在领导眼皮底下，一辈子的前程还不全完？于是，告示出来几天，竟没有人主动前去应聘。以前提个副处长还恨不能打破头，而这回端出一个经理位置来，却是无人敢要。领导们也颇觉窝囊，连连感慨想不到咱们的干部们都如此目光短浅。最后还是实权领导点了名。领导一点就点到黄苏子的处长头上了。

黄苏子的处长想来想去，觉得不去则是抗上，比办砸了公司还要糟，便只好咬咬牙，唉声叹气地认领了这个总经理，承诺之时，他脸上那份悲愁就好像他领养了一个神经错乱的儿子。不过，哀愁中他并没有忘记提出要求。他说他不能孤军上阵，必须带两个助手才是。这个要求不过分，领导都满口答应了下来。

处长要下的助手是一男一女，女的便是黄苏子。黄苏子原本喜欢坐机关的，可自从“僵尸佳丽”在机关内部叫响后，她便对机关兴趣索然。处长既点了她，她便觉得换个地方也好。处长领了一笔开办费，在外租了房子，然后开始了他们的创业。

其实他们有强大的后台，创业也不必费什么劲，容易得他们想都没有想到。总经理——也就是处长——还没弄清楚怎么回事，就发现他们已经开始赚钱了，而且发财了。很快，他们换到了高级的写字楼里；又很快，他们买了车，比机关领导们坐的还要好一些；并且他们的工资也在悄然上涨。奖金发下来，他们拿钱拿得两手发软，私下里也想，这世界是不是什么地方弄错了？他们人人都穿上了名牌衣服。他们经常去高级的酒店喝酒，喝多了便狂乐，说他们现在就像电影里的外国人一样。黄苏子没有说什么，但她心里怀有几分庆幸。

黄苏子搬离了她父母的家，出门时她长吐了一口气，有浑身一松的感觉。她住进了公司分配给她的一套公寓里。她把那里收拾得温馨可人。她的父母来看过一次后，都牢骚说，这还得了，干了一辈子革命都没住成这样的房子，她黄苏子才上班几天，就阔得像个资本家。牢骚过后，便再也不去，似乎要与黄苏子这样的资本家划清界限。黄苏子对此也无所谓。黄苏子冷冷地想，你以为我想你们来？

公司赚了钱，当然也会上交一些给机关。像所有同类公司一样，更多的资金也都会以各种名目截留下来。总经理是个精明人，他天生适宜做生意而不适宜做处长。黄苏子是总经理的助理，但她并不去公关，她主要为总经理处理各种文件。经过她的处理，文件的内容和要点都一目了然，省去总经理许多精力。总经理便常说，黄苏子，知道我为什么要你来帮我？就是看你能力特别强。黄苏子心里对这番话感到很舒服，她想他说的应该没错。

有一回圣诞节，公司摆酒席，请了许多客。以前机关的同事也都请了。

不少人都暗中塞钱送礼给总经理，求他帮忙弄到公司去。总经理大觉自己有面子，兴奋间喝下了许多酒。总经理本不是一个会喝酒的人，没喝多少就醉倒了，一醉便咿咿呀呀地胡闹。

老同事们也都以疯装邪地跟着闹，然后都说，啧啧啧，你当初怎么会选中黄苏子呢？怎么没看上我们呢？我们中间随便什么人也比她强呀。

总经理说，错，你们中间随便哪个也赶不上黄苏子。说着又把手搭在黄苏子的肩上，继续说道，不过，黄苏子呀，你有今天得谢谢我老婆呀。

老同事们都笑闹着说，为什么要谢你老婆呢，讲来听听？

总经理说，我老婆讲呀，你要想用女秘书，除非用那个"僵尸佳丽"，换个别的女人，你还不把她睡了？你总归不会跟一个僵尸睡去。我老婆真是料事如神，我跟黄苏子共事了这么久，朝夕相处，真的是从来没有动过一点她的念头。

老同事们便都哈哈大笑起来。

黄苏子心里面的脏话几近喷薄而出。她觉得自己额上的青筋已经绷了起来，脖子都在咕噜咕噜地鼓动着。在她的感觉中，她的骂声早已压过了冲天而起的大笑。如果说那笑声是起伏的海浪，她的骂声便是轰天而起的风暴。她骂了许久，连笑声什么时候止住也不知道。大家又扯起了别的，内容似乎距刚才的笑已经很远了。

公司这天的活动通宵达旦，晚上还要举办化装舞会。黄苏子了无兴趣，便借故离开，临走前跟总经理知会了一下。总经理虽醉着，但心里似还清楚，拉了黄苏子到一边，说，黄苏子呀，你其实只要脸上偶尔露露笑容，飞两个媚眼，把声音放甜一点，你就根本不像个僵尸，所有的男人都想把你抱在怀里。你的皮肤很白呀。

黄苏子浑身发麻，一种莫名的痉挛控制住她的身体，但只在瞬间便过去了。黄苏子没有接他的话，径直走了。

走在路上，她想，日你的妈，老子就是要当僵尸又怎么样呢？接下去，她用了更多的淫词，直骂得自己湿漉漉的不舒服。

三

便是这天晚上，黄苏子意外地遇到一个人。黄苏子走在大街上，她穿着件呢风衣，里面是豆绿色短套裙——这是职业规定所穿。风扬起，衣袂飘飘，颇有几分姿色亦颇有几分风度。一辆小车迎面开来，车灯打得雪亮，直刺黄苏子的眼睛。黄苏子便闪到一边。车已经开了过去，却又突然停了下来，然后往回倒，一直倒在黄苏子的腿边。车门打开，下来一个男人，盯着黄苏子说，是……黄苏子吗？

黄苏子怔了怔，定睛细看。待看清后，她有些吃惊，这男人竟是高中时给她写过许多情书的小男生。黄苏子同时也想起了总是龙飞凤舞地写在情书后面的那个名字：许红兵。

现在的许红兵显然也不小了，仿佛过得很好，黄苏子借着灯光一眼就看清了他身上的名牌比他们总经理的还要略好一些。从那上面散发的香水味道，黄苏子也闻出是一种很好的法国香水。但黄苏子还是本能地说，你要怎么样？

许红兵笑了，说，你怎么还像以前那样？你我都是大人了，难道我还会像以前那样欺负你吗？见到老同学，你一点美好的回忆也没有？

黄苏子没作声，当年那些情书中无数热烈的词句都一起涌在了眼前。其实，在许多寂寞的日子里，她常常都在回想那些情书的内容，所以，她对里面字句的熟悉程度比她当初更甚。黄苏子便略带歉意地点了一下头，说，对不起。

许红兵又笑了，说，你终于肯跟我说话了。今天是平安夜，你没事吧？找个地方，我们一起聊聊？

黄苏子犹豫了一下，在许红兵拉开的车门前停顿了约半分钟，终于一抬腿，坐了进去。

他们找了一处安静的茶寮，泡了一壶绿茶。许红兵给黄苏子斟上一小杯。杯子是褚红的，开水一落下，杯里便散发出一股清香。这香气令黄苏子感到一种她这一生都未曾体会到的温馨，这温馨又淹没了她脑子里收藏的所有骂词。

讲话的主要是许红兵。他回忆了高中班上许多有趣的事情，这林林总总的少年往事，也勾起了黄苏子的怀想。黄苏子更多的时候是在听，只是当许红兵询问起她的情况时，她才有一句回答一句。

许红兵说，哦，我知道你们公司，你们经营得不错。不过，我想象不出来，你言语这么少，怎么在公司里待得下去？

黄苏子没回答，但心想难道只有会说废话的人才配在公司里么？

这一聊便超过了12点。提出回去的是黄苏子，她忙了一天，到底有些倦了。倒是许红兵仍然兴致勃勃。许红兵坚持要把黄苏子送回家，黄苏子反对了一下，就认可了。

行车一路，他们都无言。直到到了黄苏子的住处，黄苏子正欲下车时，许红兵一把拉住她的手，用一种非常温柔的声音说，我好久都没有像今天晚上这么愉快了。明晚我们还见面，好吗？

黄苏子浑身一阵战栗，她不知道应该如何回答。她想说不必，但又说不出来。许红兵松开了手，目送着她下车，然后说，下班我去接你。说罢不等黄苏子表示出什么，便摇摇手，呼一下开着车跑掉了。

黄苏子不记得自己怎么进了家门，也不记得自己怎么洗完澡上的床。只是到了床上，适才与许红兵相逢的点点滴滴蓦然间就浮了出来，所有的过程如鱼游动。她几乎是在一寸一寸地品味她和许红兵在一起的一切。这期间她不由自主地褪下短裤，因为它已经湿透。当她赤裸着躺在温软的被子里时，她觉得自己仿佛听到了水流淌的声音，水一寸一寸地涨着，很快便将她泡在其中。黄苏子很清楚地知道，她需要什么。

次日的整个一个白天，黄苏子都心神不宁。她的总经理似笑非笑地问她，是不是昨天晚上我说了什么不当的话？或者是我撩拨起你的什么生理感受？

黄苏子没作声，心里道，是你妈的个屁！然后更多恶毒得足以置人于死地的句子，火山爆发一样砰砰地直撞她的胸口，撞得她隐隐作痛。这样，黄苏子在剩下的时间里方才安定了许多。

下班时，黄苏子一出门，便看到了许红兵，他手上甚至拿着一束玫瑰。他很贵族很风度地走到黄苏子面前，把花递了上去。走在她身后的总经理讶异得咧开了嘴，站在距她几步远的地方，半天动不了脚。黄苏子却蹙了一下眉头，仿佛是想了一下，终于她还是钻进了许红兵的小车。这是辆“奔驰”。黄苏子的总经理开着他那辆奥迪时总是说，得换辆车了，这回，要换就换奔驰。

总经理的换车梦还没有做成，黄苏子却在他的眼皮底下神情淡然地钻进了一辆奔驰。

这天晚上，他们一起吃了饭，然后就到郊外兜风。许红兵的车开得风驰电掣的。纵然黄苏子是一个很冷静的人，但其间几次紧要关头，她还是发出了尖锐的叫声，声音尖细得令黄苏子自己觉得可以划得碎玻璃。

许红兵说，我爱听你尖叫，这是女人的声音。

外面的风真是太大了，但车内却温暖如春。黄苏子便脱下呢外套。

许红兵说，其实你一上车就该脱。

黄苏子没作声。许红兵又说，纱巾也可以摘下来，难道你不觉得热?

黄苏子的确感到自己有些冒汗了，便摘下了纱巾。很奇怪的是，黄苏子这天穿的毛衣领口有些低，所以脖子整个都露在了外面。黄苏子的脖子很白，皮肤很细嫩。

许红兵似是有意无意地瞥了她一眼，说，我还是第一次发现，你的皮肤这么白。

黄苏子的脸便红了，她把目光转向了车窗外。

汽车这时正行驶在一条小小的街上。街面并不宽，路灯昏暗，虽然是在这么冷的天里，但这条小街看上去并不寂寞，始终有人来来往往。许红兵便将车略停了一下，然后意味深长地说，这里叫琵琶坊，是一个很好玩的地方。

黄苏子说，有什么好玩的?

许红兵说，以后你就会知道的。

这天的黄苏子以为她和许红兵之间会有一点故事，因为她知道一男一女在一起的时候，男的总是会忍不住有些小动作，比方接吻抑或抚摸抑或更深入一些的，但出乎她意料的是什么也没有发生。有几回，黄苏子几乎觉得这样的时刻就要来临了，却又总是被一个无关紧要的小岔子打散了业已形成的气氛。

12 点的时候，许红兵再一次送了黄苏子回家。下车时，许红兵又拉住了黄苏子的手，并且抓得很紧，显得内心很是激动。许红兵说，今天我很开心，我们能常常在一起吗?

这一次黄苏子没有了心理活动，她点了点头，说，好吧。

许红兵拉的是黄苏子的左手，对于黄苏子来说，这天晚上的左手便显得颇为珍贵，她一直留着她左手上的那份感觉，一直不想去洗这只左手。甚至她在品味许红兵的手感时，忍不住在自己的这只左手上亲吻。她觉得许红兵把一种淡淡的咸味留在了她的左手上。她骚动不安，潮湿再一次侵袭了她，于是她想用自己的左手去抚慰潮湿。她跃跃欲试了一下，还是忍住了。她因了自己如此的念头而恶骂了自己几声。

这又是一个令黄苏子失眠的夜晚。这次失眠令她上班几乎迟到。

这一天总经理正有一个重要应酬。这应酬无非是借新年即临之际，打点一下关键部门的领导。红包和礼品早已备好，但因黄苏子的仓促，落掉了一个排名较后领导的礼物。领导虽然笑说没关系，实际上脸色已经挂了出来。想想也是，谁都有份，独落他的，且不说少一份利益，光是面子也够拿不下的。总经理为这事大发了一顿火。

总经理说，知道你正在恋爱，晚上伺候人很累很忙，但工作还是要做好是不是？一天二十四小时，你白天归我，晚上归他，哪一头都是工作，哪一头都重要。知道你那位是个有钱的主，你不敢马虎他，但你也不能马虎我是不是？

黄苏子几乎将“放你妈的猪屁”几个字一口喷在总经理脸上。

黄苏子的总经理决定同一个香港人合作，办一个属于自己的女装公司。总经理虽说是由处长变老板，但他曾经是个苦孩子，在县城的小街巷里捡煤渣长大，举止间的俗气自己觉察不到，明眼人却一眼看穿。总经理在做了老总后，总是好跟人说自己的家世原本如何富有，海外又有如何的关系，父亲也是某地方的主要领导，全都是他妈的政治运动致使其家道败落，若非如此，他也早就是个大城市的人云云。总经理总喜欢说得有鼻子有眼，以致每回记者采访都要把他这些东西写出来。所以许多认识总经理的人都认为他家世很是了不得，来头大大。

这回黄苏子的总经理跟香港人如此这般说了半天，香港人淡然一笑，说，这我知道，在镇上食品店当个柜长，肯定是个很大的官。

一句话令总经理瞠目结舌。香港人又说，我要跟你合作，还能不把你的底细都弄清楚？

好在香港人并不介意一个人家世如何，香港人说关键要看公司办得怎么样，能不能赚着钱。钱就是一切，其他的都无所谓。总经理这才放下一颗心来。香港人还说如果创出了品牌，又赚了钱，名与利双收的话，他便会设法把总经理一家办到香港去。这个许诺令总经理心情激动。他做梦都想到香港去花天酒地，否则赚那么多钱有什么劲？激动之后，香港人说什么他便是什么了。

香港人说，公司需要一个经理，最好是女人。出去跟人洽谈，穿上自己品牌的服装，容易打开局面。总经理便将他的弟媳推荐了来。香港人只在他弟媳身上扫了几眼，便说，她长得倒不差，可气质不行。好服装，从不需要漂亮女人，而需要好气质的女人。说时他的目光落在了黄苏子的身上。他凝视黄苏子几秒，然后说，这位小姐是？

黄苏子的总经理忙说，是我的助理。

香港人说，我们的服装，就是要穿在她这样的女人身上。她的业务能力怎么样？

总经理说，当然是一流的。只是，她太不爱说话了。

香港人说，服装好不好，不靠说，要靠穿。我看就她吧。

总经理跟香港人交谈时，黄苏子拿了一沓文件夹，静坐一边。她一句话也没有说过，脸上自然也无笑容。她的脑子里装满许红兵的声音和他的神态。他们现在约会很勤，勤得令黄苏子觉得一日不见如隔三秋。于是她想她是不是坠入情网。对于许红兵，他有没有女朋友或者是有没有结过婚，她一点也不知道。或许她根本也不想知道这些，就算是有了女朋友或是结了婚，那又怎么样呢？她需要他，需要他的一切。既如此，就不必在乎别的什么。黄苏子心里已经想得波澜起伏了，脸上却依然静静的，像一尊佛。黄苏子从来没有去过香港，但她知道香港是个小地方。既是小地方，来一两个香港人谈生意，又怎能占领她的脑子？她的脑袋装着许红兵，对她的老板和香港人赚钱或不赚钱又怎会有兴趣？既无兴趣，又何苦用耳？所以香港人与她的总经理说些什么，她一句也没有听到。

然而，她竟做了总经理和香港人合资开办的丽港女装公司的经理。总经理把任命告诉她时，她暗吃一惊，却没有大惊小怪。

总经理说，是人家香港老板看中你的！你本事大呀，一句话不说，竟能把他搞掂。

黄苏子原本并不想做什么经理，黄苏子想结婚了，她已经被许红兵弄得有些痛苦了。但总经理的这句话，令她恼火了。她眼睛平静地望着他，心里却正翻江倒海地怒骂。

总经理说，看看看，你总是这么副僵尸脸色，居然被香港人喜欢。这香港人也是毛病，鲜鲜活活的女孩子他倒看不上。

黄苏子就这样走马上任，做了公司经理。总经理把她领进经理办公室时，她似乎还没有弄清楚是怎么一回事。三天后，她终于弄明白了一切。黄苏子无论在机关还是在公司，她的业绩一向是骄人的，这全然说明她的智商不低，智慧丰富。她跟着老板下海好几年，商界把戏看也看熟了，所以她很容易地便把公司打理得顺顺当当。

黄苏子的公司最初的业务便是为上层社会的妇女量身定做服装。她所谓的上流社会妇女，诸多是领导家属，她们总想穿漂亮衣服，却又总想只出很少的钱。为此黄苏子把工价开得很便宜，有的几乎亏本。黄苏子知道，如此这般投资并不会亏，大的回报都在后面。香港人和黄苏子的总经理对她这样的开头甚为满意。总经理笑道，黄苏子跟了我几年，做生意也真精到了。

黄苏子的面孔永远都是淡淡的样子，与她的顾客也不多言。她每天都换一身式样新颖的丽港服装，坐在办公室里神色自若地打理案头事务，操作电脑。她气质安静，举止优雅，无形中便让来来往往的人觉得她这样的状态正是那套丽港衬托的结果。奔来定做衣服的女人无论是不是雅人，却都有追求高雅之意。故一见黄苏子之后，便会有人提出就做你们经理穿的那种。慢慢地，黄苏子在一定的圈子里便有了点名气。大家都说到底是香港服装，不同凡响。黄苏子对这样的议论了然于心，并不自喜。她想，这又有什么难呢？

四

许红兵与黄苏子的约会似乎没有淡季。初始，黄苏子还隔一两天见许红兵一回，后来他们便差不多天天要见面了。每次分手，许红兵都一副恋恋不舍的样子。许红兵为黄苏子的公司出了不少主意。黄苏子公司里一位从日本留学回来的设计师亦是许红兵给推荐的。这位设计师为黄苏子的公司设计的几套服装都大受欢迎。于是，黄苏子在依恋许红兵的同时，亦对他充满了感激。如此这般，黄苏子便觉得自己已经时时在盼望许红兵的身影了。

春节不觉一晃即过，春天便在人们的欢天喜地中轰隆隆地来临了。一天晚上，黄苏子和许红兵一起吃饭。他们落座在一家星级酒店。酒店一角的钢琴声轻柔而来，像一只温暖的手一下一下地抚着心，把一颗颗浮躁的心都抚得沉静。

黄苏子呷着可乐，听着琴声如诉，突然就说，我很后悔。

许红兵说，后悔什么？

黄苏子说，后悔当年没给你回信。

许红兵听罢只是笑了笑，然后眼睛望向窗外。片刻，方用一种感伤的声音说，春天真是一个迷人的季节呀，只是太短了。说完便低头喝汤，一喝便好几口，头一直低着不抬起来。一曲终了，一曲又起，许红兵仍然在喝汤。

黄苏子想，是我触动了他的往事么？往事有时让人亲切，有时让人痛苦，但更多的时候却是让人惆怅满怀。喝汤代表着什么呢？黄苏子漫想着，也低下头喝汤去。

黄苏子不明白，往事带给人的其实远不止这些内容。有时的心情不可以用言语来形容，比方这个时候的许红兵。

这天晚上，他们一起看了场电影。电影院里几乎没什么人，所有的观众都坐在包厢里，于是接吻的声音、女人的低吟和娇嗲不时地夹杂在音乐和对白间。这天黄苏子在电影院里一直同许红兵肩挨肩地坐着。当他们身后有声音传来时，黄苏子明显不安，她忍不住望望许红兵，而许红兵亦用贼亮贼亮的目光看着她。黄苏子渴望她和许红兵也能有点什么，但许红兵没有动。黄苏子想他自是被自己当年的举动吓怕了。于是黄苏子把自己的右手放在自己的右腿上，许红兵正坐在她的右边。

黄苏子低声说，我不会像以前那样的。

许红兵微微地笑了一下，然后便抓起了她的右手。

以后的时间里，许红兵只是不停地抚摸黄苏子的右手。一直到电影结束，其间说了唯一一句话，你的手很软。说得黄苏子全身的骨头都要软下去了。

散场的灯亮时，黄苏子的脸已经红得发烧了。她觉得自己浑身都在颤抖。黄苏子已经过了三十岁，第一次被人如此抚摸，虽然有几分快意，但实在是远远地不满足。这一次，许红兵送黄苏子下车时，黄苏子静坐了一下，想说什么，终是没说。然后她打开了车门。

到此一刻，许红兵才又一次拉住她。许红兵说，我们相逢时间还不长，我心里想对你做些事，可我不敢。我觉得那是你我都需要的。

黄苏子回过头望着他，说，不管你对我做什么，我都不会拒绝。

许红兵便露出惊喜的神情，说，真的？如果真这样，这个星期六我带你去一个地方，你敢去吗？

黄苏子说，你敢带的地方我都敢去。

许红兵笑了，说，那好，一言为定。不过，最好穿得随意一点，像个老百姓。

黄苏子怀着十分兴奋的心情回到家。她脑子里满是星期六夜里的幻想。她觉得她和许红兵之间已经到了关键的时刻，这层纸终于要捅破了，而她也知道她是多么需要许红兵。她能想象得出来，星期六的许红兵和她在一起会做些什么。这样的时刻，黄苏子虽然在书上见过不少，甚至也看过一些录像，但对于她来说，尚未真枪真刀地领教过，于是，她便有一种珍贵的感觉。一连几天，黄苏子都在考虑自己穿什么内衣更合适。最后，她在一家合资商场看到一套绣花的真丝内衣，胸罩和三角裤上共绣着鲜艳欲滴的三朵花，恰到好处地落在女人三处最美丽的地方。黄苏子果断地拿出三百多元钱，买下了它。

然而星期五下午，黄苏子的总经理却通知黄苏子，说香港东家明天到。市里领导将会见他，会见完后，公司请客，黄苏子必须到场，要穿上最亮丽的丽港服装。

黄苏子心一紧，说，能不能请假？

总经理大惊，说，什么情况呀，你有没有看清楚！这样的机会别人哭都哭不来，你还请假。

黄苏子说，我必须请假，我有要紧的事。

总经理酸溜溜地说，不就是去会你那个小白脸吗？

黄苏子说，不管是不是会他，我都要请假。

总经理便翻了脸，说，黄苏子，别以为你做了经理，又傍了个主，翅膀就硬得可以撑台面了。告诉你，我想要炒你照炒不误。

黄苏子说，我不管你炒不炒，我只是要请假。

黄苏子把与总经理争吵的事告诉了许红兵。许红兵拊掌大笑，连说好好好，你连市领导都敢炒呀。那时他们正在汽车上，于是笑声使得汽车在马路上扭来扭去。

许红兵说，我现在就带你去个地方。

黄苏子说，哪里？

许红兵说，去了你就知道。

黄苏子说，跟着你去哪里都行。

许红兵意味深长地说，是吗？

汽车开了许久。车上一直放着音乐，乐声靡靡的，有点像黄昏的河岸风吹柳条的窸窣声，令人情不自禁而幻想。这幻想不会像瀑布落水，灿烂而奔放，却更多地带着山缝里的幽气，鬼鬼祟祟神神秘秘。

许红兵对黄苏子说到了的时候，黄苏子迷茫地睁大眼睛。她看到的不过是一条小街。这条小街很简陋，而且有几分俗气。印象中她曾经来过这里。虽然夜色浓郁，却并无寂寞之气。

许红兵说，这里是琵琶坊，一个很有意思的地方。说着他将车停到距小街远远的一棵树下。浓影之中，仿佛看不到车身。

许红兵这天没有穿一身名牌，倒是很随意地穿着十分大众的便装。因了许红兵的嘱咐，黄苏子的外装亦显得随便。黄苏子挽着许红兵的胳膊，沿街而行。街边暗处，不时能见一两个打扮妖冶的女子在说笑或是吸烟。

黄苏子说，她们是……

许红兵说，鸡！这里是个鸡窝。跟别的鸡窝不一样，这里是下层人寻欢作乐的地方。这一带有好多打工仔。

黄苏子大惊，说，为什么我们来这里？

许红兵将嘴附在她耳边，说，这该有多刺激呀。这里很多人家对外租房间。我们租一间，今晚上就……他说到这里，便停了下来。

黄苏子脸红了，她忸怩了一下，然后低语道，其实……其实……我是一个人住……也没什么人打扰。

许红兵说，我知道，可有这里的氛围吗？

这一说，黄苏子便认可了许红兵的主意。她已经开始了兴奋。浑身的血都在加速奔涌，骨头也开始酥软。终于，她和许红兵之间有故事了。

许红兵仿佛轻车熟路，很快他们就租下一间房。房东自称姓马。许红兵就叫她马嫂子。房间不大，约有十一平方米，中间搁有一张床和一面大镜子。镜面已经不明亮了，雾雾的，四角都是陈旧的痕迹。却没有卫生间，只一只马桶。马桶呈朱红漆色，座圈已脱落得斑斑点点，露出木头。

灯光很暗。许红兵同房东交涉完毕，进门来没说一句话，便扑到黄苏子身上，令等待接吻和温柔抚摸的黄苏子猝不及防。黄苏子轰然倒在床上，床单上一股令人形容不出来的气息，一下子扑入她的鼻中。黄苏子想说点什么，却无从说起。

许红兵三下两下扒去她的衣服。黄苏子精心准备的三朵花，许红兵仿佛看也没看，便将它们扔在了床下。只几秒钟，黄苏子便如同被刺刀刺中。她努力地寻找感觉，却只觉得沉重的许红兵压得她喘不过气。一直待她温情脉脉的许红兵，这一刻有如野兽，凶猛野蛮得令黄苏子产生剧痛。这是一种被撕裂开来的痛楚，她情不自禁地尖叫了一声。叫完后，她想起许红兵说过，他喜欢听她尖声叫唤的。

许红兵所有的行为都在黄苏子的意料之外。他几乎没等到黄苏子再发出第二声尖叫，便把什么事都做完了。他迅速地套上裤子，动作快得使黄苏子几乎没有看到他的肌肤。而黄苏子却全身赤裸地摊在他的面前，任他的眼睛扫视和浏览。

裸体的黄苏子没有动，她虽然有点冷，可她仍然愿意这么平摊着自己。她期待因了她的身体会再次唤起许红兵的欲望。但是，许红兵却只是默默地看了她半天，然后站到窗前，点着了一支烟。窗口又破又小，一挂肮脏的窗帘无力地垂吊在那里。许红兵将窗帘拉开一条缝，脸朝外望。黄苏子透过窗帘的缝隙，看到街上的一盏路灯，荧荧如鬼火地亮着。她想，故事就是这样的过程？想着，便觉得远不是她之所想。黄苏子说，躺到床上来好不好？

许红兵转过了身，他的脸色在灯下发青，几缕古怪的笑容浮上他的嘴角。黄苏子心里咯噔了一下。许红兵说，黄老师无论如何也不会想到，他女儿会这样一丝不挂地躺在床上，盼我去奸她。怎么样，我还行吧？许红兵说着哈哈大笑起来，笑得气都喘不过来。

黄苏子顿时面如死灰。她呆望着许红兵，似乎在回想着什么。许红兵笑完，说，你以为我真会爱你？老子的儿子都已经上幼儿园了。也不看看你那张僵尸脸！你装什么淑女，当年那样羞辱我？你让我没法好好读书，因为所有的老师和同学都认为我是流氓。为了你，我吃了多少苦，你永远也想不到。而今，在我眼里，你上了大学又算什么？不过一个鸡而已，是我玩过的一只鸡，跟我玩过的琵琶坊其他的鸡没有两样。

黄苏子在许红兵的陈述和辱骂中平静了下来。她很快明白了一个事实，这是一个设计好了的圈套。许红兵为报学生时代的仇，费尽了心机。

黄苏子突然间欲哭无泪，愤怒一下子燃遍全身。她内心深处被爱情业已掩埋了的脏话，仿佛定向爆破，瞬间在心里炸得开出花来。

黄苏子冷冷道，你以为我不是在玩你？你他妈的在中学就趴在我的脚下了，你现在以为你这狗日的就站起来了？老子一直在看你有几板斧，你这么快就露了馅？怎么不弄大我的肚子再发这通威呢？

这回轮到许红兵发怔了。在他怔忡之间，黄苏子几乎不容他想，便将她心里深藏了许多许多年的脏话，一句一句地骂了出来。骂声如江河决堤，汹汹涌涌地扑向许红兵。许红兵踉跄着倒退，竟一直退到了门口，先前得意的脸上倒有了几分惊慌。黄苏子却不管不顾，她高声地叫骂。一字一句，字正腔圆。她的骂声，每一字句都奇脏无比，不堪入耳。满屋里都是她脆嘣嘣的比喻，邪恶下作得令人全然可闻到臭气。这是她修炼了多年的成果，一招出手，又怎能不犹如惊雷炸耳？这一辈子，黄苏子还从来没有一口气说过这么长的一段话，也从来没有一下子说出这么多的话来，更何谈这么高声地叫骂。

退到门边的许红兵所有的潇洒仿佛都被黄苏子的骂声剐掉似的。他显得有点猥琐，一只手摸索着开门。黄苏子说，事情要做漂亮，不要赖钱。我的价一直都不高，五十块就成。那些盲流用我都是这个价，你也就按这个价付吧。钱就放在床脚。

许红兵便在身上摸出一只钱包，从中抽出一张一百的，低声说，我没五十的。

黄苏子哈哈大笑，说，那你还可以来一次。如果今天不行，改天来了就不用付账了，我会常在这里等你的。

许红兵丢下钱，逃跑似的离开了。

当门轰然关上时，黄苏子好像被人抽了筋，直直地倒在了床上。她的骂声止住了，这回决堤的是她的泪水。她哭得个天翻地覆，嗓子都哭哑了。枕头很脏，她在哭的时候，用嘴使劲地咬着枕套。从面颊上流到嘴里的泪是咸的，但另外一种味道是什么呢？黄苏子从来也没有品过。那种怪异的味道，从枕芯直扑黄苏子的心里，仿佛顺着她的血脉游走，走得她满身都是，然后又从她的每一个汗毛孔向外散发，以致弥漫了整个房间。黄苏子突觉这种味道有似曾相识之感，却记不得何时何地令她感觉过。

房东马嫂子闻声过来问过一次。问完不等黄苏子说什么，马嫂子便一副老经验的口气，说，哭哭也好。头一回都这样，开过头，就好办了。想通了男人都一样，能给钱就行。

黄苏子没等马嫂子把话说完，又失控地开始了骂人。她心里骂的正是马嫂子，但骂出口来却让马嫂子以为依然在骂男人。于是马嫂子冷笑了一声，说，说句话你也许不信，真恨的人都是在心里骂，骂上嘴的人越骂得凶越是相反。有个乡下女人头一回骂得差不多快断气，用头撞墙血都流出来了。结果怎么样？以后天天泡在这里。过一年找了个有钱老公，儿子也生了，还忍不住一个月来上一两趟，跟抽大烟有瘾一样。

黄苏子骂声顿止。其实她并没有听清马嫂子说些什么。她突然觉出她叫骂出的每一个句子都仿佛汇入这房间怪异的气息中。它们在这气息中如鱼得水，欢跃地跳动。它们往墙壁上跳，往残缺得露出砖块的墙缝里跳；往窗帘上跳，往窗帘上污秽形成的花朵上跳；往天花板上跳，往吊死鬼一样垂直向下的灯泡上跳；往屋角落里跳，往堆在角落的垃圾上跳。它们的舞姿独特而别致，世界上没有一个舞蹈大师想象得出来。它们和这屋里的气息竟是如此和谐地融为一体，无端地令黄苏子感到一种沉醉。于是黄苏子觉得自己也被融在一起了。她情不自禁地舒展了一下胳膊，心说，其实，我并没有失去什么呀！我有什么可伤心的呢？虽是欺骗，可我终是骂走了欺骗；虽是失身，可我也从此了解到男人和女人间最本质的交往方式。如此这般，有什么大不了的呢？黄苏子想着，伸手之间，她甚至觉得她最为欣赏的字句正在她的思想过程中一条条地舞蹈着缠绕上她的胳膊。它们在她的肌肤上妖妖娆娆地笑着，笑得十分妩媚。黄苏子的脸上情不自禁地浮出笑容，那是她从来也没有过的来自内心的笑容。于是她想，它们一直在我心里发酵，闷也闷坏了。现在它们突围来到我的体外，它们多么活跃多么自在多少美妙。

黄苏子在这一刻仿佛找到了自己同外部世界和谐相处的端口。

天便是在黄苏子莫名的喜悦中亮了。她的眼泪早已干涸，干涸得连痕迹都不见。她想，这下好，从此一辈子不必担心再有眼泪。

这天是星期天，不用上班。黄苏子便静静地躺在这个房间古怪的气息之中。许红兵曾经拉开的窗帘缝依然裂开着，阳光从那里穿了进来。这是一个大好的晴天，晴得十分明朗。

马嫂子再次推门，她看见黄苏子依然躺在床上不动，便没好气地说，喂，你的时间到了，别人还要用。你如果不想走，必须再付钱。

黄苏子一指床脚边许红兵丢下的一百块钱，说，这么多够不够？

马嫂子的眉头立即被笑意包围，说，够够够，足够了。你是个痛快人。哎，我说吧，你一想就想通了，是不是？我一向都认为，只有明白人才来我们这里做。

黄苏子懒得理她。马嫂子见黄苏子无意与她对白，便拿钱退出了门。只几分钟，她又折身进来，样子显得有些神秘，说，还想不想再做一笔生意？这个客人是个老顾客，卖猪肉的。那生意赚钱，所以他出手很大方。一般人我还不介绍他的。跟你，我觉得有几分缘分。绝对没有病，你看，行不行？

黄苏子觉得散落在满房间的骂词已然开始在她周围聚拢。一条条的字句仿佛是一根根架起来的木柴，高高地堆在她的面前，只需她轻划一根火柴，这架木柴便会燃烧成熊熊烈火，瞬间即能将马嫂子烧成灰烬。

但是黄苏子手上和心里却都没有了那根火柴。她显得有些慵懒，眼皮抬也没抬，说，好吧。

五

黄苏子带着一身油腥气回到了自己的家。这是一个日子的黄昏。夕阳艳丽地在西天沉落，云霞借着阳光，风骚地一层一层将自己染红。世界这个时候真的是很美丽。

黄苏子开门后第一件事便是把自己泡进了浴缸里。她一遍一遍地洗着自己。一瓶新开的兰幽草洗浴液一次被她用光，洁白无瑕的泡沫堆得老高老高，黄苏子漆黑的头发漂浮其上，如一丛草。清香的气息饱满得仿佛使卫生间膨胀。

电话铃响的时候，黄苏子仍然泡在浴缸里。铃声催命似的一遍一遍响个没完没了，黄苏子便只好走出浴缸，屋里虽然没人，她仍然不习惯裸着身体走出卫生间。她裹上浴巾，趿上拖鞋，出屋接电话。电话却偏在她拿起话筒时挂断了。

打电话的是黄苏子的总经理。次日黄苏子去到自己办公室时，发现总经理也在那里。平常总经理并不亲自到丽港来。如果有事，他会让秘书打电话通知黄苏子去他那边。大多老总，哪怕以前只是一个修鞋卖菜的，可一做了老板，便都自然而然地会有了这副架子。黄苏子的总经理自然也不例外，更何况他当年做的是国家正式机关里的处长。

总经理的脸色很不好。黄苏子一如往昔，面无表情。总经理说，有了男人，你也应该学会笑笑是不是？他睡你的时候你也这样？你为了他连工作都可以甩下来不管，为什么就不为他改变一下你自己的风格呢？市领导问丽港的女经理怎么没来时，你猜我怎么说？我说她爹死了，她奔丧去了。我总不能说你跟男人睡觉去了吧？

黄苏子不作声，心里已然用骂声进行了还击。她知道自己心里的声音很恶很恶，恶声尖锐得可以置人于死地。因为黄苏子感觉到那恶声正撕裂着她的肝肠，疼痛剧烈，血从肚脐的地方一寸寸地往心口淹没。

总经理说，打电话你也不接了？我只好亲自来通知你，这边的经理换人了。你还是回那边公司，继续做我的助理。

黄苏子说，今天就过去？

总经理说，今天就过去。还是以前的桌子，桌上有几个集装箱单子，还有几个会议表格，你今天内把它们弄好。再有，你拿去穿过的所有丽港样品都还回来。

总经理说完望着黄苏子，似想看她有什么反应。黄苏子却依然一字未吐，连脸色都没变一下，只走到自己的桌前，清理自己的东西。

总经理说，难道你就没有什么话要说？

黄苏子淡淡地说，如果硬要我说，我就想说，我正想辞去这里的事，回到我原先的办公桌前。

总经理怔了怔，说，你不是故意说这种话吧？为什么呢？

黄苏子说，因为那边清静。说完，黄苏子当着总经理的面，扬长而去。

总经理在她身后长叹一口气，说，你可真是个僵尸呀。这个世界上也只有我老婆把你当了个宝贝。

黄苏子重新回到了她的办公桌前，如同以往一样，日复一日地处理老板交代下来的所有事务。许红兵仿佛是刮过的一阵风，过去后，就再没踪影。

黄苏子的脸上并没有表现出任何内容，但她的总经理还是很快察觉到了。

总经理不禁有些幸灾乐祸，他问黄苏子，你那个开奔驰的男人呢？

黄苏子说，开到别人那里去了。

总经理便说，我当时就想，一个有奔驰车的人，怎么会看上你？可看你深陷情网，真不忍心打断你的美梦。像你这样性格的人，能有个美梦做做，比什么都没有要好。

黄苏子说，你说的是。

总经理还没有把自己的车换成奔驰，所以一旦落实黄苏子确已和那个奔驰分了手，便有一种说不出的快乐，就仿佛这个女人又回归了自己，虽然他并不喜欢这个女人，而黄苏子确也是从来没跟他有过什么。但他仍然有一种占有感，纵然这个冷若僵尸的女人只是每日坐在他隔壁的办公室里为他工作。

总经理的弟媳到底还是做了丽港公司的经理。这天她策划了一个模特演出，并且很大气地将黄苏子也请了去。请之前，她怕黄苏子会有情绪，不会前往。黄苏子的总经理说，她要为这点事就有情绪，那她怎么还会是僵尸佳丽？

正如总经理所说，黄苏子接受了邀请，而且穿着认真地前去观看了。模特们扭着腰在台上来来去去地走着。台上没有铺地毯，皮鞋的小后跟叩得人满耳的叮叮咚咚。黄苏子只觉得似有一人在她的头顶上打锤，直打得她眼冒金星，金星多得犹如铁水刚出炉。如此一来，黄苏子固然看得认真，却是连一件衣服的颜色都没有看清楚。

一个声音突然从黄苏子耳边的一片打锤声中跳出，那是一个女人快意的笑语。黄苏子听出这正是总经理老婆的声音。总经理的老婆说，咦呀，这些模特的脸蛋子怎么个个都像你的僵尸佳丽呢？

总经理说，这哪里可以一比？人家模特多性感，黄苏子却只像个塑料人。

总经理的老婆便扑哧笑出了声。

黄苏子眼前的金星瞬间便消失。她定了定神，想再看看台上，模特表演却刚好结束。走上台来的是厚堆笑容的总经理弟媳。她像个拙劣的歌星一样，拿捏着腔调向人们表示感谢。黄苏子心里一种说不出的恶感一涌，暗骂了几声，离座而去。恰好，这时看完表演的人们都在离座，黄苏子的离座便也没有显得格外突出。

走到大街上的黄苏子就像一片从树上刚落下的叶子，孤寂地飘着，却不知该飘到哪里。十字路口，一个小摊贩对着她使劲叫卖。他说，小姐小姐，好身材呀。买我这套衣服，肯定又漂亮又年轻。

黄苏子定下步子，随意地看了看他的摊铺。小贩说，没有比我这里更便宜的货了，来一套吧。他说着抓起一件。这是一件低领的化纤连衣裙，裙身很短，很紧身。胸前缀着几粒塑料珠子，黑的底色上浮着暗绿色的小花。黄苏子心头一动，仿佛记得她在什么地方见人穿过，便接了过来。小贩说，才五十块钱，到哪里能买到这样好价钱的裙子！

黄苏子便掏出五十块钱，丢给小贩。小贩拿了钱，望着过马路而去的黄苏子，叫喊道，你一穿就会晓得，绝对比你现在性感。

黄苏子便有了一种迫不及待的心情。她匆忙地打的士回家。一回家，既不喝口水，也不洗手上厕所之类，拿出那裙子便试穿起来。

裙子略有点紧，绷住了她的胸部和屁股。她走到了镜子前，镜子里正反射着她头顶上的一大团灯光。黄苏子突然看到灯光下另外一个女人站在了她的对面。她的脖子洁白，胸部高耸，圆润的弧线从腰滑向臀部，有如一尊黑得发绿的花瓶。她的面部没有表情，像一片没有开垦过的土地，平静如死；她的眼光有些茫然，仿佛一个被雾气吞噬的清晨，所有的内容都被弥漫成一派白色，白得似乎空洞无物。

这真是一个神秘的游戏，一个可以将人分裂为二的游戏。

黄苏子惊异起来。她一生中很少有这样的惊异。她情不自禁地舒缓起双臂，将自己永远绾起的头发散开，长发于是披到了肩上。低头垂眉之间，镜前摆放的化妆品一起涌到眼底。

黄苏子知道她现在应该做什么了。她对着镜子开始精心制造另一个自己。

黄苏子将粉底霜厚厚地抹在脸上，脸一下子白得如一面墙。然后她画起了眼影和眉毛，用的是深咖啡色。一只她从来也没有动用过的睫毛夹，也被她拿了起来。她把嘴唇涂得血红，红得令她自己感觉那里在滴血。最后，她把香水喷了一身，任由散开的头发遮住了半边面孔。镜前的这个人，黄苏子便再也认不出来了。她是那样鲜艳和奔放，又是那样做作和俗气。一个清清冷冷、平平板板的黄苏子仿佛不翼而飞。

黄苏子心里有一点明亮感。心道，原来一个人要消灭另外一个人是这么容易。

然后，她就走出了家门。

六

黄苏子在的士上跟司机说去琵琶坊时，司机脸上的笑意有些暧昧。车开动后，只几秒钟，司机便说，这么晚才去做生意?

黄苏子说，无所谓晚不晚。如果在平常，黄苏子不会搭理任何一个意欲与她对话的司机。但这天，黄苏子却有了一股强烈的说话欲望。

司机说，干你们这行的也很辛苦呀，不过来钱来得也真快。

黄苏子说，你说我是哪行的?

司机一笑，说，我连这都看不出来还算什么男人!

黄苏子说，那你多半看走了眼。

司机轻蔑地咂咂嘴，又说，我瞎着眼，光闻味道也能闻出你是干什么的。我跟你们这帮人打过交道，琵琶坊的小翠和莉莉在扫黄时总是要我的车。领着嫖客，一开就开到野外去了。这么个巴掌地，真不晓得他们怎么干。

黄苏子的脸在暗中红了起来。她很不自然地说了声，是吗?

司机说，这还假得了? 今天算认识了，以后有生意，也照顾点。我这个人嘴最严，上次公安追着问我谁包过我的车，我连一个字都没说。我不能断自己的财路。

黄苏子慢慢地放松了自己。她说，那好，我以后有了生意需要用车，一定找你。

司机赶紧递给她一张自制的名片，上面只有一个拷机号码。司机说，拷我就行。

黄苏子说，那你总得还有个名字吧。

司机说，叫我小六吧。你呢? 叫什么?

黄苏子怔了怔，她想她已经不是黄苏子了，因此她不能用黄苏子这三个字。她现在既当上另外的一个人，就应该有另外一个名字。而她现在，还没有为这个人取一个适当的名字。于是她说，拷你就行了，问那么清楚干什么?

说时便到地方了。司机边收费边笑，说，做的时间长了，就不怕说出自己的名字了。看来你还是个新手。

黄苏子听得发呆，下车后，她便一直站在街边，望着这辆的士消失。

黄苏子现在便置身在琵琶坊了。头上的灯光昏暗成一团，她上次来到此地的过程在这昏暗一团中模糊不清。黄苏子的确记不得那一天的她是走着怎样的路线到达马嫂子家的。她盲目地信步而行，并且她也并不知道自己想要干什么。路两边的轻笑不时传入她的耳朵。她感到有几分亲切，就好像是一个人听到了久已怀想的乡音。

终于她也走到了街角的暗处。她倚着一幢房子的墙壁，怀着一种期待，观望着来来往往的人们。离她大约二十米远的地方，有一盏路灯，灯泡有点坏了，一忽停，一忽又亮。明明暗暗的过程，令黄苏子无端地心有所动，却也并没有悟出什么，只觉得自己似乎就像这灯一样。

有一个男人终于发现了她。他笑着向她走来。几乎与此同时，一个名字跳出黄苏子的脑海。黄苏子想，我就叫虞兮好了。黄苏子读过书，知道楚霸王项羽有一首诗：力拔山兮气盖世，时不利兮骓不逝。骓不逝兮可奈何，虞兮虞兮奈若何。黄苏子没有楚霸王，对这个来无影而去有踪的虞兮也没有兴趣，但她喜欢虞兮虞兮奈若何一句。她想，如果能有人对她生出不知拿你怎么办才好的感觉，她就觉得很值了。一个人能活成这样，黄苏子想，也不失为一种选择。

这个走过来的男人终于站在了黄苏子面前，他扑面而来的汗臭，令黄苏子情不自禁地退了一步。不用判断，黄苏子便知来者是一打工仔。许红兵曾经说过，许多孤独的打工仔都爱到琵琶坊寻找安慰，用辛苦挣来的一点钱来换取微不足道的人生享乐。黄苏子记得自己当时说，对这样的人，你可以对他厌恶，也可以对他同情。

那个男人走近了黄苏子，说，做不做？

黄苏子的心咚咚地跳着，但她努力镇静着自己，做出一副很老练的神态，说，怎么不做？不做靠什么生活？

那男人说，多少钱一次？

黄苏子说，一百块吧。

那男人说，是不是太贵了？

黄苏子也无所谓钱的多少，于是立即降下价来，说，五十也可以呀。

男人说，有安全的地方吗?

黄苏子说，当然有。

男人说，房钱谁出?

黄苏子说，这个不贵，你愿意出就你出，你不想出我出也行。

男人说，你很爽呀，那我们对半?

黄苏子说，好吧。

琵琶坊临时出租的房间很多，黄苏子和男人一起，并不费力便找了一家，房间很小很简陋，连马嫂子那间都不如，但很偏僻清静。

他们在找房间的时候，男人搂着黄苏子，两人俨然一对情侣。初始黄苏子很不习惯男人身上的汗味，但过了十分钟左右，黄苏子便觉得没什么了。她小鸟依人地依着男人，不时地还做几分风骚。黄苏子天然不是个风骚的女人，她所做出的姿态和动作，都是模仿着电影电视中的风尘女子。此一刻，她心里的紧张感竟是没有了，她真就好像是另外的一个人。

两个人很快便结束了他们的交易，似乎连话都没顾得上说几句。

男人有些慌乱。黄苏子说，你慌什么?慢一点会舒服一些的。

男人说，万一警察来抓了怎么办?

黄苏子说，抓就抓呗，都不是人生需要?

男人听了这话，便踏实了许多。问起她的名字，黄苏子说叫虞兮。男人显然不知道有虞姬这个人，亦不知道有项羽这首诗，笑说，你这个名字好有趣。然后告诉黄苏子他叫水根。

黄苏子对他叫什么毫无兴趣，因为黄苏子绝不想跟他长期往来。黄苏子只是说，你来打工的?

男人说，是呀，打工。晚上无聊，出来转转。

黄苏子便懒得说什么了，男人似乎也懒得多说。行动足可以冲去无聊的感觉。于是，两个无聊而又孤独的人在这个破旧的小房间里一直泡到半夜 1 点。

黄苏子收了男人递给她的五张皱皱巴巴的钞票后，便离开了。她一直走到大街上，然后拦了辆的士回家。那几张浸透着打工仔汗气的钞票，黄苏子全都给了的士司机。

回到家里，黄苏子第一件事依然是冲进浴室。虽然她拼命地想洗去打工仔留在她身上的汗臭，却同时又产生了一种出了口恶气的感觉，身心有一种说不出的畅快。黄苏子自然清楚，如此这般会被社会斥为堕落。然而此一刻的黄苏子却觉得做一个好人实在太累太累了。

从浴缸里出来，重新披上丝织的睡裙后，黄苏子重新成了自己。脏衣服统统扔进了洗衣机，盖上盖子，黄苏子便觉得新人虞兮也被盖了进去。

七

生活的流水依然喧嚣着沿着它自己的指向流淌而去，无人能遏止得住它前行的浪头。

黄苏子已经不知道自己到底是几个人了。去琵琶坊业已成为她生活中的一部分。她是白天的黄苏子，黑夜的虞兮。作为白天的黄苏子，她外表是白领丽人，雅致而安宁，而内心却满是龌龊，不停地对他人发出恶毒的咒骂；而当她成为晚上的虞兮时，她外表是鸡，淫荡且下贱，而内心却怀着一种莫名的悲凉，觉得自己并不是为卖淫而卖淫，而是尝试另一种生活方式，是在完成人生命中的某种需要。黄苏子把自己分裂了又分裂，然后想，人是多么复杂的一种生物呀。他是立体的，天然就有着不同质地的层面。只因为虚荣和矫情，他总是只去照应生命中的某一个层面，让自己做这一层面的奴隶，活成一个平面的人。他们从不愿分裂自己，不敢让自己每一个不同质地的层面独立起来，不敢活成一个立体，让每一个面都放射出活力的光芒。所以，人是那么单调和呆板，思维狭隘，行为机械，把依附于人肉体上的本该活泼泼的生命，弄得好像腌过一样。所有所有光彩夺目、魅力四射的成分，经此腌制，都变得酸腐。黄苏子因为被腌过，深知被腌的痛苦，所以她要完成对自己的分裂，让生命更加本真而且立体。黄苏子想到了这些，就觉得自己悟出了什么，仿佛是有一种真理作为指导，于是，她就以为自己活得比谁都清醒明朗。同时，她果然就发现无论什么人，都真真切切地散发着一股令她总想掩鼻的气息。

年底分发了奖金后，黄苏子用自己的积蓄买了一辆乳白色的富康车。她之所以买车，全然是为了好去琵琶坊。先前她总是回家吃过晚饭后，换上衣服打的出门。但这难保不会遇上熟人。而熟人见她如此这般装束，一定会用异样的眼光看她，并且会添枝加叶地把她的这种样式说得满天下都是。所以，黄苏子想来想去，觉得还是买辆车好。

黄苏子准备了一个小小的帆布背袋，将虞兮所用衣物及化妆品、安全套全都装在背袋里。黄苏子已经是一个有经验的人了，但她在琵琶坊总是独来独往。她不像其他女子，喜欢聚在一起，疯笑和嬉闹，有时还结伴同客人们去闹市唱歌跳舞。黄苏子的行迹只在琵琶坊。如果客人要拉她外出，她便毫不犹豫地拒绝掉。与她的同行比，常去琵琶坊的客人们认为虞兮最低贱，她连玩都不想玩，乐也不想乐，一点文化品位都没有，只想干那一件事。黄苏子由他们去说，因为她知道，自己同他们所有的人都是完全不同的。黄苏子的同行们都纯粹为了赚钱，而黄苏子却不。钱对她来说，并不算什么。

只不过有时在夜深人静，客人丢下钱离开时，黄苏子也会问自己，如果我不是为了钱，又是为了什么呢？问过后，她却回答不出来。后来她想来想去，想到一个词：测试。她想，我就是想要测试一下，人是不是还有另外一种活法，把一个人活成两个人或者是几个人。

黄苏子下班后，通常会在外面吃一份快餐，然后开车到中心广场的停车场，在车里换上她的“鸡服”并且重新化妆。作为黄苏子，她穿的衣服是很精致很典雅的，脸上化着淡淡的妆；而作为虞兮，她只需穿廉价而艳俗的衣装，浓抹眉眼和嘴唇。将这一切工作完成后，这时走下车来的虞兮便全然没有了黄苏子的影子。

有一次，黄苏子在这里还碰到过老板的弟弟，她心里跳了好几下，因为他们险些成为夫妇。但他瞥了一眼，并没有认出黄苏子，只当黄苏子是只鸡。这使得黄苏子有了自信。至于在琵琶坊的晚上，她就真正是虞兮了，就算有人觉得她脸熟，也不会相信她是黄苏子。因此，黄苏子便有了自如感。

黄苏子在琵琶坊从来都没有固定的去处，总是碰到哪儿有房间就算哪儿。起先有一段时间，她曾租下过一个房间。但用过几回，她觉得这样没什么意思。而且，她也不喜欢同房东太熟。所以不到一个月，她便退了房。没有固定的去所，对于黄苏子来说，似乎还更多了一份刺激。大多的日子，黄苏子都是站在街的暗角里，用一种绵软不过的声音拉客。其实，不出声也行，只要往那里一站，许多人就心中有数了。在天气温暖的季节里，黄苏子有时会找不到可临时租用的房间，这时她也会同客人一起溜达到铁路边，在废弃的工棚里草草地度过时光。有一次，他们甚至就把郊外的野地当作床了。望着头上黑乎乎的天空和稀疏的星星，黄苏子想，今天我就是自然。

这样的时候，往往价钱比较低，而且客人相对也更穷酸更粗俗，但黄苏子既然不在乎钱，也就懒得在乎人。黄苏子会对自己说，这是虞兮的事，只要虞兮愿意就行了。

有一阵，扫黄打非很厉害，警察随时可能从天而降，扫荡淫窝。散落在琵琶坊的暗娼都很紧张，纷然向其他地方转移。房东们也开始以各种借口不租临时房间。只有黄苏子依然如故。她独来独往，每天去琵琶坊。去琵琶坊，仿佛是她的生活必需，就像日常所必需的盐一样。

倘若被抓，应该怎么办呢？这样的问题黄苏子也想过。想过后的结论是到时候再说。因为如果不去琵琶坊，一个人待在家里又怎么样呢？守着家里五盏灯到深夜？听邻家人嬉闹？看电视里欢歌？抑或一本书读得屋里死寂一片？如此这般感受，未必又会比派出所舒服。于是，黄苏子不能过没有盐的日子。

几乎在扫黄运动几近结束的时候，一天夜里，黄苏子终于在一次大行动中，同她的客人一起被抓了起来。这天她恰恰租着马嫂子的房间。当门被猛烈撞开的一瞬间，黄苏子脑子里闪过一句话：在哪里开始在哪里结束。

这次行动，警方收获很大，破了不少淫窝。一辆卡车将妓女和嫖客们一起拉到派出所。在派出所的院子里，男嫖女妓分左右两边背墙而立。这些平常没什么羞耻之心的人，这一刻或因恐惧或因羞耻，都深深地低下了自己的头。只有黄苏子面色平静地抬着头，她望着院子里忙忙碌碌的警察，一副很消闲的样子。

一个看守他们的警察终于忍受不了黄苏子的这副神态。他走近黄苏子，厉声喝着，看什么看？简直不知道丑卖多少钱一斤。

黄苏子不动声色，淡淡答道，为什么会丑呢？有什么丑的呢？这是我的生活方式，我需要这样的生活，这和有人去舞厅跳舞、有人下酒馆喝酒有什么差别？

警察愣了愣，想不到她竟会有这样一番话作答，愣完便破口骂道，真不要脸，像你这样不要脸的鸡我还是头一回见到。

黄苏子说，你的话未免太偏激了吧？

一个当官模样的警察恰听到黄苏子所言，立即板下脸，一扬头，说，把她带到楼上去。

黄苏子旁边的一个妓女低语道，小心点，上楼非要挨打不可。

黄苏子仍然一副无所谓的样子，心里却急剧地跳得厉害，皮肉之痛在她自然是一万个不情愿。她在一个警察押解下上楼。走到楼层半时，黄苏子看到一间女厕所，便说，我要上个厕所，你们这点人道还是要讲吧？

警察似犹豫了一下，心想，在自己派出所里，而且自己还守在门口，怕你跑了不成？想过就说，只给你五分钟时间。

黄苏子说，要不了五分钟。

黄苏子一进厕所，心就开始紧张起来。她并不想小便，她只是为自己逃离找机会。她从厕所的窗口向外望去，竟一下就发现从厕所窗外的管道可以直接下到派出所隔壁一家的房顶上。黄苏子没有任何思索，当即爬出窗外，扒上又粗又脏的下水管。她不顾一切地往下滑，在脚尖刚要踏上屋顶时，她听到了押解她的警察在厕所门口的喊叫声，完了没有？马上出来！

黄苏子一急，便坠了下去。她落在别人的房顶上，并顺着房顶一直下滑，滑到屋顶边缘方才停下。屋檐边巧恰搭着一根树枝，黄苏子不敢有半点犹豫，她抱起树枝往下跳，树枝枝干颇长，一直将黄苏子坠到地面。整个过程快速紧张得令黄苏子自己不敢相信自己所为。她一点伤也没有负，唯在松开树枝时，脸颊被弹回去的枝丫刷了一下。

黄苏子有如大难逃生，直到坐进自己的富康车里，换好衣衫，全身才松软下来。她两手抖得几乎开不了车。于是她很长时间很长时间都坐在车上，在车上一遍一遍地回想她适才的举动。她想，一个人究竟有多大的能耐，其实他自己是根本都搞不清楚的。

这次可怕的经历，给了黄苏子以沉重的打击，几乎有半个月左右，黄苏子都不敢踏入琵琶坊。于是这半个月来，她度日如年。散发在琵琶坊的气息就仿佛罂粟，每一分钟都在引诱她再度前往。她烦乱焦躁，嗓子发干，夜里常常头痛剧烈。她甚至开始消瘦，开始厌食，开始觉得自己活着的无味。终于，度过第十六天后的晚上，她对自己说，与其这么被折磨而死，不如就让警察抓住被打死好了。

这一念穿脑而过，黄苏子立即轻松下来。她立即上街，赶在商店关门前，再次装备好她所需要用的一切。开了车，直奔琵琶坊。当那熟悉的一切重新映入眼前时，黄苏子竟激动得流下了眼泪。

八

金色的秋天很快凋零了，北风洋洋洒洒地成了季节的主人。天地间立即就有了苍白之感。

扫黄是一阵一阵的，四散逃离的鸡们陆续地重返琵琶坊。琵琶坊的街头暗角，渐渐地又散发出一些浪笑。正经的人们总是不明白，这伙人何故打杀不尽？

但虞兮的身影却在这个冬天的季节里突然消失。曾有几个老顾客闲聊时还打听过她的下落，都说这个女人心特贱胆特大。他们对派出所的场景记忆犹新，并且他们也闻说虞兮在上厕所时跑掉了。言谈中，似乎觉得虞兮这个人对他们来说，有了另外的意义。

但是虞兮却再也不见踪影。

直到一个星期天的早上，郊区某个拾柴火的小孩子在养路工丢弃的工棚里发现一具女尸。她下身赤裸，脑袋破裂，鲜血淌了一地，血迹被冬天的风吹得干干的。她的死状很是怕人。

公安刑警闻讯而至。这是起明显不过的杀人事件。根据衣着，刑警很容易地想到这是常常出入于琵琶坊的鸡。于是拿了照片去琵琶坊让人辨认。被唤去辨认的人都说，哎呀，这不是虞兮吗？怪不得最近她不来了。她是个鸡，名字叫虞兮。

警察便问及她的住处，她是何处人。这时琵琶坊的人才发现，他们竟无一人知道她住在哪里，甚至说不出有谁更了解她一些。只说她常在晚上来，半夜就走了。甚至还说了她从派出所逃跑的事。除此之外，再没别的。案子到这里，便有点吊在半空下不去的感觉。

与此同时，黄苏子的总经理一连几天都火气冲天。黄苏子竟敢不辞而别。他回头想过自己这些年与黄苏子的共事，自视待她不薄，并且近日也没有什么特别的事可使黄苏子生气以致辞职。总经理案头诸多事都是交黄苏子处理的，一旦此人不在，还真不方便。于是便天天给她家里打电话，但每次都无人接应。总经理甚至亲自开了车找了黄苏子的父母家。她的父母说，我们哪里见得到她？她差不多一年都没回来了。黄苏子的总经理猜测黄苏子一定是另谋高就，或是到南方发展去了。因为他这个老板待她始终不错，故而她不敢或是没脸前来告辞。总经理觉得自己这个推测深具合理性，只有无可奈何地重新为自己找了个助理。

几个月过去了，春天行将结束。有一天，中心广场停车场管理员向交警反映说，车场一辆白色的富康车放了许久，也没人来开，不知怎么回事。查牌照是交警们的拿手好戏，很容易地就查出车主黄苏子的名字。

交警上黄苏子家发现没人，于是便去了黄苏子的公司。黄苏子的总经理这时方觉得哪里有些不对劲。普天之下，难道就没有一个人知道黄苏子到哪里去了？她一个单身女子，莫非会出意外？

公安局撬了黄苏子家的门。屋里满是灰尘，毫无人气，显见是许久无人居住的状态。但无论车上还是屋里，就没有任何痕迹表明黄苏子或去自杀，或出意外。黄苏子的老板挠头之间，灵机一动，决定在报纸上登寻人启事。

黄苏子是个相貌秀丽的女子，姿色气质都不错，登在报上便有几分醒目。但凡拿了那报纸看的人，都会好好地看看黄苏子，看完后发出几声怜香惜玉的叹息。这一天，负责破虞兮案的刑警恰好也看了那张报纸，起先也跟着叹息，叹后心有所动，不觉拿出虞兮的照片与寻人照对比。比着就觉得这两人的眉眼真的是十分相似。本已对吊在半空中的虞兮案有些冷却的刑警，一下子又绷紧了脑袋里的弦，当天下午便携了照片赶去黄苏子所在的公司。

总经理听说黄苏子可能被人杀害时，惊得半天说不出话来。待接过刑警手上的照片，看了立即说，是是是，这正是黄苏子。只不过从来没有见她这样打扮过。

刑警告诉总经理，死者不叫黄苏子而是叫虞兮，是琵琶坊的妓女。近年来，一直在琵琶坊卖淫。总经理更是震惊得几乎站立不住，险些跌倒。他马上又否认了照片之人是黄苏子的看法。他说，如果是这样，那就绝对不可能，绝不可能，一定是相貌相近的一个人。你们晓得不，黄苏子的绰号叫僵尸佳丽。

公司的同事都对照片进行了辨认，毫无疑问，照片上的人确是黄苏子。但黄苏子怎么会成为琵琶坊的虞兮呢？这一点，公司的同事们又疑惑得总想推翻自己的辨认。

公安局自是有手段，根据年龄、血型以及其他种种证据，事实千真万确地证明：这个被人杀死的、琵琶坊的娼妓虞兮，正是公司的白领丽人黄苏子。

好几天里，公司的人们都处在激动不安之中，虽然公安局铁板钉钉地认定虞兮就是黄苏子，但他们仍然无法让自己相信这个天天在琵琶坊卖淫的虞兮会是外号叫僵尸佳丽的黄苏子。黄苏子的总经理是最不信的一个。他一再说不可能，不可能。并说，等哪天黄苏子回来，他一定要鼓动黄苏子起诉公安局。总经理说，像这样毁人名誉，不让他们赔个百来万绝不跟他们罢休。

反应最为激烈的还是黄苏子的家里。黄苏子的父亲已经退休，很积极地参加街道组织的一些活动，经常去喜欢吵架的年轻夫妇家里帮助调解。每天早上，他还要去公园锻炼，傍晚时，总有几个学习成绩不好的学生请他讲解语文。他从来不参加跳舞，他觉得那样很无聊很低级趣味，是市民们所为，而他是个有身份的人，他应该为国家多做贡献。这样做人，脸上才有光彩。

当刑警拿了虞兮的照片给他认，他只看了一眼，就认出这正是自己的女儿。然而当他得知黄苏子所为，立即捶胸顿足，痛不欲生。他不是为了黄苏子永远不再的生命，而是反复反复地说，我黄家怎么丢得起这个脸呀！我黄家怎么出了这么一个贱骨头呀！这要我下半辈子怎么见人呀！他在号啕中，破口骂了人。他将许多脏词都用在了黄苏子身上，其中不少也是黄苏子喜欢用的一些。几个刑警都听不下去，出门说，能这样骂人的爹，他女儿哪能不卖淫？

对于黄苏子的父亲，这是一个无法承受的打击。此后他便再也不愿出门了。他仿佛觉得自己这一辈子挣来的面子，已让黄苏子替他丢尽。一个人如果连起码的面子都没了，他还有什么活头？于是，他只是闷闷地待在家里，等待死亡的呼唤。黄苏子的母亲显得比他冷静得多，她说，反正践践好好做人时也没把你我当爹妈，你只当没养这个人，有什么好气的？黄苏子的父亲想，理论上讲，确是如此。可实际上呢，你出了门，人家难道不戳你的脊梁骨？

一家人在很长的时间里，天天骂黄苏子。黄苏子家里的人，以前都不会骂人，现在却全部都会骂了，而且骂词都不同凡响。

大约半年以后，因为没有更详细的线索，再说杀死的又是一个鸡，再再说社会上的重要案子还有许多许多，于是成天忙个不停的刑警们也就把黄苏子的事淡了下去。

这天是个风雪弥漫的日子，一大清早，一个面孔猥琐的老头前来警局投案。他愁眉苦脸地说是他杀了琵琶坊的虞兮。

这个老头的出现，一下子又提起了刑警们的干劲。于是他们认真地做了审讯。

整个故事简单而又复杂。

老头是个捡垃圾的，已有六十二岁，年轻时曾因偷窃坐过牢，老婆为此离开了他，从此他便一个人生活，靠卖点破烂养自己。这些年垃圾值钱，倘若偷到窨井盖或者是铜件，能卖上好价钱，所以，他手上渐渐地有了点积蓄。一个男人一旦温饱问题解决后，便想要其他的了，比方女人。老头自不例外。所以这些年，他常去琵琶坊，毕竟他穷，来钱不易，他找的总是那些最便宜的，虞兮便是一个。老头一直觉得虞兮是个特别好说话的人，往往他同虞兮讨价还价时，虞兮也做一副无所谓的样子。老头说，她跟别的鸡不一样，她好像不是为了挣钱似的。

有一天晚上，老头在中心广场停车场附近捡垃圾还没来得及回家，突然看到虞兮开着一辆车进停车场。当时车速很慢，他看得很清楚，只是虞兮穿着打扮得并不像虞兮，而像电视剧里上得了场面的小姐，好端庄好雅致。于是老头立即否定了自己，他想，这个世界上长得像的人太多了。但令他料想不到的是，只几分钟，虞兮便从停车场里面摇摇摆摆地出来了，穿着她平常招客时所穿的衣服。这时的老头在目瞪口呆间，觉得事情有些怪怪的。似是好奇，又或是其他别的什么原因，老头开始暗中跟踪这个虞兮。两三个月下来，他终于发现，虞兮竟不光是虞兮，同时也是一家公司里叫黄苏子的小姐。她能赚不少钱，开着一辆白色的富康，住一套舒服的房子，每天下午下班后在外面吃饭，然后把车停在中心广场停车场。在那里，换上一套妖艳的妓服，又乘的士去琵琶坊做皮肉生意。

弄清这些后，老头觉得这简直是令人不可思议的事情，如此这般，不是精神有病又是什么？但他还是有一种欣喜若狂的感觉。他断定，虞兮这么做，一定没有任何人知道，而且她肯定也不想让人知道。于是他心里萌生了一个想法。

一天晚上，他早早就到了琵琶坊，在虞兮常守的街角等到了她。虞兮对他在这里等她有些不解。老头忙告诉她，他单单等她，是因为她比别人便宜。虞兮也就没说什么。他俩一起去到郊外一个养路工废弃的工棚里。这是老头早看好的地方，这里偏远无人，什么事都好办，什么话都好说。因是熟客，更兼黄苏子经常在这样的地方接客，所以她并没有多想。

进了工棚，两人苟且完后，老头突然叫出黄苏子的名字。黄苏子大吃一惊，但以她的性格而言，她仍然很镇静。她说，你怎么知道这个名字的？老头说，我不光晓得你的名字，也晓得你的单位，更晓得你住在哪里。你找不到男人，想男人那个东西想疯了，所以天天来琵琶坊。

黄苏子便变了脸，起身就要走。老头没有拦她。只是说你这么走了，不怕我告诉天下所有人吗？黄苏子犹疑了一下，重新坐下来说，你想要干什么，尽快说。老头说，我知道你是个有钱的主，而你也晓得我是个穷光蛋。我的条件不高，只需要你一次性给我二十万块钱，再就是每个月让我到你那个舒服的屋里去过两夜。一个月就两次，这样的条件不高吧？

黄苏子冷冷地说，首先告诉你，我没有那么多钱，也不可能让你去我那里过夜。老头说如果二十万太高了，我可以打对折，去你那里过夜也可以打对折，每个月一次。你不晓得，我从来没有过一天有钱人过的日子呀。我哪怕在有钱人的屋里能舒服地住上一天，我这辈子也算是尝过做人的快活了。黄苏子依然冷冷地说，你做梦！给你五千块钱，以后不要见我，如果有人知道了，我会找人收拾你的。

老头的犟劲也上来了，说，这条件我是再也不能降了，你不知道，一个人要替别人保守一个天大的秘密是很难受的。五千块钱也可以，我只保守三天，三天后，我就到处跟人讲去。让那些跟你睡过的人都上你单位去找你。他们晓得你的身份，要的价钱会高得多。如果你带他们上你家过夜，那你的钱会多得这辈子也用不完了。这有多好？你不光自己享受了，又可以不花一点本钱地赚大钱……

老头的话没讲完，黄苏子便开始破口大骂。她骂人的速度非常快，用词尖刻而恶毒。老头先是同她对骂，但终是败下阵来。黄苏子却越骂越兴奋，脸通红起来；而停骂后的老头，被她骂得先是毛焦火辣，后是全身着火。仿佛黄苏子嘴里吐出来的淫词是一团一团的火球，将他这根本已不是干柴的身躯又给燃烧了起来。他终于忍受不了自己，扑向黄苏子，再次扒了黄苏子的裤子。但这时的他已经没有了这份能力。于是从黄苏子嘴里吐出来的话便更加下流淫秽了。老头想，老子下面不行，可上面还是行的。于是他伸出手，掐住了黄苏子的脖子，用自己的嘴去堵黄苏子的嘴。黄苏子拼命反抗，稍一挣脱，便又大骂。老头只想让她止住骂人声，信手抓了旁边一块曾经用来当凳子坐的砖头，啪地砸在虞兮头上。虞兮不作声了，他怕她还会开口，便又用双手猛劲掐她。他掐着她的脖子好长时间。老头说，就像是一百年一样，此后才松手。他想，这下她再也不敢骂了吧，结果不料却发现她已经死了。老头吓了一大跳，于是赶紧跑了。

只是这以后的他，耳边就再也摆脱不了黄苏子的叫骂。黄苏子就好像永远地站在他的耳朵里。每一天每一刻地用那些龌龊不堪的话骂着，骂得他耳朵奇痛无比。他喝酒睡觉，把自己弄得不醒，可即使是在醉中或是在梦中，黄苏子的叫骂依然不停。这些永远也驱散不了的骂声令老头觉得一个人会说话简直是一件丑恶的事。而虞兮根本就不是一个人，她是从世界最阴毒最下流的地方冒出来的恶魔头。他忍不住回骂她。而当他大声地回骂她时，他周围的人全都起来攻击他，说他是一个神经病，有的甚至追打他。他实在是无法忍受这样的生活，觉得这样真正是生不如死。于是，在这个大雪纷飞的早上，他突然醒悟，没为自己的后事做任何交代，他便一早顶风冒雪地奔进公安局。

老头陈述完毕，一副可怜巴巴的神情哀求道，求求你们大仁大义，救救我，早点一枪把我毙了，最好现在就毙。那个虞兮骂得我耳朵疼得刺骨，脑袋快炸裂了。我一分钟也活不下去了。

这样的感受刑警们自是体会不到。审讯完后，他们就这事笑了半天，又将虞兮讨论了许久，觉得这世上的事真是千奇百怪，而这世上的人也是无奇不有。他们无所谓救不救老头，但老头杀人是铁板钉钉的事实。杀人者偿命，这毫无疑问。于是冬天没有过完，老头便被押到刑场，和另外几个死罪犯人一起枪决。与那几个死犯恐惧的神情不同的是，老头满心欢喜，不时发出笑声，且同执行的警察开开心，他最后的一句话是，虞兮，你终于再骂不着我了。说完哈哈大笑。笑声在一声清脆的枪响中结束。

这个带有传奇色彩的故事终于也传到了许红兵的耳里，只是时光已经再一次地流到了春天。许红兵不知何故，开着车去了琵琶坊，重新走进马嫂子的房间。那屋子所有的一切都同以前一样，床依然肮脏而马桶依然脱落着漆，镜子是雾雾的，不太看得清人脸。许红兵像他当年一样站在窗前久久沉思。黑夜里的星斗满天，时有流星倏的一下滑过，落入无尽的烟尘。许红兵抚胸长叹。他想，是我最先杀死了黄苏子吗？想过又觉得不对，如果不是，又是什么呢？

他想了一夜，并没有想出什么，只觉得心里有些痛苦。清早走时，马嫂子奇怪，说，你一个大男人不带妞，特特地跑到我这里来过一夜，做什么？许红兵没回答，笑笑而去。

他的公司依然赚钱。

而黄苏子这个人，却在被人们议论了很久很久以后，终于在一个莫名的日子被人遗忘。时间于人，永远无情。一切再复杂离奇或者沉重深刻的东西，在它那里都如同尘土如同水珠，无意之间便消失得无踪无影，连一声轻叹也没有几个人可以听到。

一个老人衣袖上的灰
是燃尽的玫瑰留下的一切的灰
悬在半空中的尘土
标志着一个故事的终结之处

——依然摘自艾略特的《四个四重奏》

出门寻死

一

吃过晚饭，何汉晴刚把水壶垛在炉子上，突然就有了解大溲的感觉。何汉晴激灵了一下，放下水壶，来不及打火，一边解裤子一边就往厕所跑。何汉晴对自己说，你躲了我几天，终于躲不住了吧？老子这回非把你搞出来不可。

何汉晴还没到厕所门口，一个男人从外面冲进来，几步就到何汉晴面前，扯住她便往外拖。男人急吼吼地叫道，刘嫂子，赶紧！赶紧救命！

何汉晴甩开男人，定住自己，说，么事？

男人说，我那口子今天跟我拌了两句嘴，这一下寻死寻活，脑壳在墙上都撞出了一个大坨子。哪个劝都不听，隔壁爹爹正扯着她，我一想，也只有刘嫂子出马才镇得下来呀。

何汉晴心一急，解溲的感觉顿时消失。何汉晴说，你是不是又在外头搞了皮绊（不正当男女关系）？

男人急道，这回不是，这回绝对不是。我只不过帮前街发廊的小妹搬了几包货，她狗日的就不依不饶。

何汉晴冷笑了一声说，我晓得就是这些杂八事。你在外头瞎搞，你叫她不死她又么样做人？换了我，我还不是要去死？

男人央求道，刘嫂子，帮个忙。我屋里的细伢才四岁半，娘死了，他又么样活咧？

何汉晴呛了他一句说，她今天活了，你明天又出去搞女人，她后天还不是个死？

男人说，这回真的是误会。我保证，我拿我的性命保证。上回在局子里关了三天，你也晓得，么事亏都吃了，我哪里还敢？嫂子，快点救命吧！全汉口除了你搞得掂她，又还有哪个？

何汉晴说，你倒是马屁拍得响。

何汉晴说话间便随男人疾步往外走。刚到门口，何汉晴的婆婆由屋里出来，喊了一声，水还没有烧咧！屋里的事么办？

何汉晴说，姆妈，人比水要紧。

人走到外面，婆婆的声音一直追了出来。婆婆说，随么事都要去岔（多嘴，好管闲事），离了你地球未必不转了？

何汉晴听得分明，却只能当没听见。她想，人家屋里出了大事，街里街坊，能帮上忙是福分，说这种冷话有么事意思！

何汉晴费了一两个小时唇舌，总算把寻死觅活的女人文三花劝了下来。待文三花抹干了眼泪，何汉晴说，我这块舌头为你屋里的事都磨薄了半寸，你要再死，对不起我舌头。

文三花是何汉晴小妹的同学，以前都住在汉阳南岸嘴。嫁到汉口，跟何汉晴婆家只隔了一条街。说起来是老街坊，多少有些走动。何汉晴下岗后，跟文三花一起糊过几个月的纸盒。文三花性子温，做事慢，总被老板劈头盖脸地臭骂。何汉晴手脚麻利，便每回把自己糊好的盒子塞几个给文三花。看老板骂文三花骂狠了，还会跳起脚来帮文三花顶嘴。有一回顶得老板恼了火，被炒了鱿鱼。何汉晴甩手走人时，文三花眼巴巴地望着她，眼泪都快流了出来。其实只过了一天，文三花也被炒了。

文三花的老公还蛮能干，赚钱有几刷子水平，偏就是人有些花，在外面招女人喜欢。隔不几天就会有花花草草的事找上门来。每逢此时，文三花必是屋前屋后闹得鸡飞狗跳。文三花的老公便每回都搬何汉晴来劝解。

文三花说，何姐，再有这种事，你莫救我。我迟早是个死。

何汉晴说，图个吉利呀，莫总讲死不死的话。我教你个法子，你老公要是再到外面搞女人，你就去搞个男将，扯平他。要不我们妇女翻身还不白翻了？

文三花苦苦一笑，说，何姐，我不是为这。他在外头睡一个女人跟睡一百个女人又有么事差别？我只不过觉得活得蛮累人，心里烦。

何汉晴心里一顿，想想有理。婆婆喊叫水还没有烧的声音立马就在耳边嗡嗡地响了起来。何汉晴说，也是。是蛮累人，是心里烦。

回家的一路，她都在想文三花的话。

二

何汉晴一脚踏进家门，婆婆看都没看她一眼便问，你几时才能把水烧开？

何汉晴说，我这不是才回来？想完心暗道，心这么冷，也不问一下人家三花是死是活。

婆婆仿佛猜透她的想法，说别个的事我算懒得管，我只管屋里得有热水喝。

何汉晴垮下脸，转身去厨房，垛在炉子上的水壶还是凉的。她赶紧打着了火，嘴上愤愤地说，你这壶水真是金贵，比别个的命还要重要咧。

蓝色的火苗一下子喷了出来，围起圈子舔着壶底。壶底黑黑的，镶上一圈蓝，倒也好看。何汉晴想，未必我不回来，你们就都不喝热水？

正想时，解溲的感觉像虫一样蠕动起来。何汉晴忙又拔腿往厕所里跑。何汉晴的动作有点猛，一进厕所门，先是撞倒门边的拖把，抢手扶住拖把，岂料劲用大了，险些把搁在角落的脸盆架掀翻。眼疾手快将脸盆架一把拽定，架子是没有倒，可公公适才洗脸刮胡子用过的半盆脏水却在何汉晴伸手之间海浪一样晃荡了几个来回，然后一下子泼在了何汉晴的袖子上。

大半截袖子转眼湿透，一路渗进何汉晴的毛衣上。毛衣是新买的，上海生产，百分之百的羊毛。虽然是何汉晴在平价商店门前的花车上买的打折货，但也是她攒了几年的心劲，看了上十个回合，最后掏钱时还掂量了大半个小时才咬牙买下的。新衣穿上身不过三天，暖都没暖热，这下好，居然就被脏水弄得一湿而透。

何汉晴顿时窝火得不行，脱口就想骂人，是哪个挨刀的，水也不倒！话到嘴边，迅速又咽了回去。没办法，因为她根本就晓得那个该挨刀的人是哪个。她不能装着不知道。她做媳妇的，假若晓得了还骂，那她才真的是那个该挨千刀的了。

何汉晴一边挎下裤子，一边使劲地把唾沫往喉咙里咽。咽完再蹲下身时，先前想要解溲的感觉又跑得无影无踪。

何汉晴真是有点欲哭无泪。这样的情况已经出现过好几回。近几天何汉晴都在被此一事困扰。前几次，何汉晴感觉一走，便提裤子起身。可这次，不知为什么，何汉晴犟了。心想，我非要把你这个狗日的㞎㞎捉回来不可。我一个大活人不能让你一泡屎憋死。想过后何汉晴便闭着眼睛寻找适才有过的感觉。

这是何汉晴的一个大病。说起来还是在洪湖当知青的事。何汉晴常常不愿想那些往事，可是隔三岔五的便秘总是逼得她不得不遥想当年。有一年乡下发大水，地都淹了，没有菜吃。房东家腌了几坛辣椒，何汉晴便天天用辣椒下饭。一个月吃下来，身体但凡有孔的地方都火辣火辣。解大溲更是问题严重。一蹲茅坑，便觉得热气从肠子里往外喷，肛门像是被烧着似的。解出来回头一看，血糊拉拉，吓得她轻易不敢进茅房。如此憋来憋去，事情闹得大，便秘就跟随身携带一样，总也离不开何汉晴。就算何汉晴一丁点辣椒不吃，她也不可能通畅地解完大便。何汉晴有时会觉得自己的一生都是叫肠子里那截屎给毁的。有一年公社推荐工农兵学员。村里人都说何汉晴勤快，人好。大队长当场拍了板说，就何汉晴了。公社派人叫何汉晴去填表，却是到处找何汉晴不到。何汉晴同组的丁燕子便自作主张跑去公社，伶牙俐齿地说何汉晴怕自己没得文化，不敢去，让给她了。公社领导觉得丁燕子也不错，就让丁燕子顶了替。那时候的何汉晴正蹲在茅坑里，她已经便秘了三天。这一次上厕所，她用了两个多小时方才搞掂。当她心情舒畅却也浑身酸痛地走出茅坑时，她的命运业已完全改变。大队长跺着脚对何汉晴叫道，你这不能怪我呀？要怪只怪你自己那泡万年屎。何汉晴无言以对。丁燕子后来读完大学又考了研究生，再后来又留洋去了美国，听说是读了博士，学问也做得老大。去年丁燕子被大学聘回来当教授，年薪十几万，还分了一套像别墅一样的房子。丁燕子把知青点的同学都邀去家里喝茶。何汉晴也去了。何汉晴看见丁燕子宽大豪华的客厅立即就发了呆。丁燕子指着自己的房间笑着跟大家说，我有今天，得亏何汉晴那泡万年屎。说得大家哈哈大笑，直笑得肚子疼。只有何汉晴，眼泪都差点砸在发亮的地板上。

何汉晴现在又身陷于她的万年屎中。

其实近一年来何汉晴的便秘已经好了许多。有个叫李文朴的记者央求何汉晴的老公刘建桥替他刻一个美国悍马的车模，登门时拎了两瓶蜂蜜。刘建桥不喜欢吃甜东西，说是腻；公公有糖尿病，不能吃；婆婆也说没得吃头。何汉晴怕浪费，于是就自己吃。原先并不知道吃蜂蜜有什么用，只是觉得在白开水里加点蜜，甜滋滋的，吃起来蛮舒服。哪晓得吃着蜂蜜的那些天，大便竟是出奇的通畅。何汉晴这才晓得，蜂蜜不光是甜得让嘴舒服，连屙大便都舒服许多。于是何汉晴每天都夸说蜂蜜的好处。先说时，还没人搭腔，只道是何汉晴大惊小怪，没见过世面，没吃过东西。说多了，也就有人响应。响应者是小姑子。小姑子那天只不过有点感冒，见嫂子何汉晴总说蜂蜜好，便也冲了一杯蜂蜜水喝。其实她那个感冒冲不冲蜂蜜水，次日也会好。但喝过蜂蜜水后第二天感冒就好转，感觉就完全不一样。小姑子突然间就迷上了蜂蜜。进了家门，有事无事都冲蜂蜜水喝，结果两瓶蜂蜜几天下来就光剩得两个空瓶。何汉晴眼见得蜂蜜日日减少，心里疼得慌，但又不能阻止小姑子喝。你喝得她就喝不得吗？这时候何汉晴便很痛恨自己这张嘴。它一点都不能把何汉晴心里的东西封在心里，常常没遮没拦，心里分明不想说出来的话，它却偏要说。大便屙不出来，说得天下人人都晓得，现在大便靠了蜂蜜屙得顺了，又说得众人皆知。何汉晴想，就算是个马桶盖子，还能盖住点臭气。可自己这张嘴呢？牙齿和嘴唇咬紧了就是两道门，却什么都盖不住。蜂蜜吃完了，再买又舍不得。更何况买回来，小姑子的嘴像个无底洞，十几块钱，要不了几天，还不叫她喝没了？不买蜂蜜，何汉晴便只能让自己再次进入与大便斗争的岁月。想想这些，何汉晴就只想抽自己几个嘴巴子。

厕所里的何汉晴终于又把那个稍纵即逝的感觉捕捉到了。

何汉晴正欲吐口气舒缓一下，炉子上的水却在这个关键的时候烧开了。烧水的壶是个叫壶，**嚯嚯嚯**地叫得凶。何汉晴一向是喜欢这个壶的，觉得水一开，它就叫，像是热心热肠地喊人，我开了，快来灌水。这一叫就省下好多煤气，而且总也不会烧干锅。但这一回，她却有些恨恨然。何汉晴想，叫么事叫，老子刚有解出来的意思，总不能让你叫跑吧？

叫壶却不通情达理，依然顽强地叫着。

公公婆婆在客厅里看电视。其实他们也不怎么看，婆婆眼睛不行了，公公看不明白个什么。他们坐在电视机前，眯着眼打瞌睡，只不过听个响。开水壶每天都会叫，但灌水瓶是媳妇的事，他们想都不会想起来去过问一下；丈夫刘建桥猫在里屋刻车模，他迷进自己的事情，就算把壶放在他的耳朵边，他也不会听见的。他根本就没有听的习惯。小姑子建美多半在她住的阁楼上打扮。建美在家里养得娇，总拿自己当公主一样，男朋友找了几打，何汉晴为招待她的男朋友做的饭都不下八桌。建美横挑鼻子竖挑眼，总看不中人家，结果弄得自己嫁不出去。转眼建美便过了三十岁，急了，每天晚上都把自己打扮得花枝招展，然后去外面跳街舞。何汉晴百般看不顺眼，有一回说，你以为找男人靠撞大运呀？何汉晴一开口，就叫婆婆骂得抬不起头。婆婆说，我家美美是金枝玉叶，是你说得的？所以，何汉晴知道，这个金枝玉叶的小姑子是什么都指望不上的。

叫壶却一直叫。

煤气灶还是生铁铸的那种，很旧了，但是好用，火头子旺得很，烧菜时大火可以一直蹿到锅沿边，特别爽。建美每次进厨房，都牢骚说这生铁灶黑咕隆咚的难看不说，还显得脏。又说哪家哪家早就换不锈钢的了，哪家哪家更高级，是玻璃钢的。何汉晴由着她说，却坚决不换。一则换灶又得花钱，二则何汉晴喜欢这灶的大火头，烧起菜来不光手爽，心都是爽的。

何汉晴想都不用想，从灶眼吐出的蓝火苗围着圈舔舐壶底的样子就在眼边。火大费气，这个烧法，一罐煤气能经得住几回这样的浪费？煤气涨价，比三伏的温度还升得快，家里几个钱要像这么样花销，一年的日子得砍掉三个月才过得下来。何汉晴想着，心里的火苗子也随眼边的蓝火苗一起冒起来，她有点恼怒，心道，就算你们不灌水瓶，伸手把炉火关了未必就会死人？

这一口气堵上心来，适才找到的排泄感又消失一尽。水壶的叫声却越来越刺耳。

何汉晴心火冒了上来。心道，老子今天就是要硬一口气，偏不管这壶水，偏要把这泡屎屙完再说，看你们又会怎么样？但是何汉晴硬气硬了不到三分钟，她很快明白，自己的这个硬气，除了自己一个人闷在厕所里硬之外，根本就不会有人在意，也不会有人晓得。这气是白硬的。你何汉晴是他刘家的媳妇，烧水熄火灌瓶，都是你名下的事，你不管哪个管？你又能跟哪个去硬？

硬来硬去，全都硬在自家身上。硬伤了心硬伤了肝，也是你自己活该。

何汉晴一想透，就知道自己不出厕所，这水壶就会一直叫下去。而水壶叫得这么噪，她又怎么可能顺畅地屙出大便？想到这些，何汉晴很无奈。无奈感一生出，转眼她便提着裤子站起了身。

何汉晴抚着酸胀的腿进到厨房，关了炉火灌开水瓶。灌水时眼泪直往外涌。两个水瓶灌好，何汉晴一手一个地拎进客厅。刘建美刚好打扮完，正一摇一摆地往外走。走到大门口，刘建美突然站下说，嫂子，我屋里煤气多得用不完呀？水开了这么久也不灌，水壶再叫几声就快成歌星了。

何汉晴本来就恼着，听建美这一说，心口一闷，回嘴说，你灌一下么样就不行？没看到我在厕所里呀？

建美仿佛吃了一大惊似的，食指一下子就放到自家的鼻梁上。建美说，我？我灌水？这屋里几时轮到我来灌水瓶了？我要连水瓶都灌的话，那你还不失业？

何汉晴说，又不是天天让你灌，我没得空时，你灌一下么样不行？

建美冷笑道，你一个家庭妇女，成天待在屋里，你还没得空？

何汉晴说，那我总有上厕所的时候吧？

建美改冷笑为大笑说，我长这么大，还没听说过屙屎也是忙活。

何汉晴自知是说不过建美的，她有些急，一急声音就大了许多。何汉晴说，我又没说让你做么事，关个火总是可以的吧？

建美也把声音放大了。建美说，你听到水开了就不能赶紧从厕所里出来？天晓得你是不是猫在厕所里躲懒？你那泡万年屎每天都要屙几遍，算是天下无双。

何汉晴听此一说，急上加羞，声音便更大。何汉晴说，我躲懒？这屋里大大小小里里外外的事，哪件不是我做？全世界的人都躲懒了，也没得我躲懒的份。

何汉晴的声音不好听，小声说话都有些嘶嘶啦啦，声音一大就更是炸炸的感觉。一边看电视的公公婆婆脸色都摆了出来。婆婆从来都不会像何汉晴这样吼叫。可是婆婆一开口，何汉晴就会觉得婆婆的每一个字都能扎出血来。

婆婆轻言慢语地说，有理不在声高。一个人是懒惰还是勤快，屋里有这么多眼睛，人人都看得到。

何汉晴听婆婆这一说，倒有些发蒙。她琢磨不出婆婆的话是说她懒还是说她不懒。她不晓得自己该说什么好，心里便有些委屈。何汉晴不怕吵架，真要是吵起来，她何汉晴也放得开。这世上，架吵得豁出去了，又有哪个怕哪个呢?

可是婆婆却从来也不跟她吵。婆婆摆一副说理的样子，逐一逐条的，有理有据最后还有结论，经常就把何汉晴给说傻了。婆婆以前当过中学语文老师，摆起理来像给学生上课。何汉晴一嫁进这里，就晓得自己跟婆婆对阵就算是有天大的理，最后理短的还会是她。所以，她从来不跟婆婆顶嘴。更何况，何汉晴明白，她要是咽不下气，张口顶了婆婆，婆婆的背后就会有人跳出来对付她。那个人就是公公。公公平常脾气倒也好，说话慢条斯理。只是何汉晴心知公公这好脾气，是放在那里没有响的一颗定时炸弹，到了规定的时候，就会爆炸。公公以前在大学工作。可公公并不是教授，只不过管管收发而已，学校和学生都不拿他当回事。在那种人人都是叫鸡公的环境里，公公干的几乎是一桩看人眼色的活，地位低下便很自然。几十年下来，公公待人的客气便成职业病，有时几近谦卑。何汉晴自是也沾了这份职业病的光。只是公公从年轻时就宠婆婆，自忖事事不如婆婆，所以把婆婆当作菩萨一样供着。但凡有人对婆婆半点不敬，公公便六亲不认，定时炸弹肯定起爆。坏脾气的人平常发脾气发得多，就像喜欢叫的狗，听惯了，倒也没什么好怕的。可好脾气的人一旦火头蹿起来，却让人心惊胆战。不叫的狗一张口就会把人咬得鲜血淋漓。公公就有点这样。公公平常说话声气低低的，用悦耳这样的词都不为过。可一旦吼叫起来，整个屋子都嗡嗡嗡，排山倒海，河山浩荡，让人觉得房子都会被这巨大的声音胀碎。别说何汉晴，就是何汉晴的老公刘建桥和小姑子刘建美也都怕这声音。

何汉晴正有点百感交集。她想质问婆婆说的话到底是什么意思，但又心存胆怯。婆婆的道理和公公的吼叫都是让她心怯的东西。可是如果不把话说明白，如果婆婆认定她在家里常偷懒，她凭什么又要受这样的委屈呢？何汉晴浑身都躁乱不安，一肚子的话闷在心里，就像一座火山要爆发，却硬按着它的出口不让岩浆喷出来。何汉晴的脸憋紫了，气也快透不过来。幸亏刘建美开了口。

建美说，姆妈，我跟嫂子斗嘴巴玩，你操个么事心？拜拜，我走了，嫂子，莫当真。

建美说罢，扬长而去。

婆婆说，按说斗嘴倒也是一种生活情趣，可不是这个斗法。我们屋里又不是那种小市民。在我们屋里说话要有点文化，做人要学会懂事。

建美已经出了门，不知道她有没有听到这句话，但何汉晴却是听得真真切切。何汉晴想，要学会懂事？这话是说建美，还是说我呢？

婆婆却不再说什么，她继续看电视，不时地把茶喝得嗦嗦响。

三

何汉晴回到自己房间。关上了门，站在门边她还在想婆婆的话，想得心里发烦。

这个时候，何汉晴常常会恨那些读书读得多的人。他们说话从来都不直白，每一句甚至每一字，都拐着弯抹着角，看上去像是飘过来的丝绸或者彩带，后面隐着大刀或是辣椒粉却都说不定。何汉晴在外面买菜买肉时，也常会跟人发生冲突，对方不管说什么，都一是一，二是二，捅娘骂老子，清清白白。有理就大声吵，没理也骂几句出出气，然后走人。完了事，也不会觉得心里不爽快，只当是锻炼身体，活动心肺。可是，那些以为自己有文化的人呢？你总是连他说什么都难得闹清，吵起来也不晓得从哪里下口，那又怎么个吵法呢？儿子刘最强有一回跟一个同学打架，学校找家长去解决问题。同学的爸爸是个教授，见了面就跟她说这说那。她听得烦，以为是在批评她屋里刘最强，便开口骂架，丑话直奔祖宗八代。结果弄了半天，才搞清，人家是在跟她道歉。而实际上她屋里刘最强比人家错得还狠一些。何汉晴只好又反过来，赔上了许多笑。那次何汉晴在学校丢了大脸，婆婆训了她一晚上不说，公公也发了脾气，连刘最强都摆出不肯理她的架势，时间长达半个来月，说她没得文化不懂道理还敢乱开口。这件事对何汉晴教训很深。何汉晴委屈地想，没得文化怪得了我？上小学就“文化大革命”，根本就没学文化；中学一毕业就下乡，说的是接受贫下中农再教育，你以为贫下中农教育的是文化？贫下中农骂起架来直来直去，脏话说得耳朵不敢听；下乡回来当工人，在厂里天天忙活，有事情哪个不是先吼了再说？不先吼吃了亏有哪个管你呀？下了岗，忙生活，越发跟文化不相干。可是没得文化又怎么样了？少让你们吃了一口饭吗？隔壁的马老头下棋时跟公公翻了脸，找上门来捅娘骂老子，你们能，有文化的都躲在屋里，不是我何汉晴出面骂得他从此只敢低头从家门口过，你们能有扬眉吐气的日子？陪婆婆看病坐公汽时，售票员嫌婆婆挨她近了，话说得几难听，婆婆有文化又么样？敢出一声？不是我出头骂得她不敢还嘴，婆婆你受气还不是白受的？没文化有没文化的强，拿不出台面，可是放得下地面。一个人活在台面上的时间长，还是活在地面上的时间长呢？要晓得，这世上有蛮多事情，非得要没有文化的人去做，你才做得通。你们有文化，有没有搞懂这个？何汉晴想，我就是做那种事情的人。

委屈归委屈，委屈完了，何汉晴也无可奈何，只是以后但凡遇有说话文绉绉好摆一副讲理架势的人，她就赶紧自认倒霉，溜它再说。

房间里很静，刘建桥坐在桌子跟前，照弄他的事。何汉晴进来他哼都没有哼一声。何汉晴走路时故意把拖鞋拖得啪啪响，可刘建桥还是没有出声。

何汉晴是个心里藏不住事的人。刘建桥常讥笑她，说她屋里有几颗米都要赶忙告诉别个。现在，何汉晴心里有事了。她猜不出婆婆的话意，心里硬是窝得疼。以前她猜不出，一个人生闷气，刘建桥便给她解说。刘建桥当然是往好的说，何汉晴有时明白刘建桥故意曲解婆婆的话，但不管么样，有他这一说，哪怕是曲解，她何汉晴心里也舒服蛮多，晓得刘建桥是在意她的感受。有了这刘建桥对老婆的一份在意，又有么事放不下？何汉晴觉得刘建桥这回又该出头来为她解说一番，好让她打开心结，跨过这个坎。

何汉晴一屁股坐到了床沿边。她下坐的动作很重，依然是故意把声响弄大，好让刘建桥晓得她的不悦。床板有些硬，她猛然坐下，蹾得肚子疼。那堆没有排泄出去的大便突然就兴风作浪了起来，胀得她小肚子好是难受。伴随这难受而来的，还有适才一直不停的壶叫声。

刘建桥坐在窗下的桌边，全神贯注地刻他的车模，对于何汉晴的进门以及坐床板的声响全不入耳。他宽厚的脊背就树在何汉晴面前，却是纹丝不动着，就仿佛根本不知道身后有一个人存在。

何汉晴原本就堵得难受的心里，立马又添了一堵。

其实，刘家只要有一个人伸手关上炉子，也就一秒钟时间，便可以让她顺利地解除自己的这份痛苦。但是他们全都装聋作哑，宁可让她受罪，也绝不施以援手。何汉晴愤愤然想，在这个屋里，个个都重要，就只我何汉晴是根草，没得人关心，也没得人搭理。是死是活，是病是痛，也没得人过问一声。我是媳妇，屋里的事该我做，我都认了。可未必我就不是人了？我也有特殊情况吵？这又不是旧社会，你们这样拿我不当回事？

灯光将刘建桥的影子倒在何汉晴身上，像是围靠在她身上的一堆柴。刘建桥一下也没有间断的镂刻声，嗞嗞嗞的，犹如火柴，突然间就把何汉晴窝在心里的气引发烧着，火焰腾腾地燃着，烧得何汉晴全身都发出哔哔剥剥的声音。何汉晴只恨不得转到客厅去，把刚才灌好的那瓶开水泼到刘建桥的头上。可是冷丁一想，医药费贵得很，真要烫伤了，这笔钱还不晓得从哪里出。这个月的菜钱都有些紧张。

何汉晴又努力地让自己坐定。但她怎么又能坐得定呢？身体固然难受，可心里却更加难受。若不找个什么由头宣泄一下自己的这份难受，何汉晴觉得自己今天就硬是过不去。而这宣泄还不能太轻，太轻了没人搭理。过坎倘只过一半，反而会更加不舒服。无论如何，得来回狠的。

何汉晴先是想用头撞墙，把自己撞得头破血流。可又想这样做疼的是自己，吃亏的是自己，划不来。她又想把床掀了，把声响弄得大大的，低头之间，看到床单被子都是昨天才洗净的，弄脏了自己还得洗。费了力气不说，还得费上许多水和洗衣粉。她还想把灯关上，让你刘建桥做不成事，可是这又算什么狠呢？刘建桥再把灯打开也就只要几秒钟，而公公婆婆根本都不会觉得这是她反抗的行动，这样的结果没有意义。何汉晴想不出自己应该用什么样的办法来表达自己的情绪。

突然间她脑子里空白一片，她没得想法了。就在何汉晴没得想法的时候，她跳了起来，一步就冲到了桌子跟前，伸手抢过刘建桥正刻着的车模，想也不想，看也不看，吭也不吭，猛然朝地上一摔。

车模落到地上，发出清脆的嘚嘚哆哆声，弹跳了几下，然后静了下来。

刘建桥没弄清怎么回事，傻了一样怔了几秒，然后扑到地上疯狂地寻找那个静下的车模。他在床下桌下急剧地爬来爬去，一番摸索，方才找到。

刘建桥对着灯光，细看了一下，发现他花了几天时间精刻细镂的两个轮子均已断裂，方向盘更是去向不知。浑身的血突然就一起汇聚拢来，凶猛地冲击他的脑袋，它们变成震怒的吼声，从刘建桥嘴里喷发而出，你疯了？你这个疯婆子，你做么事要害我？你晓得我刻这个车用了几多天？这是民间艺术展览急等要的，你叫我么样再赶得出来？你这样害我，你你你他妈的不想活了?!

吼叫间，不等何汉晴反应，刘建桥扬起手便给了她一巴掌。

这一掌很重，何汉晴踉跄着倒在床上，她的脸立即就肿了。

公公婆婆闻声推门，他们看了一眼捂着脸倒在床上、惊愕着两眼不知所措的何汉晴，一句话也没有说。

四

何汉晴哭了个够。

何汉晴哭的时候并没有人理她。她把自己哭得没有力气时，天也白了。窗帘缝里透过来的光线像灯一样照亮了何汉晴。何汉晴突然明白，哭对于她来说，没有任何意义。哭泣从来就没有救助过她。刘建桥如果犟起来，你就是哭破了天，他顶多伸手去顶天，也不会睬你的哭。

于是，几个钟头前文三花说的话在她耳边响起。三花说，蛮累人，心里烦。何汉晴突然就理解了文三花为什么总想寻死。何汉晴想，这样的活法确实累呀，确实烦呀，死了说不定真还好些。这一念像块大石头，一头扑来，瞬间便将何汉晴以前所有的生死观念全部撞倒。何汉晴真就觉得死了也不错，而且去死也不是件蛮难的事。既然如此，她何必让自己活得这么累呢？她又何必去烦这个心呢？挑个简单的不就结了？

何汉晴向来做事有决断，她从不喜欢拖泥带水，一旦认定自己活不如死，心里反倒变得踏实。她想，好，你们都嫌我，好，你们都瞧不起我，好，你们都嘲笑我，好，你刘建桥还这样打我。那我就去死！我死了，看哪个给你们做饭，看哪个给你们洗衣，看哪个给你们拖地抹桌子，看哪个楼上楼下陪你们看病，看哪个为你们满街买药，看哪个给你们换煤气，看哪个坐汽车帮你们抢座位，看哪个替你们扛米买菜，看哪个换季的时候给你们晒被子刷棉袄，看哪个帮你们倒洗澡水，看哪个帮你们剃头修发，看哪个替你们剪脚指甲，看哪个吃你们的剩菜，看哪个招呼你们的亲戚，看哪个引你们去江滩看焰火，看哪个陪你们秋天去公园看菊花，看哪个在你们被人欺的时候替你们出恶气，看哪个下雪天为你们扫门口的雪，看哪个起早床给你们买早点……还有，这个顶重要，水壶叫了，看你们再等哪个来关火，看哪个会憋着大溲不解，先来给你们灌水瓶！

一个屋里的家务杂八事，像是满地的芝麻，要把它们一粒粒捡起来，一个人得捡一辈子。何汉晴想，老子捡了大半辈子，累了，该歇下了！剩下的，等你们自己捡去，看你们四个人，一天能捡几颗？这么想着，何汉晴甚至有几分得意起来。

何汉晴一骨碌爬了起来。昨天晚上，她上床没有脱衣服，这一刻，也就用不着穿。她把自己衣服的皱褶扯了扯，抬头一望，发现刘建桥趴在桌上睡着了。他居然一夜没有到床上来睡觉。

何汉晴说，你个猪，醒了没有？

刘建桥没有作声。何汉晴说，我看你今天过后还能不能睡个安稳觉！

刘建桥动了动，嘴上哼了一声，还没有闹够？还想找打？

何汉晴说，这辈子你还能打得成我，算是你的福气。

刘建桥醒了过来，哼哼着伸懒腰，说，屁话少说！还不去买早点，小心姆妈又找你的歪。

何汉晴瞥了一眼墙上的钟，打了一个冷丁。她已经比平常晚了半个小时。婆婆过早的时间是固定的，起得晚了，她岂不更加有了口实说自己躲懒？

就是死，也用不着抢这一刻，何汉晴想，买完早点，让你们吃好了我再去死也一样。于是她忙不迭地拿饭盒，找零钱。脸没洗，牙没刷，赶紧赶忙地到里份（里弄）口子上买全家人的早餐。

公公婆婆要吃面窝和豆浆，刘建桥喜欢吃热干面，小姑子建美交代过这个礼拜吃油条。何汉晴自己则只花一毛钱坐在摊子上喝一碗稀饭。那些油条、面窝以及热干面她也不是不喜欢吃，只是稀饭最便宜。何汉晴手上的钱，能省一分是一分。

回来的时候遇到里份的刘太婆。刘太婆拎着大包小包的菜。因为东西太重，走起路来便一歪一歪的，每一步都像要摔一跤。

何汉晴忙抢了几步上前，将刘太婆手上的东西接了过来，嘴上说，刘太婆，么样买这么多菜？

刘太婆说，我屋里老大的同事今天要来喝酒。

何汉晴说，叫媳妇来买吵！这是她的事。

刘太婆说，哟，哪里都跟你屋里婆婆一样好福气？摊到个勤快媳妇，享半辈子的清福。我屋里那个，不骂我就是对我好了。刘太婆说着连连叹息。

何汉晴说，你把屋里的事都做了，那她做么事咧？

刘太婆说，夜晚抹牌，白天睡觉吵。

虽然是人家的事，不当多说，但何汉晴就是个快嘴，要她不说她也忍不住。何汉晴有些愤然，说你屋媳妇也真是！硬是懒得抽筋。刘太婆你莫跟她客气，只管叫她做。

刘太婆无奈地笑笑，说要叫得动，我还不叫？叫多了，扯皮，还不是害儿子在中间夹脚？

何汉晴说，你要是顾这么多，那就没得法子。

何汉晴绕了一个小弯，把刘太婆送到她家门口。刘太婆进门时说，汉晴，伢呀，你是个好人，不过也莫苦了自己。你今天的脸有些肿，眼睛也是红的。伢，回去好生休息一下。当顾自己的时候，就要顾自己，莫指望别个会为你着想。

刘太婆的话让何汉晴心里倍感温暖。何汉晴说，我晓得。刘太婆，你也多顾一下自己。说完她想，这样暖心的话，怎么婆婆从来都不会说一句呢？

何汉晴回到家里，公公婆婆和建美都没有起床，只有刘建桥还端坐在灯下忙他的事。何汉晴想叫他洗把脸吃点东西，再去床上歇歇，这样搞下去，人还不搞死了？何汉晴走到刘建桥的背后，刚想开口，昨天晚上挨过巴掌的半边脸隐隐地疼了起来。何汉晴被这疼提醒，心道，饿死你累死你，你活该。想罢，便又转身出去。

炉子上的水烧开了，水壶又**嚯嚯嚯**地叫得猛。何汉晴先给公公沏茶，然后又给婆婆泡胖大海。婆婆常年咽炎，天天要喝胖大海。剩下的开水，灌进水瓶里。听着开水落进瓶中咕咕咕的声音，何汉晴全身一紧，解溲的感觉又冒了出来。

何汉晴几乎不在早上蹲厕所。她知道这个时间厕所是繁忙之地，尤其婆婆，一出卧室，就必得奔来这里。而自己进门一蹲，没有半小时以上就出不来。与其上上下下地引来抱怨，不如自己忍着，实在忍不住了，就去里份的公共厕所。

此时此刻的何汉晴先是想忍，因为忍已经成了她的习惯。料想不到的是，这泡屎从昨天到今天，已经让何汉晴忍得太痛苦了。虽然它是在自己的体内，可它想出来和不想出来的事，却全由不得自己控制。何汉晴越想忍，那种想要排泄的意念就越强烈，甚至连疾奔出门的时间都等不得了。紧张如此，何汉晴索性放下手上的事，噔噔几步进了厕所。

要说何汉晴一生都坏在自己的便秘上也真是不错。一蹲下身，何汉晴就明白自己的决定太正确了，因为错过了这个时刻，她不知道什么时候才能再次捕捉到时机。她听到婆婆起床的声音。婆婆每天早起第一件事便是如厕。只是偏这个时候何汉晴也处在她的紧要关头。她担心自己一让婆婆，便又会前功尽弃。何汉晴想，我顾一回自己再说。于是她咬紧了牙，用手将两耳一塞，心道就算婆婆来敲门，也要装作什么都没听到。何汉晴这时候有些不管不顾。

这份不管不顾的时间几近一个小时。当何汉晴如释重负地站起身时，她已然明白这个她自以为正确的决定，没准会是一个天大的错误。

何汉晴出了厕所，四下观望，想看看婆婆在干什么，结果发现公公和建美都还没有起床，而婆婆却不在家里。

何汉晴看了看挂在墙上的钟，叫了一声，美美，你还不起来，你今天不上班了?

建美揉了眼睛从她房间里出来，嘴上嘟囔道，一大早喊个么事吵? 我昨天晚上没睡好，蛮想多睡一下。

何汉晴说，我还不晓得你! 脑壳挨着枕头就过去了，几时还有睡不着的时候?

建美说，真的没睡好。我昨晚上回得蛮晚，你不晓得?

何汉晴说，不晓得。

建美说，昨晚上把我吓死了。

何汉晴说，出了么事?

建美说，住水塔街的一个嫂子，叫珍珍，你见过的，她总跟我一起跳舞的。

何汉晴脑子浮出珍珍的面容，白白的皮肤，细细的眼睛，蛮老实温顺的样子。何汉晴说，她么样了?

建美说，昨天晚上，她来得蛮晚，脸色不好，坐在花坛边，舞也不跳。

我就过去拉她，说有么烦事，一跳舞就想开了。你猜她说么事？她说再怎么跳都想不开。说完又说，美美，我心里蛮烦。我说这年头，哪个不烦？她说，美美，我烦得不得了。我刚想劝她，她一跟头栽到我脚底下。我赶紧叫边上几个嫂子来扶她，一个嫂子说，她喝药了。你看吓不吓人？我们屁颠屁颠地把她送到医院，救了大半夜。

何汉晴听得心惊肉跳，她想，如果我去死，不晓得是不是也是这个死法？何汉晴问，救过来了吗？

建美说，不救过来我得回来？医生说，再晚一步，毒药进到心里，就完了。

何汉晴说，她是为了么事？

建美刚要说，突然门口有人喊喊叫叫，刘家有没有人啦？

何汉晴忙应道，都在屋里，么事呀？

负责打扫里份公厕的管爹爹扶着婆婆进来。婆婆苍白着面孔，一副有气无力的样子。何汉晴大惊，说，姆妈么样了？

建美亦大惊，说，姆妈，你出么事了？

管爹爹生气道，你们做晚辈的是么样对老人呀？这大年龄的婆婆，这冷的天，你们让她大清早到外面去上公共厕所。那里人几多？坑边上几滑？我再么样清扫，人一多还不是个臭？老人家哪里受得了？你屋里未必没得茅房？

何汉晴的心立即咚咚咚地狂跳了起来。她想，完了。

公公和刘建桥闻声而出。管爹爹看了他们一眼，继续说，婆婆出了厕所，靠在门边上，走都走不得了，我不扶她回来，她出了事，你们一屋子人担当得起？

公公一脸心疼地望着婆婆说，你一大早跑到外面上厕所做么事？

婆婆委屈不过的样子说，屋里厕所被占了，我不去外面去哪里？

刘建桥的眼光立即像两把刀架在了何汉晴的头上。刘建桥说，你个狗日的一早上又霸着厕所不出来？

何汉晴原本心有内疚，叫刘建桥如此一说，立即愤怒横生，这怒气瞬间将内疚一驱而散。何汉晴说，你少跟我叫呀叫的！你以为我是故意的？我还不是没得办法？再说，我也不晓得姆妈要上厕所，姆妈过来敲一下门，我不就出来了？

婆婆望着刘建桥做一派大度地说，算了算了，桥桥，要怪就怪我没有敲门好了。汉晴昨天闹了一晚上，没有休息好，我今天也不想多惹事。

刘建桥说，姆妈，你这是么话？她做媳妇的让厕所给婆婆上，那是她该的。

婆婆说，伢呀，而今还有么事该不该的？哪个屋里不是婆婆让着媳妇？我们老也老了，活不了几年，你还有半辈子的过头。我们总不能得罪了媳妇，搞得往后你一天到晚吃闷亏吧，是不是？管爹爹，你说咧？

管爹爹一副无奈的样子，边摆摆手边往外走，嘴上说道，而今的事，说不得，随么事都倒过来了。管爹爹唠叨着而去。

何汉晴心里越发气得厉害。她不明白，为什么婆婆说话不能公平一点。何汉晴说，姆妈，你莫这样阴阳怪气地说话。我平常对桥桥么样，对你们两个老人么样，你心里总还是有个数吧？我在刘家不说是做牛做马，起码里里外外轻轻重重随么事也都一肩担了。你何必这样说我？

婆婆说，听听听，这都是些么话?！汉晴，我是不想跟你计较。我教了几十年的书，要跟你这样的人都计较的话，那就太有失身份了。

公公一直板着面孔。听到婆婆这番话，公公望着刘建桥吼道，桥桥，这正经日子不能邪倒过！你不好好管住你老婆，老子只当没得你这个儿子。真是活得不耐烦了！

屋子的玻璃窗都被这声音震得颤动。婆婆长叹了一口气，说，这年头啊。

刘建桥上前把何汉晴的耳朵一揪，厉声道，你给老子滚进去！

建美忙追过去叫道，哥，莫搞得吓死人的，只这么大个事！嫂子下回注意点就是了。

婆婆淡淡地说，美美还没有嫁出去，说出口的话已经就不像刘家的人了。

何汉晴被刘建桥这一揪，心里顿时凉透。早晨想过的有关死的事，立即在她心头复活。何汉晴使劲地扭过身来，对刘建美说，美美，其实我早就晓得珍珍为么事要死。

何汉晴的声音平静得有些异常。

五

何汉晴的耳朵被刘建桥揪扯着，一直从客厅扯进了他们的卧室。

何汉晴心中的愤懑令她满眼都露着仇恨。刘建桥举起拳头意欲揍人时，突然就看到了何汉晴的目光。刘建桥的拳头悬了半天，没有落下。刘建桥从来没有见过何汉晴这样的目光，他有些惊骇。刘建桥想何汉晴就算有错，也错得不算太厉害。而且这个家，的确也是靠了她何汉晴一手撑着，才能过得这么平安。这一念闪过，刘建桥原来打算狠狠揍下去的拳头松了开来，变成了一掌。刘建桥一掌把何汉晴推到床上，然后一句话没说，回到自己的桌前。

只是这时候，对于何汉晴来说，刘建桥伸出来的是一掌或是一拳全都一样。

刘建桥已经下岗了两年。他原先是汽车修配厂的钳工。

要说刘建桥也是个厚道之人，话不是蛮多，但一开了口，句句都像石头一样重。刘建桥在厂里出名是他的手巧。厂里的活做不出来时，大家就会说，让刘建桥做好了。刘建桥又吃得苦，只要人找，就满口应承，多余的话一句没得。何汉晴的舅舅是刘建桥的车间主任，总觉得刘建桥给他长脸不少，一说刘建桥眉眼里都带着彩。何汉晴从乡下抽调到火柴厂，拎着土特产去六渡桥看望舅舅舅娘。舅舅刚扫了何汉晴一眼，立马就想到一件事。他忙不迭地差人把刘建桥叫来屋里吃饭。吃饭时何汉晴当然也在场。

吃完饭，舅舅剔着牙说，建桥，汉晴刚从乡下回来，你带她出去逛逛，逛够了，送她回家。

刘建桥想都没想，就带着何汉晴出去逛。何汉晴住在汉阳南岸嘴，从六渡桥走到南岸嘴，路程也不长。两个人由三民路岔到江边，然后就沿着长江慢慢地走。初相识，也没得么话讲，但不讲话又不行。好在刘建桥话少，偏何汉晴话多，这就补了两个人的不足。何汉晴找些事来问七问八，刘建桥只能有问必答。所以，一路走下来，两个人的嘴也没有闲，东一句西一句地扯了一路野棉花。一直走到汉水边上，只觉得时间飞快，马路太短。

刘建桥问何汉晴，是搭车还是坐船。

何汉晴说，坐小河的船快些。

小河就是汉江，汉江两岸的老住户都叫它小河。跟长江相比，它的确是条小河。但刘建桥是外来户，又不住在小河边，所以不解。刘建桥说，么是小河？

何汉晴说，就是汉水吵。

刘建桥说，哦，这样呀。

上了小河的渡船，倚着船栏看水，以及水口外的长江。两个人慢慢猜出了舅舅的意思。刘建桥说，我晓得你舅舅为么事叫我送你。

何汉晴说，我也有点晓得了。

就两句话，像是开会通个气，彼此心领神会，把些浪漫的过程都省掉，两个人就这样平平淡淡地来往起来。

有一天，刘建桥说，我的爸爸姆妈蛮想抱孙子。

何汉晴脸一红，就说，抱就抱咧。

然后两个人择在了国庆节结婚。结婚的第二年，何汉晴果然就给刘家生了个孙子。何汉晴的舅舅在喝满月酒时，醉意十足地拍着刘建桥的肩说，么样，我给你找的老婆么样?

刘建桥连连说，没得话说，没得话说。

何汉晴的舅舅说，儿子起了个么名字?

刘建桥说，我姆妈说就叫刘强。

何汉晴的舅舅大声道，光一个强字么样行? 得是最强。

刘建桥把何汉晴舅舅的话转达给爹妈听，老两口觉得加个最字也不错，所以，就把孙子叫了刘最强。何汉晴的舅舅这时已经退了休，说是当车间主任这些年，干得最清爽的一件事，就是把外甥女嫁给了刘建桥。

刘建桥厂里的活像是抽风，一阵紧一阵松，厂长也走马灯似的换。人们还没有省过神来，以往喧闹得让人发烦的厂子突然就萧条了起来。清冷的气息像水一样见缝而泻，厂里的角角落落便如洗菜似的被它里外洗了一道。一清冷，人就容易茫然。茫然间便觉得没事做了，就算有点事也没心情去做。角角落落就总有人搓麻将斗地主。这两样都是武汉人永不厌倦的游戏。

一天厂里停电，刘建桥跟几个师兄弟在车间里搓麻将。以前搓过多次也没发生什么事，车间主任看见也当不晓得。停电了，不自找乐子，这时间又怎么打发? 可是这天是又一轮的新厂长上任。新厂长领着科室的干部们下车间视察，正正巧巧活捉了正在麻将桌上的刘建桥一帮人。这种事没有必要跟厂长较真，赶紧认错做检讨就是。车间主任踢了刘建桥一脚，低语道，赶紧低头认错。

刘建桥答说，我不先说。

刘建桥平常话少，外号就叫闷砣子。因为喉咙用得少，像是有锈，一开口声音就又老又粗，说小话也是嗡嗡的。

新厂长听见不受用。新厂长直视刘建桥说，你说么话？有意见就大声说，嗡个么事嗡？

刘建桥吓了一跳，不敢作声。新厂长却不依不饶，一副电视剧里改革家的派头，更加厉声道，有话就大声说出来！工人的本色就是有么事说么事，背底里说小话算老几？

车间主任又踢刘建桥一脚，低声道，赶紧认错。

刘建桥却被厂长一下子吼闭了气，半天才转过劲来。刘建桥心道，你还跟老子讲工人的本色！老子的工人本色早就被你们这帮坐办公室的人搞没得了。好，你讲本色，老子就给你本色一回。想罢刘建桥就朝新厂长身边的科室干部扬手一指说，有么事就说么事，这是你说的呀?！我说你要不带他们到下面视察，他们保险都坐在办公室里抹牌。桌子上泡着茶，茶里头还放洋参片，抹牌的声音比我们响得多。

新厂长听罢刘建桥的话，盯着刘建桥看了几眼，又回转身看他身后的科室干部。几个干部的脸色都变了。车间主任又狠狠地踢了刘建桥两脚，低骂道，猪猡猡呀，这地方还要你来逞英雄？

新厂长事后并没有对刘建桥怎么样，倒是跟刘建桥混了个熟脸，饭堂里碰到还会打一招呼，说，我晓得你，你叫刘建桥。

刘建桥便笑笑，心里却想，晓得又么样？你未必给我涨工资不成？不过刘建桥对这个厂长的印象还不错。

但是半年后厂里改革，改革中最重要的内容就是安排富余工人下岗。厂办与各科室代表商议下岗工人名单时，刘建桥排在了第六名，前五名都是上了五十岁的老弱病残。看到贴在厂大门口的公告，刘建桥才晓得自己被自己的工人本色黑了一把。

刘建桥到车间休息室清理自己的东西，其实也就是饭盒、毛巾、刀具一点杂物。清完了，就坐在木头凳子上发呆。几个师兄弟怜惜地陪着他。他的师弟叫北路。北路拿出一盒麻将，说都是这王八蛋惹的祸，送给你，带回家天天打这个王八蛋，一来混混点，二是出出气。北路说时，打开麻将盒，拿了张西风，用手捏了捏，又说，这牌的骨质几好呀，可惜它没有给人带来好运气。

车间干活了，机器都在响。刘建桥还呆坐在那里，不想走。只觉得一走出车间大门，他的天就算塌了。看着那盒麻将，刘建桥打开盒盖，伸手把玩了几下，心里却恨恨的。他骂着王八蛋，拿出刀，在北路适才捏过的西风上发狠地刻了起来。使出的劲，有点像泄愤。车间主任来时，刘建桥已经刻忘了时间。

车间主任问，刻么事？

刘建桥说，刻个王八蛋。

车间主任便从他手上拿过麻将说，咦，蛮像厂长咧。

刘建桥说，那他就是这个王八蛋吧。

车间主任说，把这个王八蛋送给我吧。

刘建桥说，那就送给你这个王八蛋吧。

车间主任笑了起来。刘建桥想想，觉得好玩，也笑了起来。出厂子大门时，刘建桥心里就轻松了好多，天也没有塌下来。

刘建桥下岗回家，何汉晴看他心情不好，多一句话都没有说。她晓得男人赢的时候，一个个都是堂堂的大男人，神气活现，脚指头都恨不得放在头顶；输的时候，却远比女人输不起，脑袋都想夹在裆里。刘建桥是厂里第一批下岗的工人，他输惨了。

而早在前几年，何汉晴的火柴厂就跟她办了“两不找”。就是你不找我，我不找你。你不找我上班，我不找你要钱。跟下岗是一样，只是说法不同而已。何汉晴回家后，三两天就找到了事做：她先是给一家私营公司糊盒子。为了文三花跟老板顶嘴后，她就开始给人做钟点工，也算是有一笔收入。蛮多女工下了岗，却不肯去做家政，觉得没面子，何汉晴却满不在乎。何汉晴说，不偷不拿，干活挣钱，老子的面子大得很！

对于刘建桥的下岗，何汉晴脑子是想不通的。刘建桥在厂里这么能干，有时候机器出了问题，半夜里都会有人来叫，怎么下岗会轮到他？但何汉晴这样的人，想不通的事情太多，已经养成了想不通也得通的习惯。所以半天过后，她就想开了。说是想开，其实是认了命。何汉晴想算了算了，一个人有一个人的命，命里该上你的事，你跑也跑不脱。想过，她便不声不响地又去找了两户人家做钟点工。从星期一到星期天，每天的活都排得满满的。刘家一屋里的人，日子都过得闲闲散散，就只何汉晴，天天忙得像龙卷风。

刘建桥心里晓得，但没有说。他立马出门去找工作。只是在国营工厂时间干长了的人，骨头多半都比较疏懒，眼光还挑剔得不行，架子更是比农民工要拿得大，刘建桥亦是如此，结果就高不成低不就，一直找不到合适的事。毕竟哪样工作都比在厂里当钳工累人。非但如此，而且无趣。刘建桥想，劳累不过是体力上受苦，而无趣却是精神上受苦。按书上说的，这是更深一层的痛苦。刘建桥是高中毕业生，对精神要求还是看重的。

找不到工作，回来就坐在桌前刻麻将混时间。这件事半分钱不挣，却让他趣味十足。开始是乱刻，刻人刻狗刻房子什么的。后来有一天从外面回来，看到家门口停有一辆漂亮的小车，尼桑蓝鸟，金色。刘建桥围着尼桑看了半天，越看越上劲。车是何汉晴当钟点工的主人开来的，主人在报社当记者，说是家里来了客，特来请何汉晴帮忙提前做做卫生。看完车，刘建桥心里霍然亮了。从这天起，他就开始用麻将牌雕刻起小车来。

起初何汉晴看刘建桥这样，心里甚是欢喜。觉得这样最好，不赌不嫖地守在屋里，日子过得踏实。可是时间一长，特别是儿子刘最强考进大学，何汉晴就有些掐不住了。荷包是空的，钱包是瘪的，银行存折上的钱只两位数。就算公公婆婆贴一点，但他们的退休金也就这么多，贴了儿子贴姑娘，自己还得攒一半预防哪天得病。而她何汉晴却只有一双手，不可能再去添加几份钟点工的事。这时候的何汉晴心里有些急。情急时，何汉晴冒起胆子，请她那个记者主人帮刘建桥找一份工作。记者倒也仗义，一下子就找了份修汽车的事。哪晓得刘建桥去的那天，路上碰到师弟北路。北路刚下岗。北路的老婆要生孩子，急等着花钱。北路找工作找得头发白了一圈。刘建桥听北路一通诉苦下来，二话不说把他带到汽车修理厂，让他顶了自己的名。为这事，何汉晴气闷得一晚不理刘建桥。可惜北路的命不好，上班才一个月，有一天一辆待修的汽车，歇在那里突然爆了胎，把站在车旁的北路弹了出去。北路跌下时，脑袋落在路边一根水泥柱上。水泥柱几天前被一辆卡车撞倒，裸露了一截钢筋，这截钢筋恰好就从北路的太阳穴穿过。北路哼都没有哼一声，就断了气。刘汉桥获知这消息时，正在听何汉晴抱怨他不该把这份工作让出手。刘建桥立马把北路的死讯说了出来。刘建桥说，不让给他，你今天可能当寡妇。何汉晴听罢手脚冰凉，呆了半天。心想，老天，这是个么事！

从此何汉晴再不敢催促刘建桥出门找事。

何汉晴干钟点工的记者主人叫李文朴。三十岁出头，老婆也是记者。两口子见何汉晴热心快肠，诚实可靠，对她也特别关照。逢年过节，报社会分东西，吃的用的全有。嫌多时，他们就会给何汉晴一些。虽说他替刘建桥找的工作刘建桥没有去，但这份情在。何汉晴一直心存感激，总想要买点东西回报一下，可又想不出送他们什么。太贵了买不起，便宜的人家都有，更何况还不一定看得上眼。

在家吃饭说起这事，建美说，好办，把我哥刻的小车送人家一个，文化人最喜欢这些东西。何汉晴觉得这主意不错，刘建桥也觉得是个好点子，他也很想为这个家做些贡献，于是就细心地刻了一对麻将车，一辆奔驰，一辆宝马。

何汉晴把车送给李文朴时，李文朴两口子都看得发呆，连连追问她，这是你老公刻的？这是你老公刻的？一副不信的样子。何汉晴差点就要对天发誓。

李文朴对这份礼物欢喜异常，非但表示要珍藏之，且说要为刘建桥写一篇文章。何汉晴对文章没有兴趣，只当他是说说而已。岂料李文朴当晚就来家了，手里拿着录音机和笔记本，让一家人惊喜得手忙脚乱。刘建桥就这样被李文朴登上了报纸，虽然登载的地方并不起眼，文章也只一块豆腐大，但也足以轰动整个里份，让刘家风光了好几天。街坊都说原来我们里份还有这大的人才呀，又说原来这里还是个藏龙卧虎的地方呀。公公婆婆笑得龇牙咧嘴，每天都要出门几趟，跟人说长道短，以便听人夸说儿子是人才。何汉晴那些天像往日一样在里份忙进忙出，但脸上却不知道比往日涨出几多光彩。何汉晴头一回意识到，原来男人有出息，能让他的女人这样得意。难怪这世上的女人都想攀高枝。

刘建桥因了这篇文章底气大增，就像一个穷人突然有了发财的本钱。他全身心都扑在雕刻麻将汽车上。刘建桥收集各种汽车图片，买来各种版本的汽车画册。附近几家的汽车修理厂，他也都跑熟了，所有汽车的细节他都了如指掌。回家后就细细研究，然后逐一刻之。原先还隔三岔五去试着找找工作，现在他是人才了，人才么样能屈就自己到外面去做苦力呢？北路送给刘建桥的那盒有着一百四十二颗子的麻将，居然已经快被他刻得剩不下几粒。

报纸的热闹很快就淡了下去，而要过的日子却是一天天如期而来。

何汉晴把家里的钱掰成几瓣用，依然觉得紧张。儿子刘最强上大学的学费是公公婆婆资助的。这虽然去了大头，但大学里的生活费也是不小的数目。刘最强今天一个电话要买录音机，明天一个电话要买手机，放假回来又要和同学一起旅游。有一回刘最强要买一台电脑，何汉晴怎么凑也凑不起钱来，打电话想跟刘最强商量缓个半年，刘最强连听都不听，啪地就挂了电话。何汉晴不想儿子不开心，最后只好去卖血。何汉晴有时觉得从刘最强那里每吐一个字，她这边的荷包就在掉钱。只是为儿子花钱，何汉晴倒也心甘情愿。她再苦再累，也不能让儿子被同学看低。卖血的事她没有跟刘建桥说，刘建桥也不问电脑钱是怎么凑够数的。刘建桥觉得屋里不管有么事，交给何汉晴便总有办法。

何汉晴的确也是分分秒秒地想办法解决屋里所有的事情，但她还是想劝刘建桥出门找个事做。只是何汉晴每一开口说这个话，就会被刘建桥臭骂一顿。刘建桥骂的也就是何汉晴没有文化，不懂艺术之类。这是何汉晴的短。何汉晴老早就认了这个短，所以有时她会生气地想，有文化懂艺术就可以不吃饭了？就可以不花钱了？你也换个骂法行不行？想归想，何汉晴不会说出口来。她不想伤了夫妻和气，更何况刘建桥这个人几乎是她生活的全部，只要他好好的，只要每天进门出门看得到他，她的心就会踏实安稳。就算她在这个家里忙得昏天黑地，她还是会常常生出满足感。何汉晴想，总比别个屋里的男将在外头到处睡女人强一百倍吧？总比那些猫在发廊里占洗头小姐便宜的男将要强一百倍吧？那些钱多的男将，包个二奶，在外头又买房又生伢，那不还更烦人些？这样想过，何汉晴也只有自己闭嘴，继续将手上可怜的一点钱掰了又掰。

何汉晴被刘建桥一掌推倒在床上。这一次，何汉晴却没有哭，她自己都奇怪，她怎么一点眼泪都没有。她想，未必我的眼泪都流干了？她眼前先浮出文三花的脸，跟着那个白皮肤细眼睛的珍珍也浮出水面。何汉晴心道，活着真是又累又烦呀，我现在跟你两个一样了，我也不想活了。

何汉晴有时候觉得自己应该满足于眼前的生活，儿子上了大学，公婆也没瘫在床上要人伺候，老公虽说下了岗，钱少，但他一不赌，二不嫖，到底还是一个实在可靠的男人，她的生活有什么不好？上比有钱人虽是不足，下比许多老百姓却也绰绰有余。可何汉晴还是会常常感到心烦。她在这个屋里全力以赴，忙进忙出，可经常一天忙下来，几乎没人跟她说几句话。公婆多是在指挥她做这做那，小姑子吃完饭就出门玩去了，刘建桥自己闷头忙自己的，晚上倒是跟她睡在一头，但刘建桥多半一碰枕头上便睡着了，有时需要也会跟她亲热，这种亲热却只有行动没有语言。饭桌上大家坐在一起有说有笑，只是那地方，哪有她说话的份？她一开口，就会有人堵。不是顶她，就是笑她。何汉晴常觉得这里虽是她的家，可她总是找不到这个家对她的亲。出了家门，街坊邻居倒是对她像亲人一样。她弄不懂为什么会这样。气闷时，何汉晴常想，未必在你们眼里我就是个下人？未必我那么低贱？再有，手上的钞票越来越不经用也够让她烦心。这个月的钱再用一个星期就不够了。除非从今天起，只买点小菜下饭。鱼肉肯定是不能再买了，连鸡蛋都不能买。公公的酒更是买不起。还有早餐从明天起，都只能吃馒头稀饭。煤气必得坚持到下个月才能有钱换。天暖和了，洗碗可以不用热水，能省不少气。洗衣粉和洗洁精都要用到月底。最好跟建美商量一下，莫用卫生巾，还是用卫生纸算了。这种东西，月月用，要是省一下，就很能省出一点钱。刘建桥要的汽车画册，这个月是绝对不能买的。只是，刘最强如果又打电话来要钱怎么办？刘最强早就说要买一辆可以调速度的自行车。何汉晴想，顶多再抽一回血吧！抽血给儿子，她干；抽血补充家里的杂用，打死她也不得干。何汉晴对自己说，这是最起码的原则。

这一细盘算，么样会身不累心不烦呢？要是死了呢？这些事岂不就都不消管得了？人一累狠了，就想死，这说明人死了肯定比活着的时候轻松。何汉晴想，狗娘养的，那些死了的人，一个都不回来通个消息，也不晓得那边是不是快活些。就算那边也累，换一个累法，说不定也好一点。何汉晴不知不觉地沉浸在自己的幻想之中。

婆婆的声音突然在外面响了起来，几时做中饭呀？

何汉晴怔了一下，她没有回答。这声音像是有人在砸她的脑门，砸得哐哐地响。

刘建桥说，没听到姆妈在喊你?!

何汉晴还是没有作声。文三花和珍珍的面庞又一先一后地浮在她的眼前。文三花说，几累人嘞。何汉晴说，我晓得。珍珍说，我心里蛮烦。何汉晴说，我也晓得。那两人说话时双泪长流。何汉晴心道，你两个还有眼泪，我的都干了。

婆婆又叫了一声，做不做饭，总得应一声吧？你要不做，我来做就是了。

刘建桥说，你还不动？

何汉晴说，建桥，我蛮不想活了，我去死了算了。

刘建桥心在不焉道，你？全世界都死绝了，你都还剩在屋里，我还不晓得你？

何汉晴叫刘建桥的话说得一愣，心道，这是么话？你以为我不敢死？

刘建桥又说，老子刚才没有打你，是让你。你要再闹得中饭都要姆妈做，等一下不把你往死里打我不姓刘。

何汉晴说不出话来。刘建桥的话并不重，甚至还有一些淡淡的、漫不经心的味道，像是没有过刘建桥的脑子，也没有过刘建桥的喉咙，从窗外飘进来一样。

何汉晴想，这样跟你过日子，我何必要你打死，我自己去死不更舒服些？你当我没有想清楚？我现在这个样，死了不比活着强？

公公一脚踢开门，他的声音震耳欲聋，这是搞么事名堂呀？还想不想过日子？

何汉晴无奈，她只能爬起来。她明白，就是自己真想死，还是得把这顿饭做好了才能去死。

六

饭菜都端上了桌，公公婆婆已经坐好。

何汉晴把刘建桥喊出来吃饭。建美也刚好在开饭的时候回来。建美在附近一家超市当出纳，为了省钱，她总是回家吃饭。

何汉晴盛好四碗饭，自己却朝卧室里踱去。建美说，嫂子，你不吃饭？

何汉晴无精打采地说，我没得胃口。

婆婆说，你这是做给哪个看？

何汉晴说，我不做给哪个看，我不想吃也不行？

公公说，这年头，真是板眼（本事）大，有得吃有得喝，一个个都还活得不耐烦。

何汉晴说，我是活得不耐烦了。

婆婆说，你想么样？你说这话是么事意思？

建美笑了起来，说，嫂子，你莫学珍珍咧。我背珍珍跑医院，没到医院门口，累得快断了气。嫂子你有珍珍两个肥，我背你，没有出家门，我压也被你压死了。

刘建桥说，莫耳她。她才将说她想死，我一个字都不得信。她这种喜欢到处岔的人最舍不得死。就是小鬼把她捉到了阎王爷跟前，她两脚就把阎王爷踹在地上，自己跑回来。她这半生才只岔完了一条街，还没有把汉口岔够，她舍得死?!

何汉晴没有理他们，她径直进了房间。屋外的说笑声隔着门板传了进来。

建美大笑出声，说，哥，看不出来，你还有点幽默咧。

婆婆也笑了起来，说，长江上没得盖子，铁路边没得警察，厨房里有刀，药店里有药。挡别的挡得住，挡死是挡不住的。也不晓得汉晴会选哪样。

建美又笑，说，我嫂子呀，走到江边一看，咦呀，这好的江水，死在里面会搞脏的，跳不得；走到铁路边，一看，咦呀，压死了我是小事，这不是害了别个司机？这撞不得；回到厨房拿起刀，一看啦，砍缺了口子，明儿过年婆婆剁肉刀子不快了，这用不得；最后跑到药铺里，一看，死个人买药还要花这多钱，鬼才买它。嫂子转遍了汉口，硬是找不出个法子让自己死。

建美的一番话，说得连板着面孔的公公也笑了起来。

婆婆说，莫以为死是一个简单的事。人一辈子只有一死，这死也是件要水平的事。这种事，汉晴这样的粗人，想都想不到。

建美说，姆妈说得是。就嫂子这个个性，哪里适合死吵？

何汉晴倚在卧室的窗边，眼睛望着外面，耳朵却在听着。听完婆婆的话，何汉晴冷冷地笑了笑，心道，你们都不信我会死？人想死了，还要个么事水平？一口的屁话！这回我非死给你们看一下。我在你们刘家这多年我也受够了。老公下岗挣不回钱，我就出门去挣。我伺候公婆，照顾小姑，生养儿子，屋里的重活轻活我一肩担了。你们眼睁睁都看到我做这做那，却从来没有哪个说过我几句好话，反倒是个个瞧不起我，嫌我是个粗人。我只不过上厕所时间长了一点，你们就对我这样。我是故意的？我有病，我比你们还难过，你们哪个替我想了？我就是一个粗人！我不会看书，不会转词，更不会写文章，更更不会拐着弯损人。但是我也还没有蠢到连死都不会吧？

何汉晴越想越气，越气就越委屈，越委屈就越觉得自己这辈子过得辛苦。突然间她觉得她一刻都无法继续在这里待下去。何汉晴对自己说，我要争口气，我今天就死给他们看！她想时，便迅速地给自己换了一件衣服。换好衣服，她照了一下镜子，觉得这样去死也还体面，便拉开门往外走。

建美见她出来，忙说，嫂子，还是来吃一点吧。

何汉晴说，你们都说我不会死吵，我这就出门找死去！

何汉晴大跨着步子往外走。她脑子里只有一个念头，就是我非死一盘给你们看看。

刘建桥的声音跟在后面。刘建桥说，我还不信你会去死咧，那我就等着看。

建美还在笑，建美的尖叫声追得更远，嫂子，找到了一个好死法，打个电话跟我通个气，我好帮你参谋一下。

七

何汉晴在里份的熟人真是太多了。

何汉晴从南岸嘴嫁过来已经二十几个年头。她看里份街坊的婴儿长成小伙子，看见小伙子成家生子，看见叔叔阿姨成爹爹婆婆，又看见爹爹婆婆一个一个地在里份的门边消失。时间快得她自己都记不得。

何汉晴出家门走几步，就有人跟她打招呼。先是对门的陆伯，陆伯说，汉晴，好久没有来我屋里坐了，你陆妈前两天还跟我说，几天听不到汉晴的大喉咙还真有点不舒服咧。

何汉晴心里郁闷，又不能不搭话，便勉强地笑了两声说，陆妈的腰好点了没有？

陆伯说，睡都睡了三四年了，指望好是好不起来的，不变坏就是福。老太婆就是想人去跟她说话，汉晴你得空就到屋里来坐一下，她蛮喜欢听你说街上那些七里八里的事。

何汉晴嘴上说好，心里却想，过不了几个钟头，我这一生的事就都忙完了，每分钟都得空。可是我哪里还去得成？想罢就觉得有点对不起陆伯和躺在床上不能动的陆妈。

这边陆伯的话刚说下，跟着是隔了几道门的朱婆婆。朱婆婆披件花棉袄，正在屋角的墙边晒太阳。见汉晴，扯着老嗓子喊道，汉晴嘞——伢，快点来，正在想你，你就来了。

换在平常，汉晴一听喊，便会快步走过去。可今天，何汉晴有些倦怠。朱婆婆又喊，汉晴，伢，你快过来吵！我还想差人找你去咧。

何汉晴无奈，只好过去。何汉晴说，朱婆婆，么事？

朱婆婆眯起了眼，递一个捞耳勺，说，我耳朵痒死了，你赶紧替我掏下子。

何汉晴说，改天好不好？我今天有点事。

朱婆婆笑道，你那点把式我还不晓得？要不了几分钟，耽搁不了你。我等你等了个把钟头。我屋里爹爹想给我掏，我把他推回去了。他那个粗手，把我耳朵掏聋了，我还划不来。爹爹说，你耳朵蛮金贵？还得派专人来掏？我说，我耳朵就是金贵。除了汉晴，别哪个都不够格。

何汉晴苦笑道，朱婆婆，你这样抬我的桩，我哪里消受得起？

朱婆婆说，看你说的，一条街，还就是你消受得起我的夸。你嫁过来，我这耳朵就没有换人掏过。快点快点，我痒死了。

何汉晴只得接过挖耳勺，对着阳光，为朱婆婆掏了起来。跟平常喋喋不停地跟朱婆婆说话的状态比，今天的何汉晴有些沉闷。

朱婆婆说，汉晴，伢，你今天心里有事？

何汉晴说，没得事。

朱婆婆说，你今天跟往常不一样咧。按说你那个嘴巴是关不住的呀。

何汉晴说，没得事，我只不过时间有点赶急。

朱婆婆说，好好好，你今天马虎点，过两天再跟我细细掏好不好？

何汉晴心道，过两天哪里还能替你掏呢？过两天我都不晓得我在哪里了。想罢便说，算了，掏都掏了，还是得掏好才是。

朱婆婆便笑了，说我就晓得你过细。我跟你讲，我这个耳朵也只服你掏，别个掏完了，还是痒得很，你说怪不怪？

何汉晴说，我婆婆的耳朵都没有你这耳朵挑人才。

朱婆婆一边揉着耳朵一边嘎嘎大笑了起来。朱婆婆说，你说得蛮对，你硬是个人才，一个捞耳屎的人才。

何汉晴说，莫笑莫笑，小心耳朵。

何汉晴掏完一只，朱婆婆用手抚着耳朵，大笑着说，真是好舒服呀。

何汉晴没有笑，她对着阳光开始掏朱婆婆的第二只耳朵。才动耳勺，就有人大喊她的名字。何汉晴抬起头，见文三花跌跌撞撞地朝她跑来，一边跑，一边哭。

何汉晴没有见过文三花急成这样，忙喊道，有么事？慢点跑。

文三花跑到何汉晴跟前，腿一软，就地一坐，哭道，何姐，你要救我，你还得救我一把。

何汉晴说，么事，又出了么事？

文三花说，我男将被汽车撞了，还不晓得死活。

何汉晴大惊，说，那你不去医院，跑这里来做么事？

文三花说，我的伢一个人在屋里，求你帮我照应一下。

何汉晴忙拉起文三花说，你这个人糊涂得也太狠了，临时找个人看一下伢吵，还跑这远来找我。

文三花说，别个我又怎么放得下心？

何汉晴说，多的话莫说了，你赶紧去医院，我立马去你屋里。

文三花掏出门钥匙给何汉晴，抹着眼泪却不动脚。

何汉晴说，你还不去？

文三花又哭了起来，说他跟那个贱货一起出的车祸，天晓得他俩在车上做么事，开了上十年的车，怎么会一头撞到街边的树上咧？

何汉晴心里怔了怔，暗骂道，这个狗男将，真不是东西。嘴上却说，还管那些，先顾了你老公的命再说。说罢，何汉晴推着文三花往前走。走了两步，何汉晴回过头对朱婆婆道，我欠你一个耳朵。说完想，这辈子算是欠下了。

朱婆婆摆了摆手说，莫讲这话，伢比耳朵紧要。

文三花住的是楼房，那是她老公单位分的。文三花的老公在运输公司当司机，工资虽不是蛮高，但每个月的活钱不少。所以，文三花的屋里该有的东西全都有。何汉晴总说文三花的命好，文三花却说一个人有一个人的命，不是少了这头，就是少了那头。文三花屋里虽然有点钱，可文三花老公在外面的野女人总是不断线地冒出。也怪文三花太不能干，何汉晴随便几时去，她屋里从来都是一团糟。文三花的菜也做得差，结婚五六年，还做不出个团圆菜。她老公累了回来，屋里一塌糊涂不说，一口像样的热饭热菜都到不了嘴，那心思哪里能不往外野？何汉晴手把手地教文三花收拾屋子和烧菜，可下回去，一切都还是老样子。文三花的娘死得早，跟着一个捡垃圾的爹过日子，住的房子漏风又漏雨，饭也是三天总有两天吃不饱。活到二十几岁，嫁了人，才算把苦日子过穿，便总觉得眼前这一切都已经好得很。住的屋子夏天凉快冬天暖和，也蛮舒服，一日三餐不光有饭还有菜。家里电视电话洗衣机，样样都齐全，就连睡床都是软软的席梦思。换了旧社会的地主资本家，也过不到这样的日子。这么好了，屋里脏乱点算得了么事？不脏不乱像个豪华商场又有什么味道？还有，现在的米那么香，不要菜都能快快活活地吃下饭，配上榨菜辣萝卜小白菜，够好吃的，怎么还会咽不下去呢？文三花总也想不通这个理。何汉晴只好叹道，真是个穷坯子，教都教不会，骂也骂不醒啦。

现在何汉晴站在了文三花屋里。

何汉晴看到的是床上沙发上四散着大大小小的臭袜子、脏衣裤。小孩子的屎尿在地上留着醒目的印渍，桌上还落下一些吃剩的饭菜渣。屋里所有的窗子都闭得严严实实，一股污浊气直冲鼻子。这还算好，走进厨房，何汉晴想不吓一跳都不行。地面上的油腻都结成了垢，踩上时滑溜溜的。垃圾桶的垃圾已经爆满，溢得周边到处都是。灶台边上的烂菜叶子和鱼刺估计已经放在那里两三天了，发出酸腐气。洗碗池里一堆碗，有几个碗边上的饭粒都已干硬，这也多半是好几天的饭碗没有洗。何汉晴暗骂道，像你这样过日子，莫说你男人在外头找人，我要是个男人，我还不是要到外头去找！没有休你已经是对你客气了。

文三花的儿子叫细伢，还睡在被子里，小脸红扑扑的，响响地吐着气。何汉晴坐在床帮，看了他一下，脑子里浮出刘最强小时候的样子。何汉晴想，未必我连儿子最后一面都不见？但如果见了，刘最强看出我要去寻死，还不鼻涕眼泪一大把地扯我的衣角，那我又怎么死得成？何汉晴这么想过，心便有些酸楚。她看了看文三花床边的电话，忍不住上前拨了刘最强的手机号码。刘最强的手机是他过生日时姑姑建美送的，虽然刘最强每个月要花不少电话费，但能够经常听到儿子的声音，而且想儿子的时候说找就能找到他，何汉晴就觉得这种钱花多少都值得。

刘最强一下子就接了电话。何汉晴只叫了一声强强，就哽咽无语。刘最强说，姆妈，么事吵？有话快说，我正在外头上网。

何汉晴说，强强，你要好好的，要争气。

刘最强说，姆妈你这是么样了吵？我不争气我给你考得上大学？姆妈，有么事就快说，没得事我就挂了。

何汉晴好想听儿子的声音，可她又一时想不出什么话，于是她终于说，强强，姆妈觉得心里烦，蛮想去死。

刘最强不耐烦道，姆妈，你莫没得事找事。我忙得很，你硬要去死，我未必拦得住？说这话最没得劲了。

刘最强一下子把何汉晴顶得什么都说不出来。何汉晴想，你是拦不住，可是我生你养你，对你一百样迁就，你连两句留我的话劝我的话都不会说？

见何汉晴没得声音，刘最强说，姆妈，没得事我挂了！电话立即变成忙音。这声音像是从刘最强手上伸过来的一根长针，一直扎透何汉晴的心脏。何汉晴原本酸酸楚楚的心蓦地变成了难言的疼，眼泪径直就流到了面颊上。

何汉晴闲不住，挽起衣袖帮文三花干活。她刚做完厨房的卫生，细伢醒了。细伢认得何汉晴，一骨碌从被窝里爬出来，说原来是老娘子来了。

细伢虽只有四岁半，但小嘴惊人地会说话。有一回文三花带着细伢到何汉晴的里份里串门，路上遇到何汉晴帮隔壁杨嫁嫁剪头发。文三花就站在那里跟她们闲聊。细伢歪着头，打量何汉晴半天，说原来何妈妈是个老娘子。说得大人都笑了起来。何汉晴说，那你姆妈是么事呢？细伢说，我姆妈当然是小娘子吵。大人们听此言更是笑得一翻。从那以后，何汉晴就要细伢喊她老娘子。

何汉晴见细伢光着身子爬出被窝，忙上前把他塞进去，嘴上道，慢点来，冻凉了，老娘子还赔不起你。

细伢说，老娘子你跑到我屋来做么事？

何汉晴说，还不是你这个小杂种要人照应。

细伢说，我是个么事小杂种呀?

何汉晴说，是你爸爸和你姆妈的小杂种。

细伢说，那老娘子是不是你爸爸和你姆妈的老杂种呀?

何汉晴哭笑不得，在他的脸颊上拍了几个小巴掌，说你这个小杂种将来肯定不是个好东西。

话说完，突然脑子里就浮出自己爸爸姆妈的样子。何汉晴的爸爸是水手，走船的时候遇到洪水，船翻了，从此就再也不见踪影，连个尸首都没得。何汉晴的妈一辈子住在南岸嘴，汉口一发洪水，水头就会淹到屋门口。前几年整治南岸嘴，政府照顾了一套新房，何汉晴的姆妈死活都不想去住，说是住惯了小河边，上了楼，一接不到地气，二闻不到水气，这人又有么事好活头?何汉晴配合政府劝了几天，总算是搬离了。现在楼房也住得蛮舒服，说是地气接不到，可是能接到天气；水气闻不到，但能闻到雨气。天比地高，雨水比小河的水净，所以也蛮好。南岸嘴现在像个花园，前两年何汉晴去看了一回。拆了旧房子的地皮上种着麦子，绿油油一片，中间零星地杂了几棵树，一派田园风光，人走到这样的环境里，真是觉得无限地养眼。对于何汉晴，南岸嘴就是她的家乡，走遍天下，总在心里。就算它改变得让人认不得，但也和何汉晴二十年的生命连在一起。

何汉晴想，我死之前，还得去看一眼才是。

天黑了，文三花还没有回来，连个电话都没得。何汉晴担心细伢饿，又怕文三花累死累活地回来，连口热汤都没得喝，便又扎起围裙来做饭。文三花的冰箱里几乎没有菜，何汉晴没得法，见冰箱的蛋格上还剩两个鸡蛋，只好下了一锅面条。何汉晴喂完细伢，自己也饿了，便也吃了一碗，此时业已近9点，文三花还是音讯全无。何汉晴有点急，不晓得文三花她老公到底怎么样。想打电话去问，却又不晓得往哪里打。

何汉晴把文三花屋里该洗的该抹的都做了，到处干干净净，明明亮亮。细伢的呵欠又打了起来，偎在何汉晴身上几分钟，就又睡了过去。放了细伢上床，何汉晴有些急，看电视又看不进，心道自己是出门寻死的，却跑到这里来替别个操心，叫刘建桥和美美晓得了，还不又笑死?又想，不晓得今晚上屋里的饭是哪个做，她没有回去，一屋的人会不会着急。要是刘建桥的脑袋会转弯，一找就找到这里来，那才是真的死不成了。

何汉晴心里麻乱麻乱。

10 点过后，电话终于响了。是文三花的声音。文三花哭道，何姐，辛苦你了。

何汉晴说，急死人的，你老公么样了?

文三花说，才下手术台，命保住了。

何汉晴松了一口气说，那就好，那就好。

文三花还是哭，说那个狗日的骚货女人只擦破一点皮，连针都没有缝。

何汉晴说，算了，人救过来了，这笔账等他好了再算。

文三花说，他醒过来还叫那个骚货的名字。何姐……文三花说着说着，语不成章。

何汉晴长叹一口气说，三花，你自己悠着一点。两口子的事，别个也难得说。你几时回来?

文三花说，我过一下就回。细伢睡了?

何汉晴说，睡得屁是屁鼾是鼾。几好个伢呀，看儿子面子，把那些事都放下算了。将来靠着伢过就是了。

文三花说，何姐，老公靠不住，伢未必就靠得住?

何汉晴想想觉得也是，但她不能火上加油。何汉晴说，不说这些，我挂了。何汉晴放下电话想，管不了你这些了，我要死在你前头，往后你自己顾自己吧。

八

歪在沙发上睡着了的何汉晴突然被一阵嘈杂声惊醒，她怔忡了一下，方想起自己是在文三花的屋里。紧接着门开了，进来的是文三花。她的身后还跟了好几个人，都是乡下人打扮。何汉晴惊问，么样了?

文三花说，何姐，你莫吓着了。是我婆家的两个兄弟，赶过来招呼他哥的。这两个一个嫂子一个弟妹。

何汉晴松下一口气，她抬头看了看钟，12 点半。何汉晴说，都吃了没有?

文三花说，在外面宵了夜。何姐，辛苦你了。你要是回去嫌晚了，就在这里挤一夜。

何汉晴忙说，不不不，我近得很，我这就走。

文三花说，何姐，不晓得么样谢你。

何汉晴想了想说，记得我就行了。

文三花说，那当然记得。隔三岔五地见面，哪里会不记得？

何汉晴说，那也是。过些时，回南岸嘴看一看。

文三花说，我早就想回去看一下的，几时我们一起去。

何汉晴说，再说再说，先把你眼前的事忙下地。

何汉晴说着就出了门。

正是深秋，半夜里还有些寒。何汉晴只穿了薄薄的毛衣，毛衣上套了一件腈纶西装。西装的质量很一般，只穿了几个月，就四处起绒球。这是她结婚二十年时，刘建桥送给她的。为了这个，何汉晴多少对这件衣服有些偏爱，拿它做当家衣服，但凡正式一点的时候，她都只穿它。

空荡荡的街上，寂寥无人，便更有寒飕飕的感觉。

何汉晴问自己，现在到哪里去呢？一问完便又觉得自己可笑。出来寻死的人，还需要到哪里去？立马走到大桥上往下一跳，那就是目的地了。不过，是去大桥跳还是去二桥跳呢？何汉晴有些犹豫。大桥是当年何汉晴和刘建桥常逛的地方。从南岸嘴出来上桥，江水就在脚下，他们两个就站在这里看汉水流进长江。刘建桥说，站在这里看武汉，最爽眼。何汉晴也有这个感觉。人在水上，山在两边，心里一下子就能晴空万里，空得仿佛干干净净。一干净，全身上下就会舒服透彻。何汉晴想，我要在这里跳江，就太煞风景了，也对不起自己的喜欢。二桥是这几年新修的，讲老实话，何汉晴还从来都没有上过二桥。跟刘建桥说过几回，几时去参观一下，结果她一直都忙得没有空。假如头一回上去，看都没有看清楚，就去寻死，那还不气死那些修二桥的人了？好像对自己也不大说得过去。

何汉晴走得很快，她一直走到了江边，爬上了滨江公园抗洪纪念碑的高台，还没有拿定主意。

公园亮着灯向左右两边的黑夜里伸展。长江的水就在不远的地方流淌。两座大桥的轮廓都被灯光勾勒在夜空，悬在江面上，清晰而美丽。何汉晴叹想，武汉真是太好看了。何汉晴生在武汉长在武汉，从来都认定全世界没有比武汉更好的地方。大江大河，就奔流在马路边，就奔流在楼底下，这样的城市，世上哪有？何汉晴去过一次北京，看到了北京的湖，还晓得北京的湖都被叫作海，她也算是大大长了见识。回来逢人就说，北京人硬是会吹，一个水荡子也叫海，那我们东湖叫么事？我们东湖一个湖汊子，也比它十个海大。真是些没见过水的人。那些北京人还总觉得武汉像乡下。何汉晴骂道，守到你屋那个小水塘摸点小鱼吧！你那才叫乡下。就为这，何汉晴最瞧不起北京人。刘建桥却对何汉晴的理论嗤之以鼻，说武汉人本来还不是乡下人，叫你这一说，硬像是一个不开化的乡下人了。北京是首都，北京人是首都人，人家一开口，话都说得不一样。叫你说说试一下，那个弯管子普通话硬像是拐了上百道弯，句句都撞得倒墙。

夜班的轮船进港了。船扯着嗓子叫，这是何汉晴在娘胎里就听熟了的声音。住在南岸嘴娘屋里时，长江和小河来往的船有几多，何汉晴就得听几多遍。同样天天要听的还有江汉关的钟声。那些声音，从来就没有离开过她。日出日落，朝朝暮暮，直到她嫁给了刘建桥。刘建桥屋里离长江远，那些声音才渐淡下去。

何汉晴的脚情不自禁地就朝江汉关方向走。江水往下流的声音，何汉晴能听得一清二楚。

走到候船室门口，大门关了。火车和汽车四通八达后，坐船的人越来越少，候船室清冷得几乎没有人。一辆巴士司机在码头门口吆喝，去武昌南站赶火车的，赶紧上车！最后一班，不上后悔来不及了！

从夜船上下来的客人也很少，只三两个人在登车。何汉晴看到车，方觉得自己有点累。她抬头看了看江汉关上的大钟，两点都已经过了。她想，就是死，也不赶这一个晚上。深更半夜，黑咕隆咚的，死了这世上都没哪个晓得你是么样死的，回头拿你当了个失踪人口。再说了，好容易死一回，连一个看的人都没得，也划不来。不如在候车室歇一晚，天亮了再说。

何汉晴意念一到，人便上了车。

只几分钟，巴士便上了汉水桥。从桥上朝下望，汉水两岸只剩下灯光，那些熟悉的风景和熟悉的船，都被夜色笼罩得若隐若现。何汉晴想，明天就上晴川桥吧。望着我屋里老家去死，也还有点说头。

九

车到南站，何汉晴尿急得厉害，下了车，冲进站里便找厕所。从厕所出来，望了一眼站台，站台是空的。突然她也觉得自己心里空得厉害，她不晓得应该干什么好。何汉晴一辈子从来没有闲过，现在她闲下了，这是她临死前的休闲，可是闲下的她应该怎么办呢？她却不知道了。未必就靠到椅子上睡觉？睡到明天早上起来然后去死？何汉晴问自己，问过后，也没有答案。

二十年前，何汉晴送公公婆婆回老家奔丧，也是半夜来过这里。候车室里人山人海，又脏又臭，四处都是叫骂声。何汉晴没有讶异感，她觉得赶火车就是这个样子。火车来时，众人不知由何处进站，更是像水一样，东涌过去，西涌过来。车站里的服务员倚在门口调笑，全然不睬旅客们。拥挤中，婆婆无能，连鞋都叫人踩掉。不是何汉晴大吼大骂着拨开人群，把那只鞋硬扯回来，婆婆就得光一只脚回老家。送走公婆后，刘建桥为何汉晴奋勇救鞋一事，大开夸口，说是没看出来，老婆有这么大板眼。那时，何汉晴跟刘建桥结婚时间不长，她的能干和强悍还没有得到机会完全展示。何汉晴当时笑说道，我有板眼的地方多得很，这辈子你得慢慢看。

现在是何汉晴第二次到南站。这里全然没有了人头攒挤的局面。候车室里光线暗暗的，因为人少而显得空旷。有十来个赶路的人或靠或躺在候车椅上打瞌睡。角落里还有一个男人的鼾声和鼻息起起伏伏着。这声音愈发将四周的清冷挑逗起来，清冷得令何汉晴觉得不像是火车站。她突然就想起当年赶车风起云涌般的场面，空着的心仿佛又掺了一点虚虚的东西，是酸不是酸，是疼不是疼。刘建桥夸她时的神情就像是浮在眼边，他的嘴角是怎么动的，眼睛是怎么瞥的，手放在哪里，脚怎么迈的步子，竟一下都出现在何汉晴的记忆里，就像昨天才经历过一样。刘建桥那时好年轻，脸上光光的没一丝皱纹。只要跟何汉晴说话，嘴角就有笑意，而刘建桥是一个天生不爱笑的人。刘建美当年便总说，哥是个木头人，只有看到嫂子才会挂点笑。

何汉晴想，你个狗日的木头人，当年几会拍我的马屁！现在我人老珠黄，你拿我不当人看。老子告诉你今天去寻死，你都懒得劝一声。老子这回非死给你看不可。不管是上天堂还是下地狱，老子都要盯到你看。看你找不到老子的尸首，你良心么样过得去；看你夜晚枕头边少一个人，你流不流眼泪；看你再找个女人，她会不会像我这样伺候你顺着你；看你么样能够把你一家人的杂八事玩得转；看你么样向里份的爹爹婆婆们交代：你为么事要逼死何汉晴！

想完这些，何汉晴空荡荡虚缈缈的心里，又觉得有了底。她觉得自己可以从从容容在这里过一晚上，然后明天白天好好去死。

何汉晴找了一处椅子坐下，或是太累，更或是心思太重，重得将她的脑袋压僵了压死了，以致她没有了想事的能力。只几分钟，何汉晴就睡着了。

何汉晴竟做了梦，而梦中的情景并非凄凄惨惨，倒更似阳光灿烂。她恍然觉得自己好像正跟刘建桥一起在河边散步，又好像她牵着刘最强的手，在草地上玩捉人的游戏。总而言之，她的梦境天地明亮，色彩光鲜，耳边满是笑声。最后的记忆是她和刘建桥不晓得为么事正仰身大笑，突然她就醒了。这个仰身的场景就在她醒来的瞬间定了格。

何汉晴有些发怔。她先想，我这是在哪儿？想完即忆起自己来到了火车站，自己是在火车站候车室的椅子上做梦。自己的梦居然充满快乐和欢笑。最后何汉晴才想起，自己出门是寻死的。念头转到了这里，出门前的满腹委屈，才又一起涌上心头。何汉晴想，非要好好死一场给他们看。

一个女人的声音从何汉晴身后的墙角传过来。声音不大，但充满惊恐。何汉晴蓦然明白，正是这个声音打断了她梦中的仰身大笑。

何汉晴扭转身子，朝那声音望过去。一望却吓了一跳：昏昏的灯光下，一个女孩子拼命往墙角缩，她伸着两只手抵挡着站在她面前的两个男人。男人的手亦朝女孩子伸过去。女孩子抵挡着说，不要，不要，我是个学生。求你们放了我。一个男人笑着说，学生最好，我最喜欢学生。

何汉晴立即气不打一处来。她大叫一声，你们想干么事！

何汉晴的声音像炸弹，将所有候车的人都惊醒。

两个男人也惊了惊，他们环顾一下四周，发现并无警察，叫喊声不过是一个女人。一个瘦男人说，你少管闲事，闭你的眼睛睡觉。老子们也不招惹你。

女孩子哀求的声音放大了，阿姨，救我！

何汉晴想都没想，拔腿跑了过去，她三下两下扯开那两个男人，定睛一看，也不过两个小年轻。何汉晴说，小小年纪不学好，当个么事流氓呀！

一个略胖点的年轻人说，太婆，你硬不是个省油的灯咧！

何汉晴说，晓得我是太婆就好！少跟我油里吧唧的，我用油点灯的时候，你还不晓得娘胎在哪个方向。

瘦一点的年轻人说，闭嘴，你莫惹烦了老子。

何汉晴说，好大个老子！惹烦了又么样咧？

胖一点的对瘦一点的说，怎么冒出这么个夹生货呀？

瘦一点的说，我哪里晓得？看样子她是活得不耐烦了。

何汉晴说，你硬是说对了，我就是活得不耐烦了。

胖一点的年轻人说，莫跟她扯野棉花。

瘦一点的年轻人从口袋里摸出一把刀，横着眼，用刀在何汉晴面前耍了一下。然后说，识相的话就一边睡你的去。不识相的话，刀子今天就要好好会个餐咧。

女孩子惊叫了一声，吓得往何汉晴身后一靠。

何汉晴鄙视道，就这点小刀？拿大一点的不更痛快？实话跟你两个小杂种讲，老子一个人不带行李不拿包地出门，就是出来寻死的。老子早就不想活了，正在想用个么法子去死。你们两个来杀吵，老子死也死成了，还当回烈士，又登报纸又上电视。现在的警察几高明？捉你两个分分钟。老子死了棺材底下还有你两个垫底，这还不说，你两个屋里还得赔我钱。老子这样个死法真是有得赚！姑娘你赶紧躲开些，让他们来杀我。

何汉晴说完，迎着那瘦子手上的刀贴过去。何汉晴说，来来来，来杀我！

那瘦一点的年轻人竟是有些发蒙，拿着刀不知道如何是好。他下意识地把刀举了起来。

躲在何汉晴背后的女孩子顿时尖叫起来，杀人了！杀人了！

候车室里有一点小小喧哗。

胖一点的年轻人踢了那瘦子一下，吼道，还不快点走，今天硬是撞到鬼了。你去跟她缠？杀了她都划不来！

瘦一点的年轻人一听此话，拔腿便跑。胖子也跟着跑了出去。何汉晴跟在后面喊，哎，莫跑吵，有板眼来杀我吵！

胖子回过头，答了一句，我不得放过你们的。

声音落下，人便跑得没了影。何汉晴骂道，就这水平，还当流氓！说完转向那女孩子，说，姑娘，不消怕，这是小混混。就他俩的胆子，流氓都当不大。你只管放狠一点，他们不敢欺负你的。

女孩子感激道，阿姨，谢谢你救了我。

何汉晴说，莫说谢，这种事，我不能看到了都不管。你是外地学生，要到哪儿去?

女孩子说，我在上大学，我妈病了，我请了假回去照顾她几天。在这里转明天中午的火车。

何汉晴想起也在上大学的刘最强。刘最强最喜欢说，姆妈，你莫烦我。何汉晴想着便想流眼泪。何汉晴说，还是姑娘好，晓得疼自己的娘。

女孩子心有余悸，她不停地朝外望，说，他们还会不会再来呀?

见女孩说的是普通话，何汉晴便用她那口弯管子普通话说，莫怕，有我。你跟我坐在一起，明儿中午我送你上车。看哪个敢欺负你!

女孩子说，阿姨，我们在学校总爱说现在的好人都死光光了。今天碰到您，我知道了，其实好人还活着，只是我们有眼无珠，没有看到。

何汉晴叹了一口气说，你的确是遇到个好人，可惜这个好人也要跟着去死光光了。

十

何汉晴说到做到，她果然就一直等到中午，送那女孩上火车。

早上的时候，何汉晴摸口袋，发现里面有几块钱。便想她要一死，这五块钱放在荷包岂不是浪费?何汉晴想，人可以死，但钱不能浪费。于是何汉晴请那女孩子吃一碗热干面。何汉晴说，武汉的热干面百吃不厌，你只要吃过后，走到哪里都会想它。女孩子说，我以前不喜欢吃，觉得它太干了，听您这一说，以后我肯定会喜欢吃的，而且永远也不会忘记它的味道。

何汉晴听了蛮高兴，说，养个姑娘真是好呀，几甜的嘴巴，听得人心里熨帖了的。

女孩子上火车时说，阿姨，给我留个电话，我回来的时候来看您。

何汉晴摆摆手说，你找不到我的，真要想我的时候，吃一碗热干面就行了。

何汉晴这话一说，女孩子的眼泪顿时就流了出来。何汉晴见她流泪，鼻子也酸，几乎也要流眼泪，但还是忍下了，说，莫哭，回去好好孝敬你姆妈，我死了都会开心。

女孩子说，好人活千年，阿姨肯定寿比南山。

何汉晴说，再加两个字，的草。

女孩子泪没干，便又笑了起来，说，阿姨讲话真有意思。

说笑间，火车开了。女孩子是挂着笑远去的。何汉晴也鼓起满面的笑容向她挥手，那感觉就像是送走了自己的女儿。火车不见了，只把轰隆隆的轮声甩在车站。风一吹，轰隆声也四散而去。何汉晴方想，闯到个鬼，名字都不晓得，还送得这起劲。

何汉晴差不多都忘记自己出来干么事的了。现在，她特意逗女孩子发笑时的心情也随火车而去。想过一遍又一遍的死字又像虫一样，从四面八方爬向她的心。

何汉晴想，都到了这一步，不死又么样行？回去只怕会比死还难受。

中饭何汉晴还是吃的热干面，只是比早上多加了一碗糊米酒。小吃铺的木桌子上放了台彩电，节目间歇里正播广告。这是一则寻人的广告。何汉晴盯着看了半天。当然不是寻她的。这是在寻找一个妙龄少女，少女的母亲在电视上泪水涟涟。

何汉晴想，要是这个当妈的不见了，那女儿会不会登广告找？会不会坐在电视里头哭？何汉晴问过自己后，又自己下了结论。找可能会找一下，哭多半也会哭。这多多少少都会比刘最强好一点。刘最强这个王八蛋，听到老子要去死，他不连滚带爬地跑来劝，倒说么事你硬要去死，我未必还拦得住。老子养你疼你宠你，都是白做。命都恨不得给你，你就这样对老子。

还有刘最强的老子刘建桥，也不是个东西！何汉晴想，当个老女人真是没得劲。哪个都靠着你过日子，但哪个都不会多看你一眼。你活着你死了，都是你自己的事。你活着的用处就是照顾别人，把自己这条命当成没得。自己还以为刘家少了自己就过不下去。现在好，你不见了，理都没得人理。只怕刘建桥心里还欢喜得不得了，正好去找一个年轻的女人，还名正言顺地找。这个女人说不定是个寡妇，要不也离过婚。屋里蛮有钱，房子住得大，根本不需要刘建桥出去找工作，只要刘建桥守在屋里刻他那些狗屁车子，当他的狗屁人才。说不定她给刘建桥专门弄个房间，摆上博物架，像办展览一样。她还会给刘建桥买毛料西装，买金表，买一千块钱一双的皮鞋。刘建桥现在眼睛不太好，她会给他买洋眼镜。她要是钱蛮多，给刘建桥买辆汽车也难说。

屋里的彩电也小了，婆婆总说看人看不清楚，她送一台大彩电给婆婆，那还不是分分钟？就是刘建美这个小妖精，有个这样的嫂子，肯定左一条真丝裙又一件皮大衣地找她要。过那样的日子，根本不需要人干活，有事花钱请人，做饭洗衣服打扫卫生，都找人做，五块钱一个钟头。他们哪个还会念着她何汉晴？就连刘最强，给他一辆跑车，他到江滩公园兜个风回来，估计就会亲亲热热地喊妈了。

再往下想，就更细致，甚至刘建桥么样跟这女人亲热的场面，都历历在目。一切的一切，真实得就像正在进行，就像闻得到鼻息，就像摸得到体温，就像听得到笑声。没有了她何汉晴的刘家，里外都一派红火。虽然何汉晴离开家只有一天的时间，可是就仿佛她这个人从来都没有在那里出现过。

何汉晴的想象到此，真是一口气憋不过来，万千的悲愤都冲击着她的心，她不禁放声大哭。呜里哇啦的哭声把小吃铺的主人和旁边几个吃面的人都吓了一跳。小吃铺女主人说，太婆，出了么事？你哭成这样子？

何汉晴呜咽道，你莫把我喊老了，我不会活那么老的。何汉晴说着这些话，哭声并没有减弱。

小吃铺女主人又说，好好好，你怕老，就好办，有事就好商量。嫂子，莫这样哭，把我的生意都哭走了。

何汉晴抹了一把脸，见过路的不少人都围过来观看。何汉晴说，哪里走了？跟你哭来了这多客人。

小吃铺的女主人便笑了起来，说，你一边哭，一边还能对答如流咧。

何汉晴哭声渐小，说，活着真是没得意思。

小吃铺女主人说，嫂子把话说到这上面，我比你还想哭。我老公赌博，把公家的钱输个精光，坐了牢。我的伢，白血病，去年死了，才六岁呀。我自己咧，堂堂的一个中专生，学电气化的，厂子垮了，我就只有落到这地步。她说完指指放着汤和面的铁锅。

何汉晴环视了一下她的小铺，再看看她的脸，长叹道，一样是苦命人。

小吃铺女主人说，我这从早忙到黑，累上一天，就赚点饭钱。你说，一个人生下来，就为受一场累，好把自己养活，那又何必去活？

何汉晴说，是那话，是那话。我现在也是觉得死了可能还好些。

小吃铺女主人说，可是你又死不掉吵。你又不得病，又不出意外，哪有机会死咧?

何汉晴说，嫂子，这你就说差了，一个人想活可能活不成，但是一个人如果想死，总是能死成的。

小吃铺女主人笑了说，嫂子，叫我说，你这话说得还差些。你既然活到这个世上来了，这个命就不是你的了，你这条命归蛮多人所有。拿我来说，我的婆婆我还得养，我的姆妈我还得伺候。你一个人做不了你这条命的主。你身边的人都不准你死，你有么事权利去死?你不信回去仔细想一下。

何汉晴说，我晓得你的意思，但我这回就是要给我自己这条命做个主。

小吃铺女主人打量了何汉晴一番说，就你这命，叫我说，死不成的。你的面相怎么看都是一个活得长的人。嫂子，我再说一句，爹妈生你一场不容易，人活一场也不容易，就算咬着牙，也把这辈子活完算了。更何况，嫂子你的日子肯定比我好过，我都不想死，你要死了，就划不来了。

何汉晴说，真的?!说罢转而思道，日子好不好过，表面上哪里看得出来?

何汉晴的泪在谈话中业已干掉，看热闹的人见热闹已经过去，有些索然，便欲离开。小吃铺女主人喊道，莫走吵!热闹看了，再吃碗热干面，今天的日子不就过得有滋有味了?喊完对何汉晴说，日子就这个样子。吃苦受累是一天二十四小时，吃香喝辣也是一天二十四小时；穷人笑起来是打哈哈，富人笑起来也是打哈哈；穷人屙𡱁𡱁是臭的，富人屙𡱁𡱁还不是一样臭?嫂子，你是没有想透，想透了，一滴眼泪都掉不出来。

何汉晴没有再接着跟她往下说。何汉晴想，你讲的话也有些道理。但是人活一世，柴米油盐，家长里短，喜怒哀乐，哪里就光是穷和富两个字?哪里就是二十四小时那么简单?人和人，晓得几多复杂的事情和感觉，晓得里面隐埋了几多板眼和名堂，根本就不是道理可以说得清楚的。就像现在我何汉晴想要去死，我不死行不行?其实肯定也行。但她还是要去死，她怎么也说不清白，只是她心知她已经走在了这条死路上，她不会回头，也不想回头。

十一

汉水桥就在何汉晴的脚底下。

夕阳已经从江上落了下去，黄昏都快走完了。何汉晴的这段路走走停停，时快时慢，但总算到了她想到的地方。

何汉晴在南岸嘴出生，成长也在南岸嘴，她想自己能望着南岸嘴寻死，也算是一个圆满。

汉水上现在架了几座桥，老的汉水桥被叫成了汉江一桥。但在南岸嘴住过好多年的何汉晴，还是喜欢把汉江一桥叫汉水桥。何汉晴的父亲去世后，母亲为了生活，跑去搬运站拉板车。何汉晴的母亲个子矮小，从板车背后望过去，经常就看不到人。何汉晴心疼母亲，一得空便去汉水桥等着。母亲的板车一过来，她便上前推坡。母亲的车上了桥，总会说，莫光推我的，别个的板车也都帮着推一下。都熟人熟事的，莫收别个的钱呀。于是何汉晴便上上下下地推坡，每推一次，都会听到类似的话，伢，难为你了，好心得好报。

何汉晴一上汉水桥，这句话就会响起，仿佛它们就挂在桥上，只等何汉晴一来，就往下落。

现在，汉水桥上看不到堆着货物的板车了，桥面也加得很宽，桥下的吊脚楼和破房子都消失不见，小船也都变成了大船。世界变化得太快，长江和小河都跟着这世界一起变，何汉晴有时觉得自己一时都难以适应。

摊开在眼前的南岸嘴平展开阔，依着长江的晴川阁古色古香。只有这里，还像以前一样清冷。也只有这里，还跟何汉晴以往的记忆一样。何汉晴想，我肯定不能在这里跳河。当年别个都说我好心有好报，我在这里跳水寻死，哪里是个好报呢?

两个年轻人迎面而来。一个人说，要是我，就是死也不跳桥，太吓人了。

何汉晴听得心里竟是惊了一下。另一个说，我就算跳桥，也不跳汉江上的桥，我得跳长江大桥，死在长江里，也气派些。

先一个便笑说，那你就跳长江二桥吵，二桥又新，那边蛮好翻出去。跳二桥还是时尚。

何汉晴有些恍然，又有些心惊肉跳，怀疑这两人是鬼。何汉晴想，怎么这么巧，刚好走到我面前，他们就讲跳桥，未必他们晓得我想跳桥?

两个年轻人与何汉晴擦肩而过。

几乎就在他们过去的那一瞬，何汉晴听到有人高声说，快去看，晴川桥有个女人要自杀！已经搞了个把小时，警察记者都去了！

那是个什么人？她有么样的委屈？她怎么跟我想的一样？连时间都选在

了一起？我是不是跟她结个伴一起走？何汉晴想到这些，情不自禁便朝龟山下走过去。

晴川桥是新桥，桥栏涂着橘红色，像一道彩虹挂在水上，人们便喜欢叫它彩虹桥。晴川桥从南岸嘴一直通到汉正街上。以前何汉晴住南岸嘴时，要出来一趟，不晓得几难，现在晴川桥直接就插入汉口的闹市中心，吃过饭，散个步一逛就逛到了六渡桥，硬是跟以前出门到菜场一样方便。只是，何汉晴在南岸嘴的家早就搬迁了。

何汉晴到时，晴川桥上围了不少人。桥边还有110的巡逻车。电视台的人架了机子在那里拍。一个女人哭诉的声音从人群中清晰地冒出来。女人说，他在外面一回回搞皮绊我都忍了，他受了伤，我招呼他。他还当着他皮绊的面骂我，我这样活着有么事意思？我不如去死，我死了，让他一辈子良心不安。

何汉晴听这声音好熟悉，一个冷战打下来，她赶紧拨开围观的人往里挤。一个警察劝道，你这样做划不来，你老公绝对不会良心不安的，你死也是白死。

另一个警察说，是吵。他既然在外头有女人，一不要你，二不要伢，这种绝情的事他都做得出来，你死了他不正好明媒正娶？

何汉晴挤到跟前，她看到了悬坐在桥边的文三花。何汉晴大惊失色，大叫了一声，三花，你又么样了？你这是搞么事名堂？

一个警察见何汉晴，说，你是她么人？

何汉晴说，我是她姐姐。

文三花哭道，何姐，这回你也救不了我，我死定了。

何汉晴说，你男人不是车祸住医院了吗，他又犯了么事？

文三花说，何姐，我好窝囊。我去给他送汤，那个不要脸的女将也去给他送汤。他说我的汤做得不好，像潲水；那个女将的汤做得好，像甘露。他只喝她做的。何姐，这也就算了，他是病人，我能忍。可是他居然当我的面，拉着那个女将的手，问她伤得么样。说他就只担心她的伤，他的心比身上的伤还要疼，只要那个女将没得事，他死都可以。他们两个不要脸的当我的面手拉着手，就这样调情。我跟他谈恋爱，跟他生了伢，天天床上床下地伺候他，他几时跟我说过这样的话？何姐，我活着还有么事意思？我站在医院里，生不如死呀，何姐！

何汉晴也生气了，说，那个王八蛋，真也是太邪狠了。

文三花说，所以吵，何姐，这回你莫再劝我，我早死了早解脱。我在南岸嘴生的，我死也要死回来，只当我没有嫁出去。

何汉晴朝文三花走过去。文三花凄厉地叫了一声，何姐，你莫过来，你过来我立马就跳。说罢做出欲往下跳的架势。

围观的人都尖叫了起来。一个警察忙将何汉晴拦住。

何汉晴拨开警察，大声道，三花，莫慌！我不是过来扯你的，我是来跟你做伴的。何汉晴说这话时，满面是泪。

文三花的动作停止了，说，何姐，你说么事？

何汉晴说，我来跟你做伴，我们两个一路走。

文三花说，我不信，是我屋里那个狗日的派你来劝我的是不是？

何汉晴说，怎么会？我昨天就出来了。你找我帮你照看细伢的时候，我就是出门寻死的。

文三花仿佛想起什么，说，难怪，刘师傅今天大清早打电话到我屋里，问我有没有看到你。

何汉晴说，真的？他打电话给了你？你么样说的？

文三花说，我说昨天看到了，今天没有。他没有多说，我也没有细问。何姐，你何必咧？你屋里刘师傅对你这么好，你屋里的日子也过得蛮兴旺，你怎么会想死？你不会为了我走这条路吧？

何汉晴说，我不是为你寻死，我为的是我自己。

文三花说，我搞不懂，你这样能干的人，怎么也会想死？

何汉晴说，三花，你也晓得，当我这样的女人，活了几多年，就烦了几多年，而今也烦够了，觉得死了可能更舒服。

文三花泪水涟涟，说，何姐，你说的是真话？真的？你跟我搭伴一路走？我真的有这福气？

何汉晴说，也是我的福气。何汉晴说着慢慢走向文三花，她满面泪水。

文三花说，何姐，我晓得，我晓得你的命也蛮苦。黄泉路上有何姐一道，是我的福气，大鬼小鬼都不得欺负我了。

何汉晴走近了，她翻到了桥栏外。围观的人都屏住了气，大家都心照不宣地认定何汉晴是用的一个计，因而没有人劝何汉晴，仿佛眼睁睁地看着另一个人往绝路上去。

何汉晴走到文三花跟前，手臂钩着桥栏，一伸手紧紧把文三花搂住。候在一边的警察立即就冲了过来，几双手伸过去，像几把钳子将文三花卡住，只几秒，便将文三花拖过了桥栏。

围观的众人欢呼起来。现场一片混乱，有个尖细的声音在欢叫的人声中起起伏伏，让开点，别挡了镜头！让开点！

文三花却在这片欢呼中放声大哭起来。文三花说，何姐，你做么事哄我呀？

何汉晴也哭了开来，说，三花，你死不得，你的伢才四岁，他太小，离不得娘呀。你千不看，万不看，得看细伢的面子。为你屋里细伢，你天大的委屈都得忍。这世上，随便哪个没得你，都能过，可是细伢要是没得你，他这辈子吃的苦受的罪，会让你死了一百年都不安生呀！你未必能指望他的后娘对他好？他的爹忙女人都忙不过来，你未必指望他会过细照看伢？

文三花蹲在地上号啕大哭。哭了一阵，仿佛想起什么，她突然叫道，细伢，我屋里细伢！他一个人在屋里睡觉，没得人照看。快点，屋里没得人，醒了不得了呀！

文三花哭叫着，不顾人扯，挣扎着就要奔。一个警察拖着她，嫂子，莫急，我们送你回去。

围观人们的注意力都集中在文三花身上，见她如此这般，不禁发出如释重负的笑声。一个年轻的声音说，哦，悲剧变成了喜剧。他的话一完，刚歇下的笑声又冒了起来。

依然站在桥栏外的何汉晴却没有笑。她没有随文三花翻回桥面。没有人注意她，人们只道她是救人者，却不知道她心里到底在想些什么。

何汉晴呆呆地望着江水，瞬间她便不记得三花究竟如何了。南岸嘴在眼皮底下铺展的样子好是陌生，江水在眼皮底下流淌的样子也好是陌生。从正顶上看岸看江和住在陆地上看岸看江的感觉是不一样的。土地不是这样的土地，江水也不是这样的江水。

桥上的人声开始静了。突然有个的士司机看到何汉晴还在桥栏外，便喊了一声，嫂子，你还在外头做么事？

正在散去的人们纷然回头。何汉晴没有作声，依然呆呆地向下张望。她在想，我这一跳，命就没得了。我真的就不要自己这条命了？要是死了比活着还要难受么样办咧？那我不是更划不来了？

何汉晴犹豫间，突然听到有人喊，喂！喂！转过头来。

何汉晴不明白怎么回事，掉转头看了看。

一个电视记者正举着摄像机对着她。何汉晴大惊，赶紧伸手挡一下，不料却见另外一个女记者一边说话一边朝她走来。何汉晴在电视里经常看到这个女记者。有一回她在失火现场报道消息，脸上也满挂着职业笑容。那一场大火烧死五个人，烧伤了十九个。刘建桥当时就骂，说，这个狗日的女将还在笑，怎么一点同情心都没得？何汉晴却不以为然。她想她不笑么办？进到电视机里头说话，她得讨人喜欢，垮着脸哪个会听她的？

应该说，何汉晴还是蛮喜欢这个女记者的，突然在这个地方见到她，何汉晴几乎呆掉。呆过几秒，何汉晴方回过神来，她想，怎么没有电视里好看？女记者走到距何汉晴一米远的地方停了下来，她用手指着何汉晴，对着电视镜头说，看，站在这儿的就是刚才机智救下那位自杀妇女的人。一个小小的计策，便挽救了一个生命，应该说这位阿姨有着相当的智慧。让我们来采访她，听她怎么说。女记者说着，朝何汉晴走来。

何汉晴听傻了也看傻了。她一时不知道怎么办才是。

围观的人又随着摄像机集中到了她这里。何汉晴喊一声，你们莫过来，你们过来我就跳！

看客们怔住了，不由自主地停下来。女记者也惊了一下，但她脸上很快又浮出她那份固定的职业笑容。女记者说，阿姨说得对，让我们保持现场感。刚才阿姨就是在这个地方救下了那位自杀者。我想阿姨依然逗留在这里，一定是激动的情绪还没有平复下来。的确如此，自杀者已经在这里站了三个多小时，无论人们如何劝说，她都决意一死，而这位阿姨出现了，她以她的聪明才智，以她的勇敢无畏，将自杀者救了回来。这个场面非常令人激动，我也非常激动。在我的心目中，阿姨的这种行为就是英雄行为。

何汉晴听女记者滔滔不绝地说着，听着听着，心里舒服起来。待听到女记者说她是英雄时，她都有些想笑了。心道，英雄？这搞的个么事名堂？老子出来寻死，人没有死成，倒寻成了一个英雄？这不是比不死还笑话得狠些？

几个围观者走近了何汉晴，一个长者说，来来来，我拉你过来。何汉晴说，我自己过得去。说罢正欲翻过栏杆，女记者突然喊道，让开，闲杂人让开。阿姨，你就站外边，拍出来的效果好一些，更有现场感。

何汉晴停住了。她心道，站在这个地方，我一撒手，人就下去了。你还现场个么事？但何汉晴从来都没有被这样关注过，心里多少有些兴奋。

女记者举着话筒对着何汉晴说，请问阿姨，你是特地赶过来救人的吗？

何汉晴摇摇头说，不是的。

女记者说，那阿姨是碰巧到这里来的？

何汉晴说，硬不晓得是撞到个么事鬼，就有这碰巧，我还不是来……

女记者没等何汉晴把话说完，便对着镜头说，老话说，无巧不成书。看来今天这事真有些戏剧性，阿姨来这里只是碰了个巧，居然就救人一命。请问阿姨，你当时怎么能一下子就想出那个跟她一起去死的主意？

何汉晴说，三花不能死，她的伢太小了，但是我可以死，我本来还不是打算寻死的？

女记者笑容可掬道，哦？那后来呢？后来是什么原因使你改变了主意？是想到你的家人，还是想到孩子？或者你想得更深远，想到人应该珍惜生命？

一个围观的人笑道，你自己都回答完了，还问人家干什么？

何汉晴怔了一下，心道，我几时改变主意了？我活得烦心得很。生命对有些人应该珍惜，对那些活得辛苦的人有么事好珍惜头？想到这里，何汉晴一阵心酸。这个让人累的日子，那些让人烦的生活，还有那几个懒得搭理她、也从不关心她的亲人，都在她的心里撞来撞去。何汉晴蛮想把这些都说出来。如果说了，她心里可能会舒服得多，就像那伴随了她一生的便秘，一旦排泄出去，人就轻爽了。但是，何汉晴晓得，心想的却不一定能用嘴说。电视台的摄像机正对着她。她在电视里头只听过好听的话，几时听过心想的话？而眼边这个女记者热乎乎的眼光摆明了也是想听她说好话的。她何汉晴再苕，也不能苕到跟电视过不去吧？

何汉晴张了几下嘴，想找点好听的话。可是她却不晓得从哪里下嘴。何汉晴不看报纸也不听广播，偶然看看电视，也只看连续剧。那些拿得到台面的语言和那些冠冕堂皇的道理，何汉晴不会说。她竟不晓得么样挑句子。这时候，何汉晴才想起婆婆总是瞧她不起，总骂她没得文化的事。她现在也瞧不起自己，嫌自己苕得恨不得掴自己两嘴巴。

女记者说，别紧张，心里怎么想的就怎么说。

何汉晴想，真把心里想的说出来了，那还不吓死你?

江上的风蛮大，凉凉的，能把人的脑壳吹得冰冷，但何汉晴却满头冒出大汗，钩着桥栏杆的手也有些软了。她想，得赶紧讲完，要不还真的掉下去了。何汉晴只好顺着女记者的话说，是的吵。就是你说的那样，想起屋里的人，也想起了伢。

女记者说，还有呢，请接着说。

何汉晴想，你不就讲了这几句?我哪里还有?想完又觉得不能让女记者失望。何汉晴没有姑娘，看到姑娘就心生欢喜。这个笑得蛮好看的女记者硬就像自己姑娘一样，总不能让她做不好工作被领导骂吧?于是何汉晴又说了，还有，爹妈给你一条命不容易，人自己活一场也不容易，随么样吃苦受累都得坚持活下去。再说人活着也不是为自己，一大半都是为别个活。别个都不准你死，你又有么事权利自己去死咧?

这是热干面小吃铺的女主人中午跟她说过的话，何汉晴突然间想起，便将之复述了出来。说完，她自己竟也有些感动。她想，是呀，一个人一辈子只活一回，不坚持活透，自己跑去找死，那不等于出门旅游只走到半路就回去了?那有么事意思咧?也蛮划不来咧。

女记者听不到何汉晴心里的声音，只听到了她嘴上说出的话。她情不自禁地赞叹起来，声音也提高了八度，说得太好了。多么朴素的语言！多么纯朴的感情！在这里我们也希望刚才那位自杀的妇女能听到这样的话。希望她能好好地生活，也希望我们每一个人都能好好地生活。女记者说完这些话，像是给文章打了一个句号，她转向何汉晴说，阿姨，谢谢你。

女记者说罢即走，何汉晴哎了一声，还想说点什么，但女记者已经被那些看热闹的人包围起来了。何汉晴的声音像一根鸡毛一样，轻飘地就落到桥下。

十二

人散开来比聚拢来快得多。电视台的记者一走，仿佛只一会，晴川桥上便没剩几个人。何汉晴甚至还没来得及从桥栏外翻过来，人们对她的兴趣就散了。电视台女记者激动的赞叹和围观人们钦佩的目光，仿佛只是年三十晚上放的一个小焰火，亮是蛮亮，熄得也太快。何汉晴想，狗日的，别人的热闹为么事那么长，我的热闹为么事这么短?

何汉晴这辈子都没有这样放射过光芒。只是光芒过后，迎面而来的却是更黑的黑暗。她不晓得自己现在怎么办才好。倘没有这个焰火，她死了，全里份的人都会念她的好，为她哭的人肯定也蛮多。现在好，她若再去死，刚才在电视里说的那些话岂不成了放屁? 街坊邻居都会看到，看了还不把她骂死? 说一套，做一套，那是个什么东西! 可是，她如果不去死，她又该么样活呢? 回家? 公公婆婆还有刘建桥刘建美不光牙要笑掉，连下巴都会笑得掉下来砸脚。不回家呢? 那她又到哪里去? 未必天天住在火车站，捏着荷包剩下的几角钱过日子?

何汉晴出门寻死是因为活得太烦心太累人，结果现在倒弄得更加烦心更加累人了。落到如此下场的何汉晴这一回才真正为自己感到悲哀。她没有料到自己竟这样无能，居然可以把自己弄到死不成也活不下去的地步。同样，何汉晴也第一次感到了无助。这时候她有点想家。该是她做饭的时间了，吐着蓝色火苗的炉子能把整个厨房都烧得暖暖烘烘。这个季节的厨房是最舒服的。

落寞感袭击了何汉晴。

落寞而无助的何汉晴从晴川桥下来，漫无目的地走呀走。不知觉间，便走到了晴川阁下。她找了一个僻静的角落坐下来。也谈不上找，晴川阁本来就僻静无人。长江就在这角落边流淌，流得波涛翻滚。

何汉晴坐了好久，她只是呆坐着。脑子像一葫芦糨糊，没有一处清白。太阳已经落完了。何汉晴突然发现自己现在坐的地方正是二十几年前她和刘建桥最喜欢的坐处。刘建桥第一次吻她也是在这里。刘建桥笨，试了几回，都不敢。最后还是直白说，我蛮想亲你一下，可不可以? 何汉晴早就在等这一刻，等了几回都等不来，这一刻她大大方方道，你亲吵。

想到这里，何汉晴站了起来。旁边的墙还是与以前一样，有些残旧有些沧桑，但墙上多出蛮多字，有一行字写的是：爱你到江水淹没晴川阁! 何汉晴想，放你的狗屁! 长江这辈子都莫想淹晴川阁。刚想过才会意到，人家那里是表明爱无尽期爱到永远。何汉晴长叹一口气，心道跟刘建桥两个人一星期要来这里坐两三回，沙子野草看他们两个都看熟了，他刘建桥却从来没说过这样的话让她受用。下辈子投胎，何汉晴想，如果还当女人，一定要找一个嘴巴甜的男将当老公。

何汉晴重新坐下了。

何汉晴决定就坐在这里。如果刘建桥能到这里来找到她，那她就跟他回去；如果他找不到，她就在这里坐死。

夜色就在何汉晴的坐等中降临。

等人便成了何汉晴眼前的大事，它仿佛取代了一切。四周一有风吹草动，何汉晴的眼光便扫过去，专注那里半天。何汉晴想，如果刘建桥不来，她就在这里坐死。但如果他来了呢？那她该么样办？她是赶他走，还是扑到他怀里？何汉晴是蛮想扑到刘建桥怀里的。她觉得刘建桥起码有十几年没有抱过她了。何汉晴想到这儿，心里有些愤然，女人老了，你男人就不能抱了？法律上几时说过，只抱年轻女伢的呀？电影里头的那些外国女人，活到七八十岁了，她老公见了还要上去抱抱她，而且还是当着外人的面抱。你咧，背地里抱一下就抱不得？当年下乡，房东屋里喂的牛，干活干得好，房东都会欢喜地拍它几下，抱抱它的背表示奖励，你刘建桥咧？

何汉晴本来寻死的理由还没有这一条，现在她觉得她应该把它加进去。

江边的灯在夜色里璀璨了起来。天色越黑，它越璀璨。它们把长江照亮了，把天空照亮了，把马路照亮了，把它周围的一切都照亮了，却无法照亮何汉晴的心。

坐在晴川阁下的何汉晴随着天色的深浓随着灯光的明亮而心情越发黯然，失望感也一层一层深浓。因为，刘建桥没有来。而且何汉晴觉得她视线内的一切迹象都仿佛表明刘建桥根本就不会来。何汉晴伏在自己的膝上哭了起来。何汉晴以前也喜欢哭。不管有几多人，只要她想哭了，就一定是那种放声大哭。现在历经这一天的寻死过程，纵是这里空无一人，她却号啕不起来。

泪水穿透何汉晴的裤子，湿到了膝盖。何汉晴在自己无声息的泪水中睡着了。她甚至没有梦。

突然有人踢她。这个人说，你还玩起真的来了？你还玩得蛮大咧！

何汉晴全身一紧，这声音她熟悉得不能再熟悉了，那个粗，那个闷，那个锈味，那个不紧不慢的劲道，都让她的心加速跳动起来。似乎她坐在这个晴川阁下的角落等待的就是这个声音。何汉晴想，哦，我开始做梦了。

刚想过，何汉晴又被踢了一下。这一脚有点重，何汉晴醒了，她本能地跳起来，想要骂架。却突然发现，暗夜里若隐若现的正是刘建桥的脸。

何汉晴顿时泪流满面。何汉晴说，你来做么事？你莫管我！

刘建桥说，我不管哪个管呀？你未必找个野男人管？

何汉晴心里怔了一下，心道，这是扯的哪门子的野棉花！想过说，放屁！

刘建桥说，不是三花告诉我你上了晴川桥，我不真以为你跟野男人跑了？在屋里找个么事寻死的理由。

何汉晴说，你放屁放屁放臭屁！我落到你手上，已经够受的了，我找野男人打鬼！你只管莫耳我，我死了我活该。

刘建桥说，喂，你来真的？你一个穷人，有么事资格拿死来玩？

何汉晴说，穷人么样？穷人未必连死的资格都没得？

刘建桥说，别个有没有我不晓得，你肯定是没得的，连我也没得。告诉你，我下岗第一天就想死。我一个大男人，叫厂里一脚踢出了门，养自己不活，我有么事面子在这世上混呀？但是我没有死。因为我没得资格去死。我死了我老头老娘么办？没得儿子在他们身边孝敬，他们能好好终老？我死了丢下你守活寡，我不是亏欠了你？结婚时我答应你不管怎么样，我都陪着你到老，我要死了，你吃苦哪个来陪？所以我不能死。哦，现在好，我硬着头皮活下来了，你倒跟我玩起死来。不是李记者跟我说，我还不晓得你玩得拍了电视。露这种脸，你未必蛮光彩？亏你还跟记者说这说那！还不回去！

刘建桥说着向前跨了几步，想抓何汉晴。何汉晴连连地退着，说，你莫过来，你过来我就去跳江。

有人拉住刘建桥。何汉晴这才发现，刘建桥身后还有一个人，这个人就是她做钟点工的主人李文朴。今天下午本应该去他家干活的。何汉晴有点羞愧，忙说，对不起，李记者，我今天没有去你屋里，又忘记打电话通知你了。

李文朴说，这是小事。有么事话，回去说吧，刘师傅急死了。

刘建桥说，我急她打鬼。只不过屋里的事情没得人做。老头老娘一两天都没吃好，我做的菜又不对他们胃口。老头子的哮喘又犯了，他吃的药方子放在哪儿，你交代清楚再走吵！我又不晓得买么事药，今天咳得更狠了。美美的裙子让姆妈用洗衣机搅坏了，她白天黑夜跟我吵，吵得我烦心；姆妈早上自己去买早点，钱包也被别个偷去了，回来气得半天动不得；你看一下，我切菜手都割破了，今天灌了脓，搞不好手指头都保不住；刘最强半夜里跑了回来，一分钟没歇就出去找你，找得现在见不到他的人，美美担心他，又去找他。屋里现在乱了摊子，一个个都成了无头苍蝇，一大堆的事情等你去做，你以为你死得？

何汉晴听得心如乱麻了。她伸头朝刘建桥的手望去，果然看到他缠在手上的白纱布。纱布也不晓得是哪个替他缠的，缠得乱七八糟。如果真是灌脓发炎，保不住手指头了，那他这辈子怎么办？何汉晴心里有些乱。刘最强么样能跑回来咧？他的功课掉下去了，那岂不是坏了大事？还不晓得他是不是骑的自行车，万一心急起来，被汽车撞了，那又如何是好？心乱间，公公痛苦的咳嗽声又一阵阵从心底传来。公公的中药都是她去抓的，公公的病一犯，必得吃一个礼拜的中药。前街的老中医是她的熟人，她每次去抓药都提前一个钟头，替老中医里里外外做一遍清洁。所以她去抓药，价格要便宜一半有多。她若是走了，光这药家里都不知要多花多少钱。还有小姑子就一条好点的裙子，全毛的，每次有重要事才拿出来穿，这哪能用洗衣机搅呢？这一搅，还不都扯坏了？小姑子再有要紧的事穿么事咧？没得穿的，就得去买新的，岂不是又要多扯一笔钱出来？再是婆婆，心脏不那么好，哪里能怄气？闷气最伤身子，她要一病，不住院也得天天去医院抓药打针，出门搭公汽，哪个来招呼她？何汉晴想到这里，心里的急像被火烧起来一样。这时候她才意识到，她的确是没有资格去死的。她在这个世上的活还远没有做完。她要死，也得做完了这一切才能死。她屋里那一地的芝麻，她不弯腰一粒粒地去捡，又有哪个会去捡？只是她这一腰再弯下去，要到何年何月才能再直起来呢？

何汉晴想得心里发闷，闷中又有痛。她的心思烦乱，乱中又倍觉忧伤。她觉得好难。想不到活着不容易，死却也难。

何汉晴还是没有说话。

李文朴说，何大姐你真是了不起呀，一屋里的事你都一肩担了，你硬像这个屋里的总理一样，你确实没得资格去死。你得等你屋里的人都死完了，最后才能自己走。那时候，你去死，没得哪个劝你的。

何汉晴说，你莫乱说呀，你说我屋里不吉利的话，小心我做鬼会掐你的。

李文朴笑了，说，何大姐你既然这样顾到你屋里，你要死了又有哪个去顾他们？

何汉晴突然又大哭起来。这一回眼前有人，她是号啕着的方式。何汉晴说，我就是这样想吵。我怕我死了他们吃亏，才没有赶赶忙忙去死。

李文朴说，这样想就对了吵，那就赶紧回家吧。

何汉晴哭道，我不，我不回去。

李文朴说，你不回家，那你到哪里去咧？

何汉晴的哭声又响了一些，说，我不晓得。我回去，他们一家子都要笑死我。而且我还得在刘家受罪，我活得不舒服。可是……可是，我走了，他们没得我照顾，他们也受罪，他们也不舒服。我活又活不成，死又死不得，我么样办啦……呜呜呜，我的妈呀，早晓得让我这为难，你生我做么事咧？

夜风把何汉晴的哭声吹到江上，这声音散开了，仿佛满江都是。夜是太静了。

刘建桥说，好，你说得好。你硬是不回去是不是？可得。反正你走也好，死也好，这一屋里的人都不晓得么样活，这个屋里也得散摊子，那不如我也去死。我干脆先跳江，我要死在你前头，让你的公婆成孤老，让你的儿子成孤儿，让你的老公被江水呛死，被鱼吃成骨头架子。

刘建桥说着便往江里冲。李文朴拉了他一下没有拉住。瞬间刘建桥的脚便踏进了水里。

何汉晴的脸顿时吓白了。

那是她的刘建桥。他是那样健康，那样魁梧，那样一个堂堂的男人。他车钳刨洗样样都做得漂亮，他不出去抹牌赌博，也不去出去泡澡洗脚，他对街上的女人看都不看一眼，他雕刻的小车模型人见人爱，他夜晚睡觉时的鼾声起起伏伏也蛮好听，他看她换衣服时的眼神像个小伢。二十几年来，她何汉晴人前人后都把他当皇帝一样供着，她么样能让他跳江呢？么样能让江水呛死他呢？么样能让那些鱼吃他的肉呢？

何汉晴一急，脱口就喊。她的声音颤抖，鼻子里还带着哭腔，你你你，你莫跳呀，我回去还不行？她一边喊，一边冲过去要把刘建桥抓回来。

李文朴一把揪住她的胳膊。何汉晴流着眼泪着急地说，你莫管我，你把我老公拉过来，你莫让他死。

李文朴笑道，何大姐，你老公有你这种老婆，他哪里舍得死?

江里的刘建桥几个大步便返上了岸。他走到何汉晴身边，一把抓住她的手，说，还不快点回去！我今天晚饭都没得时间吃，再不回去，我要饿瘫了。

刘建桥话说得很洒脱，脸上的神情也淡淡的，像是没有发生么事。但何汉晴却感觉到他抓着她的那只手不光在发抖，而且惊人地烫，那股烫气一直从何汉晴的手上冲到她心里。

何汉晴心里一下子就舒服了。她晓得，这世上，刘建桥是最在乎她的人。没得她，他刘建桥难得活下去。

何汉晴坐的是李文朴的小车。何汉晴头一回坐小包车，她有些兴奋，觉得虽然没有死成，但坐了小车，也蛮划得来。车上李文朴说刘建桥，你怎么真的往江里跳呀?何大姐要是由着你去，你又么样回得来?

刘建桥说，我调教出的老婆，我还不晓得她的那点板眼?我掉根汗毛她都要急得满地找，她还舍得让我跳江?

何汉晴朝刘建桥翻了个白眼，见他正笑得得意。

何汉晴到家时，夜都深透了。里份里的灯亮着几家，熄着几家，有点暖暖的、晕晕的味道。这种晕味和暖味，让何汉晴倍觉亲切。她出门寻死其实才走了一天多，转来时，却像是已经过了百年。

走到屋门口，背后有人喊，汉晴嘞，你还差我一个耳朵，你莫想不还咧。

何汉晴笑了起来，这是朱婆婆。何汉晴回头答了一声，我晓得！早点睡您哪。

何汉晴的声音刚一落，她屋里的门开了。屋里明亮的日光灯一下子把何汉晴全身都照得透亮。这一瞬间，何汉晴突然明白，一个人的生生死死，真是由不得自己。这世上并没有人真的就把命运捏在自己的手上。

何汉晴一脚跨进门，坐在客厅沙发上的婆婆说，回了?今天的水还没有烧咧。

婆婆的语气还是老样子。何汉晴立马进了厨房。她把水壶垛上了炉子，蓝色的火苗以她熟悉的方式跳了出来。此刻，大便的感觉突然时隐时现地挑逗何汉晴。

迎面而来的日子与此前别无二样。

何汉晴决定等水烧开。她站在炉子前，闭上眼睛。满地的芝麻一层覆盖着一层浮在她的眼前。她伸出手捡了一粒。她晓得，她这一开捡，累人的日子和烦心的事将依然与她如影相随，永无尽头。

热干面小吃铺的女主人么样说的？一个人生下来，就是为了受这一场累？何汉晴想，可能人就是得把他这一生该受的累受完，才能去死。或许只有那时候死，心里才会踏实，才不会像我今天这样左右为难。

这样想过，何汉晴心里就通畅了。人生就是这样呀！

2003年冬写于武汉

水随天去

一

少年水下骑着自行车在江堤上风一样地往前冲。

太阳火辣辣地照在水下的头顶，水下的头皮滚烫滚烫的。脸也因了这烫变得赤红。水下身上的红背心已经湿透，原本白白的皮肤被暴晒成铜色。水下退学以后，连续几个月出体力，他的胳膊已经隆出肌肉。水下的脸上没有笑容，酷酷的样子。他的两条腿急剧地蹬车，像电动操纵似的，节奏均匀快捷。

水下一路带风地从修堤人的眼边晃过。

有人喊着，水下，这么急吼吼的，去赶死呀！也有人叫道，水下，莫忙得那么狠，过来跟你讲几句话。少年水下谁也不睬。水下的耳边只有自己卷带而起的风声。叫喊声夹在风里，没有入耳，便被刮到了脑后。

洪水已经涨到了堤边。水面阔大得像海，涌浪扑着堤角，仿佛随时都可以漫到堤外。护堤的树几乎全被淹没，从洪水中伸出一点树尖尖，像是水田里的青苗。上游簰洲湾的堤破了，死了好多人。沿江村垸的劳动力就都上了堤，日里夜里轮流守望。水下的爹病了，手足无力。水下就顶了他爹的名额。水下在堤上已经守了一个多月。

堤路有些坑洼不平。水下的自行车很破，哗啦啦地一路带响。水下的身子被堤路颠簸着，不由自主地弹跳。因了这种颠簸，使得风一样从堤上驶过的水下浑身都放射出一种兴奋。

少年水下真的是在兴奋着。

其实他自己也不知道自己的兴奋由何而来。中午，水下的妹子水红送饭到堤上。水红告诉水下，二舅妈帮水下在镇上收购站找了一份工作，让水下赶紧回家一趟，水红上堤来替他。水下不想工作，水下觉得一旦工作就得天天守在一个地方，哪儿都去不了，憋得死人。水下觉得当农民就好，自由自在。水下一口就拒绝了。水红说，你下午如果不去，收购站就会找别人的。水下说，他爱找哪个就找哪个，关我屁事。水下不在乎镇上的什么收购站。水下想，我真想要赚钱，我还犯得着在这个破镇上？我当然走得远远的，我去南方打工，赚钱不比你这儿多？水下就是这么想着，所以水下对镇上的收购站丝毫不屑。

水下是个有自己主意的人。水下话不多，话都是想好了才说出来。水红无奈。水红说，你自己的事，我懒得管。水下心想，我的事什么时候让你管过？水下闷头吃着饭。水红无事，跟送饭的一个婆娘一说一答着。婆娘问，那个收购站是不是鱼头垸周三霸家的？水红说，是呀。婆娘说，三霸是你家的亲戚吧？水红说，是我二舅妈的妹丈哩。婆娘说，听说三霸在城里包了小老婆，你二舅妈晓得不？水红说，莫瞎说。婆娘又说，你二舅妈的妹子是叫天美吧？她真是苦呀，苦得有口难言。水红叫了起来，叫你莫瞎说，听到没有？

水下没有听她们说话，可是话声却自动钻进了他的耳朵。水下心里惊了惊，问水红，收购站就是天美姨在的那个？水红说，是呀。

水下立即跳了起来。水下望着黄水浩浩的江面，恍然中，一个红衣女人的影子在上面晃动。女人的脸红红的，身上散发着小小的水下从来也没有闻到过的香气。水下想，哦哦，原来是天美姨呀。水下三两下便扒净了碗里的饭，嘴都没揩，便蹬着自行车风一样地奔在江堤上。

少年水下想，天美姨的事，我当然是要帮的。

阳光明晃晃地照着，铺天盖地。这种明亮已经不知道用什么样的字来形容。落在身上的阳光，便如成片成片细密的刺，扎得哪儿都疼。身边的一切都发烫着。一盆水泼下，光见一阵白汽冒过，没见土湿，立马就干掉了。前些日子下多了雨，从镇上通往乡下的土路烂成一片泥浆，现在又被太阳晒得硬硬邦邦，锉刀一样。早上过来送废品的人们都牢骚说，这路还能走么？卖废品的钱还不够补胎哩。

天美说，我还管得了你这？

天美将早上送来的废品一一理顺。天美戴着草帽，手上笼了双破手套。身上的汗衫已经烂了衣边，一条发黄的毛巾搭在她的肩上。天美不停地擦汗，可擦了也是白擦。汗水早就湿透了她的汗衫，内衣的轮廓透过紧贴的衣服显现了出来。

收购站外便是通往乡下的路。路两边长着青苗，碧绿着，一直延向天边。土黄色的路如一条布带，仿佛不经意间，被甩得老远老远，远得一直看不到头在何处。

一个红色的小点在布带的尽头出现。在铺天的绿色相夹之下，它好是醒目。天美搭起眼罩，眺望着。小红点越来越大，一直朝着天美冲来。天美看清了，这是一个穿红色背心的少年。少年骑着一辆破旧的自行车，车子发出哗啦啦的声音，链条似乎随时都可以脱落下来。天美就站在那里了，看着，像是在等待链条脱落。

红背心的少年水下一直冲到了天美跟前，才来了一个紧急刹车。辣辣的阳光把他的脸照得通红。他的汗水在脸上淌成了河，他的眼睛光彩四溢，他的嘴角上挂着笑意。他俊美漂亮，而且满脸快乐。

天美说，你是哪家的孩子？怎么有点面熟？少年水下叫了起来，天美姨，是我呀，我是水下。天美惊异地说，水下？哪个水下？水下说，我二舅妈天香是你姐哩，以前我见过你。

天美一下子就想起了这个水下。想起了他，就想起了有趣的事情。天美忍不住就笑了起来。少年水下知道她想起了什么，脸更红了，他也笑了起来，笑时想，天美姨怎么一点都没有变呢？连笑声都没变哩。

一晃有十年。那年水下去二舅家玩耍。二舅妈的妹子天美刚刚结婚，正好在她的姐姐也就是水下的二舅妈家。二舅妈拉着水下看新娘子。水下蹑手蹑脚地走近天美，突然他吓得退了一步，是天美身上的香气袭击了他。水下从来都没有闻过这样的香味，脑子有些晕。水下说，姨好香呀。于是大家都笑了起来。天美的丈夫三霸笑时还亲了天美一下，然后说，当然啦，我老婆不香谁香呢？水下见三霸亲天美，便说，我可不可以亲姨的脸？大家就又都笑了起来。三霸大声道，别人是不可以的，可是水下你这个小王八蛋可以。在大人的起哄中，水下果真亲了一下。天美脸上的香气更加浓烈，扑了水下一鼻子。水下喷嚏连连，鼻涕都流了出来。三霸大笑着，说，小子，记住，亲别人的女人会伤风。

阳光还是这么明亮地照着。天美和水下在阳光下同时想起了当年的一切。水下有点不好意思。天美笑了。天美说，啊呀水下，你长这么大了，成一个小帅哥了。水下想说天美姨还是跟以前一样年轻好看。可是话到嘴边，却说不出来，水下说，二舅妈让我帮你哩。天美说，姐替我找的帮手就是你吗？水下说，二舅妈让我帮你。天美说，可你还是小孩子呀。水下说，不小了，我就要进十八了。

少年水下说着仰起脸，阳光便落满他的面颊。所有的缝隙都被照耀着，明明朗朗的，细细的绒毛也清晰可见。天美突然就看到了一个好透明可爱的大男孩，心里生出愉悦。天美说，好吧，你明天就来上班吧。

天美领着水下进了小杂屋。屋墙角上摆着一张小床，床上铺着蓝布单，干干净净的。天美说原先这里有个老头给她当帮手，前些日子雨好大，老头着了凉，一直咳嗽，又不肯上医院看，结果三天前死掉了。天美说，你莫怕，他没死这床上，在医院里死的。水下说，我不怕，我火旺着哩。

然后天美又说收购站就他们两人，事情好多，早上要收废品，隔三岔五地要把废品分门别类送到县里，县里是总站，三霸是那边的老板。那边的人多，所以三霸其实也没管什么。送货回来，还要兼做天美屋里的杂活，烧火做饭、打扫卫生以及洗碗。因为三霸要求天美每天记账，每一样都得记清楚。三霸对钱看得紧，斤斤两两都要一清二楚，所以物件多时，她根本就忙不过来。水下忙说，姨，我来了，你就不会那么累了，我爹妈都说我勤快着哩。天美笑了起来，说，那就好，那我就省心了。

天美的房子在小杂屋的对面，中间隔着堆满废品的场子，场子中间有一条窄窄的路，就几米远，走过去，拐一小弯，就见到天美的房门。天美的房门是绿色的，门框也是绿的，门上贴着年画，红底黑人，线条粗粗的，左边一个是秦琼，右边一个是关公。水下觉得不应该是这两人贴在一起，但他也想不起应该贴哪两个。天美见水下站在门边看画，就说，这是三霸贴的，三霸说要派两个英雄来看着我。天美说时，脸上浮出几丝冷笑。这几丝笑意落在水下的眼里。水下想，派两个英雄看着天美姨？这是什么意思？

水下跟着天美进了厨房，厨房小小的，里面黑咕隆咚。天美打开了灯。灯有些昏黄，低低的，快要贴到了天美的头顶。天美说，这屋没窗，有个抽油烟机，可还是热得很。水下说，不热，比外面强。天美说，会做饭不？水下说，会，我在我叔家的餐馆帮过忙。天美说，那就太好了，想不到你年龄小小，倒有几分能耐。水下听到天美的夸奖，脸上便露了笑。天美也笑了，望着水下说，真是个俊小子，笑起来还要俊哩。

睡在小杂屋里的水下当夜就做了梦。水下梦见洪水冲垮了堤坝，天美落了水，在水里挣扎着叫唤。三霸站在岸上，挥着手，要关公和秦琼去救天美。关公和秦琼都说不会游水，两人推辞着。天美在他们的推辞中，快被水淹没了。水下心想，姨你不能死啊。水下就跳了下去，水下跟洪水打着架，打胜了，便拖着天美上了岸。三霸叔对着他大声吼叫着。水下吓了一跳，不知他为何吼叫，水下朝天美望去，天美的衣服是干的。她迎风站在堤上，衣袂都飘了起来。她在风中掩口而笑。

水下在天美的笑意中醒了。小杂屋里闷不透气。电扇吹着小小的风，一点也解不了暑热。水下想，这是一个什么梦呢？

天还没大亮。从窗外望过去，目光透过废品场子的围栏，能看到远远的天边泛出了一点点红。外面还静着。水下就坐在窗边，看着那一点点红染色一样，越来越大。水下想，他好喜欢这个地方。

二

少年水下开着手扶拖拉机，把清理出的废品拉到了县里。

废品收购总站有一个大大的院子。水下在院里的树荫下看到了正喝茶歇凉的三霸，三霸光着膀子，身上的白肉很厚，有点往下坠着。和十年前水下见过的三霸不太一样了，但水下还是一眼认出了他。三霸的眼睛有些吊吊的，像舞台上的戏子。水下觉得三霸有这样的眼睛就是一百年不见面，他也认得出来。水下叫了一声，三霸叔。

三霸愣了愣，他望着水下，眼睛更加吊得厉害。三霸说，你是哪个？水下说，我是水下，天美姨的姐天香是我的二舅妈，她说是你让我来帮天美姨的。三霸醒了一样，眼睛放了下来，说，哦哦，是你呀，水下。我想起你这个小王八蛋了，我想起来了，当年我结婚时，你死活要亲我老婆。我是让了你一马的。三霸说着哈哈大笑。三霸的笑声很洪亮，它们在明亮的阳光下兀自地撞来撞去。水下能觉出四下里响起的当当之声。这声音把他的心敲击得怦怦跳动。

三霸说，好好好，跟着我干，照顾好你姨，我会让你发财的。你看，我的生意火着哩。水下没有作声，只低头帮着卸物。水下对发财兴趣不大。三霸说，来来来，水下，来陪你叔喝一杯。货让他们那帮杂种卸去。水下说，我不会喝哩。三霸说，不会？男人不会喝酒还不白活？我教你。水下说，我爹不让我学。三霸瞥了水下一眼说，都人高马大了，你爹的话还是个话？那你妈让你夹尿片你也夹着？

旁的人就都笑了起来。水下就只好坐到了三霸跟前。三霸给水下倒酒，然后嘎嘎笑着说，我老婆除了我以外，还就被你这个小男人亲过。旁的人不解，说，他亲了你老婆，你怎么不生气，还和他一起喝酒？三霸又笑，笑时跟水下碰了一下杯。三霸说，十年前哩，这小王八蛋还穿开裆裤。他闻见他姨香，想要亲他姨，你说我能不让？听者便全都笑了起来。有人说，是这样啊，那不光可以亲得，还可以睡得哩。

水下被大家笑得实在不好意思，只好低着头闷闷地喝。三霸说，嗨嗨嗨，嘴巴都给我放个岗。人家还是小毛孩，听不得你们这些话。三霸说着，又与水下喝酒。三霸说，水下，有你去搭帮做事，我就放心了。说完，三霸又压低了嗓子。三霸说，托你个事，替我把眼睛放亮点，看好你天美姨，要有男人想勾引你姨，你不要放过他，盯死。水下说，三霸叔要不放心，就和姨住到一起去呀。三霸说，我这么大的生意，哪顾得了她？要不叔怎么来托你呢？水下说，好吧，盯死了又怎么样？三霸说，回头告诉我，我饶不了他们的。水下说，行，我保证不让人欺负我姨。三霸眼睛又吊了起来。三霸说，真话？水下说，真话。三霸便将两个人杯子都倒满了。三霸说，那叔今天非得跟你干一杯不可。两人就真格地碰了杯，而且都干了。

少年水下从来就没有喝过这么多的酒，一下子就晕乎起来。水下站起来时身子晃晃的，走路也不晓得了南北。三霸大笑道，真是只嫩鸡子，这一点黄汤就能醉？然后就叫人把水下扶到一间屋里躺下了。

水下一觉睡得人事不知。醒来时，天已经黑掉了。水下拉开灯，看到的是一间完全陌生的屋子，吓了一跳。好想了一阵，才醒过神来，想起与三霸喝酒的事。料不到自己竟然醉倒，竟然大睡，竟然错过了给天美做饭的时间。水下想着，便有些慌乱，忙忙地爬起来，拉了门就往外跑。

院子有点大。水下竟一时不知大门朝哪边开。下午来时，什么都没能看清，人就醉倒了。水下觉得自己真是糊涂得可以。

院里已经没人了，当然都下了班，但院里并不静。热闹的声音虽然在街上，可全都翻过墙头掉了进来。水下叫了一声，从哪儿出去？没人应。

有一间屋的灯亮着，门敞得老大。水下便撞了进去。水下说，里面有人吗？水下的声音和身体同步进到房间，没等回答，水下便已经看见了人，那是三霸叔和另一个女人。三霸叔搂着那女人坐在沙发上。那女人脸上抹着厚厚的粉，却不是天美姨。水下一时就愣了。

三霸见水下站到了屋里也没当个事，依然搂着那女人没松手。三霸说，水下，酒醒了？水下闷闷地嗯了一声。三霸说，现在回吗？水下又嗯了一声。三霸怀里的女人笑了起来，女人说，这孩子不会说话？水下看了那女人一眼，心道，放屁，你凭什么坐在三霸的怀里？那是我姨的位置哩！三霸说，从我这屋墙角拐过去就是大门。水下听罢掉头就走，人刚出门，就听着三霸在身后叮嘱了一句，回去在你姨跟前少说一句就行。水下想，管你，你在外面惹女人，倒让我看好天美姨。

回去的一路，水下心里都在为天美打抱不平。又觉得三霸真没眼光，天美姨这么好的人不好好珍惜，倒跟一个裹着厚粉的二百五女人黏糊。水下想着，心里就生气。一生气就瞎使劲，把小拖开得突突突的，有几回险些把自己从座位上颠下来。

堤上的灯隔不多远便亮着一盏，不时地有人喧嚣，一队军人往堤上跑，脚步把地踏得唰唰响。水下知道，堤上有情况了。天没下雨，水没再涨，这情况就是水浸的时间太长，堤土不经久泡，松软了，土就要往下泄了。水下在堤上时，这事出过好几起，只要发现得早，也不会有大事发生。水下在堤上待了一个月，对水情已经知根知底。水下对超过他的队伍叫道，不用这么急啦，堤没那么快垮下来。军人们不听他的，按照命令，一往直前地跑着。

到镇上时，天黑得更透了。镇边上稀疏的灯火在水下的眼里明明灭灭，收购站就在进镇子的路口上。水下想，这时候天美姨一定睡了。天美姨的床上铺着淡绿的单人草席，墙角堆着被子，被子是淡紫色缎面的，被子下露出小碎花的床单。天美姨说这还是她结婚时，水下的妈送的礼。水下觉得那淡紫的缎面和小碎花的床单很配天美，心里便觉得自己的妈很有眼光。水下想，天美姨睡在小碎花的床上，盖着这淡紫缎面的被子，眼睛闭着，脸会是红红的，样子一定很美。水下的心里情不自禁地出现了他想象中的画面。那画面果然是很美的。

少年水下带着一点胡思乱想拐入一个弯道。远远地亮着一盏灯，像是挂在半空中，水下认出这是收购站大门吊着的灯。每天晚上，天美都是早早熄掉的。天美说，反正晚上也没什么照头，能省电就省一点。现在这灯却亮着，水下知道，这是天美为他亮的，想过后，心里就有些暖洋洋的。

水下停下小拖，还没来得及进院门，就听到天美的声音从院墙那边飘了过来。天美说，怎么回得这么晚？是不是路上出什么事了？水下在吱呀的门响中走进了院子。门是天美从里面拉开的，天美身着和下午水下进城前一样的衣服。天美没有睡觉，甚至连澡都没有洗。天美说，我一直在等哩。水下心里莫名地就热了一下。水下说，三霸叔让我陪他喝酒，我喝醉了。天美说，你小小一个人，喝什么酒？他让你喝你就喝？你跟他这个酒鬼学什么？天美的声音大大的，显得有些生气。

水下心里好紧张。他不喜欢天美姨生气。如果天美姨生了他的气，他会感到不安。水下说，姨，你别生气，我下回再不了。天美说，我不是生你的气，我是生那个王八蛋的气。他自己喝坏了心肝也就算了，可你还小，怎么能让你喝酒，还灌醉你？水下忙说，姨，不是三霸叔灌醉了我，是我不会喝酒，喝一点就醉了。天美说，你别替他说话，那王八蛋是个什么货色，我比你清楚。

水下默然。水下能察觉到天美的怨气，那是对三霸的怨气。水下想，姨为什么这样骂三霸叔呢？姨不喜欢三霸叔了吗？想过后水下又转念，他妈也常是朝着他爸骂骂咧咧的，骂是骂了，可是他妈心里还是只有他爸一个人。水下不太搞得懂既爱却又要骂的道理。

这天夜里，水下睡得很不安稳，他又做了梦，梦好乱，老有一盏灯挂在那里，灯下吱呀吱呀的门声又一直响着，有一个人在骂人，但人面模糊。水下怎么也看不清他的脸。水下想问你是谁，却又出不了声。然后水下又觉得有人走到了他的床边，鬼鬼祟祟的样子。水下心知自己是睡着了的，便使劲想让自己醒来，于是水下在床上挣扎，他甚至觉得自己在掐捏自己，自己在拍打自己，自己在叫唤自己，好一阵折腾，终于醒了。

外面的月光很亮。软软的光照从小杂屋的窗口涌进来，一切都清晰可见。床边空空的，根本无人，墙角有老鼠啃木头的声音。只是一个梦而已。

三

水下的心里做贼似的虚。天美在他的面前走来走去时，她的背后总有一个抹着厚粉的女人也在水下的眼前晃。水下想想就觉得恨，觉得那女人脏了他的眼睛，觉得他的天美姨正在被人欺负，觉得自己知道了根底却帮不上忙，于是水下也很是恨自己。

水下想告诉天美，三霸在外面有了女人，可他不敢。他不是怕三霸，因为三霸对于水下来说又算得了什么？若不是因为他是天美的丈夫，他水下这辈子恐怕都不会认得这个人。水下怕的是天美，万一天美无法接受这一事实呢？万一天美伤心起来哭得死去活来的呢？万一天美想不开要去寻死呢？水下想到这些，手脚就软软的，话到嘴边又跟着唾沫一起吞回去了。可是水下又不甘心天美这样被骗，水下总想暗示天美一点什么。

水下在帮天美做晚饭时，总是说，姨，你得叫三霸叔晚上过这边来吃饭，我做的菜好吃。天美说，他哪里肯？这里是乡下，他想当城里人哩。水下说，他把你一个人放在这里又怎么行呢？天美说，又怎么不行？没他在，我耳根还清净哩。水下又说，可是我妈说，爹娘不在一间屋里住就不像一个家。天美却说，谁稀罕跟他像个家！水下就没法往下说了，水下想，难不成天美姨知道那个抹厚粉的女人？天美说，你就不要操这心了，有你跟姨搭伴，比那个王八蛋要强一百倍哩，下月我就叫他给你涨薪。

天美的话很让水下心里受用，水下身上的血都流得快了。水下在厨房旋转一样地做事。天美似乎看透了水下，水下一做事，她就把这种让水下受用的话挂上了嘴。水下做事就更加麻利，原先堆压在天美身上的活，只几天工夫，就都叫水下包了下来。天美的眼睛都笑眯了缝。衣服也开始往好看的换，被太阳晒得发黑的脸，渐渐地在转白。有风吹过时，水下还能闻到他小时候闻过的香味。

天美说，水下你真了不得哩，又俊又能干，哪家妹子嫁给你就享福了。水下的脸立马就红。水下还没有跟女伢子有过什么往来，水下在中学时根本都不看女伢子，水下光知道跟一帮半矬子男伢爬树游水，然后扎成帮到外村去打架惹祸。那是水下其乐无穷的生活，水下从来就没有意识到女伢子对他有什么用。

每回水下脸红时，天美就会笑，声音咯咯咯，像家里叫醒的小闹钟，又清脆又入耳。笑完天美就会叹说，也是呀，刚脱下开裆裤的男伢子，还不晓得女人的好处，心里头还黑着哩。水下不懂天美的意思，便问为什么心里头黑。天美说，女人是灯哩，装进了心里，你心里头才会亮。水下还是一脸的疑惑。水下说，女人怎么会是灯呢?

天美见他如此这般，便更是笑，笑得弯下了腰，直起来时还喘气。这回天美的笑声如风，窣窣地一直钻进水下的心里，像吹掉灰尘似的，吹走了存在水下心里的疑惑。水下觉得自己的心里果然就比以往亮了，有种异样的光在里面照着。水下想，未必我心上也挂上灯了?

水下每天收拾完厨房，也不过晚上7点。天美在水下洗碗时做账。水下手一空，就来帮她。原本天美做账一直要做到9点钟，有了水下的帮忙，8点不到就做完了。这样一来，晚上的时间就闲下了。天美的屋里有吊扇，吊扇的风大；天美的屋里有一个沙发，沙发包着红底黑格子的人造革；天美的屋里还有台单门的冰箱，冰箱里有冰水喝，天美就让水下到她的屋里看电视，两人坐在沙发上一边看电视一边说着碎话。水下总是会去冰箱里拿冰水喝。水下长这么大，从来都没有好好在屋里坐过。水下在家里吃罢饭一抹嘴就出门玩去了，回到屋里人就乏得跟一条刚打完恶架的狗，见床就倒，倒下就能睡着，睡到醒时，天已大亮。起来揩一把脸，吃一碗面，又一抹嘴出门去了。水下自己都不记得除了学校，他在家里什么时候好好地在板凳上坐过。现在他却坐在天美屋里的沙发上，跟天美长一句短一句地说些没油盐的话，那些话没一点用处，全是废的。水下想，原来坐在家里说话这么快乐啊。怪不得爹妈都喜欢坐在家里哩。

有天晚上，电视里在演电视剧，一个男人瞒着他老婆在外面有了皮绊。水下看到那男人跟皮绊接吻时，心里咚咚地狂跳，天美则咬牙切齿地骂人，天美说，这种狗男女，死绝了才好，而且死也不让他们好着死，叫雷劈死，叫狗咬死，叫车撞死，叫刀砍死。

天美每骂一句，水下心里就会出现三霸和那个粉脸的样子。他们在水下的心里按照天美骂出的方式一遍遍地死去。天美骂完，电视里播起了奶粉广告，广告里的婴儿仰着小胖脸，咧着嘴笑得好欢。天美的面色突然阴郁下来。水下没有注意天美的脸色，心里还想着刚才的电视。水下说，姨，你说女人是灯，要是男人心里头有两盏灯该怎么办？天美说，那他的心就会被烤焦，烤焦的心是黑的。天美随口答着，她还沉在自己的心事里，这心事像小蛇一样咬着她。水下说，姨，要是三霸叔心里有了两盏灯呢？

水下的问话像块石头，把天美的心事砸碎了。碎片水珠一样散开了，水下的话冰山一样突现在海面。天美转过脸，没开口，只死死地翻着白眼盯着水下，盯得水下心慌意乱，水下说话的声音都抖了，水下说，姨，你怎么了？天美说，你老实说，你知道了什么？水下说，我不知道什么哩。天美说，你还不跟我老实说。水下嗫嚅道，我我我，我听人说三霸叔在县城里另外有个女人。天美说，就这？水下不敢说出他的亲眼所见。水下说，就这，我在堤上听到的。天美说，堤上听的？不相干的人都晓得这事？水下说，好像吧。天美便狠狠道，三霸这个王八蛋，真是丢尽了我祖宗八代的脸。

水下有些讶异。水下想未必天美晓得一切？水下说，姨，你都晓得？天美说，这样的事，我能不晓得吗？水下就有些不明白了，既然晓得了，怎么还能成天笑笑地过日子？水下说，姨，那你怎么忍得下这口气？天美说，我不忍下又怎么办？冲到城里去杀掉奸夫淫妇？水下说，那……姨就任他们这样胡为？天美说，我没办法呀，我只有先忍下再说哩。水下说，我姑家表姐在汉口城里做事，她男人跟别的女人相好，我姑家表姐就把那男人休了。天美说，乡下跟城里哪能一样？你姑家表姐休了他男人，她汗毛都不少一根，照样过得好好的。我要跟三霸离了，就什么都没了，就收购站这块地头，他也得要回去。三霸少说也有上百万家产，我把位置让出来给那个妖精，还不好死他们了？做梦都笑得醒哩。你说我能这么便宜了他们？

水下想想，觉得确实不能，可是，水下心里好替天美抱屈。水下说，这样忍着，不也便宜了他们？天美长叹了一口气说，你还是小孩子，不懂呀。你以为姨真咽得下这口气？你以为姨真忍得了心里头的火？你以为姨不想一脚踢掉三霸？可是没办法呀。我一个女人，离了夫家，去哪儿？回娘家吗？女人嫁了出门，娘家就不是自己的家。我若吃住都在那里，娘家人还不烦得眼睛冒血？我既没地头可去，还不只有忍忍忍？

天美的话说得好凄然，脸上也满是哀苦。水下心里当即就有些酸酸的。他觉得老天好不公道，像天美姨这样的人，怎么会有这样的苦楚？

水下不知道自己应该说什么好了。天美一肚子的苦水都漫进了心里，顿时也无话想说了。天美说，水下，睡去吧，明天还要干活哩。

水下乖乖地出了门。门外的月亮依然很亮，星星不知人间愁苦，挂满了天。夜空很热闹，璀璨得像是有喜庆的事，而天美的屋里却充满忧伤。

水下还没来得及走进他的小杂屋，那扇洞开的窗口便传出天美嘤嘤的哭声，电视机还响着，里面有人在唱，妹妹你坐船头，哥哥在岸上走。水下心里一阵阵地难过，仿佛被什么东西揪扯着。水下这辈子还没有这么难过过。

四

三霸到废品收购站来的那天，水下刚把早上收到的货堆上小拖。太阳辣得厉害，水下的衣服全都湿透。水下叫道，姨，有冰水没有？这时他便看到了三霸。

三霸开着一辆卡车突突突地歇在了门口。三霸没进门就惊惊乍乍地喊，天美，你个骚婆娘怎么做事的？大白天里怎么一点人气都没呢？水下就站下了，有点愣愣地看着三霸。三霸说，发什么呆呀？我又不是美人，没得看头。你姨呢？

天美从屋里出来，她穿着一条蓝花的连衣裙，头发绾得高高的。天美说，喊什么喊？五里外就能听到你的喉咙。有人气时你看到过吗？三霸见到天美，立即忽略了他刚才的话，也不再问，只是打量着天美。天美说，怎么，住进了城里，连老婆都不认识了？三霸说，你就这样打扮着干活？把自己当饵，打算勾人？天美说，放你妈的狗屁！还不知道谁成天在勾人哩！三霸说，好好好，我今天不想跟你吵。

三霸说着扯着天美的衣服进了屋。水下就一直呆望他们，一直望着他们进屋，也忘了自己要喝水。其实三霸扯着天美进屋是件再正常不过的事，可是水下心里不知道为什么就觉得不是滋味，因为那小屋是他和天美的小屋，是他们两人每晚坐在沙发上喝冰水、看电视以及闲聊的地方，现在三霸却洋洋乎乎地拉着天美就进去了，水下心里有些愤愤的。

天美从窗口伸出头来，她朝水下招了一招手，水下忙跑到窗边，说，姨，什么事？天美说，你叔说今天下午的货改明天再送。你去街上买点菜，叔要在这里吃夜饭。水下心里立即有几分索然。天美说，弄几个拿手菜，好好露一手给你叔看。水下点点头，一句话没说，掉头而去。

水下在街上走了一圈，却没有买菜。他有些恹恹的，提不起精神来。水下想，怕是今天太热了吧？怕是今天活干得太多了吧？怕是今天自己肚子不饿吧？水下闲想着，就这么在街上空着手干走路。

眼见得天有昏色了，水下才三下两下在快要收摊的农民手上买下几样小菜，还没走到废品收购站门口，就听见三霸咆哮一样的声音，哭哭哭，哭了去死呀，动不动就哭，你以为我怕你哭？水下仿佛被人推了一把，抬脚就跑了起来，进门他就呆了。水下果然听到了天美的哭声，天美哭得撕心裂肺的，水下觉得自己的心肺也被撕裂了。

三霸从屋里出来，见水下手上拿着菜，朝他挥挥手，做快点，我吃了好走。水下一低头便进了厨房。天美的哀哭长一声短一声的，从所有的角落往水下心里钻，水下心里便好悲伤。水下想，姨，你怎么啦？你为什么这么伤心呢？

吃饭时，天美坐到了桌前，她的眼睛红肿着。水下看了一眼，心里头像被咬了一口，隐隐有些痛。水下想说句什么，终是没说。水下把菜搁好，犹豫了一下，他觉得自己不应该上桌，便走了出去。三霸像什么事都没发生一样，满脸的快意。三霸说，水下，走什么走？来陪叔喝杯酒。水下说，我再不喝了，上回喝醉了，头疼好几天哩。三霸说，一个大男人，怎么这么没出息？将来还想成大事不？来来来，坐下来，你叔今天心情不好，要人陪喝。

天美不说话，她只是忽地一下站起来，进到厨房盛上一大碗饭，又取了一个盘子，将每个菜都夹了几筷，然后递给水下。天美说，水下，你上外边吃去。水下应了一声，接过饭菜，默然转身而去。天美在他的身后关上了门。

水下坐在院里一块废弃的铁砣上，悄没声息地吃他的晚餐。知了在院角的一棵杨树上使劲地叫，叫得水下心里恓恓惶惶的。水下想要听听三霸跟天美吃饭时说些什么，却因了这知了的聒噪，什么也听不见。水下心里烦得慌，他骂知了，你这狗日的，闹毛病呀？水下不知道自己为什么心里麻乱乱的，也不知道烦些什么，怎么样才能治掉这烦。

水下吃完饭，不想进去找开水喝，便在院里的自来水管上接了一大碗水，依然回到他的铁砣上，百无聊赖的一副神情，一口口润着。

门吱呀开了，三霸走出来，剔着牙，嘴上还哼着什么，不成调，一副志得意满的模样。见水下，笑道，水下你这个小王八蛋，想不到做菜还有两下子嘛，合我的口。水下站起来，想了想方说，那叔就常过来跟姨一起吃吧。三霸说，我哪有这么多空？那边的娘们也不好惹呀。三霸的话说得落落大方，他没脸红，水下倒替他脸红了。水下说，那姨怎么办？三霸说，顾不得那些了，你姨这里，你替我担待着点。水下不作声了。水下想，真他妈的不是人话。

三霸说话间便朝外走，天美从屋里跑出来。天美跟到三霸背后，扑通跪下来，双手抱住三霸的腿。三霸的屁股就正好抵着天美的脸。天美说，不要走，在这里陪我过一夜，我保证怀上你的孩子。三霸说，十年了，费了老子那么多劲，你怀上没？你就死了心吧。天美说，你总是把我一个人丢在这边，我哪有机会？我跟谁怀去？三霸说，一个女人生伢要十年吗？有的人一天就够了，你呢？天美说，你再留几天，我找算命先生算过的，他说我第十年肯定能怀上。三霸说，屁话，你怀上也没用了，我城里那个，肚子里已经有了。你快点想好，莫等手续没办，那边伢已经出来了。我警告你，到那个时候，我就不会像现在这么客气了。

天美呜呜地哭着，她把头抵在三霸的屁股上，使劲撞着。天美说，当初我们也是相好过的，你不能这样对我，我求求你，在这里歇一晚上，我好好伺候你，你会觉得还是我好些，你还会再爱我的，我求求你。三霸说，这年头，哪有什么爱不爱？都是些蠢话。你松开，我得赶紧回，晚了那边不好交代。

天美依然紧抱着三霸的腿不放。天美说，留一晚上，好不好？我好寂寞，你只陪我一夜，你跟她要怎么样都可以。三霸说，真他妈的蠢女人，当初我怎么看上了你？你松开！天美号着，我不，我要你留下来。她把三霸抱得死死的。三霸挣扎着往前走，结果裤子险些被扯脱了下来。三霸长叹道，你敬酒不吃吃罚酒，莫怪我不客气了。三霸说着，将腿朝后猛踢了一下，大脚正踢在天美的胸口。天美惨叫一声，仰着倒了下去。

水下一直呆看着这场景。水下在心里为天美姨愤然不平。突然听到了这凄惨的声音，又眼睁睁看着天美倒下，水下觉得自己身上的血都快喷出来了。水下惊叫道，姨呀——！扔掉手上的碗，朝天美奔过去。碗砸在铁砣上，叮叮当当响了几下，碎在了地上。三霸看了碗一眼，说，水下，碗能这么扔吗？那也是钱哩。你也都看到了，日后别学你叔，找女人千万别找这样的，生不出伢，还死缠着男人不放。三霸说着往外走，嘴里又开始哼起了什么，依然不成调。

水下生气了。水下说，叔呀，姨都这样了，你怎么还走呢？三霸说，我扶她进了屋，我今晚上还出得了这门？出不了这门，我跟她的事就没个完。该狠心时就得狠，要不就成不了事。老话说，长痛不如短痛哩。

说话间，三霸已经走到了门外。只一会，就听见汽车发动的声音，轰轰几声过后，车远去了，三霸当然也远去了。

只是躺在地上的天美还在哭泣着。水下使着劲将天美扶起来，水下说，姨，叔已经走了，你想开些；姨，你躺这里要得病的；姨，你回屋里去吧；姨，事情得慢慢来哩；姨，自己的身体最要紧。

水下将天美扶进了屋。水下又为天美倒了一杯冰水。天美眼睛红肿着，天美说，给我拿条湿毛巾来。水下忙不迭地进到厕所里；他在拿天美毛巾时，看到旁边挂着一条粉红的月经带。水下脑子轰了一下。他情不自禁伸手摸了一摸，却似烫手一样，又缩了回来。

水下把湿毛巾递给天美。天美说，水下，姨在你面前丢丑了。水下说，怎么会？丢丑的是三霸叔哩。天美说，是吗？你是这样想的吗？水下说，本来嘛。天美用湿毛巾捂了捂眼睛，然后说，你歇着去吧。水下说，我不累，我陪陪姨。天美说，我想自己一个人想想看。水下只好往外走，走到门口，水下不甘心，又回过身来。水下说，叔想要跟姨离婚吗？天美说，是，他不要我了。水下说，凭什么？姨这么好，他凭什么？天美说，他嫌我没有跟他生下伢。水下说，没有伢就做不成夫妻？天美说，他说不孝有三，无后为大，如果他没有伢，就是对他的祖宗不忠不孝，对他自己不仁不义，他挣下钱来也没有意思。水下说，这是什么鬼话？城里人还特地不要伢哩。天美说，他在城里的相好怀上了，说是不离婚就去打胎，他舍不下自己的骨肉。水下说，那姨怎么办？天美叹道，我也不晓得怎么办呀！所以我要好好想想。水下说，姨，千万不要轻易放过他们。天美说，我说不放过，就能不放过吗？水下说，姨，总会有办法的。天美说，你歇下吧，我头好疼，让我静一静。水下说，姨要有什么事就叫我。天美说，我晓得的。水下说，姨如果想要喝水，要毛巾，就叫好了，我听得见的。天美说，我晓得。

水下走出了门。月光先是落在院子里，现在又落了他一身。院子里的地是褐色的。铁砣子蹲在地上并不打眼，但它旁边白白的碎碗片却好是醒目。水下找来笤帚，把碎碗片扫了起来。水下想，我天美姨嫁给你，是你三辈子修来的福。你凭什么这样欺负她？我姨是月亮，你只不过是这碎碗片。砸了你，扔了你，把你甩进臭粪坑，都不亏你，你竟然反过来抛弃我姨。水下想想，就觉得三霸简直是天下第一混蛋。

水下把碎碗片狠狠地甩到外面的污水沟里。水下觉得他是在把三霸往污水沟里扔弃。

天美房里的灯还亮着。水下走近门边，想听听动静。里面什么声音都没有，也没有哭声。水下想，姨在干什么呢？姨会怎么想呢？

水下想着，就坐在了门边。水下把头靠在门框上，看月亮也看星星。夜空很深远，远得没有边。视线去不到的地方，对于水下，全都神秘莫测。

远远的堤上，有人咋呼着，伙计们，平安无事啰，弄得酒来喝。水下听得出，这是他的邻居四狗伯的声音，四狗伯的嗓门在他们村出奇地大。

水下想，天美姨如果需要他，一声喊叫，哪怕是轻轻地叫，他也可以立即去到她的身边。

五

天刚蒙蒙亮时，水下被吵醒了。大堤那边人声嘈杂，哨声和叫喊声在寂静的黎明时分显得十分清晰，水下想都不用想，知道堤上又有险情，而且他判断多半是渗漏。水下心知，就算有渗漏，也绝对不会再出现簰洲湾似的破堤。倘是堤真有了缺口，守堤的人那么多，就是用人去堵也是堵得住的。

水下的头发湿漉漉的，是落下的夜雾。天美的屋里仍然亮着灯。里面依然没有一点声音。水下有些怕，他想天美姨大概不会寻短见吧。水下站了起来，想到窗口边张望一下。玻璃窗是开着的，闭着的纱窗下半截遮盖着窗帘，窗帘把里面和外面分成两个世界。水下就是走到窗边，也会什么都看不见。

水下便把院里的铁砣搬到窗下。水下站在铁砣上，踮着脚。他看到了：天美短衣短裤地侧睡在床上，她的圆领衫撩起来了，白白的背皮露在外面。短裤很短很短，水下一直看到了大腿根部。天美均匀地呼吸着，很平静很安怡。看她睡着的样子，根本无法想象她头天晚上曾经遭受过什么打击。水下看着，心里生出感动。水下想，天美姨睡觉的样子好美呀，早知道昨天晚上就该站在这里看她睡的。

天美像平常一样的时间起了床。仿佛什么事都没有发生，她像平常一样接待前来送废品的人，而且边说笑边跟人们打趣，笑声跟平常也一样，朗朗的，不带一点杂质。水下不时望望她。天美说，你看我做什么？水下说，姨你真了不起哩。天美说，你这话比这废品还要废。水下听天美这一说，脸上一下挂了笑。水下想，姨这话说得多好玩呀。水下想着，心里就轻松了起来。

中午的时候，天美的弟弟天富来了。水下是认得天富的，水下管天富叫舅，水下是随他的表哥叫的。天富没搭理水下。天富的神色有些慌慌乱乱，拉了天美便往房里去。水下心想，难不成三霸闹到天美娘屋里去了？水下还没想完，就听到天美呜呜的哭声，这哭声跟昨天的不一样。虽也是伤心，却没有凄凉。水下跑到门边，叫道，姨，姨呀，出了什么事？

天富这时才看到水下。天富说，能有好事么？我妈病了，医生说是肺癌哩，得住院，得开刀。天美哭道，我的妈呀，你的命怎么这么苦呢？刚刚把儿女都熬出了头，你怎么就得这绝症哩？天美哭得水下怔怔的。

天富说，姐，光哭有什么用？你们女人啊！水下说，姨，你赶紧回吧，这里我看着哩。天美说，水下，你一个人行？水下说，没问题，都乡里乡亲的，真忙不过来，让搭个手还能不帮忙？天美说，真的行吗？水下，账可一点不能错。水下说，姨你放心吧，保管什么都错不了。天美说，水下那我就先谢谢你了。水下说，姨，你还跟我客套什么？快去看婆吧！

天美换了衣服，一身整齐地跟着天富走了，一边走一边抹眼泪，又把擤鼻涕的手指在鞋帮上拭了一下。天美的动作很好看。但水下看了心里却酸酸的。

生意跟往常一样，不好不坏。时不时有人送来废品，都说，怎么不见天美？水下便说，天美姨有事办去了。水下卖力地招呼着生意，来人便都说，水下在这里真顶事哩，天美有你帮衬，省心多了。往后她可以一心在家当太太了。嫁个有钱的男人，就是有福呀，老婆累了，还可以找小工帮着。水下不作声，只低头做事。心道，你们知道个屁呀。

中午，水下闲下了。天美还没回来，水下等了等，心知她不会回来了，便炒了一碗剩饭，一个人默默地蹲在院里吃。收购站里没有天美的身影，就跟庙里没菩萨一样，空空荡荡的，让人心里跟着发空，空得就跟没有了一样。水下老是在想，天美姨现在怎么样了呢？天美姨是不是见了她妈哭得更狠了呢？天美姨的眼睛会不会哭肿呢？哭狠了会不会连饭都不想吃？水下好想帮天美去哭它一大场，他攒着全身的气力想要去替她。可是，他却什么也帮不上。

将近下午4点，天美回来了。水下忙不迭迎上前。水下说，姨，吃了没有？姨，要不要喝口水？天美说，哪有心思啊！水下心里一急，说，姨，再大的事也得吃饭，要不，你自己的身子出了事怎么个好？天美说，哪能倒霉的事全摊在我头上？水下说，我现在弄给你吃好不好？天美说，没时间了，我还得赶去县里。水下说，现在还去？怎么来得及？天美说，来得及，你晚上莫锁门，我会赶回的。水下说，婆要去县里住院？天美说，哪有钱住医院？我得去找三霸要点钱，要不我妈的病就耽搁了。水下说，三霸叔他会给吗？天美说，他不给我就死在他的屋里。做人要这么没良心，我做他的老婆都活着没劲。水下说，姨你别急，三霸叔不会不顾你的。天美说，他那点钱都花在那个相好头上了。我娘病成这样，他要不给还是人吗？我娘死了他会安心吗？水下说，我会看相，婆的面相很好，不会死的。天美说，水下，难为你了，又要管站里事，又要操我的心。水下，你真是个好孩子。水下说，我不是孩子，我是个大男人。天美淡然地笑了笑。天美说，真是好大个男人。水下听出了她话里的嘲笑意味，但水下没有生气。水下想，总有一天，你会晓得我是怎样的一个大男人。

天美又换了一身衣服。这是一条黑底起红花的连衣裙。天美的腰还是细细的，裙子刚好卡在腰上，裙摆很大，从天美的腰间撒开来。天美朝外走，腿间生风，裙摆便甩了起来。水下就一直看着黑底红花的裙摆甩动着，一直到它消失。

黄昏的时候，天下起了雨，雨下得好大，堤那边又传过一阵一阵的喧嚣声，水下就开始着急了。他想天美是没带伞出门的。天美只穿了一条薄薄的裙子，脚上蹬着高跟鞋。天美坐汽车，从车站到家的这段路满是泥泞。天美身上揣着钱，遇到打劫的人怎么办？水下心里麻乱，所有天美可能遇到的事情他都想到了。电视机里正播放着香港的武打片，这是水下平常最爱看的片子。水下眼睛盯着电视，心神却全不在上面。里面出了什么事，为什么打得一塌糊涂以及那个男人和那个女人何故吵架生气，水下只过了眼，而没过心。那些晃来晃去的红男绿女在水下眼里只幻作了一个形象，那就是在大雨中挣扎的他的天美姨。

水下终于耐不住了，他披了件雨衣，套上凉鞋，又夹了把雨伞，冲出门，朝镇政府跑去。水下的同学在镇政府当临时工，看大门，管收发。水下打电话总是上那里，不需要花钱。

同学在值班，很惊异水下冒这么大的雨来打电话。水下说，我姨没回来，我得问问她今天回来不。同学说，她一个老娘们，回来不回来，该操心的是她老公，你多个什么事？水下说，你搞不清，莫瞎说。水下说着便打电话。电话是个女人接的，水下说找三霸叔，女人追问找他干什么。水下只说是他侄，却没有说找他何事。水下听到那女人尖声叫三霸接电话的声音。声音有些凉飕飕的，直扑水下的耳朵。

三霸说，水下，你姨还没回么？水下说，难不成她已经走了？三霸说，她见我这边的老婆也在当面，没等我把话说明白，就跟她吵。这女人怀着我的骨肉，我哪能让她受气？我就扬手给了天美一个巴掌，她就没个完，跳起脚来骂了一通人，就跑掉了，这女人是越来越不像话了。水下说，她有没有说送钱去婆那边？三霸说，钱？我不晓得她身上有没有钱，我反正没钱给她。水下惊道，你没给天美姨钱？那婆的病怎么办？婆是绝症哩。三霸说，我哪管得着？连她娘生病都归我出钱的话，我这日子还过不过呀？她也太不醒世了。这种女人娶回家真是害人。水下说，姨是生气走的吗？三霸说，她喜欢生气，我有什么办法？水下，天美性子有些烈，该不会出什么事吧？水下心里好生气。水下说，我怎么晓得？他是你的老婆哩。三霸说，水下，你替我找找看，如果她没回去，你给我一个电话。叔托你帮忙了，回头我给你涨工资。水下说，再说吧。

水下放下电话，呼呼呼地直喘气，有一种说不出的恨意在他心里滋长。

原先这恨意只是一粒种子，现在却长成了树。树被风刮着，呼啦啦地摇撼着水下的心。

水下的同学说，怎么了？看你样子，像是有人抢了你的女人似的。水下说，我姨不晓得到哪儿去了。水下的同学说，她老公都没操心是不是？水下想了想，低声说，是。水下的同学说，我就说了吧？你管呢！来来来，今晚也没什么事，我们再叫俩人，打牌怎么样？水下抬起头，用一种坚定的目光望着他的同学。水下说，不行，我必须把我姨找回来。水下话没说完，人就在雨里了。

雨把地上打得啪啪地响。水下的脚底又拍打在落下的雨上，也是啪啪地响着。水下一直跑向汽车站。站牌下空无一人，水下有些茫然。水下想，姨呀，你上哪儿了？

站牌后面有一家小卖铺。水下跑过去问，有没有一个穿黑裙的女人在这里下车？小卖铺的老板娘说，你是说天美吧？水下激动了，鸡啄米似的点着头。水下说，是是是，她是我姨，我给她送伞哩。老板娘说，伞有屁用呀？这雨，下车三步路，全身就湿透。水下说，我姨去哪儿了？我一路没碰到她呀！老板娘扬手一指，她朝那边去了。水下怔了怔，说，哪边？湖边？有没有弄错？那不是回家的路呀。老板娘说，怎么会错？天美穿的黑花裙嘛。刚结婚时，她常穿，说是三霸给买的，三百块钱一条，全镇最贵的裙子。水下心头紧紧的，腿也有些软。老板娘说，天美脸色不好哩，像是揣了心事，我跟她搭话，她都没回腔。

水下一头又扎进了雨里。一路跑，一路大叫着。姨——天美姨——雨声太大，水下叫出的每一个字音仿佛一出口就被水溶掉了。水下急得有些想哭。水下长这么大，还从来没有想哭过，就算十三岁那年跟人打架，腿上被刀拉了一道半尺长的血口，他也没有半点想哭的意思。可是现在他找不到天美姨，眼泪便从他的心里一直涌到了眼眶前。

湖面很阔大。雨线将湖面和天连了起来，黑雾雾中，什么都看不见。恍然间，水下觉得似是湖里的水在朝天上奔跑。水随天去。水下想，天美姨你不会犯傻吧？你你你不会投湖吧？呛水的滋味很难过哩，而且湖水也太凉了。再说这时节不是投湖的好时节哩，雨多水浑，要投也得哪天湖水清亮的时候再投呀。天美姨，这你没我懂哩。

站在湖边，水下来来回回地喊叫着。水下叫得自己快要疯狂了。最后，水下决定去给三霸打电话。水下相信天美一定出了问题，水下掉头离湖而去。

水下在转身回跑间，脚下被绊了一下，一跟头栽倒在地。他摔在一个软物上面。软物低低地哼了一声。只一声，水下就知道是什么了，水下的眼泪喷射而出。落下的泪水与脸上的雨水混在一起。水下惊叫道，姨呀，姨——

六

水下把天美背回收购站时，雨还没有停。天美趴在水下的背上，沉沉地，一直没有醒过来。水下不能又打伞又背人，便把伞丢掉了。虽然天美全身湿得无一干处，水下还是把穿在自己身上的雨衣披在她的背上。天美软软的胸脯紧贴着水下的背，令水下心跳得厉害。路上滑得不得了，水下却没有摔跤。水下一直在心里对自己说，我不能摔跤，我不能摔跤。果然他就没有摔跤。

进屋里，水下看了看钟。已是半夜 12 点过 8 分。水下本想把天美放在床上，可是一看床上太干净，而天美身上太脏，他便将天美放在沙发上。天美软软地躺倒在沙发上，软得仿佛没有筋骨。水下把她放成什么样子，她就成了什么样子。背着天美，走了好长的路，水下太累，他便一屁股坐在地上，一口一口地喘粗气。

水下的粗气还没变细，天美那头便发出一声轻微的呻吟。水下说，姨，你是不是醒了？没有人回答他的问话。水下伸出手去摇天美。水下说，姨，你得醒过来。水下发现天美的身上滚烫，吓得惊跳起来，说，姨，你病了？依然没有回声。水下伸手摸了一下天美的额头，头上也是滚烫滚烫的。水下说，姨，你不能病，姨，你赶紧醒过来吧。

束手无策的水下在屋里急得转了几个圈，终于他意识到，他不能就这样让天美全身湿漉漉地躺在沙发上。这样下去，天美说不定会死的。水下想出去找人来。他跑到门口，见外面漆黑一片，风声雨声一起扑面而来。远处，堤上的声音穿越重重的水线，仿佛被筛子细细地筛了一道，只剩下星星点点的吆喝传到水下的耳边。水下伸出去的脚又缩了回来。

水下重新关上门，进到厨房。水下用大锅放了一锅水，打着了煤气炉，又跑进屋里，从天美的衣柜里找出几件干衣服。厕所的门后，有一个朱红色的大脚盆。水下把脚盆冲洗干净，端着它到屋里。水下把大脚盆放在沙发前。

看着那盆子，他有些发呆。谁来脱掉天美的湿衣服呢？谁来替天美洗干净身子呢？谁来帮天美换上干净的褂子呢？

想着时，水下浑身有些软。水还在烧着。水下冲回自己的小杂屋，匆匆地将自己揩干净，换上干衣。小杂屋没有雨具，水下顶着一个脸盆，回到天美屋里。

水已经开了。水下兑好满满的一盆热水。他走到天美身边，再一次猛烈地推摇。天美不肯醒来，天美的脸通红通红的，嘴里说着胡话。水下不敢再拖延，他只好自己动手。他三下两下把天美的湿裙子拉下。水下的眼睛闭着。水下说，老天爷，你做证，我什么也没有看啊。

水下将天美满是泥浆的湿衣服扔在了墙角，他搓了一把热乎乎的毛巾，开始替天美擦身子。毛巾经过天美的脸，又经过她的脖子。天美的身上到处都有泥。水下无法闭眼操作。水下像是做小偷一样，睁开了他的眼睛。他最先看到的是天美的乳房。它们很白很饱满地在天美的胸前，随着天美的呼吸微微地抖动着。水下头上仿佛被人打了一大棒，嗡的一下肿胀起来。他不禁退了一步。人没站稳，一屁股坠进了盆里，发出巨大的声响，热水四溅，屋里的地顿时湿了一大片。水下慌张地爬起来，他努力地克制着自己，什么也不看，可是他有些做不到。他好想好想顺着天美的乳房往下再看过去。那有一处对他来说是天大秘密的地方，他好想仔仔细细地看个痛快看个明白。水下心里拼命地想把自己的目光送过去，但他终于没有。水下明白，这样是不行的。他不能这样对不起天美姨。他若这样看了，老天爷会用雷劈死他，会用电劈死他，会用天火烧焦他，会找个由头把他弄到湖里，让鱼一口一口地吃掉他。

水下离开了沙发。他从天美的柜子里抽出了一条床单。水下把床单浸湿，然后裹在天美的身上。他用湿湿的床单将天美的身子擦了一遍。有没有擦干净，已经顾不得了。水下把天美连湿床单一起抱到了床上。他用墙角的被子盖住天美的身子，然后伸手进去，把湿床单抽了出来。水下最后的事是给天美穿衣服。水下克制着自己，他跪在床边，伸手到被子里。他先把天美的汗衫穿好，然后再给她套裤子。水下在为天美提裤时，左手不小心触到了毛茸茸。水下实在是无法自控了，他用手轻轻地在那里抚了个来回，然后慌乱地替天美扯上裤衩。

水下的全身上下都流着汗。两腿软得快撑不起他的身体，他跑到了屋外。雨小了一些，但仍然下着，风有一点点凉。水下跑进了雨里，让凉风吹着自己，心里一遍遍地回味适才左手的感觉。水下隐忍不住，抬起右手来来回回地抚摸着自己的左手。

水下不知道自己站了多久。他一直站到觉出了冷意。水下再次回到天美的屋里。被子还盖在天美身上。天美满头大汗，头上依然烫着。水下忙掀下被子，将盆里的水倒净，然后他把冰箱的冰水淋在毛巾上，把毛巾叠成长条，放在了天美的额上。当年他妹水红发烧时，他妈就是这样做的。

整个夜晚，水下都忙碌着。他把冷水冻到冰箱里，再用冰冻过的水淋湿毛巾，把冰凉的毛巾敷在天美的额上。水下反反复复地做着这件事。倘有片刻的空闲，他就去厨房，站在水管边，把天美湿脏的衣服和他揩过泥水的床单一点点地搓洗。水下不能让自己停下来。一停下来，他的眼里就会出现两块白而饱满的圆物，他的心里就会去回味他的左手抚摸的感觉。水下想，天美姨要知道这些，会恨死他。

天开始亮了。水下一夜未眠，却觉得这个夜晚太短。他还想独自守在天美床边。他还想天美不醒来。他还想为她敷额时好好地看她的脸。他还想在静夜里听她的呼吸，闻她的鼻息。但是，老天爷不帮他，它偏要亮起来。水下想，老天爷从来也没有帮过他。

雨也随着夜色一起退去。天美的身子也不似半夜里那么烫。脸上的赤红也在消退，然后她还发出哼哼的声音。水下知道，天美要醒过来了。水下不想看到醒来的天美。因为醒来的天美比睡着的天美距他遥远千百倍。醒来的天美是他的姨，醒来的天美高高在上，处处要教导和关照水下，醒来的天美说话就跟他妈的口气一样。水下想到这些，心里有些烦烦的，他不喜欢这样。说不出理由，莫名地就不喜欢。所以水下在听到天美第一声哼时，便逃跑一样回到了自己的小杂屋。

湿闷气在小杂屋里一直没有散开过。回到那里，他才想起，自己曾经换过的干衣服早已再湿，而这湿衣因了他的忽略未换，竟又被自己的体温烘得干干。

水下坐在自己的床边，打了一个呵欠，又长叹了一口气。

七

天晴了。二舅妈天香来了。她是水下找来的，水下不想找三霸，水下觉得三霸不配照顾天美。二舅妈天香没有问天美从湖边躺到床上的过程，水下也没有说。因为这个过程是独属水下一个人的，水下须得把它好好地珍藏在心。

天美在屋里足足休息了三天才出门。三霸在这三天中来过，只坐了坐，便走了。天富也来过，天富没拿着钱，叫嚷着骂了三霸一顿，也捎带着骂了天美几句，也走了。水下在院里干活，在他们来时，水下总想听天美说些什么，但是他一直没有听到天美的声音。

水下心里乱乱的，他不知道自己为什么会这样。水下只知道一件事，他身心里的一切都跟天美粘到一起了。水下只想知道天美的事，只想眼睛一眨不眨地望着天美，只想听到天美的声音，只想跟天美说笑，只想做饭做菜给天美吃，只想一个人跟天美在一起，其他人都死绝。

天美出门的那天，二舅妈天香走了。走前，二舅妈天香说，水下，好好照顾你姨。水下正闷着头干活，他抬头应了一声。然后便盯着二舅妈天香不离眼，仿佛生怕她一个闪念又不走了。天香拉着天美的手说话，又抹眼泪又擤鼻涕，跟来送货的人打着招呼。然后才款款地出门。二舅妈的人影彻底消失在院外，一股不知从何而来的欢喜一下就涌满水下全身。水下情不自禁地收回几乎快要伸到院外的目光，转过来，他要看天美。

天美站在她屋门口的台阶上。她倚着门框，目光散漫。当水下的眼光落在她身上时，她的目光也刚收拢来。天美和水下的眼光就撞在了一起。水下心里一阵慌，赶紧低下头来，接着干他的活。天美一步一响地下了台阶，她走到水下面前，轻声说，是你把我背回来的？水下没作声。天美又说，你替我换的衣服？水下还是没作声。天美朝四周望了望，没有人注意她跟水下，天美又说，你把我都看了？水下这时说话了。水下说，没有。天美说，说谎。没有的话，衣服是怎么脱下又怎么穿上的？水下的左手抖动着。那种令他心悸又令他兴奋的触感又回到了他的手上。水下说，我是用床单蒙着的。天美说，真的？水下说，真的。天美说，我没怪你。水下说，是真的。天美便笑笑走开了。她溢着笑容的脸上，有了一种与往日不同的东西。水下想，那是什么？

从这天起，水下与天美间突然有了自己的秘密。每天的夜晚，水下回到自己的小杂屋里，就要扒着窗子朝天美屋里张望，一直要望到她的灯关为止。然后水下就在幻想天美这时在干什么，穿的什么衣服，用一种什么样的姿态躺在床上。想时，他会不停地捏着自己的左手，反复回味他曾经有过的感觉。

汛期终于过去了。洪水一天天地退了回去。水下有一天回家拿衣服，顺便到堤上去看了看。守在堤上的人都撤光了。堤上堤下一片狼藉。下堤时，水下口渴，到堤边的水文站讨水喝。水下以前放牛时也常来这里。水文站的朱站长说，水下，都长这么大了。水下只是笑。朱站长又说，水下，还在家里替你爹放牛？水下说，没了，在镇上收购站帮忙。朱站长说，水下，我们缺人手，准备聘用几个临时工，你要不要来？水下说，不了，我姨那边也缺人手。朱站长说，这里的饭票不比那里好？干好了，说不定能转正哩。回家跟你爹商量一下。回到家，水下却没把这话跟他爹说。水下晓得，一说他的麻烦就来了。水下除了有天美在的收购站，他哪儿都不想去。全世界没有一个地方比得上那里。

回到收购站时，天已擦黑。水下便去天美房间，想跟她说关于水文站的事。水下进屋时，天美在里面听到门响，大声问，是水下吗？水下说，是。天美说，你怎么这么早回来了？水下说，我怕天黑了路不好走。天美说，你先看电视吧。水下说，姨，你吃过了吗？天美说，我吃过了。

水下进屋，却没有看到天美。水下转身进厨房，厨房也没人。路过厕所，门虚着一道半尺大的缝。水下听到里面的水声，他知道天美在洗澡。水下定住了。平常他在这里时，天美洗澡总是要关门的，这一次却没有。水下脑子里浮出那一夜他看到的天美的胸脯，又想象着天美白白的身体上缀满了水珠的样子。水下的牙齿打起战来，他想回到屋里去，想到沙发上坐下来，想喝一杯冰水，然后就看电视。但是这一刻，他却无法让自己做到这些。他就只是呆呆地站在那里。

天美洗了澡，裹着一身清香从厕所里出来。一拉门，便看到呆站在那里的水下。天美怔了怔。水下慌得连话都说不清。水下说，我是去厨房打水。说过觉得不对，又说，我刚想上厕所。说过又觉得不对，嘴也打起结来，我我我的，说不出一个字来。天美牵起他的手，拉着他进到屋里。天美的上衣扣子没有扣严，水下走在她的旁边，能看到她衣服里的抖动。水下浑身上下激动得不能自制，裤裆被绷得紧紧的。天美拉着他到沙发边，按他坐在沙发上，眼睛有意无意地朝他的裤裆看了一眼。水下感觉到了天美的目光，水下面红耳赤。水下说，姨，我我我……天美妩媚地笑了笑，说，我们家水下真成了大人，身子晓得想女人了。水下更窘，他下意识地用手挡住自己的裆部。水下结巴着说，姨，我我我……天美又笑。这回天美笑出了声。天美说，想女人说明你是一个正常人呀，什么时候，姨教教你。

刚刚洗过澡的天美面色红润美艳。灯光在她的头顶上照着，她的脸上放射着粉色的光。水下好想剥下她的衣服，好想看看她的身子这时是不是也是粉色，好想把她搂进自己的怀里，好想用手把她的全身上下里里外外都抚摸一遍，水下好想好想做他此刻心里强烈地想要做的事。可是他知道，他不能。

天美凝视着水下。慢慢地，天美在水下的身边坐了下来。天美把手放在水下的大腿上，手指尖在水下的腿上轻轻地蠕动着。天美说，水下，你在想什么？你把你想的说给姨听听，也许姨能帮你。水下张口结舌。他说不出话来。水下只觉得自己血管在膨胀，觉得自己就要爆炸了。天美的手指尖就是一根火柴。那火柴的火已经要点燃他的引线了。水下忽地一下站了起来。水下说，姨，我我我……水下说不出话来，他觉得自己快要垮了，觉得自己支撑不住自己了，觉得自己所有的精神气会在这一下全部泄出。于是，他掉头跑了出去。天美在他的身后追问了一句，水下，你怎么啦？

水下出了天美的屋便朝外跑，他一口气跑到了湖边。歇也没歇，便跳进了湖里。夜晚的湖水有些凉，水下还觉得不够凉，他把自己浸泡在里面，一遍一遍地回想适才心惊胆战的那一刻。

水下湿漉着全身回到收购站时，天美已经睡了，她屋里的灯也是黑的。水下走进院里，站在月光下。天美屋子的一面墙全被月光照着，就仿佛月光挂在那里。水下望着那墙，心里又有一阵阵的热潮涌着。院里静静的，空无一人。水下觉得他能听到天美躺在床上的呼吸声，水下忍着。那声音越来越撩人，水下还是忍着。撩人的声音渐渐地成了音乐，一缕一缕地钻进水下的心里，水下忍不住了。水下搬起院里的铁砣到天美的窗下，然后爬了上去。

月光从窗户一直落到天美的床上。天美什么都没盖，就在月光之下仰躺着。天美的头发是散开的，有一大缕蒙住了脸。天美的两腿大叉着。一只手放在腿上，一只手甩到了头顶。床上天美的身体充满了欲望。窗外水下的眼睛也充满了欲望。这两份欲望纠缠在一起，如同鞭子，不停地抽打着水下。水下好想进屋去，好想从天美身体的每一处缝隙钻进去，让自己成为天美身上的一个部分。

这晚，睡在小杂屋的水下心里突然有一种绞心的痛苦。这痛苦狠狠地折磨着他的身心，他甚至不知道拿自己这个人怎么办才好。他坐下难受，站着也难受，靠在墙根难受，睡在床上更难受。水下用一只手掐着自己的另一只手，指甲把手背的肉掐得很疼。水下想，我不能动，我不能出门，我不能进那边的屋，我不能这么下作，我不能对不住天美姨，我不能比三霸还要坏。我不能让爹妈替我急，我不能犯罪，我不能坐牢，我不能成了一个流氓。

水下醒来时，天已大亮。他从床上坐起，突然看到天美就站在他的门口。水下呆住了。天美穿着一条薄薄的裙子，隔着薄纱能看到里面的乳罩。天美笑吟吟的。水下有些难为情，不知道天美看到了自己的什么。天美说，水下，昨晚上跑哪儿去了？水下说，没去哪儿。天美说，你为什么那么慌张？怕我吃了你？水下说，哪里？天美说，那为什么？水下说，我不敢说。天美说，有什么不敢的？你说吧。水下说，我不敢。天美笑道，一个大男人，有话都不敢说？你说吧。你说什么姨都会听。水下说，我还是不敢。天美说，怎么这么没出息？你还是不是个男人呀？说呀，我今天非让你说出来不可，我就是想听听你当时想些什么，你说了，我能帮你的就帮你。

水下窘在那里。天美走了进来，她坐在了水下的床边。水下突然又闻到了她身上的香味。那是他在十年前闻到过的味道，那味道深深地刺激着水下。水下记起了他曾经对天美的亲吻。突然间，他又想要好好地亲吻天美。

天美说，水下，你怎么经常突然就呆掉了？把你的话说出来嘛，我想听哩。水下心里突突着。他想说我就只想抱着你，还想说我想要亲你，最想说我想晚上跟你睡在一起。可是话到了嘴边，水下醒了醒，他知道这些都不能说。水下说，我想跟姨说，水文站要招我去他们那里做事，我怕姨会不高兴。

天美脸上掠过几丝失望，但她一下子恢复了满脸的笑意。天美说，怎么会？那边当然好，吃国家的粮，比我这里有前程，我还会替你高兴哩。水下说，姨你同意？天美说，当然同意，你不如今天就走吧，早些去，免得被别人抢了名额。天美说完，嫣然一笑，身体一扭就出了门。

出了门的天美大声地唱了一句歌，东边我的美人呀西边黄河流。就只唱了一句，然后便没出声了。水下从窗子朝院里望去，天美也正朝着他的小杂屋望着，眼睛里满是忧郁。这忧郁让水下有点心疼。但水下知道自己是真的不能这么着在这里待下去了。

八

水文站招了两个人，其中一个是水下。朱站长当年刚去水文站上班时，单身汉一个，常去水下家。水下的妈帮他洗一下衣被炒几个小菜，水下的爸则陪着他喝两口小酒。这样，朱站长心里对水下家总有一份感激存着。这回招人，想去的人很多，朱站长没有半点犹豫，在几十个人中挑了水下。

水下从第一天上班起就心神不宁。水下知道他的心不在这里，并且永远也不会在这里。水下的心就放在那个小小镇上的小小收购站。在这里晃来晃去的只是他空空的一个躯壳。朱站长带着水下沿江而行，教水下怎么样看水位，怎么样做记录。事情很简单，只是水下没心思。一没心思，脑子就显得笨。朱站长提示几次后便不解了。朱站长说，水下，你怎么成天都跟丢了魂似的？水下想，哪里丢了？是根本没带上身哩。

晚上总站派有老师来上课。水下总也听不进去。水下脑子里不停地浮出他和天美一起坐在天美的小屋里看电视的情景。他端着一杯冰水，一边喝，一边听天美说着什么。水下望着老师的眼睛是空洞的，连老师都看出了这点。老师说，你小小年纪，怎么总是一脸茫然的样子？

不管怎么样，水下还是在水文站待了一个月。这一个月有如百年。水下觉得自己好闷，晚上睡不着觉的时候，便到江边去，坐在江滩上，看水闷声闷气地流下去。四下里黑灯瞎火的，对岸也看不到一点灯光。偶尔有船过，叫一两声，听上去也是闷闷的声音。黑暗中，水下的眼边晃来晃去的还是天美的影子。水下觉得自己再不去看一眼天美说不定会死掉。可是水下找不到去看天美的理由。水下知道自己脑子里成天只想这一件事很是羞耻。他好想抛开来不去想它，就像自己从来没有去过收购站，从来也没有看到过天美一样。可是他却无论如何排遣不开，就仿佛他在收购站的每一天日子都如丝一样，全部绞在了一起，然后又紧紧地扎在他的心上，成了一个大结。除非一把火烧掉那结，才能解开。可是那结若被火烧掉，他的心岂不是也会一起烧焦掉吗？水下好想找个地方倾诉自己，他想如果他说出来了，心里可能会松快许多。可是这样的事又怎么能跟人说呢？这只能是水下自己的隐秘。水下自己在心里千转百绕着，绞尽脑汁，可水下还是没办法把自己从自己的隐秘中拯救出来。

发工资了。这是水下第一次拿到自己的工资。工资装在一个小红包里。朱站长看着水下笑，问水下高兴不。水下说，高兴。朱站长便说，头一回拿钱，去给爹妈买点东西孝敬，要是有自己喜欢的人，也可以去买份礼物。水下把后面一句话听进去了，心里振了振。

水下有理由了。他要买点什么送给天美，他是一个赚公家钱的人了，他应该回报天美曾经对他有过的关照。这是世界上最好的一个理由，这理由好得任何人都无话可说。

星期天的时候，水下揣着钱，骑着那辆破得叮当响的自行车又一次沿堤飞奔。阳光没那么强了，可是水下的脸上依然被照得通红。汗水依然从他的额一直流到脖子，流进他的胸脯。

水下在县里最大的商场里徘徊了两三个小时。水下为天美挑了一个蓝色的发圈。水下一直觉得天美把头发扎成发髻显老。如果天美散披着头发，就不像一个满了三十岁的人。水下还为天美买了一条珍珠项链。项链当然不是真珍珠做的，但很漂亮。水下觉得漂亮就好。卖项链的小姐打量着水下说，给谁买？水下大声说，给我的女人买。水下心里充满自信，因此他的话也说得十分自豪。

下午3点多，水下到了镇上天美的收购站。这时间前去送废品的人已经很少了，天美会闲一些。水下看到收购站的门框就开始激动。没有进门，水下就叫了起来，姨！姨！水下的声音有些失态。

院子里的废品堆放得乱七八糟。天美穿了件打着补丁的衬衣，脖子上搭着毛巾，因为揩汗多的缘故，毛巾已经都黑掉了。天美嘴上正在骂着，没见过你这么懒的人，真是懒得抽筋剥皮。就你这样的五个加起来，也顶不了人家水下一个。水下是人，你怎么就不是？我有你搭帮比没你还累。你懒了去死呀！你最好明天就给我滚你妈的蛋！

水下站在了院子门口。天美黑了也瘦了，满脸憔悴，衣服脏兮兮的，一看就晓得她这一天都没歇在屋里。秋天的太阳还很毒，天美这一个月就一直在这毒毒的太阳下干活吗？水下听天美不停嘴地骂着，心里一阵阵难过。不是他抛下天美去水文站，天美怎么会这样呢？

小杂屋里出来个男人，腿有些瘸，脸上有股巫气。男人高声道，走就走，天天听你骂人，一点好处也没给沾着，爷早就不耐烦了。男人说着朝外走。走到门口看到了水下。男人说，两口子吵架也看？男人说时便已走到了水下的身边。水下看也没看他，扬手就挥了过去。水下说，你跟你妈是两口子。男人没提防，身体一歪，没了平衡，就摔了下去。天美这时看到了水下，天美在看到水下的同时也看到男人摔倒在地，天美忍不住笑了起来，笑得咯咯的。水下本来正一肚子火，这笑如一股清泉流进了水下的心里，火在瞬间就被浇灭了。男人不明白自己怎么得罪了水下，正骂骂咧咧地爬起来。水下说，你再想占我姨的便宜，我就割了你的头。男人忙不迭地哈着腰，小爷，我哪敢呀？你姨她是我祖宗哩，我供她都来不及，还敢占便宜？水下说，你滚吧，滚得越远越好，从此不准你进这院里半步。男人赶紧往外走，且走且说，莫说半步，离半里路，我都会绕。说话间，男人出了门，人影都看不见了，天美却还在笑。水下被天美笑得隐忍不住，也跟着笑了起来。

水下再一次进了天美的屋里。只一个月没进来，水下竟有点百感交集。一切都那么熟悉和亲切，天美给水下倒了一杯冰水。天美说，今天怎么来这了？来看姨？水下说，站上发钱了，给姨买了点礼物。水下说着，心有些慌，两只手也有些忙忙乱乱。水下好容易把礼物拿出来，递到天美的手上。天美的脸上显示出惊讶，她望着水下。水下被她望得有些怕，忙说，是谢姨前些日子的关照哩。

天美拿过礼物细细地看着，然后竟是忍不住地哭了起来。水下更慌了。水下说，姨，你要是嫌不好，你就扔了它，我不会买东西，我是第一回买这些。天美抹着眼泪说，我怎么会嫌不好呢？今天刚好是我的生日哩，我中午还想着恐怕没人会记得我这一天。这些我要当生日礼物来收哩。天美说着，又有些感伤，眼泪就又哗哗地流，呜咽声也起来了。

水下怔着，他望着天美，天美说出的话令他意外，水下在天美的呜咽声中也伤感了起来。水下想老天对天美姨如此不公，过生日没人理，还要顶着太阳穿着破衣干重体力的活。想着，水下便隐忍不住心里的愤怒。这愤怒还是对三霸的。水下不忍看天美落泪，水下说，姨，我来做菜，我来替你庆生。

说罢，水下便趑身进到厨房。

水下麻利地淘米点火。看看地上还有些菜，便蹲下身来理菜。只一会，天美就进来了。天美说，水下你走了一个月，我一顿上口的菜都没吃着哩。吃惯了你做的，吃别人的怎么都不好吃。水下低头理着菜，说，我还回来做就是了。天美说，那怎么行？不能误了你的前程哩。水下本来只是顺口一说的。说完想想，他若在此，天美姨还会辛苦吗？天美姨还会受半点的罪吗？天美姨还会没人保护没人疼爱吗？只要他在这里，天美姨这辈子就不会再操劳了。为了这个，他为什么不能留在这里？这想法只在水下脑子里闪现了一分钟，水下便做出了自己的决定。水下说，姨，我明天就回这边来。天美说，水下，你疯了，姨可不同意你这样，你得为自己前程想。水下站了起来。水下就站在了天美的对面。水下满脸都是天美的鼻息。水下激动得泪水涌入眼眶。水下说，我不管，我要为了姨，我不能让姨吃丁点苦。我就要跟姨在一起，我要照顾姨。水下的话又急促又热烈。天美仿佛听呆了，一动不动，只是望着水下不转眼珠。

于是厨房里就只剩了沉默。天美蹲下身来理菜，水下也蹲下身来理菜。天美理好菜猫下腰去洗菜，水下也跟着，猫下腰与她一起洗。菜是水下炒的，天美在屋里抹桌子，抹完就站在窗口，望着院子。院子里面有铁砣，铁砣在小杂屋的窗下。天美什么都知道。

这一顿饭也是在沉默中吃完的。吃过饭天美去厨房洗碗，水下也去了。水下拉开天美，自己抢过去把碗洗净。水下洗完碗，上厕所，见厕所的脚盆里放着天美的脏衣服。水下就没出来，蹲在厕所里又把衣服洗净。水下端着盆去院里晾衣服。天已经黑了，星星缀满了天空，明天是晴天。水下做着这些，心里好愉快，情不自禁就哼了歌子。

天美就站在窗边，看着水下。天美突然就有了饱满的幸福感。这感觉在十年前与三霸结婚时曾强烈地感受到过。时间一天一天地走过，幸福也跟着时间一天一天地远去，越来越远后，她就成了一个孤独的人，孤独地守着丈夫交给她的小小的废品收购站。而现在，少年水下出现了。少年水下竟让她远去的幸福回过头来重新泊在她的心里。水下的目光，水下的气息，水下的声音，水下的表情，融在一起，成了她现在的幸福。天美就像决堤后的溺水人，突然看到了救命的东西。或许它是船，或许它只是根木板，更或许它只是一根比她更轻的稻草，但对于几乎快要窒息的天美来说，它们都能救生。

水下回到天美的房间。水下说，姨，我要回去了。我要去跟朱站长说一声，我明天早上再来这里。天美说，水下，你要想好，不要这么轻易决定。水下说，姨，我不是轻易的，我早就想过了，我不要姨过得这么苦，我要姨幸福。天美轻叹一声，说，你晓得幸福是什么吗？水下说，我不晓得。我只晓得，姨不能吃苦。姨的苦得由我来替姨吃。水下说得倔倔的。

天美走近水下。她伸出手来，在水下的脸上抚了一抚。天美说，水下，可惜你还是个孩子。水下一把抓住了天美的手。水下急切地说，姨，我不是孩子了，我是大人，姨，我是大人！天美被水下冷不防这一抓，腿便一软。水下感觉到天美的软倒，便又伸出另一只手，把天美抱住。

三霸已经好久没有来这边住了。天美已经记不得自己有多久没有碰过男人，水下身上浓烈的男人气息熏着了她。那气息一点也不比一个成熟的男人弱，那是天美所需要的气息，它一点一点地在勾引天美的渴望，天美便身不由己，天美想，有罪就有罪吧，就算有罪也心甘啊。天美想着，便倒在了水下的怀里。水下有些不知所措，水下觉得自己发晕了，他曾经朝思暮想的天美姨，现在就真真实实地在他的怀里。天美呻吟一般地叫着，水下，水下，我的好人。水下听到这声音，眼泪就流了出来，它滴了天美的脸上。水下腾不出手来为她揩干，水下便低下了头，水下动用了他薄薄的唇。水下的嘴唇刚刚触着天美的脸，便很快跟天美的嘴唇相遇。

这天夜里，水下没有回水文站，水下也没有进他的小杂屋。水下在天美的床上度过了他一生中最激动最难忘的夜晚。天美手把手地教着他。水下忙乎了一夜。水下这时候才知道男人原来是这么做的。男人的生活中不光只有干活，不光只有赚钱，还有这样的快乐可以享用。男人离不开女人原来是为了这个。水下在极度的兴奋中，搂着天美说，姨，我怎么都不会离开你的，除非去死。天美拍打了他一下说，说这些蠢话做什么？水下说，姨，我要跟你结婚。天美说，水下，莫说傻话，我有男人哩。你我两个现在是偷情，千万不要让外人晓得，要是被晓得了，会不得了的。水下说，我晓得，我都晓得。

天快亮时，水下睡着了。天美搂着水下，用她寂寞得快干枯掉的手，细细地抚摸着他。水下梦里还在笑着，笑得很是灿烂。天美望着他年轻的面孔，心想，天啦，我在做什么呢？老天爷呀，万万莫惩罚我，我是荒得太久了，我守不住了啊。

九

水下一早去了水文站。他跟朱站长说，他太笨，学不会水文站的活。他决定离开。朱站长气得臭骂了水下一顿。水下默默地听他骂。水下想，朱站长骂得对。朱站长骂完便说，你走吧，以后后悔也莫再来。水下便走了，走时水下想，我怎么会后悔呢？我只要守着天美就是天下最幸福的男人。我后悔个什么？

水下重新住进了小杂屋。当然这是住给别人看的。天一黑下，水下便锁上院子的大门。大门里，只有他和天美两个人。这是他们的世界，静静的，没有任何人干扰。他们坐在沙发上一边看电视，一边相互逗乐和亲昵。水下背着人时，不再管天美叫姨，他也不想直呼天美，有一天，他突然叫了一声美美，天美答应了，以后水下就管天美叫美美。天美很喜欢这声叫，天美说听到这声叫，就觉得自己真的是美上加美。水下笑着没说什么。心里却道，难道你不是美上加美吗？我给你加一百个美你都值哩。天美就管水下叫小下子。天美笑道，我没天了，你没水了。水下便说，水随天去了，你剩下美，我只剩了个下。你是我的美人，我是你的下人。天美听水下说这些，立即笑得仰倒在沙发上，水下便扑过去，搂着天美与她一起笑。水下觉得今生今世他的笑只能和天美融在一起。

水下每个星期要拖两三次废品到县里的总站去，多时他见不到三霸，偶尔见了，水下也懒得跟他搭腔。三霸眼里没有水下，水下不过一个少年郎而已，所以三霸也从不把眼光落在水下身上。三霸的二奶时常大大方方地从三霸屋里晃进晃出。她已经出腹了，有阳光的时候，她总站在阳光下抚着自己的肚皮，抚得一脸的快意。水下看到她时，已无一点厌恶感，私底下水下心里还生出点侥幸。水下想，得亏你把三霸占住了，空出天美给了我。水下这样想过，心情便很好。倘离那二奶近了，还会递一个笑脸过去。总站看门的黄驼背告诉水下，二奶入冬就要生了，这些日子天天跟三霸吵闹，要三霸赶紧离婚。三霸也急，想把糟糠妻甩掉，可是老板娘天美就是不肯离。

回到镇上，水下也把看到和听来的跟天美说。水下说，美美，你怎么不肯离呢？天美说，我凭什么要离？我一离就等于把上百万的家产送给了那个小妖精。她抢了我的男人，难道我还特意把我的家产也送给他？水下说，可是你这样过，家产也没有享受到呀。天美说，没享受到没关系，所有权是我的，当是我借给她。水下说，可是你不幸福呀。天美说，以前我是不幸福，可是现在有了你，我这样也很幸福呀。他可以有别的女人，我也可以有别的男人。我跟他扯平了。水下说，可是，我们就不能结婚呀，美美，我要跟你结婚哩。天美说，小下子，你莫说这种蠢话。就算我离了，你能跟我结婚？我大你十五岁，是你的姨。我们两个要是成一家子，不被人骂死，也会被村里人的唾沫淹死哩。

水下听天美说过后，便在脑子里把他村里的几十户人家过了一遍，又把天美的村子由村头到村尾过了一遍。水下知道天美说得不错。

可是水下也不甘心就这样。水下只想大摇大摆地做天美的男人。水下一心想向全世界的男人炫耀，天下最美最好的女人天美被他娶到手了。水下没有这样的机会总觉得好遗憾。水下说，那……我们私奔？到南方去。我主外，你主内，我们肯定能过好日子。你生不下孩子，我们就抱养一个。天美说，这里呢？我这里的家产呢？我这一走，还不是一丁点都没有了？这正遂了三霸和那个妖精的愿，我不甘心，家产是我跟三霸两个人打拼出来的，它们不攥在我手上我死都不甘心。水下又把天美的这番话想了又想，还是觉得天美说得对，这时的水下便无话可说了。

好长时间里，水下都为一件事困扰。水下想，怎么样既能让家产攥在天美的手上，又能让他俩结婚呢？水下想过许多的可能，在心里把那些可能都变成一条一条的路。水下试着在每一条路上走过，走得那些路都纵横交错，成为迷径，可是没有一条路让他走通。所有的可能都只能是不可能。

有一天，水下被几个中学同学邀了出去喝酒。水下酒量不行，几口入肚，就有些醉意。同学们就都笑水下没用，毕业这么久了，怎么还没学会喝酒？水下光笑不言，心道有些事毕业一辈子也不一定能学会。喝了酒的同学一边碰杯一边闲扯，然后就扯到了当年学校的美人张翠翠，说是张翠翠结婚后，跟她厂里的一个业务员相好。业务员有钱，可是张的丈夫宁肯戴绿帽也不肯离婚。业务员下了最后通牒，说是张翠翠再不离婚，两人就拉倒。张翠翠急了，竟在她丈夫碗里下砒霜。她丈夫是死了，可她自己也完了。张翠翠临死还说她不后悔，因为她离不了婚，过的日子也跟死人没什么两样。她这么做，只不过是想赌一把，现在她赌输了，愿赌服输，所以她不悔。

水下歪躺在一边，本来是闲听着。听着听着，他的神经动了一动，仿佛被根针拨了一下。同学的话题拐了弯，水下还在想着张翠翠这个人。水下慢慢地回忆她的样子，似乎长得俏俏的，眼睛很大，话没开口，笑意便浮上了脸。她走过时，男生们的眼光都会瞟过去。水下想出了她的样子，便觉得张翠翠好了不起。

晚上回去，酒醒了，便搂着天美说起了张翠翠。天美说她知道这个女伢。又说她跟她丈夫是换亲成婚的，她的哥哥娶了她丈夫的妹子。她丈夫没有半点本事，怕是睡女人都不会睡，她有外心也是当然的。天美说着叹息道，好可惜，要说这也是她的命不好。水下说，我好佩服她，我也想把三霸杀了。天美吓了一跳。天美在他的脸上拍打了几下说，你疯了，我可不想三霸死。水下说，三霸叔死了，财产不就都是你的了？他要不死，就算有你的份，你又怎么拿得到？你享用不到，就算是你的又有什么用？水下一番话，说得天美半天作不得声。

夜里，天美突然就醒了，醒了就睡不着。她摇醒水下。天美把脸贴在水下的脸上。天美说，小下子，你说得有道理啊，只有三霸死了，我才能出头。可是我不准你干蠢事啊，三霸若死了，你也得死。你死了，我怎么办啊？天美说话间眼泪就流了出来，沾得水下满脸都是，滑进水下嘴里，咸咸的。水下心里万分感动。水下晓得天美是舍不得他的。水下伸出手，抚着天美的脸，一点一点地把她脸上的泪擦干。水下说，我的姨呀，我的小美美，我为你什么事情都是肯做的，我只要你过得好。天美说，你再不要瞎想了，你就这样守着我就好。水下说，我听你的，不管你说什么，我都听你的，三霸是死是活，也都在你一句话哩。天美便伸手到水下的脖子下，把水下搂得紧紧的。天美说，天底下没有人比你对我更好了，我一辈子都会放你在心上。

这一夜水下觉得他和天美好缠绵。水下想，人活一世，倘没有过这样的缠绵，就真是白活，那张翠翠一定是明白了这一点。水下突然觉得他的心跟张翠翠的心是相通的。

十

树开始落叶了。因为没有钱，天美的妈始终没去住医院。有一天着了凉，发起了高烧，送进医院，没几天就过世了。天美因为这个哭得在地上打着滚，心里觉得是自己害得妈早死，嘴里也不停地骂三霸。三霸有万贯家财，却不肯拿出一点来救她的妈。人死哭不回来，天美只是把自己的心哭得平衡了一些，哭得内疚感少了一些。丧事办完后，天美人也瘦下许多，瘦得更加年轻和漂亮。

江水落得很快，转眼又是枯水季。被夏日里的洪水泡得松软的大堤开始加固整修。堤上又回到了夏天般的热闹。水下的好多同学都上了堤，都说这回国家拿了大把的钱，把堤一修好，往后水再大也不消怕了。同学都让水下也上堤来，活虽然累点，可人多好玩。晚上大家在工棚里打牌喝酒，很是开心。水下笑听着，没有答应。再好玩也没有他跟天美在一起好玩。

天凉起来的速度很快，厚衣服立马就穿上了身。天美的毛衣袖口已经毛了边。天美没在意，水下却看到了。水下看到了却并没有作声。这天进县城送完废品后，水下到商场给天美买了一件毛衣，大红色的，有高高的领子。水下觉得天美穿红衣服最漂亮，红色能把天美的脸照得亮亮的，红色能让天美一下子年轻好几岁。

水下回来时，刚停好小拖，人没进院，就听到三霸的声音。三霸在天美的屋里大声吼着什么，天美正跟他吵。水下听到三霸的呵斥，心里就发疼。水下暗骂着，你凭什么吼我的女人！水下好想冲进去跟三霸较个真，可是走到门口，水下还是收住了脚。水下明白，天美是三霸的老婆，不是他水下的。他哪有资格在这个时候冲进人家的屋子？水下想着心里有些悲哀。他怀着这份悲哀回到他的小杂屋。

水下打开窗子，让那边的声音尽可能地传过来。水下有些躁，坐也不是，站也不是。他天天伺候天美，取悦天美，为天美做他所有能做的事，他只想看到天美笑，看到天美快乐，看到天美平静而温和地做他的女人。可是现在，天美却因为三霸在生气在发怒在孤独而顽强地保护自己。天美尖锐的声音从那边的窗内传进了这边的窗里。天美的每一个字都是一颗钉子，天美的每一颗钉子都扎着水下的心。水下心里怒吼着，三霸你这个王八蛋！三霸你竟敢让我的女人生气！三霸你害我的女人不开心！三霸我绝对不会饶你！

水下的声音，除了水下自己的心，没有人听得到。水下知道，这才是他最大的悲痛。他这一生，所有的幸福和快乐，所有的痛苦和哀愁，都只能独属他自己。只要有一个外人在，他就得神情淡淡的，他就得距天美远远的，他就得管天美叫姨。或许他为了自己的爱，这些都能不介意，可是，有人欺负了天美呢？有人想要占天美的便宜呢？有人让天美受了委屈呢？难道他也能不介意？难道他的愤怒也只能沤在心里让它烂掉？

水下一屁股坐在了墙根下。天已经黑了，水下也没有开灯。在黑地里，能更加清楚地看到天美屋里的灯光。水下的心里好麻乱好空洞。天美在那边的屋里突然发出惨烈的叫声，水下再也忍不下去了，水下跳起来，冲出小杂屋。

水下在院子里碰到从天美屋里出来的三霸。水下定住了脚，说，我姨怎么了？三霸说，她犯贱。这些臭婆娘，三天不揍就上房，抛砖揭瓦还扔石头，也不晓得哪来的胆子。水下说，你打了我姨？三霸斜着眼打量着斗鸡一样的水下。三霸说，她又不是你什么亲姨，水下你当什么真？老公打老婆，天经地义的事情。你长大就晓得了，老婆不打就不跟你亲。水下说，你真打了？三霸说，你也晓得，我在那边有女人，我那边的女人要生了，可是你姨就是不肯离婚。而今新社会了，婚姻自主，哪能一头赖在我身上？水下说，姨可以离婚，可是家产得归她。三霸说，放她妈的屁！这是她平常跟你说的？

天美从屋里冲了出来。她披头散发，眼睛红肿着。天美扑到三霸跟前，一把搂着他的腰，哀求道，三霸，不要丢下我。我跟你做牛做马都行，你在外面有女人也行，只不要丢下我。三霸说，我不是丢，两人没感情了，何必硬凑在一起？天美说，怎么会没感情？当初你追求我的时候，我俩是什么样的感情？分开一分钟都要想啊！三霸说，那是什么时候？这是什么时候？我也守了你这些年，你生不出伢，我又怎么能要你？我家祖宗几代，讲的就是一个孝。你害我成不孝儿，我跟你还有什么感情？跟你说了这些，你怎么也不听呢？天美说，我不听，我就要跟你，你是我的男人，我不准别人把你抢走，只要你天天歇在我的床上，我们好好做，我保证跟你生个伢。三霸说，你看看你看看，水下在这儿哩。你这样跟我赖着，还讲这样一些话，你要不要一点脸面？天美说，我不在乎脸面，只要你不丢下我就好。

水下呆呆地看着这一幕。他心里好难过，他不是为自己难过，而是为天美难过，他觉得天美这么美丽这么贤惠这么善良这么温柔可爱的女人，是高不可攀的，是站在高山的顶上坐在月球之上的，是世间人应该仰望的，是被所有男人疯狂追逐、所有女人疯狂嫉妒的。而三霸算什么？三霸是应该待在阴沟里的，是应该扔在茅厕里的，是应该让所有的男人都瞧他不起，所有的女人都朝他身上吐唾沫的，三霸哪有半点的资格让天美来求他？

三霸强行掰开天美紧紧搂着他的手，将天美推得远远的，然后厉声道，天美，我警告你，我再给你十天的时间，如果你不签字，我就对你不客气了，你不要害我等儿子生出来后，才和他妈结婚。你不要怪我，要怪就怪你自己的肚子不争气。

三霸说完，也不等天美反应，便扬长而去。天美没有追出门，她蹲下身子，嘤嘤地哭着。

水下却追到门口，水下到了门边就站住了，看着三霸开着的卡车突突突地往路上开，一直看到它消失在夜色中。水下转身进门，把院子的大门闩上。这里又只剩了他和天美两个人。

天美的哭泣已经止住了。水下说，美美，你怎么会这样呢？天美说，我不这样，万一他怀疑你和我呢？水下说，是这样啊。水下心里又感动起来。水下想，天美不惜委屈自己，不惜放下自己的身份，不惜弃自尊于不顾，原是为了保护他们两个人的这个小天地啊。天美是在演戏哩。

水下想着，默默地替天美脱下那袖口已经毛了边的旧衣，又默默地拿出他买回的红毛衣给天美穿上。穿上新毛衣的天美光彩照人。水下好激动，他紧紧地抱住了天美。水下说，美美，你好漂亮。天美说，是好漂亮，是你让我漂亮的。水下说，我不想要你哭，不想要你这样求三霸。天美说，小下子，我又在你面前丢脸了。水下说，哪里呀哪里呀？我只担心委屈了我的美美哩，三霸他不配你这样，就算是演戏，他也不配哩。

水下扳着天美的脸，痴痴地看着她，痴痴地说这番话。天美的泪一下子又流得满脸都是。天美呜咽道，要是三霸也像你这样想就好了啊。

水下这天晚上做了梦，梦见自己一直跟在三霸的身后，梦见自己不停地说，你怎么配，你怎么配？又梦见天美坐在湖边哭。天美哭道，我死也不离婚，我喂给鱼吃也不离。

水下醒来时，天美还没醒。天美的一只胳膊搭在他的胸前。水下抚着这胳膊一直在想他的梦。想过后，心里有些闷闷的。

下午，水下把废品拉到县里总站后，看到时间还早，便去找了同学聊天。

同学开了家洗脚店。见水下便拉着让他洗脚，说是老同学洗一分钱不收。水下便没客气。店里没什么客人，同学便陪他聊天。水下说生意这样清淡，怎么赚钱。同学说到了晚间客人就多起来了。两人东一句西一句地拉扯着。同学看出水下情绪不是太高，便问水下是不是遇到了什么事。水下就说了天美的故事，水下当然没有把自己扯进去，只说是自家亲戚遇到的事。同学说，这事呀，有什么难的？那男人犯了重婚罪，一告就让他坐大牢。二奶没有半点权利，家产全归你亲戚得，简单得很。

水下一听脸色就亮了。水下说，真的？真的可以这样？同学说，是不是真的，你让你亲戚试试看嘛。水下说，怎么个告法呢？同学说，我也不懂。对了，县里律师事务所有个律师常来我这里洗脚，我介绍你认识，人家是专门搞这个的。

水下立即就看到方向了。水下对同学说，就这样，事情办成了，我请你喝酒。同学笑，就你那酒量还敢陪我？水下也笑了起来。笑过后，心里好轻松。

十一

水下拿着同学的条子去找律师时，律师不在。水下怏怏地往回走，路过另一家废品收购站。水下知道这家收购站一直在跟三霸竞争。水下突然想看看他们的情况怎么样，想过便走了进去。

收购站的老板正在骂手下人懒。见水下，便瞪着眼问什么事，找什么人。水下说，你们站的生意好像不如三霸那边呀。那老板眼睛便瞪得更凶了，说，三霸的关系多，我哪比得上？话语间冷冷的，很是不服。水下说，就不想赢他？那老板说，怎么不想赢？做梦都想哩！水下脑子里立即就浮出一个主意。一瞬间水下的心跳动得厉害起来，手心也出汗了。水下说，三霸生意做得这么大，还明目张胆包个二奶，伢子都快生了，真是要钱不要命呀。水下说时长叹一口气。那老板说，生个伢子就要命？这话怎么讲？水下说，这是犯法的事呀，法律讲这是重婚罪哩，告到法院，少说他也得坐五年十年的大牢。一个人把牢饭一吃，这辈子还有什么戏？那老板说，有这样的事？水下说，我不晓得，听城关律师说的。那老板似是附和水下又似是自语，说要是这样，他也太胆大了。

水下笑了笑，很随意的样子，然后便朝外走，走时他瞥了那老板一眼。老板仿佛想着心事，脸上闪着诡谲的笑意。水下晓得，他不必再找律师。

只几天，三霸又来找天美。天霸是早上来的，这正是收购站最忙的时候。水下在过磅，天美忙着跟送货的人算账。三霸进门便笑叫着，哎呀呀，我来得正是时候，刚赶上可以帮忙哩。三霸的手上提着水果，有个袋子还装着新衣服。天美惊讶地盯着他手上的东西，然后脸上露出一点欣喜。三霸从屋里拿出一张板凳，把天美按在板凳上。三霸说，既然我来了，老婆就应该歇着。天美不解其意，但还是笑道，你抽什么羊角风呀?

水下心里发怵，不知道三霸肚子里卖的是什么药，也不明白他的意图是什么，水下不停地用眼光瞟天美。有几回，都跟天美瞟他的眼光撞了个正着。

天美从板凳上起来，朝水下走过去。天美掏出一张十块的钱，递给水下。天美说，水下，我来过磅，你去买点菜，做几个小炒，让你三霸叔中午喝点酒。水下没作声，他望着天美，伸手接过钱。接钱时，他用手在天美的手上紧紧捏了捏。水下不知道自己想要传达什么样的信息给天美，他只觉得他这样触着了天美的手，心里就踏实好多。

水下做了中饭，给自己盛了一碗。天美叫他回他的小杂屋去吃。水下端着碗在离开厨房那一刹，哀求一般对天美说，不要跟那混蛋上床啊。天美低声道，他是我男人哩，他要怎么样，我能不听? 水下喉咙管里动了几动，没说什么，便自己过去了。

水下毫无食欲，他不知道三霸会跟天美说什么和做什么。水下想要伏在那边的窗下听，院子大门却敞着，人来人往，叫人撞见没法说清。想要不听，心里却猫抓一般蛇咬一般，说不出是什么样的难受滋味。水下烦，索性三两口扒净了饭，蹬着自行车上堤找同学玩去了。玩也玩得不畅快，水下的神情总是恹恹的。水下的同学说，你怎么了? 妖精附体了? 水下说，我也不晓得。

下午水下回时，三霸已经走了。天美脸上红光四溢，见水下，笑盈盈道，水下，三霸这狗头来求我了，他总算有这一天！水下说，求你什么? 天美说，也不晓得哪个挨千刀的，要告他重婚罪，想让他去吃几年牢饭。水下说，那还不好? 你不正想出气吗? 天美说，好是好，可他到底是我男人呀。水下说，那你要怎么样? 天美说，他来求我去跟公家说，没这事，是人家陷害他，他求我帮他哩。水下说，你答应了? 天美说，我是他女人，我不帮他哪个帮?

再怎么我也不能让他坐牢呀。水下说，美美，你想好了没有？这是你的机会哩，他去吃牢饭，家产不就都归你了？他那个野女人没了着落，立马就会嫁人哩。天美说，是呀，这是我的机会。他有难了，心里头一个想的就是只有我能帮他。等我帮他渡过难关，他也晓得我在这个家的位置是铁定不能动的。水下说，他哪里会这样想？天美说，他跟我拍了胸发了誓，说是这事一完，就接我去县里住，等那个妖精生完伢子，我们给她一笔钱，让她走人，伢子是三霸的骨肉，三霸就交给我养。水下说，你信？天美说，我怎么不信？男人嘛，花一点是应该的，我终归是大老婆呀，我是正房呀，我的位置不能动就好，三霸这回总算是醒过神来了。

水下默然，心里却叫苦不迭。天美拉了水下一把。水下会意，跟着天美到她屋里。天美一进门，伸手便搂住了水下。天美说，还有好消息要告诉你哩，中午三霸上我床了，他两三年都没沾我，说不定我能怀上。水下说，这是什么好消息？他睡我的女人，这还是好消息？天美在水下脸上揪了一把，笑道，你有没有搞错？小下子，是你睡他的女人。告诉你，我就是到了县里，也不得跟你分手的，我还要跟你皮绊。三霸现在不如你哩。水下说，可我不想你走。就留在这里，我们两个好不好？天美说，莫讲傻话，往后你还不得结婚生伢？水下说，我不结。天美说，那怎么行？等我跟你介绍一个老实听话的女人，这样，我俩私底下来往就会方便好多。水下说，我不想要别的女人，我只想要美美。天美说，你这辈子未必不娶？不想要伢子接后？水下说，我不要，我只要你，别的人我一个都不要。天美便拍着他的脸快意地笑开了。天美说，这样呀？你都想好了？水下说，早想好了，反正我把心和身子都给你了，你也莫想退还给我。天美说，好好好，我存银行里就是了，存定期。

天美的话说得让水下笑了起来。水下说，你的心和身子也锁在我这里，你也莫想收回去。天美嘴一撇说，还没嫁给你，你就要锁我？你比三霸还霸吗？跟你讲，我的心和我的身子都只属于我自己。水下怕天美不高兴，忙又补充说，属于我们两个，可以了吧？天美说，不行，只属于我自己。水下说，好好好，我不跟你争，只要你不属于三霸就好。天美淡淡地笑了一笑说，这些年我都看透了，我的心和我的身子今生今世都只属于我自己，只这样我才能过得好。水下说，你过得好了，我心里就舒服。

这天晚上，天美因要到县里帮三霸说情，便去镇上发廊做头发。水下一个人坐在院里。天上没有星星，云层厚厚的，月亮在云后面挣扎，却怎么也挣不出来。水下觉得那月亮就好像他自己。想过后，心里便很忧郁。

三霸有个表哥在公安局做事，能耐很大。三霸的表哥告诉三霸是有人写匿名信到县妇联，县妇联正好要抓这方面的典型，三霸就刚好撞在枪口上了。三霸要天美去县妇联。天美就在那里跟人大吵大闹。天美说她男人有没有二奶她最清楚。她男人一向疼她，天天同她一起过夜，根本就不可能在外面有人，定是别人陷害三霸。天美说陷害三霸的人手还不毒，他还可以说三霸有三奶四奶五奶，未必你们都信？天美吵闹得鼻涕眼泪一大把，鞋帮上挂满了鼻涕的印痕。参与调查和处理的人都觉得甚是无趣。如果三霸有二奶，天美当是最大的受害者。现在连她都觉得三霸冤得很，她都来证明三霸的无辜，他们这些人还有什么话好说？负责调查这件事的一个县妇联干部被天美吵得头大，板起面孔叫天美回去，这事他们不管了。且说，如果你自己都不想帮自己，我们也没办法。往后你吃了亏，哭死也没有得用了。还有两个县报的记者，本来以为可以抓一个满街传诵的社会新闻，也被天美这一顿闹吓住了。万一打起名誉官司，他们也吃不消，为此也都各各训了天美几句，说她不知好歹，被人卖了，还要帮人数钱，如此之类。然后也都甩手而去。

三霸中午请天美在餐馆吃了一顿饭。三霸吃饭时不停地给天美夹菜。三霸的举动让天美的心一下子就回到当年恋爱的时候。天美觉得她做这事能够挽回她和三霸的婚姻真是太值得了。三霸信誓旦旦表示等他找定可靠的人去管镇上的收购站，然后就接天美回县里。

天美回来跟水下说得眉飞色舞。天美觉得上天还是眷顾自己的，给了自己这样一个机会来把三霸降服了。水下听天美说着这些时，他因为天美的高兴而满脸堆笑，可是自己的心情却如同落进了冰洞。

天美说着说着，便有些亢奋，立马就翻箱倒柜要把自己的衣服找出来打包。水下在她的指示下，搬这搬那。水下说，你信三霸的？他说的话你都信？天美说，我怎么不信？终归跟他打了结婚证的人是我呀。他不回到我身边能回哪里？水下说，要是他哄你呢？天美说，他在外面找了野女人，我不计较他；他有了牢狱之灾，我不落井下石，还帮了他；我在人家公家人的面前，把自己的脸皮都踩脚底下了。我为他做这么多，就是盼他个回头。他要还哄我，那就太没良心了。水下说，你以为他有良心？良心这东西有几斤几两？

天美说，做人哪能这样？三霸还没坏到这一步。不过真要有你说的那天，我也不会客气。水下说，你还不只有躲在这边一个人哭？天美说，他只莫把我惹烦。要真彻底惹烦了我，我还哭吗？我杀他都杀得！

水下吓了一跳。他看见天美的眉眼里挂出冷意。水下说，你莫说蠢话。你杀了他，你也没命，我怎么办？天美说，到那时候我还顾得了你？真有那时，还不飞鸟各投林！水下说，你不顾我，可我要顾你。哪天三霸真对不住你了，我不要你杀他，让我来替你杀。这回轮着天美吓了一跳。天美厉声道，小下子，我只不过说说，哪能真杀他？这不关你的事，你千万莫想歪了。水下说，反正我不准他欺负你，反正我只想让你过开心。

十二

下雪了。收购站里很清冷。水下在天美的屋里烧起火盆。没人来时，他便跟天美俩人坐在火盆边，一边烤火一边扯闲话。电视机开着，可白天里的电视也不太好看，倒更像是旁边另外有人自言自语，水下和天美很少瞟它几眼。有一天，电视里播放一个有关禁毒的片子。几个吸毒人因没有毒品痛苦万般的神情以及为了毒品不顾一切的贪婪样子，很是刺激人眼。水下和天美把这个片子看完了。水下说，我就是一个吸毒的人。天美吃了一惊。水下又接着说，你就是我的毒品，没了你这个毒品我也就没得活头。天美笑了，指着电视说，小心我送你到里面戒毒去。水下也笑。水下说，你想我戒吗？

三霸一直没来。下雪的头天，天美去县里找过三霸一趟。刚好撞上三霸县里的相好生了。是个女儿，乌溜溜的眼睛，煞是好看。三霸并不重男轻女。三霸说养个美人将来比儿子还能挣钱。为了这个女儿，三霸忙得个屁颠屁颠。

天美一直找到了医院。天美想，看看孩子也无妨，将来这孩子还是要交给她来养交给她来教的。三霸说，你倒会赶时候，我现在哪能顾你？我接你来这里住，也得等孩子满月吧？我再怎么狠心，也不能把一个月母子赶出门对不对？天美无言以对，三霸自有他说的道理。

但天美心里却悻悻不乐。搭车回来时，雪已经结成了冰，车轮打滑，司机不敢朝前开，停下车来，让乘客们自己走回去。天美无奈，只得踩着雪往家走。冰天雪地里，听着自己孤独的踩雪声，想着三霸和他的相好，在温暖的屋里，抱着小花布裹着的宝宝，听她咿咿呀呀的哭声，两人都笑声朗朗，快乐无比，便更加气闷。

天美走到镇上，天已黑尽。鞋被雪一浸，里外湿透，脚也冻得僵硬，不像是自己的脚。水下在镇口几百米处迎到了天美。水下满脸都是焦急，看到夜色里蹒跚而来的天美，水下几乎是扑了过去。水下说，天这么冷，怎么回得这样晚？吃了饭没有？天美一句话也不想说，闷着头往家里走。水下说，怎么了，你怎么不讲话？天美说，我不想讲又怎么样？天美心里不快，便没好气。水下说，他欺负你了是不是？天美说，未必我不想讲话就是有人欺负了我？天美的话硬邦邦的，一直顶到水下的胸口上，顶得水下说不出个话来。水下心里便骂三霸。水下知道一定是三霸让天美如此不快。

天美屋里的火盆早已生好了火，火盆把屋里烘得暖洋洋的。天美一进屋便被这暖流包围。只一会，天美冻得发紫的脸便转成了粉红。天美倒在沙发上，一动也不想动。水下端上一碗热粥，叫天美喝下暖身子，又脱下了她的鞋。水下摸着她的脚，冰冰凉，心里不忍，便把她的脚搂在自己的怀里暖和着。天美打不起精神，由着他伺候。这一夜，天美都没怎么说话。

第二天，水下再次询问天美跟三霸怎么交涉的。天美说，懒得讲，他顾不了我。水下说，为什么他顾不了你？天美说，那个小妖精生了。天美说时，眼眶里噙着泪。天美想，自己生不下孩子，可不得什么样的委屈都忍着？水下对三霸公然失信于天美很愤然，可是一想到这样就能让自己继续跟天美在一起，心里反暗暗高兴。水下说，这样讲，过年他也不顾你了？天美没作声。水下说，没关系，我陪你过年，我正担心一个人过年没劲哩。天美说，谁让你陪？陪你爹陪你妈陪你妹子去吧。过年守在我这里，你家里人怎么讲？水下说，过年我一向都不陪他们的，我都是自己在外面跟同学玩。我只当你也是我的一个同学好了。天美不禁扑哧一笑。天美说，我是你的同学？我是你同学的妈差不多。水下说，是我床上的同学嘛，我们两个天天晚上在一起做功课哩。天美又笑了。天美说，同你个屁呀！你睡了个把女人，也会说邪话了。水下见天美笑了，马上就跟着喜笑颜开。

年三十，雪停了，可是刮起了大风。接连几天，都没有收荒货的人来卖废品。收购站里成天都安安静静的。天美要水下无论如何回家去吃年夜饭。水下不肯。水下说，我跟家里说了，这里要人值班。天美说，这里又没个金银财宝，有什么班好值头！水下说，我走了，你一个人在这里，我放心不下。

天美说，我自有去处。你若不回去吃这顿饭，你家里会说我不懂事。水下想了想，觉得天美说得也是。水下不愿意自己家里人对天美有什么不好的印象，因为水下认定自己迟早要娶天美回家的。水下说，那我要晓得你到哪里去。天美说，我去哪儿？还不是去三霸那里？我是他正经的老婆，大年三十了，他总不能弃我不顾吧？水下说，要是那个女人也在怎么办？天美说，我当然要赶她回去，三霸的老婆是我又不是她，再说她在县城里有娘家，我去了，她还好意思赖在那里？水下想想，觉得天美说得是，便同意了。天美说，你也累了这么久，过年在家里好好玩几天，我起码要过完元宵才回哩。水下说，那怎么行？你也晓得，吸毒的人一天不吸就扛不住日子。天美说，那我最早也得到初八。水下说，我上县里去看你，我熬不了那么久。天美说，你大男人一个，黏糊糊的做什么？

水下叫天美说得有些不好意思。可是水下觉得自己要是隔这么久见不到天美会怎么办呢？难道他还能吃得下饭睡得着觉？他还能把这个年过完？水下心里没底。水下把天美送到车站，看着汽车缓缓离站，也看着天美在窗口对他挥着手，水下心里有些惶惶的。汽车一忽就走得没了影。水下的心也突然一下空掉了。

水下沿着堤回家，还是蹬着他那辆破车。堤上已经没了人。堤修了一大半，已经看得到厚厚实实的规模。水下想，来年再大的水也不用他们操心了。而且地里的庄稼也不用怕洪水涝，明年他家的光景肯定会好得多了。

下了堤，临近村子，听到人声闹得厉害，水下把车蹬得飞快，近了才发现是有人娶亲。水下把车倚在一棵树上，挤上前看热闹。看时方发现娶亲的人是他的堂兄。水下叫道，五哥，你不是在南方打工吗？水下的妹子水红看到水下，忙上前搭腔。水红说，哥，你回了？妈正让我去镇上叫你回哩。水下说，五哥这是怎么回事？水红说，五哥今天刚回，带回个媳妇。五哥说他在那边结了婚才回的，可村里人不依，叫再结一遍，五哥只好又结。水下大笑。五哥忙解嘲道，莫笑了，兄弟，大家图个热闹，我也不能扫兴呀。

水下村里结亲的规矩有些丑，花轿走到村口得停下，新娘子必得从花轿上下来，由公公背进村。倘村口离新房路还远，而公公又背不动的话，家里的兄弟们就得上前帮忙。村里的年轻人正笑闹着逼水下的二伯背新娘。水下见他二伯已经被整得够呛了，胸前挂着扒灰的耙子，脸上还被画了油彩。迎亲队围着他把锣鼓敲得震天响。水下的二伯一脸尴尬，水下的另几个堂兄堂弟叫着水下，来呀，来帮一把。水下便跑了过去。水下说，二伯，做个样子，走几步，我们兄弟几个来帮你。水下的二伯拗不过众人的闹腾，只好在村里人的哄笑声中，背起了自己的儿媳妇。水下和他的几个堂兄弟在前面十来米的地方，从水下二伯背上接过新娘，抬着她进了新房。村里老人便都说，兄弟多了就是好，公公背儿媳妇都少吃好些亏。

年夜饭便是一大家子一起吃的。饭间，水下的二伯对水下的爹说，也该跟水下说门亲了。水下忙说，我不要。水下的妈打了他一巴掌说，你转年就该算十九了，把亲事定下来，心也安。水下说，我还要玩十年再说。水下的妈说，瞎讲，我想抱孙子哩。水下说，我要先谈他十个八个女朋友，才讲结婚的事，要不活一生也划不来。说得满桌人都笑。水下的二伯说，原来水下是个花肠子呀。水下说，是呀是呀，就跟我家圈里的那头花猪一样花哩。水下的话让一屋人都笑呛倒了。

晚间时，水下本欲去村头放炮仗。他的几个堂兄弟拉他去听房。水下觉得稀奇，就跟去了。新房里窸窸窣窣的声音和呢呢喃喃的讲话，引得他们在窗外掩嘴偷笑。水下想起了自己和天美在一起的光景。想起这个，水下突然心生落寞，就一个人走开了。走到村头，村里的小孩子们正在放鞭炮。炮仗一声跟着一声，不停顿地响。热闹越重，水下心里的落寞倒越深。

水下想，不晓得天美这时候怎么样了？三霸是不是跟她在一起吃年饭？三霸的那个相好也不晓得是不是老老实实回了娘家？如果她不回，天美肯跟她坐在一个屋里头过年吗？万一那女人死活不走，天美也不愿委屈自己而进三霸的屋，更或三霸根本就不让天美进门，那那那，天美会怎么样呢？水下想着心里便乱了。正乱时，耳边一声巨雷似的轰响，有孩子放了一个大炮，纸屑炸得四处散乱飞舞。水下觉得仿佛是自己的心被炸碎了，碎得也如这散乱飞舞的鞭炮纸屑。

水下跑回屋，推了他的自行车就走。水下的妈跟在后面叫着，深更半夜，又是过年，天还冷得慌，你到哪儿去？水下说，找同学玩去。水下话说完，人已经蹬车上了路。

水下顶着冷风，重新上了堤。整个堤上，只有水下一个人。水下什么也不为，就为了自己的心，拼了命地奔着。堤上风大，仿佛夹带着细细的针，几乎要把水下的耳朵给吹掉。

水下一口气跑到了镇上的收购站。里面没有灯光，一丝也没有。水下一直紧张着的身体松软了下来。看来天美在县里住下了。水下想想，又还有些放心不下，便去了镇政府。同学还在那里值班。同学见到他，奇怪得不行。同学说，我是没法子回家过年，你怎么也一个人荡在外面？水下说，我要给我叔打个电话哩。水下说了谎。同学说，打吧打吧，谁让今天是三十呢？你打一通宵我也不管。

水下拨通了三霸家的电话，电话无人接。水下不解，大年三十晚上，家里何故无人？水下问同学，你说大年三十家里没人会是什么缘故？同学笑道，死绝了呗。水下脸色一下就变了。同学发现了变化，拍着他的肩笑道，开你玩笑哩，还当真？水下想了想，决定试试收购总站里还有没有人。水下便又重新拨了一个电话。果然有人接听了。水下听出是看门人黄驼背。水下说，黄伯，我是水下。我三霸叔家里怎么没人呀？黄驼背说，老板年前几天就搬了新屋，电话还没转过去哩。水下说，我天美姨下午过来了，她找到三霸叔的新屋了吗？黄驼背说，没哩，连我们都不晓得他搬到了哪里，听说豪华得很，老板花了大几十万哩。水下急了，几乎喊了起来，那我姨呢？黄驼背说，她好可怜，大年三十，连自己的男人都找不见，也回不了家。在这里哭了好半天，现在恐怕回镇上去了。水下丢下电话，跟同学连一声谢都没讲，便跑掉了。

水下再次回到他的收购站。他打开院子的门，里面仍然黑灯瞎火。水下一路高叫着，姨，天美，美美，你在不在？

水下一直跑到天美门口，才听到里面有低低的哭声。水下的眼泪哗哗地就流了出来。水下撞开门，屋里冷冷的，火盆下午熄了火，一点热气都没有了。天美就在这清冷无比的屋里，一个人偎在床角落哭泣。水下的心已经痛得四处迸出血来。水下跑过去，爬上床，猛烈地把天美拉扯到自己的怀里。水下紧紧地搂着天美，脸上的泪和天美的泪一下子就溶在了一起。水下说，美美，莫哭啊，我来了，我陪你过年。

十三

初一一大清早，水下便陪天美进到县城。天美哭了一夜，眼睛红肿着。

人人都喜气洋洋地过年，天美却满心凄凉。天美无论如何都想不到，三霸买了新房搬进新家，却连告都不告诉她一声。三霸把她这个名正言顺的老婆又放在了哪里？一想到三霸跟他的相好带着孩子住着新房暖融融地过年，天美便觉得自己的心被刀扎成了窟窿。天美说，那妖精凭什么？她跟三霸结婚这么多年，一起创业打拼，她一直都住着旧房子。那妖精抄着两只手不做事，花枝招展地把她的男人弄到手，而且还住新屋。天下哪有这样的道理？天下的道理如果能容那妖精所为，天下还是个天下吗？天美一定要找到三霸问个清楚。天美说她过不好这个年，也不能让三霸过好了。天美说这话时咬牙切齿着。

水下劝天美不如过完年再去。因为年得自己过，自己过不好年，接下来一年的日子都轻松不得。天美说，你以为我不找到他，我就能轻松过年？你以为我跟你两个守在这里过小日子，我心里就会快活？我要是不快乐，你能快活得起来？水下默然。天美说得是，如果她不快乐的话，水下又怎能有半点的快活？

整个初一，水下和天美在别人的爆竹和欢笑中，没头苍蝇一样四处寻找三霸。天美把三霸的朋友找了个遍。对方竟都一口答说不知道。水下知道这些人一定是得了三霸的嘱托。天美一直哭着，眼泪都冰在了脸颊上。水下看了心疼，可人在外面，众人眼光很毒。水下无法去温暖天美的脸，去化掉她脸上的冰。中饭水下和天美是在餐馆里吃的。晚饭时，天美领着水下找到了三霸的表哥。三霸的那个相好，便是这个表哥老婆的亲戚。天美最恨这家的表哥表嫂。她不明白他们自己也是两口子，怎么就能怂恿别人来拆散三霸和她这两口子？将心比心，也不当这样啊。天美原不想找他们，可是走投无路，心想只有他们才会知道三霸的下落，天美只好还是上了他家的门。

三霸的表哥表嫂很热情的样子，把家里小孩子赶开，留天美和水下吃了晚饭。菜很丰盛，有鱼有肉，有鸡有鸭，有煎有炸，有煮有烧，汤汤水水，咸咸甜甜，很是齐全。过年过到这个份上，气氛也是足得很了。只是天美心里堵，吃不畅快，一边吃着一边落泪，所有的东西都带着泪水的味道。水下不忍，帮着天美说，表叔，我三霸叔搬哪儿去了，你告诉我姨吧？你看我姨难过得！三霸的表哥叹说道，天美呀，我要说我不知道三霸搬哪儿，那也是屁话。我当然是知道的。可是三霸交代过，不让跟你说，我也没办法。三霸的脾气你也晓得，你都不敢惹他，我哪敢呢？水下说，可我姨是三霸叔明媒正娶的女人，怎么能过年都不让她进家呢？世上哪有这样的理？走遍天下，都说不过去哩。三霸的表哥说，你以为这世上还讲理?！跟人说话万莫提这个理字，而今就是个不讲理的时候。要是讲理，世界会是这样子？水下没弄懂三霸表哥的话意。天美说，我只想见三霸一面，我要跟他把话说清楚。三霸的表嫂说，妹子呀，不是我劝你。现在是什么时代了？三霸跟你早就没感情了，你又何必缠着他呢？他跟这边的女人，过也过了两三年，伢也生了，他要是回头，伢和她妈又怎么办？当牺牲品呀？天美说，是她勾引了我男人，这个后果她当然得自己承担。三霸的表嫂说，妹子你这话说得好无情。要是先前，我也觉得你说得不错。可她要是承担后果，那新生的伢子不成了没爹的种？我看你也是个通情达理的人，你就让了吧。再说，三霸也不是故意不要你，这么多年，你连个伢子都生不出，你叫三霸怎么想？你若贤惠，若真替三霸想，不如就退让一步。水下有些生气。水下想这是哪门子的理，可是他刚才说了一个理字，叫三霸的表哥顶了回，他这回也不敢说了。水下只说，凡事也有个先来后到。我姨跟三霸叔成亲这么多年了，哪能就这样把自己男人让给别人？你怎么不把你男人让给别人？三霸的表嫂说，哟哟哟，水下你是晚辈，跟长辈说话小心点。三霸的表哥说，水下你这话才真叫没理。我又不喜欢外面的女人，我老婆想让也没法让，三霸是另有所爱。书上也说过，没有爱情的婚姻是死亡的婚姻。三霸的婚姻已经死了，天美还抱着这个死婚姻不放做什么？水下说不出话来，他倒觉得三霸的表哥说得在理。可是他又觉得就算在理，他们这么做也太霸道，太不把天美当人看。天美也说不出个所以然，只是鼻涕眼泪一把地哭着。天美只要求见三霸一面。天美相信，只要她见到了三霸，三霸就不会对她绝情。

三霸的表哥和表嫂叫天美哭得有些心烦了。过年不讲究哭，眼泪会给家里带来不吉。三霸的表嫂使劲地给三霸的表哥递眼色，又不停在他的衣摆上扯几扯。三霸的表哥便到屋角打了一个电话。天美和水下都听出他是给三霸打的，也听出三霸不愿意见天美。天美走过去说，让我跟三霸讲。三霸的表哥说，你别害我。说罢赶忙把电话挂断。天美怒道，你得了他什么好，这样护着他？三霸的表哥说，天美你还是先回镇上。我保证说服三霸，让他无论如何见你一面。天美说，我只要你告诉我他住在哪儿。三霸的表哥说，我说不得呀，我也为难哩。三霸的表嫂说，妹子，你这又是何必？你莫逼我们。能说的我们就会说，不能说的，你逼我们也没得用。我们做人也要讲个义字。天美抹着泪，恨恨地说，义你个屁呀！有什么说不得？说了你家就被火烧被强盗抢了不成？说了你家男人去嫖女人被奸了不成？说了你家今年一个一个地死人不成？

三霸的表嫂一听天美的话，立马就跳了起来。三霸的表嫂说，大过年的，你说什么话？你怎么这样毒？难怪三霸不要你。三霸的表哥也垮下了脸，说，年初一的，我见你可怜，留你吃顿年饭。你倒上我家来骂了，你犯贱啦？水下一看这阵势，赶紧拉了天美往外走。天美说，我从今天开始，天天咒你家三遍，非咒得你家男人在外面有淫妇，你家女人在外面有奸夫。三霸的表嫂拿起扫帚对着天美走过的地方扫秽气。天美说，你莫扫，你越扫我就越毒。我天美只要活着，一定要把你家整垮，把你的男人整成别人家的男人。你不信，天天夜里想着我的话。

三霸的表嫂哭喊着她男人，你还不上去撕烂她的嘴？你听她说些什么污话呀？水下怕天美吃亏，连拖带拉把天美弄出了门。出门又怕三霸表哥势力大，真弄些人来打他们，便又不让天美停脚，拖着天美往城关跑。一直跑到县城的灯火稀了下去，这才停步。

这已在原野上了。辽阔的地里，铺天盖地是雪。虽然无灯，天色倒也不让人觉得阴暗。四下里无人，亦无车行。人们全都猫在家过年，路上便清清冷冷。风在耳边打着哆嗦，说它是哭便是哭，说它是唱便是唱。远远地，村落里的炮仗在响，时断时续，随风而至。天美跑得累了，闷头蹲在地边，一声不作。水下不知她想什么。水下只想让她说话。不管说什么，只要说了，闷在心里头的气就会释放出来。

水下也蹲了下来。水下说，今天是初一哩。今天一天，就你离开三霸表哥家说的话最精彩，最像过年的话。水下说着，学着天美的腔调，把那番话复述了一遍。说了你家就被火烧被强盗抢了不成？说了你家男人去嫖女人被奸了不成？说了你家今年一个一个地死人不成？水下说，亏你那一刻想得出哩。你把那两个狗男女的鼻子气歪眼睛气红哩。

天美突然纵声笑了起来，笑得就势软坐在地上。水下拉她。水下说，起来，地下湿哩，莫湿了身体，闹出病来。水下拉不动天美，倒是被天美的笑声感染，自己也笑得无力，结果反被天美拖累得也坐在了地上。天美说，他们只莫惹烦我，惹烦了我什么不敢说?！我什么不敢做?！我往后再就要说了，再就要做了。我要他们晓得我是什么人！

天美的话出口很硬冷，比这晚上刮的风还要硬冷，比地下的雪还要硬冷，比小路上结成的冰碴还要硬冷。水下心里蓦地生出不祥。这不祥又带给他恐惧。水下突然就觉得天美从此不再是他的天美，天美从此将会离他而去。冷不丁地，水下一把抱住天美。抱着天美的水下在发抖，被拥在怀里的天美也在发抖。

如泣如诉的风和远远传来的炮仗声，依然如故地从他们的头顶、从他们的身边拂了过去。

十四

初八的时候，三霸开着一辆卡车来了。三霸敲门时，水下与天美正缠绵着。听到三霸在外面叫喊，两人魂都吓掉了。水下忙忙地顾不得穿衣，抓起自己所有的衣物，光着身，穿过院子，匆匆跑进小杂屋。手忙脚乱中，衣服穿得颠三倒四。水下和天美交往这么久，从来还没有被人撞上过。

三霸就一直在院子外面叫门。天美出来打开门，未及讲话，三霸便说，这么久才开门，有野男人了吧? 天美说，除了你这个野男人，我还有哪个? 三霸的眼睛扫着院子。天美说，外面冷，进屋说话吧。便推着三霸进了屋。

三霸一进屋，天美便把他推到床上。三霸的相好生孩子坐月子，一养几个月，没让三霸近过身，三霸也有些架不住。见天美贴着身子来亲热，便也忘了对县里相好再三再四的承诺。三霸想，我是个男人呀，是男人就天生会犯男人当犯的错，我又没那么坚强哩。

三霸想过，便三下两下脱了自己的衣服，又三下两下扒去了天美的衣服。脱时想起两人新婚里的甜蜜时光，又想到自己这次所来为何，心里便也有些酸酸的。

两人一躺就是好几个小时，做了事也说了话。闷在小杂屋里的水下毛焦火辣。水下从窗口看去，那边静静的，很诡谲很神秘。水下耐不住，悄然摸到窗下，贴着耳朵听里面的声气。水下听出他们在床上，床吱吱的声音是他所熟悉的。

水下心里的火烧了起来，水下的拳头也握了起来，水下好想喊叫出来，三霸你这个王八蛋，你在县里有了女人，为什么还来霸占我的女人？水下喊不出。转身回到自己冰冷冷的小杂屋里，把脑袋埋在枕头上。枕上的水下越想越委屈，越想越觉得心里不是滋味。吱吱的床响折磨得他好厉害。水下的枕头很快就湿了。

三霸走的时候，天色已昏。水下一直躲在小杂屋里没出去。水下不知道天美和三霸会谈些什么。但是谈什么都不重要了。重要的是，无论三霸对天美怎么狠，也无论水下对天美怎么好，只要三霸一出现，天美眼里就根本没有他水下，这是水下最痛苦的事。

天美进到小杂屋时，水下正被自己内心的痛苦折磨着。天美坐在了他的床边。水下没有起身。天美一伸手，摸到他的枕头，手上满是湿感。天美说，哭了？为我跟三霸上床？水下没作声。天美笑道，真是个小男人，动不动就流些猫尿。水下说，三霸是大男人，大男人又能做出什么了不得的事？天美说，大男人不会动不动就跟女人一样哭呀。水下哽咽道，我从来就不爱哭的，要哭也只为你，你是我的女人，我不想你跟他。天美说，好了好了，再忍忍吧，要不了多久了。水下说，什么意思？天美说，你未必不晓得三霸今天来是专门来跟我谈离婚的。水下忽地坐了起来。水下说，你答应了？天美说，我觉得这样跟他，也没什么意思。水下说，那他的财产呢？你不要了？天美冷声一笑道，想要也要不到呀。既然命不好，就按不好的命来过。人生就这么回事，谁能有办法改变它呢？

水下一扫心里的阴暗，跳下床来，抱着天美打了一个转。水下说，太好了。你跟他离，离了就跟我结婚。天美叫着，挣扎着，两脚落下地，扯着自己的衣服说，你结婚年龄都没到，结什么结呀？水下说，那你等我。我们先这样过着，等我满年龄，好不好？求求你，好不好？天美说，再说吧。不过，我要告诉你，元宵过后，三霸要在这里住十天。

水下大惊。水下不明白既然离婚，为什么又要住到一起来？水下说，为什么？不是离婚吗？天美说，这是我的离婚条件。水下说，怎么提这条件？天美说，我跟他夫妻一场，也是一种缘分。最后在一起过十天夫妻日子，大家好说好散，就当做个纪念。完了就去签字离婚。水下说，三霸同意了？天美说，他先不同意，后来说如果他来住十天，我就得放弃全部家财。水下说，这怎么行？天美说，我同意了。我用我应该得的家财，换他在这里住十天。水下说，你怎么能这样呢？你你你……这这这……我怎么办？

天美淡然一笑，她伸手抚了抚水下变得煞白的面孔，心口有点痛。但嘴上还是说，不就十天吗？你还照样干你的活，做你的饭，炒你的菜，夜里自己住在这里，跟往常没两样呀。水下说，不行，我得请假回去。我看不得你们两个亲热。今天这一回，我都恨不得撞墙了。天美说，你哪能回去？你一走就反常了，三霸立马就会怀疑我两个之间有事。水下叫了起来。水下说，美美，美美，你这不是想要我死吗？天美的脸上收回了笑容，她凝望着水下，眼睛一眨不眨。好半天，方说，我怎么会想要你死呢？我还要跟你好好过后面的日子哩，我想让他死还差不多。水下心里原本因三霸的即将到来，阴冷到了极点，黑暗得有些绝望。现在仿佛被拨了一下，突然就暖和了过来，心也瞬间透亮。

元宵一过，三霸如约前来。三霸做事倒是一把好手。他一来，左邻一声喊，右舍一声叫。不时步到院外，跟路边人套近乎，哈哈打得震天响。生意似乎一下就旺了许多。院子里的人声也嘈杂了，笑语也高了。往来的小拖和板车，一停就老远。水下过磅、记账忙得团团转，做饭的事就交给了天美。

只是到了晚上，人声消失，院子里只剩下他们三个人。一吃过饭，水下把碗洗净，把厨房收拾好，天美便说，水下，累了一天，你也早些歇吧。水下便只能回到自己的小杂屋里。水下倚在这边的窗，看着那边的窗，一直看到灯关掉，院子里静谧无声。天寒地冻，人声与笑语都被封在各家的窗内。外边便比往日什么时候都静，静得风穿过了树杈还是没有穿过都听得出来，静得树叶落下与地面相碰的那一刹都听得出来，静得鸟睡着了梦里的呼吸都听得出来。但是在水下的耳里，所有自然的声音风的声音树的声音鸟的声音，都变成了一种，那就是天美屋里床架的吱吱声。水下被这声音折磨得彻夜不能入睡。三天下来，水下的脸都灰掉了，人也摇摇晃晃的，一副撑不起骨架的样子。三霸白天见了他如此没精打采，绕着他走了一个圈。走完，三霸说，水下，你是不是吸毒？水下没作声，似是默认。水下想起自己以前跟天美说过的话，水下说天美就是他的毒品。三霸说，你小小年龄，正道不说走这邪路做什么？那玩意一沾上，你还有什么活路？水下说，我也没办法呀，我也不想这样呀。水下的声音带着深深的绝望，就仿佛他真是吸毒真是病入膏肓了。三霸便连连地摇着头叹息着。三霸说，这个人废了，这个人没有多久的活头了，我看人一向看得有准头的。水下盯着三霸，心道，还不知道谁先废哩，还不知道谁没有多久活头哩，你怎么不替自己看看?

三霸住过来第五天的时候，水下开着小拖送废品去县里。走前，水下在小杂屋里换衣服。天美走了进来，一头钻进他的怀里，一言不发。水下抱着天美，激动得难以自制，但水下即刻就得出发。

出门时，天美送水下到院门口。天美望着他，眼波流转。水下看到那里流露出的万般的依恋。水下轻声说，美美，等我晚上回来。

到县里后，卸下货，水下跟看门的黄驼背聊天。黄驼背问水下，老板不是要离婚吗? 怎么又回心转意，住到老板娘那边去了? 水下说，不晓得。黄驼背又说，老板的家财起码上了百万，叫老板娘盯紧了。水下说，天美姨隔这么远，怎么管? 黄驼背说，回去告诉老板娘，如果老板要提离婚，起码找他要五十万。水下说，老板一分钱也不会给的。黄驼背说，那怎么行? 卖了上十年的命，弄得人财两空，做人哪能做这么蠢? 看人家那小妖精，天天涂脂抹粉，吃香喝辣，屁事不干，得了人还落下了财。回去跟老板娘说，万不可以这样。水下说，三霸叔有几厉害，你又不是不晓得? 黄驼背便叹道，是呀，老板娘连那个小妖精都斗不过，当然也是斗不过老板的。水下说，斗不过? 这世上哪个斗不过哪个? 只看想不想斗。黄驼背笑道，到底年幼轻狂，不醒世，弱人当然斗不过强梁，几千年都是这么过来的。水下说，斗他不过，找个由头杀了他，不就斗过了? 黄驼背说，那也没有赢呀! 死一个，那个还不得毙? 水下说，比方有旁人帮我姨杀掉三霸叔，我姨不就赢了? 黄驼背又笑，说，这世上哪有这么蠢的旁人? 不关自己的事，为让别人赢，丢自己的命? 水下说，说不定就有哩。黄驼背说，莫说蠢话，人都是为自己活为自己死，不是为别人活为别人死。为别人活为别人死的人，一百年前没生出来，一百年后也没生出来。水下说，十八年前就生出来了，是你没看到哩。黄驼背说，越说越是疯话了。小孩子，什么都不懂，天快黑了，快回吧。黄驼背说着开始赶水下。水下边往外走边笑着说，说不定你还认得那个人哩。

水下发动起小拖，刚要上路。黄驼背追出来。黄驼背说，水下，慢点，有你的电话。水下熄了火，跳下小拖。水下说，有我的电话? 哪个打来的? 黄驼背说，好像是老板娘。水下听罢忙不迭地跑进屋。水下抓起电话说，喂，我是水下。对方说话了，果然是天美的声音。水下心里好高兴。天美先问他累不累，又问他几时回。水下说，正准备回。听到有电话，又跑回来接电话了。天美说，好险，差点错过了。水下见黄驼背一边站着听，便说，姨你有什么事？天美说，我在我娘家弟弟这里，一时回不去。三霸下午喝了不少酒，醉了，躺在屋里，死活不醒。你回去后照顾他一下。水下说，好的。天美又说，这几天我也被他折磨狠了，我今晚上都不想回来，我看见床都怕。水下，这几天，你也不舒坦吧？水下没作声。天美说，我恨死他了，我好想他死。算了，不说了，反正过几天就跟他离了。离过后，我就是一个既没钱也没色的女人了，想想心里也觉得好惨。小下子，往后我要不开心，你也莫嫌我啊。水下唔了一声。水下说，我晓得了，我挂了，我这就回去。天美说，你莫担心我，黑了我会叫我弟送我回来。水下说，我挂了。天美说，小下子，你要小心啊。

水下挂了电话，站着呆想了一会。黄驼背说，老板娘跟你说半天什么？水下说，她说她回娘家了，三霸叔喝醉了，在屋里睡觉。她要我照顾一下三霸叔。黄驼背说，那就快回吧。唉，多好的女人，被男人甩了，还一心挂着他照顾他，老板也真是没良心呀，这种人死一百回也该。

太阳光弱弱的，在寒冷的风中毫无光彩。还没有落下，四下里便已呈昏色。雪在慢慢地化着，路上泥浆满地。水下的小拖在泥泞的路上突突地狂奔。稀泥飞溅而起，路上有几个挑空担返家的人，一边避让，一边破口骂着，颠得这么快，赶着去死呀？

水下全然不理路边的一切，小拖颠簸得好疯。水下觉得自己的心比小拖颠簸得更加疯狂。路边的树从水下的耳边闪过了，树下的田野从水下的耳边闪过了，田野外的村庄从水下的耳边闪过了，村庄边的水塘从水下的耳边闪过了，水塘对面的果园从水下的耳边闪过了，果园后面的大堤从水下耳边闪过了。这一切，水下根本都不用眼看，它们全在他的心里。他闻着气味就知道自己走到了哪里，他触着风就知道自己走到了哪里，他听到路边人的说话就知道自己走到了哪里，他感觉着座下的颠簸就知道自己走到了哪里。

大堤上好安静。年过完了，筑堤的人还没来开工。覆满堤坡的雪一点也没有化，白白净净的，连个脚印都没有。天还没黑尽，延伸得那么长的大堤，竟是一个人也不见。水下想起夏天他在这里守堤时的场面。想起他们成天神经紧张地看着水位上涨，然后不分昼夜地拼命把这堤加高加固。灯光把堤上堤下照得雪亮，蚊虫在灯光下执着而热烈地飞舞，堤边的水浪声有节奏地拍打着他们偶尔的梦，不时地有哨音响起，哨声尖锐，让人心头一荡一荡的。这是水下经历过的最热火朝天的场景。人生有了这样的场景，就好像小说里有了很曲折的故事，电影里有了很丰富的画面，歌曲里有了很跳荡的声音。水下喜欢这样的曲折、丰富和跳荡。人活着，不在于时间的长短，而在于你是怎么活过的，而在于你活着时做过什么，而在于你做过的事情对自己和对自己所爱的人有没有意义。然而此刻的大堤，干巴巴冷清清，一派的索然无趣。如果人一生像这样干巴巴冷清清，活一辈子跟活一天一样，便也如大堤这一刻一样无趣了。既然无趣，活也白活。

水下终于看到了自己收购站的大门。门口的那盏灯没亮。水下知道，那是没有人开过的缘故。里面的人正醉着。醉着的人一醉便不知生死，不知道迫近自己的是快乐还是危险，不知道自己曾经做过什么和将做什么，不知道自己的昨天、今天和明天有什么样的不同，不知道自己有时候伤害了一个人就等于伤害了全世界，不知道自己抛弃一个人却不小心把自己也抛弃了，不知道自己胜利在望时杀身之祸却提前一步来临，不知道自己在把所有的好处都捞在自己手上时却忽略了命，不知道命没了所有的一切也就都没了。

但水下却清醒着。醉人不知道的一切，水下都知道。

水下进门时，并没有轻手轻脚。水下像往常一样，把小拖开进院里。轰轰的声音足可以把任何一个没有醉着只是睡着的人吵醒。水下歇好小拖，回到小杂屋，换了鞋子。鞋上都是泥，走在哪儿都是脚印。水下不想让自己的脚印到处留下。然后水下从水瓶里给自己倒了一杯热水。天冷，水瓶的质量差，水是温的。温的更好，水下咕嘟咕嘟几口就喝干了。水下用衣袖抹了一下嘴，然后重新走到了院里。

这时的天已经黑了，天美的屋里也黑着灯。水下在院子里站了片刻，然后朝天美屋里走去。水下推开天美屋子的门，叫了一声，三霸叔。

没人应声，却有轻轻的鼾声传来。水下打开了灯，屋里立即通亮。水下走到床边，三霸正睡在被窝里，咧着嘴，一副丑陋不堪的样子。水下掀开他的被子，发现他竟是一丝不挂。三霸的身子这些年发福得厉害，站起来肉挂在身上，睡下去肉便垮在床上。水下看着，便觉恶心。想到三霸用这样的身体天天折磨天美，水下一口恶气立即堵上心头。水下转身走到院里，他四下看了看，便看到了一截三角铁。这是早上刚送来的。水下拿着那截三角铁，折回天美的屋里。

水下这回径直走到床边，连想都没有想，掀开被子，举起三角铁便朝三霸的头上砸去。只一下，血便溅了出来。三霸哼了一声，想要动。水下便接连地砸着，一直砸得三霸没有一点动静，水下才停下了手。水下伸手在三霸的鼻息上试了一试。水下能觉出三霸没气了。水下方将被子重新给他拉上，然后重新回到院子。

院里的水下站在淡淡的月光中。从他走进天美的屋里到他出来，只不过五分钟时间。一切都没有变，风还刮着，云还游走着，树仍然沐浴着月光，在云下，在风里，在月色笼罩中，浅唱低吟。只是一个醉了的人在这五分钟里变成了一个死去的人，只是这五分钟已然改变了许多人的命运。

披满月光的水下满身溅着血迹，他手上拎着的那截三角铁也全是血。水下想要扔掉，忽又觉得不妥。便进到厨房，打开水管，将三角铁冲洗得干干净净，同时也将自己的手清洗得干干净净。水下把那截三角铁还是丢在了原处，然后打开院门。开院门时，他发现门上的那盏灯还没有开，又伸手打开了它。水下想，天美回来，有这盏灯照着，心里就会踏实。

水下推着他那辆自行车，独自走出。

少年水下的自行车依然丁零哐啷地响着。水下急速地踩着踏板，朝着大堤飞速骑去。水下想，这世上的事，该来的迟早会来，该去的迟早会去。事情就这么简单，人生也就这么简单。

十五

天美到家时，几近10点。天美的弟弟天富骑自行车送她回的。远远地，天美看到大门的灯，心里惊悚了一下。走到门口，天富要回转。天富说，不早了，我还得赶回哩。天美说，反正骑车，晚一点有什么关系？走都走到这里了，家里去喝口水吧，也好跟你姐夫打个招呼。天富一想，姐夫在这里，不去说一声也不好。便应了声，跟着天美进了屋。

天美打开屋里的灯，亮着嗓子叫道，三霸，三霸，酒醒了没有？天富来了。天富说，姐夫睡了？天美说，喝多了，不过这时候也该醒了。天美说着，走到床边。床边弥漫着浓浓的气味。天富说，什么味道？天美闻出那是一股血腥气。天美的心嗵嗵嗵跳得厉害，两脚也浮浮的，撑不住身子。天美心知家里有事发生了。但这时候她必须坚持住，她不能软倒在地，她如果一软下来，说不定从此就再也起不来了。天美伸出她僵硬的手，轻轻掀开盖在三霸身上的被子，嘴里说你睡死啦。话音落下，却看到满头满脸都是血的三霸正瞪着眼睛望着她。天美手一松，惨叫一声，仰身倒在地上。

天富忙道，姐，怎么啦？天富说话间便看到了床上的血。天富浑身筛糠一样抖，他小心地拉了一下三霸的被子。三霸的眼睛睁着，嘴里还哼了一声，血已经凝固在他大半的脸上。天富顿时魂飞魄散，拔起腿便往外奔。一边奔一边狂喊，来人啦！杀人啦！

天富的声音在这个寒冷的夜晚，生冷尖硬，一下子便穿透夜空，传遍全镇。

县局警察赶来时，已是半夜 2 点。天美和天富早把三霸送到了医院。天美发现三霸还有气，便赶紧让天富开着小拖拉三霸到镇上医院急救。三霸在医院里一直没醒，只是喉咙里咕噜了几下。在县局警察从收购站赶到这边时，他在十分钟前死了。

天美没有号啕大哭。天美也没有去看三霸最后一眼。天美只是静坐在医院走廊的椅子上。她脸色木然，眼泪无声地流着，一滴滴，都落在了胸前。

一个警察走过来，对天美说，请过来一下，我们想要问你一点情况。天美站了起来。天美知道他们要问些什么。天美机械地跟着他走进一个房间。

房间里还坐着另几个警察。其中一个说，我们已经去过了现场。现在还想了解一下情况。刚才你弟弟已经说了，他说你什么都不知道，你整个下午都在娘家，是他送你回家的。不过我们还是要问问你。天美没作声，只是落泪。警察说，你晓不晓得谁跟你丈夫有仇？平常还有谁跟你们住在一起？他叫什么？跟你是什么关系？

警察问话像鞭子，一鞭就抽在筋骨上。天美浑身都麻了。天美明白什么都包不住的。就像纸包不住火、布包不住风、棉被包不住血水一样，就算皇帝的密诏放在铁盒子里，加上锁，藏在光明正大的匾后，也会让人发现。天美说，等我办完丧事，我什么都告诉你。警察有些诧异，说，你知道怎么回事？知道是谁杀的？天美说，我想我应该知道。等我办完他的丧事，我会把所有的事都告诉你们。警察说，这是命案，我们不能等。天美说，那你们就自己查好了，我现在没心思说。另一个警察说，有一个叫水下的男孩子，跟你打工，一直住在你们院子里，是不是他？天美没作声。警察说，你不作声，就是默认了？天美说，我不知道是不是他，这事我有责任。一个当官模样的警察跟另两人低语了几句。那两人要朝外走。天美说，你们是不是要去抓他？警察说，我们抓谁和不抓谁都不是你管得着的。天美叫了起来。她有些声嘶力竭，我办完丧事，都告诉你们还不成吗?！警察说，你告诉不告诉我们，我们都能抓到凶手。可是，对你来说，就关系大啦，包庇罪也是要坐牢的。天美说，不关我的事，只不过……只不过……警察说，只不过什么？天美的声音从大到小，慢慢像蚊子一样嗡嗡着。天美说，只不过我也有责任。警察说，大点声音。天美把声音放大了。天美想，已经到了这一步，还有什么可犹豫？还有什么回头路可走？还有什么狠心不敢下？还有什么东西舍弃不掉？天美大声说，只不过我也有些责任。

警察夜半扑进了水下的村子。水下正在家里睡觉。在这样的一个夜晚，水下竟然也睡着了。警察没有敲门，翻墙而入，闯进屋里，把水下的爹妈都吓傻了。警察说，水下在哪？水下的爹说，睡了哩。怎么不敲门？警察说，哪间屋？水下的爹便用手指了指。警察没等他反应过来，就已经冲了进去。

水下尚在梦里。水下梦见自己踩着血水；梦见三霸一个无头的身体；梦见天美一身白衣裙，发上缀着金钗；梦见美艳无比的天美对着他微笑；梦见自己西装革履，像电视里的人一样，很英俊地与天美一起拍结婚照，镁光灯嚓嚓地响着，然后……

然后水下觉得照相的架子倒了，压在他的身上。很重很重，压得他喘不上气。水下担心天美被压着，便叫着，美美！美美！水下突然就醒了过来。压在他身上的是两个警察。水下知道，他的梦彻底结束了。

天还黑得厉害，离天亮还远着。水下就在黑地里，在他爹妈呼天抢地的哭叫中，走出了他生活过十八年的村庄。这一走，便是永远。

这是一个重大的命案，也是一个简单的命案。警察几乎没费力，就破了案。现场所有的一切，都说明是水下干的。天美也说大概是他。水下自己更是毫不犹豫地承认了一切。一点侦破的起伏波澜、迂回曲折都没有，倒叫警察们觉得这个案子的无趣。凶手水下关在了看守所里，等待宣判。

冬天的看守所里，寒意逼人。水下却没有觉得冷，水下内心里自存神圣，这神圣是火，将他通体都烧得热烘烘的。从看守所的窗口能看到外面苍白的天空。水下常常仰着头。没有飞鸟掠过，也不见云彩流动，更没有树叶飘零，天空果然就是空空的，空寂得仿佛世界消失。

水下很清楚自己等待的结果是什么，但水下毫无悔意。水下觉得他的人生只能是这样的一个结局，这个结局虽然不是那么完美，但也不错。因为水下的这个结局是为了天美，因为天美从此摆脱三霸的折磨，因为天美有了财产可以过上等人的日子。水下觉得自己活过的十八年中，前十七年都只是给他的命垫个底，只有这最后的半年才活得有意义，有天美才有他的人生。这大半年足以抵了许多人的一辈子。所以当一个警察听完他的杀人动机后，敲着桌子，用一种痛心疾首的声音说，你值不值啊？你这样为她！水下对他微微一笑。水下说，你不懂。

水下一直关到了初夏。水下最痛苦的事是他再也见不着天美了。而且从那天天美站在院子门口，柔情万般地送他走后，水下就再也没有见着她。一种刻骨的思念使水下备受折磨。水下的耳边永远都留着天美的最后一句话。天美说，小下子，你要小心啊。每每想到这个，望着窗外的水下，就会情不自禁地满脸是泪。水下给天美写了一封信。水下请警察无论如何都要转给天美。水下的信只有这一行字：美美，我死后，你要再找个好人。不准他欺负你，要不我还会从阴间出来杀了他。

天美看到信的时候，夏季未完，天正下着大雨。新堤牢牢靠靠地守在江岸。没有人去上堤。堤上很安静，只有雨水拍打堤坡的声音。水文站的人一天几次地查看着水位。朱站长几次都对顶替水下的人叹说，这个水下，是鬼魂附体了。说多了，让水文站的人都心生恐怖。

天美在春天里就搬进了县城，她住在三霸新买的房子里，四房两厅，天顶上吊着彩灯，窗帘是纱的，厕所里有浴缸。天美第一次看到浴缸时，首先就想到，如果水下在这里，他们两个一定会一起在这个浴缸里洗澡。因为这个念头，天美伤感了一天。

天美让她的弟弟天富管理着镇上的收购站，又让她的二姐天香搬来和她住在一起，替她管家。天美很能干，也很会做生意。县里收购总站的生意依然十分兴旺。

天美拿着信站在明亮的灯光下。外面的雨依然哗哗地下着，信上的字歪歪倒倒着，一笔一画，都像水下随意地站在那里。恍然间天美看到一个少年骑着一辆破自行车，猛然地刹在她的面前，他身上的红色背心已然湿透，他脸上的红光透过汗水放射了出来，他微笑时，嘴角向上挑着，满脸的稚气和纯真。天美的眼泪流了出来，湿透了手上的信纸。

透过泪光，天美还是能看到自己未来的日子，那是她梦想了多年的日子，那些日子曾经在天美的心中被勾画得何等美好，美好得能把所有的屈辱所有的痛苦所有的血光都遮盖住。没有人会看到它背后的一切。

只是天美不知道那里面还有没有她想要的幸福，还有没有像水下一样纯真热烈的爱情，还有没有人会用一种温暖而洁净的声音叫她一声美美。

这是天美最后一次为水下哭泣。水下已经结束了旧的水下，天美也结束了旧的天美。

几年后的一个夜晚，天美孤独地躺在床上。往事像现在的寂寞一样，窣窣地朝她身上的每一个汗毛孔里深钻。天美好想闻到水下的鼻息，好想听到他说话的声音，好想看到他青春的面容，好想被他有力的胳膊环绕。天美凝望垂着吊灯的天花板，心想，其实从头到尾，水下都没有对她说过一个爱字哩。

2003年写于武汉

有爱无爱都铭心刻骨

一

一只鸟从头上飞过。瑶琴看鸟时，突然看到一团白色从阳光里落下来，正好落在新容刚做过的头发上。瑶琴呀了一声，这声音像一根刺，把绷得紧紧的会场扎了一下。会场有一点骚动，像是鼓胀着的气球在放气。瑶琴吓得赶紧捂住了嘴。正在台上念名字的厂长停顿了一下，眼光落在瑶琴身上，然后他读出了瑶琴的名字。瑶琴呆了。好多人都回头看瑶琴。瑶琴无论如何也没有想到这次的下岗会轮到她的头上。

瑶琴觉得自己长得标致，厂里领导每回见到她都朝她笑。和她一起的新容总会在她的胳膊上揪一把说，看看看，领导又冲你笑了。瑶琴也觉得领导正是冲她笑的。美丽的脸谁都愿意看，瑶琴想，她这张脸在领导眼里可不就是一道风景？所以她觉得自己肯定不会下岗，她一点思想准备也没有做。可是这天宣布下岗，她偏偏听到了自己的名字。非但她，全厂人都听到了她的名字。瑶琴一时间觉得自己的身体被根大木棒打缩了，又被一把利刀劈开了，人倒了下去，地上正好又满是尖刺。一种说不出来的痛把她包围了起来。

早就做好了下岗准备的新容却没有下岗。瑶琴不禁回头看新容，新容因为兴奋，脸上红扑扑的。原来觉得她一点也不好看的瑶琴突然觉得她漂亮起来。于是她明白了自己下岗的原因：新容现在是风景了，而她这道风景已经老旧。原以为领导是冲她笑的，其实他们的笑容是为了新容。瑶琴悲哀了起来，同时心里有了些愤怒。以往她是颇喜欢厂里那几个领导的，现在，这种喜欢全都成了仇恨。瑶琴想，你们年年看我，把我看老了，就像扔抹布一样把我扔了？

瑶琴回到家里，忍不住呜呜地大哭了一场，哭得连晚饭都没有吃。她不知道自己怎么办才好。屋里很安静，没有别的人，哭得再凶也只有自己听。电话铃响了，瑶琴抹着眼泪接听电话。线那头的人没说话，就先哭了起来。瑶琴听出是新容。瑶琴心想，你有什么好哭的？新容仿佛听到了瑶琴心里想的话，便哽咽着说，瑶琴，你一定会说我有什么好哭的，可是……我就是想哭。我没办法，我以为是我下岗的。我也没有去找人……我已经想好了自己下岗算了的……瑶琴没听完，就把电话挂了。挂完电话，瑶琴不哭了，她想，新容现在一定哭得更厉害了。瑶琴有点想把电话再拨回去。她手抬了抬，最后还是放了下来。

屋里依然很静，静得似乎能听到空气的蠕动。如水的月光落在窗台上。瑶琴呆坐了一会，便找出了杨景国的照片。她上个月才把杨景国的照片全部收藏起来。因为上个月她让杨景国的照片陪她过三十八岁生日。她对着照片独自饮酒，饮着饮着，就落了泪。泪眼蒙眬中，突然觉得照片里的杨景国死死地盯着她，凶凶的，一副对她很不满意的样子。这是杨景国从来没有过的表情，她很惶恐，不知道自己做错了什么。晚上，她搂着杨景国的照片睡觉，杨景国便从一片水雾里走出来。杨景国站在河的那一边对她说，他在那边很不快乐，不快乐的原因就是他答应过让瑶琴一辈子生活得幸福，可是他没有做到。他在那边的衣服一直都是湿漉漉的，从来都没有机会干过。瑶琴的眼泪已经流了十年，每一滴都落在了他的身上。他请瑶琴让他能够穿一件干爽的衣服。瑶琴听着杨景国的话，又哭了起来。瑶琴哭时，果然看到雨点在河那边直直地落在杨景国的头上。杨景国的衣服已经潮湿得紧贴在了身上。杨景国说，你看你看，你笑笑好不好？给我一点阳光。然后他就往回走。他走时，雨滴也跟着他。瑶琴呆了，然后她就醒了。醒后看到杨景国的照片上满是水渍。从这天起，瑶琴便收起了杨景国的所有照片，她想她得让杨景国穿一身干爽的衣服，她得给杨景国一些阳光，她得快乐。

可是，现在她却下岗了。下岗意味着什么？意味着她从此没有了收入，意味着她被她工作了二十多年的集体遗弃了，意味着工厂不要她了，意味着她从此是一个没有用处的人了。瑶琴想想就窝心，眼泪又忍不住一串一串地往下掉。瑶琴一边抹泪一边对杨景国说，对不起，又让你的衣服湿了，对不起，我马上就揩干。

杨景国与瑶琴的爱情故事，在他们工作的机械厂里像是一个很著名的传说。每一个新到厂里来的人，总能在第一时间里听到这个故事。故事多是这样的开头：十几年前……

十几年前，杨景国刚从大学分来第一天，他端着碗去食堂吃饭。因为不识路，便随意地找人询问，恰巧就问到了瑶琴头上。当然也可能是瑶琴漂亮醒目的缘故。瑶琴那时候有一个男朋友叫张三勇。张三勇最怕的事情就是漂亮的瑶琴被别的男人勾跑掉。突然见瑶琴在跟一个戴眼镜的斯文男人说话，气不打一处来，问也没问一声，上去就给了杨景国一拳。可怜杨景国来厂里后还没有认识一个人，就先认识了一个拳。杨景国的眼角当时就青了，碎掉的玻璃片几乎弄瞎了一只眼，眼镜无疑也废掉了。瑶琴气得要死，立刻就跟张三勇吵了一架。然后出于责任，她再三向杨景国道歉，带着他去了医院不说，还赔了他一副眼镜。以后每回见了杨景国，瑶琴总还有负疚感。杨景国是技术员，常下车间，瑶琴一见他来，就上前替他帮忙。结果这一来二去的，瑶琴就跟杨景国好了。厂里人笑死张三勇，说他一个醋拳把女朋友打进了别人怀中。

杨景国家在乡下，父母日出夜回，从来也没怎么管过他。他觉得自己是跟着自家屋里的门槛一起长大的，是跟着村边的一棵树一起长大的，是跟着村头老独户陈老倌养的一头牛一起长大的。后来他读了大学，因为穷，加上自卑，从来也不敢跟女孩子交往。他的日子过得粗粗糙糙。他总觉得无论他死了还是活着，全世界都没有一个人介意。他来来去去总是很孤单。结果张三勇的一个拳头使他获得瑶琴的格外关照。这关照并不多，但一下子就彻底温暖了他的心，于是他爱上了瑶琴。像杨景国这样从来没有爱过的人，一爱起来就不可收拾，直恨不得瑶琴就长在他的眼珠里。张三勇为此又给过他几拳，眼镜碎了好几个，但这些都阻挡不了杨景国从内心深处迸发出来的爱情。瑶琴跟张三勇本来只不过因为在一个小组做事，日子处长了，便走到了一起。两人过去都没谈过恋爱，也不知道爱情是什么，以为就是年龄相当，容貌上过得去，然后去街道扯个证，弄个房间一起过日子，这就算是爱情一场了。可是杨景国的出现，突然就让瑶琴的心里生出另一种渴望，她不知道那是一种什么渴望。她只知道每当杨景国专注而痴呆地凝望她时，她就会特别激动，就心跳得不能自制，就想倒在杨景国的怀里向他倾诉什么。有一天，她跟张三勇吵了架，她决定跟他分手了。这天晚上还下着雨，杨景国来找她。杨景国在她家门口等了好几个小时，浑身淋得湿湿的，瑶琴怀着委屈跑回家，突然就看到了落汤鸡似的杨景国，瑶琴的心一下子就激荡开了。俩人没有说话就先拥在了一起。瑶琴想哭，可她料不到的是，她还没来得及哭，杨景国倒先哭了起来。两人哭了许久，便觉得从此他们再也不想分开。面对这样顽强的爱情，张三勇也没有办法，只好悻悻退出。

瑶琴跟杨景国的恋爱是一场真正的恋爱，是好多女人都向往的那种恋爱。他们每天都约会，傍晚就牵着手去江边闲逛，一直逛到夜深才回家。中午则不顾大家的观望，同坐在食堂的长凳上吃饭，像电视剧里的男女主角一样，把自己碗里的饭菜喂进对方嘴里。瑶琴不吃肥肉，杨景国就把所有的肥肉咬下来自己吃，而把所有的瘦肉都给瑶琴；瑶琴喜欢吃青菜叶不喜欢吃青菜梗，杨景国就会把所有的青菜叶都拨给瑶琴，而把瑶琴碗里的菜梗全挑到他的碗里。每次吃饭时，杨景国都忙忙碌碌地做着这些。有几次瑶琴看着他这么执着地做这种碎事，眼泪只想往外淌。瑶琴想，跟着这样的男人，她这一生有多么幸福呀，怎么这么好的运气叫她给碰上了？这么想过后，瑶琴对杨景国就更加温柔体贴。过年了，杨景国往常总是回老家看父母，有了瑶琴后，他连老家也不想回。瑶琴过意不去，催他回家，可是杨景国却说他舍不得离开瑶琴，说他一天见不到瑶琴心里就慌，就不知道怎么办才好，就觉得天地都是灰的。一番话说得瑶琴泪水涟涟，也就没有让他回家。瑶琴把杨景国的话转述给班组的姊妹们听时，大家也都泪水涟涟起来，都说如果能有一个人对自己说出这样的话来，真是死也值了。只有张三勇说，这样的话也是一个男人说的吗？瑶琴没理张三勇，倒是班组的姊妹们群起而攻张三勇，说，为什么男人就不能说这样的话？说这样的话令女人感到幸福，为什么就说不得？说出这样的话难道就丢了男人的身份吗？

有杨景国和没杨景国的人生真是太不一样了。瑶琴跟杨景国恋爱的那几年，越长越漂亮，厂里人都惊说，想不到最养女人容颜的东西竟是男人的爱情。在厂里，杨景国没有因为技术好水平高以及搞什么革新而出名，倒是因为他一往情深地成天要黏着瑶琴而名声大振，全厂人差不多都认识他。有一回厂里工会组织五一节晚会，主持人为了搞笑，出了个小测验，要女工们选出厂里最受人欢迎的男人。没等他说完话，女工们就在台下一起喊了起来，杨景国——厂里的副书记是个女的，她也跟着喊杨景国的名字。让全厂的男人大跌眼镜。跌完后纷然骂杨景国，说他搞坏了厂里的风气，破坏了厂里许多家庭的安定团结。瑶琴曾问杨景国介不介意男人们的笑骂，杨景国笑了笑，只说他们不懂，会爱女人是一种幸福。

杨景国一直想早点结婚，可是房子排队一时还轮不着他们，所以他们就一直恋爱。曾经在杨景国的集体宿舍里，趁同舍的人去看球赛，两人偷吃过几次禁果。有一次瑶琴没注意，怀了孕。杨景国悄悄带她到乡下去做了一次人工流产。那次以后，杨景国便尽可能克制自己。杨景国说，琴儿琴儿，我不能再伤你了，我只想要快点结婚。三年八个月的恋爱过去了，他们终于分到了房子。那天下班后，他们去看房子。这是个春天的黄昏，还下着小雨。瑶琴打着伞坐在杨景国的自行车后。一辆卡车疯一样冲过来，瑶琴没有看到。她只听到杨景国急叫了一声，琴儿快跳呀！瑶琴不知什么事，嗵地就跳下车来。她还没站稳，就见汽车从自己身边擦过。杨景国和自行车都被撞到了路边。同时被撞倒的还有另一个女人。杨景国的头磕在路边的一块石头上，鲜血满面。他溅在地上的血跟那个女人的混在了一起。瑶琴尖叫着跑过去，她哭着抱起了杨景国。瑶琴的哭声撕心裂肺。杨景国睁开眼睛笑了笑，对瑶琴说，你别哭啊你笑笑。瑶琴呜咽着勉强咧了咧嘴。杨景国说，那我就放心了，然后就再也没有说话。这是杨景国留给瑶琴的最后的声音。瑶琴痛不欲生，几次都想跑到那块石头上撞死自己，然后去寻找杨景国。但因为新容盯得特别紧，每次发现瑶琴有所动静，就拼着命叫喊着让人扯住。多扯了几次，便又把瑶琴生的愿望扯回了心里。瑶琴后来就不想死了，她想杨景国一定是不愿意她死的。厂里怜惜瑶琴，虽然房子紧张得不得了，但还是没有把分给杨景国和瑶琴结婚的房子收回去。于是瑶琴就一直住在这个房间里。好多年了，一个人恍惚地过着。

瑶琴的眼泪已经干了。她用毛巾拭着杨景国的相片。镜框很明亮，杨景国在里面笑着。瑶琴用食指抚了一下他的嘴，然后用杨景国的羊毛衫把它包起，重新放回箱子里。瑶琴想，天已经凉了，再不能让杨景国的衣服湿着。

瑶琴把相片放好后，她又有些不安，心想或许杨景国的衣服已经被她打湿了。于是便走进卫生间，用洁面乳把自己的脸细细洗了一遍，然后抹上淡妆。瑶琴对着镜子笑了笑，她知道她这是笑给杨景国看的，而且杨景国一定看得到。笑过后，瑶琴觉得河那边有阳光喷薄而出，照耀在杨景国的身上。

可是，瑶琴却下岗了。

二

瑶琴的妈妈原是小学校长，老早就退休了。早退休的人虽然早些日子享福，可是工资却比晚退休的人要少好多。瑶琴的爸爸常年在地质队工作，回来后闲不住，就开了一个书店。刚开始时，书店生意并不好，饱一顿饥一顿地勉强维持个温饱。瑶琴的妈妈加入后，就在店头一侧加了个偏屋，对外出租影碟。附近有所中专学校，学生们常来这里租碟，生意慢慢就好了起来。瑶琴的妈妈便又把偏屋的碟架挪到了书店里，把偏屋隔成三个鸡笼大的小间。里面放上电视机和影碟机，每小间刚够坐两个人。用蓝花布幔隔断了外面的视线。这样，店里除了影碟可以出租外，这里还增加了看碟的包间。这一招，尤其受学生们欢迎。几乎每天晚上，都有成双成对的学生过来包间看碟。生意一下就火了起来。白天也有人过来包间看碟片。看一张碟十块钱，不贵。就因为不贵，来的人才多。人换了机子却不歇，几年下来，VCD 的机子都看坏了两台。

瑶琴很少回家。回去后看着年轻人搂着腰进她家的店子，她的眼睛就发酸。她想杨景国是最会搂人的了。杨景国用手臂搂着她逛街时，根本不用动嘴，她从腰上就知道他想要去哪里。她随着他手臂的感觉行动。杨景国想些什么，会从他的手指一直传达到她的心里。这一切，前来看碟的男男女女们你们懂吗?

瑶琴下岗的第二天给她的母亲打了一个电话。母亲说，你回来吧，厂里不需要你，可家里需要你。瑶琴被母亲的话温暖了一下。

瑶琴带着母亲的温暖，在回家前先去了东郊松山上杨景国的墓地。因为心里头有一股温暖，所以这一回她没有哭。她像平素一样，把杨景国墓前的杂草清理了一下，将带上山的一把花插在水泥做的花瓶里。然后就蹲在杨景国墓前轻轻地问，我该怎么办？问完后，她没听到杨景国的回答，只有风声呜呜的。天凉了，瑶琴心知她不能哭。

瑶琴的妈力主瑶琴到店里来帮忙，瑶琴坚决不肯。瑶琴没说原因。她知道她可以做任何事情，却不可能留在家里看这个小店。有一回，瑶琴去书店取东西，随便走到偏屋，信手撩开了一张布幔，看到两个年轻人正拥在一起，一边吻着一边看碟。瑶琴看呆了，心里头抖得像被狂风吹着一样。杨景国当年拥抱她的感觉猛然一下又将她裹住。结果她什么东西都没拿，跑回家去哭了一场。

十年都过去了。时间是很长很长的，长得瑶琴已经三十八岁，眼见得就是进四十的人。皱纹也已从她的心里一点点爬上了她的额。可是在瑶琴心里，更长更长的是她和景国在一起的三年八个月。那所有的一切都密密集集地潜伏在她内心褶皱中。

瑶琴拒绝在店里做。瑶琴的爸觉出了瑶琴的心思，便对瑶琴的妈说，就别为难她了，让孩子自己想做什么就做什么吧。说完，瑶琴的爸又说，找个男人成家吧。景国肯定愿意你早些有个家，你总得靠着个人生活吧？要不，你这样过，你以为景国会安心？

瑶琴默不作声。这些话，她爸以前也说过，她不愿意听。现在她听进去了。她知道，这件事迟早得来。既然下岗了，那就来吧。

瑶琴的妈见瑶琴的神色，知道她心里已经开了一条缝。因为十年来，只要有人劝瑶琴再找一个男人，瑶琴都会立即板下面孔，堆一脸恨色地骂人，就好像对方是来抢走她丈夫似的。有过这样几回，便没人再敢开口。瑶琴的妈知道，一个人的心一旦开了点小缝，就能有清新的风挤进去。可能只是几丝丝，但也足能吹干心里面的霉斑，让霉斑的周围长出绿色来。瑶琴的妈在杨景国死去的这十年里，就这天才长长地舒了一口气。

从父母家回去，瑶琴的心一下子就平静了。这种平静，当然不是一种安宁愉快的平静，更有一些像是心如止水、就此罢休的平静。瑶琴第二天就去厂里办完了所有的下岗手续。本来她想去厂长办公室道一声别，走到门口，见到厂长正和书记谈笑风生地议论什么出国的事，他们的笑声朗朗，令瑶琴心下一阵索然，她便又退了回去。瑶琴转到车间交出她的工具箱。车间主任要她跟班组的人打声招呼，她耳边突然响起厂长和书记的笑，于是她的心又一阵索然，瑶琴说算了吧。瑶琴说完就自顾自地走了。她在这里干了二十年的活，走时却没有跟任何人道别一声。她心里很茫然，目光也很茫然，茫然得仿佛自己的周围是一片海，海面上升腾着雾气。车间里机器的响声和工友们遥望她的目光都溶在了这茫然一派雾气之中。

实际上班组的工友都看到了瑶琴，他们想叫她，可瑶琴的神情吓住了他们。他们眼睁睁地看着瑶琴走出车间。瑶琴的脚步显得那么无力，背影的晃动透出深深的疲惫和哀怨。于是落在那背影的上目光都含有几分怅然和无奈。瑶琴就在这样的目光下隐没了。

瑶琴回到家，三天没出门。她用这三天的时间，把屋里的家具重新摆布了一遍。她也不知道自己为什么要做这些。她只是因为自己不做点什么就会闷死和愁死。第四天，家里的事都干完了，瑶琴就不知道自己应该再干什么了，她便躺在床上。她觉得屋里没有活动的东西，空气都仿佛凝固着，把她和房间凝固成一个整体。

瑶琴想，就这么躺着吧，什么都不去想，连杨景国也不想了。

三

傍晚的时候，瑶琴的妈敲开了瑶琴的门。瑶琴懒懒地从床上爬起来，头发凌乱，面带倦容。瑶琴的妈惊叫着说，我的天我的闺女，你这是怎么回事？瑶琴说，没什么事，我就是睡得好累。瑶琴的妈说，那就起来休息休息吧。

瑶琴的妈喝了一杯水，看着瑶琴梳头洗脸，换上了衣服，方说五中的校长是她的老朋友，也退休了。今天过生日，邀了他们几个退休的校长聚会吃饭，讲了一些闲话。五中的校长说起他学校有个化学老师，姓陈，人品特别好。老婆瘫在床上九年多，他一直尽心照顾。电视台都报道过他的事迹。半年前，她老婆死了，大家都在张罗着帮他找对象。五中的校长说这样的男人心善，而今是太难得了。瑶琴的妈当时就说，像她家的瑶琴，忠诚又痴情，爱一个人就爱到底，也是难得的。旁的校长们就都说，要是把瑶琴介绍给陈老师，真可以说是绝配。这一说，大家都觉得合适。瑶琴的妈说，那个陈老师没有孩子，刚满四十二岁，大你四岁，年龄也相当。五中的校长吃完饭，回去就找了他。陈老师觉得瑶琴的条件很合适，表示愿意见面。现在就看瑶琴的了。

瑶琴的心咚咚地跳了起来。虽说心里已经开了缝，可来真格的时候，眼里又满是杨景国的影子在晃。那影子不管不顾地挤压着她，顺着她的毛孔往她身体内直钻，瞬间就进入她的心里，把那里所有的空间全部占满。就连那条打开的缝，也再次被堵了起来。瑶琴说，妈，算了吧，我不想找人。瑶琴的妈急了，说，上回不是想通了吗？你这年龄也不好找人了。人家陈老师也是大学毕业生，一表人才，没准就是老天安排他来替代景国的呢？

瑶琴坐在椅上不出声。她觉得这个人各方面条件是还不错，比以往人们向她推荐的都要强，可是她心里还是抗拒着。瑶琴说，我没有准备，我不想。他有过老婆，他伺候她近十年没有怨言，他一定很爱她，我不想插进去，我不可能找这样的人，他不可能替代景国。瑶琴有些语无伦次。

瑶琴的妈不悦了，嘀嘀咕咕地指责着瑶琴。说得激动时还站起来。瑶琴听不清她说些什么。她自顾自地在心里对站在那里的杨景国说，你想让我去跟那个男人吗？

瑶琴妈说了半天，见瑶琴神情恍惚，终于不嘀咕了。她长叹一口气说，我白忙了一场，还以为这个人你肯定会同意哩。我想景国是车祸死的，他的老婆也是因为车祸受的伤，你俩肯定会心息相通的。

瑶琴怔了怔，说，他的老婆也是车祸？瑶琴的妈说，是呀，车祸过后就瘫痪了，光会吃喝屙尿，不能动也不会说话。你说，他受的是什么罪？比你还苦。他真是应该找个好人，舒服地过过日子呀。

瑶琴想起杨景国车祸时的场面，同时也想起摔在杨景国身边的那个女人，还想起了在她搂着杨景国痛哭的时候，一个男人抱着那女人惨烈地号着。瑶琴想到那残酷的场面，就轻声对她妈说了一句，好吧，那就见一面吧。

见面的地点是五中校长安排的。是在一个酒吧，酒吧的名字叫作雕刻时光。五中的校长说年轻人都喜欢泡吧，那里面有情调。瑶琴的妈说他们两个已经不年轻了。五中校长说，让他们谈恋爱，就是要他们再年轻一回。瑶琴的妈觉得五中校长说得对。

瑶琴穿了一身连衣裙，裙子外套了一件白色的羊绒外套。瑶琴虽然不是特别情愿这次的见面，可她还是精心地打扮了自己。瑶琴没有化妆，但她在见面前去美容店洗了面，修了眉毛和指甲。所以，瑶琴虽然素面朝天，可是看上去仍然显得光彩照人。

瑶琴跟在母亲的身后走进雕刻时光。五中校长和她身边的那个男人都情不自禁地站了起来。瑶琴看着酒吧的名字一直在想，时光是可以雕刻的吗?如果可以雕刻，那又是用什么来雕刻呢？是用我们自己有起伏有曲折的人生吗？想着时，就听到五中校长惊叹道，想不到瑶琴这么年轻呀，看上去好像三十岁还不到哩。又听到瑶琴的妈说，是呀，我家瑶琴从小就长得漂亮，从来就不显年龄。

五中校长和瑶琴的妈寒暄了几句后，就说他们不习惯酒吧，要到马路对面去喝茶，叫瑶琴和陈老师在这里聊。说着也不等瑶琴和那个陈老师同意，就自顾自地走了。

酒吧里正放着伤感的音乐。酒吧有时候就是让人来伤感的，伤感一阵后，喧嚣的心就会静一阵子。瑶琴被酒吧的音乐包围着。音乐渗进瑶琴的心里，就像海水渗进有裂缝的船舱里一样，一点一点地上升。一曲未了，瑶琴就被这伤感呛着了鼻子。倦意也由此而起，越来越浓。她坐了下来，低着头，不看坐在她对面的陈老师，也不说话，脸上的表情恹恹的，所有的不情愿都摆在了面上。瑶琴始终都没有看清对面的这位陈老师是什么样。她的印象里只留有他跟五中校长和瑶琴妈说话的声音。那声音很细，细得像是用完了的牙膏被人硬挤着。这是和杨景国完全不同的声音。杨景国的声音浑厚而温柔。一开口，就会让瑶琴激动。杨景国的卡拉 OK 唱得好极了，而对面这个陌生的陈老师却是那样细声细气，听起来就不舒服。瑶琴多想了一会，就觉得乏味透了，可是她又不知道应该用怎样的方式离开这里。于是就这么干坐着。

对面的细声音终于先开了口。他说，我叫陈福民。瑶琴微微地点了一下头。他又说，我不知道你这么年轻漂亮。如果我先知道这个，我就不会有勇气来见面了。瑶琴勉强地笑了笑。他又说，如果你觉得我不理想，也没关系，如果你现在就想离开，那就离开，我不会介意的，这样的事是需要缘分的，强求对谁都不好。

瑶琴突然就觉得这个细细的声音不是她想象中的那么讨厌。她抬起了头，望着他笑了一笑说，谢谢你。然后她就站起来，离开了座位。走了几步，瑶琴觉得自己似乎太没礼貌，便又回过头来，朝他示意了一下。瑶琴再转身时，脑子里恍惚就有了这个人的印象。他的面色很苍白，人很瘦，头发长长的。他的眼睛很大，里面装满着惊愕。瑶琴想，哦，这个人叫陈福民。

瑶琴走出酒吧，长吐了一口气。街上的阳光很明亮，街景也很艳丽，广告的小旗子在风中哗啦啦地响着，来来往往的男女们脸上都挂着笑，还有人隔着街高声说话。精品店里的音乐从各式花招的门中蹿出，一派嘹亮地唱着，把一条街都唱通了。

世界真的是好灿烂。瑶琴站在路边想过马路。流水一样的车，一辆接着一辆。瑶琴无法插过，就站在那里看车，也看整个的街景。看着看着，瑶琴就觉出了自己的孤独。孤独很深，深在骨头里。那里面空空荡荡，叫喊一声就会有回音，回音会撞击得骨头疼。这痛楚瞬间就能辐射到全身。

瑶琴觉得自己好累啊，她情不自禁地倚在路边的电线杆上。有人对她说话，你还好吧。声音细细的。瑶琴听出这是陈福民。瑶琴说，我没事，我要过马路搭车。陈福民说，我也是。瑶琴就没话讲了。她只是望着马路上一辆接着一辆的车，眼睛一眨也不眨。她的脖子有些僵。陈福民说，这里的车总是很多，前面有座天桥，从那里走安全些。瑶琴望了他一眼。陈福民说，我带你走过去。

瑶琴不知不觉地就跟着他一起走了。天桥就在前面十几米远的地方。两人一路无语，上了天桥，陈福民才说，我要是骑自行车走近路，几分钟就到了。可是，自从出过车祸后，我就再也不敢骑车了。瑶琴心里咯噔了一下说，我也是。陈福民说，所以还是小心一点好。有天桥的地方就尽量过天桥，不要为了抢时间去横穿马路，时间是抢不完的。瑶琴说，是呀，我也是这样想的。

对面有几个孩子冲跑过来，瑶琴让了一下，肩头不觉碰着了陈福民的胳膊，一股男人的气息扑到瑶琴脸上。瑶琴已经好久没有这么近距离地跟一个男人在一起走路或是说话了，她心里不觉跳动得有些厉害。

下了桥，瑶琴的车站先到。陈福民说，能不能留个电话给我？瑶琴犹豫了一下，还是点了头。瑶琴想，送牛奶的送饮用水的送煤气的都有她的电话，给他一个又算什么。瑶琴在陈福民掏出的笔记本上写下了自己的电话号码。等瑶琴写完，陈福民在一页空白纸上也写下了他的电话。陈福民撕下那张纸，递给瑶琴，说，这是我的电话。瑶琴并不想要他的电话，可见他已经递了上来，也不好意思推掉，就只好接了过来。瑶琴看到上面不光有办公室和家里的电话，就连手机号码也写在了上面。

瑶琴的车哐哐当当地过来了，瑶琴客气地同陈福民说了声再见，就上了车。陈福民一直站在车站望着瑶琴的车开走。车上的瑶琴见他呆站在那里的样子，突然觉得好熟悉好温暖。瑶琴想，他站在车站的姿势怎么这么像杨景国呢?

晚上洗澡前，瑶琴摸了一下裙子的口袋。她摸出了那张写着电话号码的字条，脑子里浮出陈福民站在车站的样子和他细细的声音。瑶琴笑了笑，把字条一揉，扔进了马桶里。纸团在马桶里漂浮着，瑶琴按了下马桶的按钮，哗的一下，就把它冲没了。瑶琴想，到此结束。

四

瑶琴的妈第二天把瑶琴叫到了家里，一边给她盛排骨汤，一边痛骂了她一顿。爸爸也长吁短叹的。他们都认为是瑶琴的命不好，找到一个好男人，结果他死了，现在又遇上一个好男人，却又把他放过去了。瑶琴的爸说，这个陈老师比杨景国更合适做丈夫哩。对家庭那么负责，对老婆那么好，到哪里去找到哪里去找呀? 瑶琴不作声，随他们去说。

新闻播完了，瑶琴的妈要看电视连续剧。电视里正热播《情深深雨蒙蒙》。瑶琴的妈每回看时手上都捏着条手绢。里面的人一掉泪，她的眼泪就跟着稀里哗啦往下流。看时还说，要是年轻几十岁，一定要去谈一场惊心动魄死去活来的恋爱。说得瑶琴的爸只朝她翻白眼，牢骚她退休退成了弱智。

瑶琴从来不看爱情片。对她妈那番发自肺腑的话也觉得可笑。瑶琴想这样的爱情故事，她和杨景国已经演过了。惊心了，却也散了魄，死去了，却没有活过来，还有什么好演的? 做个看客倒也罢了，可真轮到自己，那会是有意思的事吗? 痛都痛不过来。有了这份痛，她这辈子再也不想要爱情这东西。

不要爱情的瑶琴在母亲看爱情剧时，便悄然离去。

瑶琴走到家门口时，天已经黑透。街上的灯光落在她楼门前的空地上。月色也融在其中，有点亮亮的感觉。楼门前有一个小小的花坛，红色的月季花正开着，有人坐在花坛边。只一个人，加上一粒火星。吐出的烟雾在他的脸面游动着，烟雾后的那个人因了这一粒火星就显得有些孤寂。瑶琴从他的面前走了过去。那个人站了起来，细细地问了一声，是瑶琴吗？

瑶琴听出这是陈福民的声音。她有些讶异，心也突突地跳起来。陈福民见瑶琴的神色，有些不好意思。陈福民说他是从老校长那里要了她的住址。他不知道为什么，就是想见见瑶琴。虽然他只见过瑶琴一面，可是心里总是有一种亲近感，跟别人一直没这种感觉。陈福民说着又解释，前一阵老有人给他介绍对象，他心里总是别别扭扭的。可这回，瑶琴没有给他任何别扭的感觉，反而让他感到激动。他不知道这份激动从何而来，他就是想再见见瑶琴。瑶琴一直没有说话，而陈福民则一直说着。

宿舍里有人从他们身边走过，都是一个厂里的人，都知道瑶琴的故事。见瑶琴跟一个男人谈着什么，忍不住就会多看几眼。瑶琴架不住这些眼光，就打断了陈福民的话。瑶琴说，上我家去吧。

陈福民立即闭上了嘴，跟在瑶琴的身后，进了瑶琴的家门。

陈福民一进瑶琴的家，眼睛就亮了。亮过后，又黯然起来。瑶琴因为一个人生活，家境也不错。客厅里布置得漂漂亮亮，门窗桌椅都一尘不染。陈福民想，如果能生活在这样的环境中，该是多么舒服啊。想着，他在瑶琴的示意下坐在沙发上时，情不自禁地叹了一口气。

瑶琴说，为什么叹气呢？我家里不好吗？陈福民说，怎么会？我叹气是想到我那里。跟你这儿比，一个是天堂，一个是地狱。瑶琴说，太夸张了吧？陈福民说，这么说好像是夸张了一点，换一个说法吧。你这里是花园，我那里是个垃圾站。瑶琴说，还是夸张，你们知识分子最喜欢夸张。陈福民说，你不信？哪天你去看看就晓得了。瑶琴没作声，心道，我上你那儿看什么看！

两人一时无话，瑶琴只好打开电视，电视里正播着《同一首歌》的演唱会。老牌的歌星张行正唱着一支老歌，走过春天，走过我自己。陈福民听了就跟着张行的旋律吹起了口哨。他的口哨吹得很好，委委婉婉的。张行把他的那支歌唱得很热闹，满场都是声音。可是坐在瑶琴沙发上的陈福民却将那支歌吹得好是单调，单调得充满忧伤。瑶琴静静地听他吹，倒没有听电视里的张行唱。瑶琴想，我怎么啦？我竟然留他在家里坐？还听他吹口哨？

一直到这支歌完，瑶琴才说，想不到你还有这一手。陈福民说，我就只有这一手，而且这支歌吹得最好，刚好给了我一个机会亮出来了。瑶琴笑了笑，说，这么巧。陈福民说，是呀，有时候这世上经常会有些事巧得令人不敢相信。瑶琴说，是吗？反正我没遇到过。陈福民笑了，说，其实我也没有遇到过，书上喜欢这么说，我就照着它的说。瑶琴说，我读的书很少，所以就当了工人。陈福民说，其实读多了书和读少了书也没什么差别，就看自己怎么过。瑶琴说，怎么会没差别？如果我上了大学，我就不会下岗。陈福民说，我读了大学，也没有下岗，可我的日子不也是过得一团糟？所以我说怎么过全在自己，文化其实决定不了什么。瑶琴觉得他的话没什么道理，可是却想不出有道理的话来驳他。杨景国一直对瑶琴说，一个人读不读大学是完全不同的。像他这样的农村孩子，只有上大学才能彻底改变自己的命运。瑶琴刚想把杨景国的话说出来，可是一转念她又想，他改变了命运又怎么样呢？人却死掉了。如果还在乡下，却肯定还活着。瑶琴想完后，觉得这也不太对。如果在乡下那样活着，什么世面也没有见过，岂不是跟没活过一样？还不如早死了好，所以还是要改变命运。这么颠来倒去地想了几遭，瑶琴自己就有些糊涂了，不知道究竟是上大学改变命运好还是不改变命运好。

陈福民见瑶琴在那里呆想，神情也有些恍惚，以为瑶琴不高兴了。他想自己的行为可能有些过分。事情得慢慢来，不能让瑶琴一开始就烦他，一下子走得太远反而不好。想过后，陈福民便站起了身，有些愧疚地说，不好意思，这么唐突地跑到你这里来，其实我就是太寂寞了，想找一个人说说话。跟别人说不到一起去，可是见了你，总觉得有一种亲近感，也许是你我的命运太相同了的缘故吧。陈福民说着便往大门走去。

瑶琴也站了起来。瑶琴觉得陈福民虽然还是那副细嗓子，可是话说得却十分诚恳，心里有些感动，也有些温暖。瑶琴想，自己其实也是很寂寞很想找个人说说话的，陈福民也还不讨厌，何况他的口哨吹得那么好听，家里有了这样的声音，一下子就有了情调。

瑶琴跟在陈福民身后，送他到门口。她没有留他多坐一会的意思。陈福民正欲开门，突然又转过身来，说，我给你打电话，你不会嫌烦吧？瑶琴是紧跟在陈福民身后的，当他转过身来时，两人一下子变成了面对面，而且很近，瑶琴已经感觉到了他的鼻息。这鼻息散发着一股浓烈的男人气息，瑶琴有些晕，她几乎没有听清陈福民说了些什么。

陈福民也没有料到自己转过身来会这样近距离地面对瑶琴。女人身体的芬芳一下子袭击了他。他激动得不能自制，情不自禁地一把就拥住了瑶琴。瑶琴慌乱地挣扎了几下，可是她很快就陶醉在这拥抱中。瑶琴全身心都软了下来，她把头埋在了陈福民胸前，陈福民欣喜若狂，把瑶琴搂得紧紧的。他的手不停地抚摸着她的头和肩，他的脸颊紧贴着瑶琴的脸颊，他浑身都颤抖着。瑶琴也是一样。两个人也不知道拥抱了多久，陈福民终于寻找到了瑶琴的嘴唇。瑶琴的唇像炭一样通红而滚烫，陈福民一触到它，全身就燃烧了起来。

瑶琴在那一刻明白了一个问题。她可能不再需要爱情，可是她还需要别的东西。那东西一直潜伏在她的身体里，不是由她控制的，那就是她的情欲，这头野兽关押了十年，潜伏了十年，现在它要发威了。瑶琴想，由你去吧，让你自由吧。

陈福民离开瑶琴家时已是夜里 12 点了。陈福民明天有课，他必须赶回学校。陈福民说，我还能再来吗？瑶琴反问了他一句，你说呢？

陈福民明白了瑶琴的意思。

五

这天是阴天。天色暗暗的，看上去要下雨了。瑶琴想起昨天和陈福民在床上的事，心里好内疚，又好委屈。于是尽管天气不好，她还是早早地上了东郊的松山。这天不是上坟的时日，但瑶琴还是带了花。走到山下，瑶琴又在小店里买了一把香。香点着时，天开始下起了小雨。瑶琴有伞，她担心那几炷燃着的香会被雨水浇湿，便蹲下身子，撑着伞护着它们。青烟在伞下萦绕着，雨水把瑶琴的背上全都打湿了。

一直到燃着的香全都成了灰，瑶琴才说，景国，我好寂寞。他叫陈福民。你觉得我跟他来往行吗？你要有话，就托个梦给我，我全听你的。

瑶琴还没到家就开始连连地打喷嚏。回到家里，她赶紧给自己煮了碗姜汤。瑶琴知道她现在是生不起病的。医院很黑，即使是小病，到了医院也至少得花上半个月的工资。她不想把她的钱都变成医生们的奖金。喝过姜汤，瑶琴就盖着被子躺在了床上。虽然只是小憩，但她却做了梦。瑶琴梦见杨景国在一团水雾中冲着她笑，他的笑容十分灿烂。瑶琴很高兴，大声地叫着他，结果就醒了。瑶琴想，这么说杨景国是很赞成她跟陈福民在一起了？

雨到了傍晚，下得更大了。雨点子砸在窗子上，更有一种空寂。瑶琴躺在床上，懒得起来。反正起来也是一个人，躺着也是一个人。整个下午没有动，也不会觉得太饿。不如就这样躺着吧。床上的瑶琴毫无睡意，可也不想起来，便睁着眼睛四下里看。窗外的亮色渐次地灰了下去。在灰得近于黑色时，瞬间又增加了一层亮，那是带点橘红色的光亮。瑶琴知道，这是路灯开了。

这时候竟然有人敲响了她家的门，瑶琴有些惊异，因为她的家门在许多年里路灯亮过之后都无人敲响。瑶琴说，谁呀？外面的声音说，是我。声音细细的，瑶琴听出了那是陈福民。瑶琴犹豫了一下，想说已经睡下了，可忽然间又想起杨景国灿烂的笑容，就说，稍等一下。瑶琴以极快的速度从柜子里抽出她的一件大V领的羊毛衫。她把羊毛衫空穿在身上，又跑到卫生间将头发随意地绾成了一个发髻，前面的头发短了一点，绾不进去，落在了鬓前，倒也另有一番味道。洗脸化妆已经来不及了，她便只用湿毛巾将脸润了一下，抹了点保湿的油。这时她才去开门。

陈福民一只手上拎了一堆菜，一只手上拿着一把伞。他进了门先放伞，放好伞方说，不好意思，又是突然袭击，我看今天下雨，觉得你一定不会出门。又想你如果不出门，吃什么呢？这一想，就跑来了。瑶琴说，其实我出了门的。陈福民看了看手上的菜说，看来我猜错了。瑶琴说，也不算太错。我出了门，可是没有买菜。陈福民高兴起来，说，太好了。瑶琴说，但是我已经睡觉了。陈福民就有些诧异了，说，怎么现在就睡呢？瑶琴说，我常常吃过中饭就睡觉，一直睡到第二天。陈福民说，这样的睡法还头一回听说，不晓得这是富人的睡法还是穷人的睡法。瑶琴说，是闲人的睡法。陈福民说，不管是什么人的睡法，总归一般人享受不到。瑶琴还想说什么，陈福民阻止了她。陈福民说，还有，不管是什么样的享受，总归也没有吃饭。瑶琴这时笑了，说，的确没有。陈福民说，这又给了我露一手的机会。陈福民说话间便进到厨房。他把菜拿到案板上，对瑶琴说，你去看看电视吧，一小时内就有饭吃了。

瑶琴默然几秒钟，听从了他的话。瑶琴打开了电视，脱了鞋，两腿一曲，蜷坐在了沙发上。陈福民从厨房里扭头看了看她，然后说，对了，这样最好。这是我最向往的一种家庭景致。世界上什么最美？就是生活中这种随意和安宁最美。这种美丽中有一种温暖和平静，这是我最欣赏的境界。瑶琴对陈福民的话有些感动，但她没说什么。

陈福民的厨艺十分不错，他一下就弄出了三菜一汤。荤素和色彩搭配得都很好，味道也很对瑶琴的胃口。陈福民说，怎么样？喜欢吃吗？瑶琴说，很好呀，好久没有吃到这样的家常菜了。你怎么练出的这一手？陈福民脸上暗了一下，但还是朗朗地说了，十年了嘛，一个博士也读出来了。瑶琴看到了他在瞬间的暗色。瑶琴说，你过得很苦？陈福民笑笑说，也没什么。深刻地苦过一场后，对舒服的生活就会有更深切的幸福感，而且会将所有的日常生活当成一种享受。瑶琴说，是吗？我体会不到这些。

吃过饭，陈福民抢着把碗洗了。瑶琴觉得他忙完这一切后，又会像昨天一样坐下来说话，或是趁机跟她亲热一番。瑶琴一预测到这一点，莫名地就生出排斥感。她看着陈福民揩着手，心里编排着如何拒绝。瑶琴想，你这么做，不就是想要这个吗？

陈福民关上厨房的灯后，走到客厅里，却没有坐下。他脸上露出一点愧疚，说，瑶琴，我得马上赶回家。今天学生测验的卷子，我得连夜改出来。明天得发下去。我明天再来，好不好？我做的菜好像蛮对你的胃口，明天还是我来给你做晚餐，好不好？

陈福民的话完全在瑶琴的预测之外。瑶琴想好的话一句都没有用。临时又想不起别的，瑶琴只好说，好吧，明天你别带菜，我买回来。陈福民说，那也好，我就可以早点来。陈福民说着就开门出去。瑶琴依然跟在他的身后。这回他在开门时没有转身，他一直走到了门外，才回身对门内的瑶琴一笑，说，瑶琴，做个好梦。然后就下楼，然后就消失在楼道拐弯处，然后就连脚步的声音都没有了。

瑶琴一直倚在门口，看着人影消失，听着脚步远去。她心里有一点点怅然。

六

瑶琴就这样与陈福民开始了恋爱。

陈福民几乎每天都到瑶琴那里去。他们的生活很单调，瑶琴负责买菜，陈福民去了就下厨。吃饭时，陈福民喜欢喝点啤酒，瑶琴每回就给他备上几瓶。饭后洗碗开始是陈福民，但交往久了，瑶琴不好意思，抢着自己洗碗。抢了一回后，碗就由瑶琴洗了。然后他们坐在一起看电视。陈福民喜欢看体育节目，瑶琴也就随着他看。瑶琴对电视节目要求不高，她只要里面有人说话有人在动着，就行了。这也是她一个人生活时养成的毛病。电视是看不完的，所以，常常陈福民看不多久就眼巴巴地望着瑶琴。瑶琴明白他的意思，他想要上床了，瑶琴自己也想，于是两人就上床。到了10点半，陈福民须得爬起来，他要赶末班车回学校。因为瑶琴的家离陈福民的学校太远，陈福民担心早上赶不及会迟到。陈福民说当教师的迟到，就跟工厂出事故是一样的。瑶琴知道出事故的后果，所以，也不敢留他过夜。就是星期六，陈福民也得赶回去。陈福民教的是毕业班，毕业班就意味着没有休息时间，无论老师还是学生。

有几回天气凉爽舒服，陈福民想要拉瑶琴一起到江边散步，瑶琴却不愿意，说是怕熟人看到。陈福民说，迟早不都会让人看到的？瑶琴说，能迟就迟一点。陈福民对这件事多少有些不悦。陈福民说，你是不是觉得我有些拿不出手？瑶琴笑笑道，哪里呀？瑶琴不肯出门，陈福民也没有办法。陈福民觉得在这一点上他没法理解瑶琴。陈福民想人生应该有一点情调，要不回忆起来都没什么趣味。

有一天陈福民开会，打电话说不能来了。瑶琴不知怎么，听罢竟是觉得心头一松。这天她没做晚饭，只是削了个苹果，喝了一杯酸奶。无油无盐的晚餐曾经让她心烦意乱，这一刻吃起来竟是有了一种怀旧的感觉。其实从陈福民第一天拎着菜走进她家开始，满打满算也不足三个月。

没有人打扰的黄昏，竟是另有味道。瑶琴想，这是给我的杨景国留的呀。想着她便套了双休闲鞋，独自踱到了江边。瑶琴想，真的是好久没来这里走走了。江边有一块石头，以前瑶琴和杨景国每回散步到这里，杨景国总是说别把自己走得太累，坐一会。说时还把自己的手绢垫在石头上，让瑶琴好坐。

现在瑶琴也走到了这里，她刚想坐下，可是突然发现没有手绢。这块石头上没有杨景国的手绢，又怎么能坐呢？十年过去了，石头的样子一点也没有变，可是杨景国和他的手绢却永远不会再出现了。瑶琴想想就又伤感起来。

天上的星星疏疏朗朗的。江水和夜色一起无声地向下流着。沿江的小路经过修整，变得整洁干净起来。路边种了花，花在路灯下开放着，色泽与阳光下不同，从某一个角度看上去，还有一点点诡谲。瑶琴想起陈福民想要与她出来散步的话。瑶琴想，我怎么会跟你到这里来散步呢？这是我和杨景国的路哩。我带你来走了，杨景国怎么办？亏你想得出来。瑶琴想时，心里竟是有些愤愤的。

回到家，瑶琴便睡了。睡前她以为她会梦见他的，结果却没有。在梦里瑶琴有些怅惘。瑶琴站在水雾弥漫的河边，大声说，你怎么不来呢？

陈福民放暑假了，拖着瑶琴一起到庐山玩了一趟。陈福民去过庐山，他本来想去黄山的，可是瑶琴却不肯去黄山。黄山是她和杨景国一起去过的地方。瑶琴想去张家界，但陈福民不肯去。陈福民没说原因，瑶琴也没问。因为瑶琴想陈福民多半是跟她老婆一起去过那里。最后他们决定去庐山。瑶琴和陈福民住在一幢老别墅中。服务员告诉他们这幢老别墅以前是汪精卫的。陈福民私下便笑道，怎么住进了汉奸的家里呢？

庐山是一个最方便谈恋爱的地方。到了晚上，山谷静静的，只听得到流水和风声。陈福民胆子很大，拖着瑶琴从东谷到西谷乱窜。陈福民喜欢看山谷里老别墅老式的回廊和方格窗。山里树多，蚊虫也多。陈福民不喜欢在有蚊虫的地方多站，可是他又特别想在露天下热吻瑶琴。所以，常常都是走到了一座桥上，或是在马路明亮的灯下，陈福民会突然袭击，一把抱住瑶琴，不管不顾地就吻起来。陈福民满身都是热情，但瑶琴却不。瑶琴觉得自己已经过了有热情的时代。瑶琴心如止水地过了十年。她想要让心激荡起来不是一件很容易的事。瑶琴甚至不明白陈福民的这份热情从何而来。瑶琴想，难道他没有死过老婆吗？如果死过，他怎么还能这样快乐？他在快乐时就不会想到死去的爱人？他心里难道一点阴影都没有？瑶琴的疑问有许多。她总想问问，但始终没有问。她把想的这些压在心里。压得多了，便渐渐地浓缩起来，浓缩久了，有了些硬度。不知觉间，就成了石头一样的东西。陈福民天天抚摸着瑶琴，却从来也没有抚摸到压在瑶琴心头上的这块石头。

住在老旧的房子里，瑶琴有时会夜半醒来。醒来后就睡不着，听着山谷婉转而来的水声和风声，感受着耳边陈福民的气息，瑶琴蓦然间就会有两行清泪流淌出来。她知道自己是为什么，因为睡在她身边的这个人，每天搂着她吻她抚摸她的这个人，夜夜把鼻息吹得她满脸的这个人，并不是她最想要的。而她想要的人却永远不会再出现了。一切都是命中注定。她在有点潮湿的床上辗转反侧，全身难以安宁。她已经没有力气与这个注定的命运抗争了。杨景国今生今世都不会再来。她想不认命也是不行的。只是，瑶琴想，认命竟也不是件轻松的事啊。

从庐山回来，陈福民也闲下了。他索性就住在了瑶琴家里。瑶琴的妈看不惯他们就这样住在一起。瑶琴的父亲也觉得没道德的事是年轻人做的，你们两个快中年人了，怎么也这样没规没矩？于是瑶琴爸妈联合起来，坚决要求瑶琴和陈福民去打结婚证。陈福民说，我无所谓，就看瑶琴的意思。瑶琴却犹豫。瑶琴不知道自己在犹豫些什么。她觉得按理是应该打结婚证了，可是每一想到真的要这样，她的心就又抖得厉害。结婚证本来是她和杨景国一起去打的，怎么能轻易地变成这个叫陈福民的人呢？

瑶琴的妈和瑶琴的爸好言好语说过后，见瑶琴不听，便有些不悦。说是你们不要脸，我们做你爹妈的人还要脸哩。话说得有些难听。瑶琴也不高兴了。瑶琴的妈就说，如果你不想听更难听的话，你就赶紧把证拿了。拿了证，合了法，你什么时候办酒席我们都不管。

瑶琴问陈福民，你到底怎么想？陈福民说，我真的无所谓，我完全尊重你的意见。你我二人，有了爱情，也不在乎什么证不证的。瑶琴说，我们两个有爱情吗？陈福民反问了一句，难道你觉得没有吗？瑶琴没有作声。瑶琴想，我要是跟你有爱情，那我的杨景国往哪儿放？陈福民见她没有回答，又说，没有爱情，你又留我在你这里干什么？

瑶琴眼睛望着窗外，还是没有回答。瑶琴想，我不需要爱情。我留你，是我需要一个伴。我需要人帮忙，要不我要你？我有杨景国就足够了。陈福民得不到回答，满脸不快，说，也可能你不需要爱情，但是我需要。说完就走了。瑶琴听到他关门的声音，又听到他脚步咚咚地下楼。

门声和脚步声都生着气，这生气的音响让瑶琴一夜没有睡着。

第二天瑶琴便又去了东郊的松山上。杨景国的墓还是老样子，与许多别人的混在一起，并不很孤独。瑶琴默然地蹲下来，望着墓上那些熟悉得不能再熟悉的字和周边熟悉得不能再熟悉的草木，心里说，你说呢？我要不要去拿？瑶琴的腿蹲酸了，她站起来，满山排列齐整的墓碑和小路上疯长的青草都在眼皮底下，瑶琴长吐了一口气，细细地把杨景国的墓边杂草清理了一遍。

心想，就这样吧。

七

瑶琴和陈福民决定国庆节前就办证，然后利用国庆长假度蜜月。瑶琴的妈一听这消息，脸上立即就开了花似的笑起来。虽然女儿大了，可毕竟是初嫁，而且经历了这么多年的孤独和痛苦，也算是有了一个归宿。她必须好好办一场酒席。酒席钱本该由陈福民出的，陈福民说如果要重新装修房子，再添上些新家具，他再也拿不出那么多钱来。瑶琴的妈也就挥挥手表示算了，这钱由她自己来出。

9 月开学了。陈福民开始上高一的课。跟高三的时候比，要轻松很多。陈福民当作好消息一样告诉瑶琴，说他起码在星期五和星期六的晚上，可以跟瑶琴在一起。瑶琴却并无惊喜感，只表示随他的便。

开学第一天，天色已经很晚了，陈福民却没有来。瑶琴在等的时候，把菜洗好了，陈福民还没有回。瑶琴只好又煮上了饭。饭也熟了，陈福民依然未到。瑶琴有些饿，可是她不想自己炒菜。因为陈福民做的菜比她做的好吃，再加上她刚洗过头，她担心炒菜的油烟会熏了头发。瑶琴耐下性子，闷坐在沙发上。

天已经黑透了，有人敲门。瑶琴想你总算来了。瑶琴冲到门口，猛然拉开门，刚想牢骚一句，可是门口站着的人却让她发了呆。这是新容。

瑶琴呆了一会，方说，怎么是你？新容说，怎么不是我？你在等别人？是不是张三勇？瑶琴怔了怔说，张三勇？张三勇怎么会来找我？新容哦了一声。瑶琴说，你找我有事？新容说，是呀，你让我到屋里说吧。瑶琴一百个不情愿地让新容进屋坐下，她浑身不安，生怕陈福民回来会叫新容撞见。

新容说，好久不见了，我怕你不高兴，我不敢来。瑶琴说，我有什么不高兴？下岗了，不上班了，也不用累，在家养着，一样过日子。新容说，你别这么说嘛。瑶琴说，你不是说你这回肯定会下岗的吗？新容说，原先是有我的，可我妈……她有一天突然发现我表舅跟厂长以前是同学，就托了表舅……当然，也送了些钱。瑶琴说，原来是这样啊。瑶琴的话里就多了一点鄙夷。新容说，瑶琴，你别这样，你知道我爸瘫在床上，这也是没办法呀。我告诉你是因为你是我的好朋友呀。新容露出一脸可怜巴巴的神情，瑶琴心软了，暗道，是呀，我是新容的好朋友呢。杨景国刚死的时候，新容一直陪着她，照顾她，为她流的眼泪也不老少了。她下岗了，新容没下，她怎么能对新容不满意呢？这么想过，瑶琴的脸色展开了。瑶琴说，是我太小气了，新容你别怪我。新容脸上浮出了笑意，说，我怎么会怪你呢，我怎么会怪你呢？

瑶琴面对着新容，心里终于回到了以前两人相对而坐的状态。瑶琴扯了扯新容的裙子说，你这条裙子真不错，难得现在你会买东西了。新容说，是呀，大家都说好看哩。你晓得我是怎么买的吗？有一天我在街上跟张三勇碰到了，就站在精品店门口说话。说着说着，张三勇指着模特身上的裙子说，这种颜色和款式的裙子瑶琴最喜欢了。我当时身上没钱，第二天就跑去买了。张三勇说得真没错哩。瑶琴听新容喋喋的声音，恍然忆起她最初的男朋友张三勇。瑶琴说，张三勇现在过得怎么样？他的小孩已经上学了吧？新容说，上小学二年级了。不过，他现在已经……离了。瑶琴有些惊异，说，是吗？新容说，小孩子判给了女方。那女人真不是东西，下岗后，开了个小店，就跟隔壁一家开店的人好上了，张三勇最怕当乌龟，结果还是当了个乌龟。气得他砸了两个店，打趴了那个男人。一个月就办下了离婚。瑶琴啊了一声。她脑子里立即浮出张三勇砸店打人时的姿势。心想，他还是老样子呀。

新容望着瑶琴，仿佛在等她说点什么。瑶琴却没有说。新容脸上显示出一点点失望。新容说，你一点都不想晓得他现在怎么过？瑶琴说，我晓不晓得又有什么关系？新容说，可张三勇还是很关心你呀。瑶琴说，他关不关心我也没有什么用。新容说，张三勇他想来看你。新容说完有点像做亏心事一样，小心地望了望瑶琴，又慌忙将自己的目光避开。瑶琴有几分讶异。瑶琴说，你今天突然来，就是来看看我吗？新容低下了头，说，是张三勇，他天天求我来找你，他想跟你重新好，不知道你可不可以。

一幅被瑶琴复制过很多次很多次的画面立即展示在眼边：张三勇的拳头打在杨景国的脸上，杨景国的眼镜碎了，眼角青了，血在脸上流出一道道的痕迹。瑶琴说，不可以，根本就不可以。他不想想他把景国打成了什么样子。瑶琴的声音有些激动，就仿佛张三勇的拳头昨天才打在杨景国脸上。

新容不作声了。她抬起头，把瑶琴的屋里环视了一遍，然后说，这里都变了，就你一点没变，可惜。瑶琴说，你说可惜？新容说，你还想着杨景国？

瑶琴用一副惊讶无比的语气说，难道我会不想吗?

新容站起来告辞。新容边朝房门走去边说，张三勇说如果你还在想着杨景国，就得赶紧到医院去看病。新容说完开门出去了。瑶琴没站起来，她似乎连新容的背影都没看清，就听见新容的关门声了。瑶琴想，看病? 他们在背后怎么议论我?

瑶琴坐在沙发上呆想了半天，想得自己有点恹恹的。肚子也饿了，可陈福民还没有来。饭虽然早已煮好，可菜还没有炒。瑶琴吃趣全无，单单只想填饱肚子，她便泡了一碗方便面。

面还没吃完，瑶琴接到陈福民电话。陈福民的声音有些疙疙瘩瘩的不畅，像是一个没钱还债的人跟债主说情告饶似的。陈福民说他开学初比较忙，又说有几个学生让人烦，还说学校近期的会也比较多，最后方说可能会有一阵子不到瑶琴这边来了。瑶琴初听有点诧异，后又觉得这是很正常不过的事，便也没说什么。只是提醒他，抽个时间，在学校开好证明，两个人一起去把结婚证领下，免得到时来不及。陈福民答应了。答应后又笑说，你怎么现在比我还急了? 其实晚几个月又有什么关系呢? 瑶琴放下电话想，这话是什么意思?

八

瑶琴的妈天天唠叨瑶琴，要她好好筹备一下婚事。说是人生就这一回，要好好活过。该经历的事都得经历，否则活一场有什么劲? 瑶琴说，那有的人杀人放火吸毒嫖妓坐牢杀头，是不是每个人也都去经历一回? 瑶琴的妈气得跌坐在床边，一时无话可说。

夜晚无人，屋里跟以前一样静了。瑶琴也在想结婚的事。瑶琴想，好无趣啊。虽然说陈福民这个人也还过得去，可是瑶琴就是无法让自己有兴致。但是瑶琴想，妈妈说人生就这一回，要好好活过。可一个人的过活，哪里只是活在自己的命里? 有多少部分已经放进了别人的命中? 活在别人命中的那一部分如果不按别人的愿望来活，不好好地配合别人，别人的命也就活不好了。所以自己怎么个活法其实是由不得自己的，所以自己在为自己活的时候还要为别人活，所以每一个人的命都是由许多人的命组合而成，就像是一个股份公司，自己只不过是个大股东罢了。

这样想过，瑶琴就有了些轻松。她想这个婚她也不是单单为自己结，她是为她的股份公司而结。妈妈是她的股东，爸爸也是她的股东；陈福民是她的股东，新容也是她的股东。所有所有认识和关注她的人，都跟这个股份公司相关。既然如此，她这个董事长就得把公司的事做好才对。

第二天，瑶琴就上了街。她要为她的新家重新添置一些东西。她买了新的毛毯、新的床单被套，也为自己买了几件结婚时应该穿的新衣。

瑶琴大包小包地拎着一堆东西上了公共汽车。车未到站，她便有些尿急，憋尿也憋得浑身难受。下了车，她连奔带跑地赶回家，打开门，拖鞋都没换，就冲进了卫生间。小便时，她突然觉得下身有痛感。这感觉令她很不舒服。出了厕所后，这不舒服便一直纠缠着她。瑶琴想，难道怀孕是这样的感觉吗？想过又想，自己都这样的年龄了，未必那么容易就怀孕？瑶琴心里有些忐忑。

晚上，陈福民打电话来，说过几句闲话后，瑶琴把自己这种不舒服的感觉告诉了他。陈福民那边无声了。瑶琴有些奇怪，说，你怎么不说话？陈福民半天才说，你最好明天去看看医生。瑶琴说，你觉得会得病？会是什么病？陈福民说，看看医生总归要好一些，心里也安全一些嘛。瑶琴说，那怎么说得出口？要看什么科呢？妇科？陈福民又停了半天才说，可能应该看外科，要不看泌尿科？瑶琴说，我一个人不想去。陈福民说，还是去吧，万一真是什么病，变严重了多不好？明天我有课，不能陪你。要不，我肯定陪你一起去。瑶琴想了想，说，好吧，我明天去。

放下电话，瑶琴觉得陈福民有些怪异，说话语气和其间的几次沉默都不像是他陈福民。瑶琴的心咚咚地跳了起来。瑶琴想，可别千万一到我要结婚就冒出一点事来呀。

次日一早，瑶琴便到医院了。不去不打紧，一去得知诊断结果她都蒙了。医生用一种十分肯定的语气对她说她得的是性病。医生的语气和望着她的目光都满含轻蔑。一个前来找医生开药的女护士且说且笑，是下岗的吧？又说，现在有个民谣，下岗女工不流泪，挺胸走进夜总会，陪吃陪喝还陪睡……原先我还觉得真丢我们女人的脸，可是见得多了，也觉得没什么。瑶琴当场就一口气闷着了自己，半天喘不出去。瑶琴再三解释说这绝对不可能。那些乱七八糟的场所，她这辈子从来都没有去过。医生的目光变平和了，淡淡地说了一句，回家问问你丈夫吧，男人多半喜欢寻花问柳。

瑶琴的脑袋嗡了一下，她觉得她已经知道了问题所在。

瑶琴把电话打到了陈福民的办公室。这是瑶琴自认识陈福民以来第一次先给陈福民打电话。瑶琴甚至找不到这个电话号码，问了114，又绕了好几个弯子，才找到陈福民。瑶琴第一句话就是，请你告诉我，我为什么会得性病？陈福民在电话那头一直不说话。瑶琴吼叫了起来。她的声音暴躁而尖锐，有如利刺一样，扎得陈福民半边脸都是疼的。陈福民把话筒拿到距耳朵半尺的地方。听到瑶琴那边叫得累了，陈福民说，你先回家，我下午过来。他说完，像扔火炭似的扔下了电话。

下午陈福民请了假，他进瑶琴的家时，瑶琴蜷缩着腿窝在沙发上。她的神情呆呆的，但似乎并没有哭过。陈福民试图坐在她的身边，瑶琴像避瘟疫一样躲了一下，陈福民只好换到另一边。陈福民拿出一个信封，里面装着两千块钱。陈福民说，这钱算我付你的医药费，赶紧打针去。其实一千块钱就够了，另外一千是补偿你的。瑶琴紧盯着他说，什么意思？陈福民说，我也没有想到，这病是我传给你的。瑶琴说，你既然跟我在一起了，为什么还在外面胡搞？

陈福民闷了半天，才说，不是你说的那样。我不是那种人。我老婆病了九年多，活着跟死人差不多。我的日子再难过，可我是有老婆的人，我就从来没有想过到外面去拈花惹草。后来，我老婆死了。我的同学为了让我轻松一下，带我去桑拿，要我把身上的病气都蒸掉。我是头一回去那种地方。有个小姐替我按摩。她穿得很少，又勾引我，我就失控了。当然，她就算不勾引我，像我这样经历的人，可能也会失控。

瑶琴说，就这么简单？陈福民说，当然也不光是这些。那个小姐叫青枝，是个乡下女孩，我有些喜欢她了，其实也不一定就是喜欢，只是因为青枝是我近十年来第一个肌肤相亲过的女人，所以，我后来又去找过她。瑶琴说，认识了我过后，也去找过她？陈福民说，当然没有。因为我发现她把病传染给了我，所以我就再没有找她。我一直在治病，认识你时，已经治好了。瑶琴说，治好了？治好了怎么会传染给我？陈福民说，这中间青枝来找过我。她说她不想做了，可是老板不答应，派人盯着她。她偷跑了出来，她没地方去，希望能在我这儿待一夜，她哥哥第二天就来接她。我答应了。因为……因为……我不知道有几分喜欢她，还是可怜她。我不知道自己当时是怎么想的。这天晚上，我们又一起过了夜。她说她的病治好了，我大意了。结果，开学前，我又发现……瑶琴说，不用说完，你滚吧。我从来都没有认识过你。

陈福民怔了怔，没有动。瑶琴说，你不服气？陈福民说，不是，是不甘心。我们就这样完了？瑶琴说，你还想怎么样？你未必想我去登报声明？陈福民说，我以为你会理解。瑶琴说，我当然理解，可我理解了却不见得就会接受。陈福民说，我不想分手，我爱你。瑶琴说，你说这三个字让我觉得三条蛆从你嘴里爬出来。陈福民说，别说得这么毒。你找到我这样条件的，也不是那么容易。这样的事，以后绝不会再有了。你原谅我一次好不好？瑶琴说，你还不走？你再不走，小心我叫人了。陈福民说，别小孩子气了。你孤单单的一个人，哪里叫得到人来？

瑶琴立即对着沙发一侧的墙壁叫了起来，杨景国！杨景国！你还不出来？你出来呀！替我把这个人赶出去。你站在那里发什么呆？还不动手赶人？你连的我话都不听了？瑶琴的叫声怪异诡谲，令陈福民毛骨悚然。他赶紧站了起来，急速地跑到门边。陈福民连连说道，我走，我走。陈福民的动作紧张慌乱，仿佛真在被一个叫杨景国的人追赶着。

这天夜晚，月色从窗外落在屋里的地上，和往日一样淡然柔和。瑶琴在沙发上蜷了一夜。瑶琴觉得，在沙发一侧的墙壁上，杨景国始终站在那里看着她。

九

平静如同枯井的日子，再次回来。瑶琴从中午一直睡到第二天早上的次数越来越多。妈妈骂过她好多回，爸爸也长叹过好多回。五中的校长也跑了几趟，想要做做调解。只是在他们面前的瑶琴，像一块木头一样。瑶琴的妈急得后来只会说一句话，你在想些什么呢？你想些什么呢？瑶琴想，我其实什么都没想哩。

转眼又到了杨景国的祭日。这天居然又下起了雨。瑶琴先上了山，她为杨景国点着了香，又放了几碟水果。瑶琴依然为燃着的香炷打着伞。冉冉升起的烟扑在瑶琴的脸上，瑶琴没有流泪。瑶琴想，有老天爷在替她流泪哩。

下山后，时间还早，瑶琴无事，她信步走到了当年的出事地点。路边的石头还在，只是血迹一点也没有了。瑶琴在石头边也点了一炷香。她想，等香燃完后，她应该去劳务市场看看。如果决定自己一个人生活下去，她就应该去找一份工作，一份能养活自己的工作。

便是在瑶琴想着这些时，一个细细的声音，一个带着惊讶和疑问的声音响在了她的耳边，瑶琴？你是瑶琴？瑶琴扬起伞，她看到了陈福民。瑶琴说，你想干什么？陈福民看到那炷快要燃烧完了的香，惊道，那个……那个……当场死亡的男人……就是……杨景国？瑶琴望着陈福民，没有说话。她突然意识到了什么。陈福民说，摔在这里的，就是我的老婆啊！她满身都是血。他说着指了指石头的另一边。

绵绵的细雨，晃动的街景，汽车声，杨景国的叫声，被撞飞的自行车，翻在马路中间的雨伞，四溅着血迹的石头，倒在地上的男人和女人，脑浆，以及路人的尖叫和惊天的号哭一一涌出，宛然就在眼边。那是他们一生中多么伤痛的时刻，那个时刻怎样深重地击碎了他们的生活，那种击碎也改变了许多人的命运。瑶琴突然失声痛哭了起来，曾经有过的痛彻心扉的感觉像绳索一样一圈一圈地勒紧了她。陈福民见瑶琴哭得无法自制，上前搂住了她。起先他还忍着自己，忍了一会，忍不下去了。十年的痛苦像要呕吐似的翻涌着，他也哭了起来。泪水浸入瑶琴的头发，又流到了瑶琴的面颊上，和瑶琴的眼泪混在了一起。

路过的人都回头看他们，窃窃私语着。路过的人也有掩嘴而笑的。路过的人看不到鲜血的过去，路过的人永远都不会懂得别人的伤心之事。只因为他们是路过，而瑶琴和陈福民却是在那里有过定格。他们一生的最痛就是从那里开始。

回去时，陈福民和瑶琴一起搭的车。他们在同一地方下车，然后预备各自转车回家。下车时，陈福民和瑶琴几乎同时看到了那家雕刻时光酒吧。陈福民想起第一次见到瑶琴的情景，瑶琴也想起了在那间酒吧里响起的细细的声音。陈福民说，要不，进去坐一会？瑶琴没有反对。陈福民便朝那里走去。瑶琴犹疑了一下，跟了过去。

伤感的音乐依然在酒吧的空间响着，细雨一样，湿透了瑶琴。陈福民给自己要了一杯酒，给瑶琴要了一杯橙汁。陈福民呷了一口酒，方说，你看，我们两个是不是太有缘分了？瑶琴想了想，觉得他说得是，便点了一下头。陈福民说，真想不到啊。我当时怎么一点你的印象都没有？瑶琴也说，是呀。

我也只听到你在哭，一点不记得你的样子。

他们一直都没有提到彼此曾经有过的灾难，因为他们都怕往事引起再度摧残。现在那块石头让他们把泪流在了一起，他们两个人的心近了。望着对方的脸，知道自己的感受只有对方知道，自己不是一个人在这个世上痛着。于是心里都生出别一样的温暖。他们好平静。于是他们开始细细地回忆起当时的情景。瑶琴说杨景国怎么断的气，后来他们怎么办的丧事，杨家的人怎么吵闹着非要埋在老家，而她又是怎么拼死拼活地把骨灰留在了这里。陈福民则说他是怎么拦下过路车送老婆进医院，又怎样在医院的走廊里度过的几天几夜，光抽烟不吃饭，一天抽了好几盒烟，以致他老婆被抢救活后，他闻到香烟就要作呕。

一杯酒喝完了，又要了一扎。一杯橙汁喝完了，也又要了一扎。

瑶琴叹道，生命好脆弱啊，就那一下，只几分钟，一个活鲜鲜的人就没了，那么不堪一击。而杨景国这个人平常皮实得不得了，从来就没有见他生过病。

陈福民却苦笑了笑说，我倒是觉得生命好有韧性。人都已经废掉了，不会说话不会思考不会行动，却坚持着往下活。这九年的时间里，你猜让我感受最深的是什么？就是人之所以成为世界万物的统治者实在是太有道理了，因为人的生命太顽强了。

瑶琴用不敢相信的目光望着他。瑶琴想，脆弱而不堪一击的是杨景国吗？坚韧而顽强地要活着的是他的妻子吗？

瑶琴轻叹道，说起来你比我强多了，你好孬伺候了她九年，把你所有的爱都付出去了。可是我呢？他根本就不顾我的感受，自顾自地这么走了。天天黏在一起的人，突然间就永远消失，那种痛苦你无法体会。

陈福民听到瑶琴的话，脸上露出异样的神情。瑶琴想问你怎么了？没等瑶琴开口，陈福民说，爱？你以为我后来还有爱？我不怕对你暴露我的真实想法。我到后来除了恨没有别的。我在道义上尽我的责任，可我的内心已经被仇恨塞得满满的。我几乎没有任何自己的生活。我每天凌晨起床，为她擦洗身体，然后清洗被她弄脏的床单和衣物，之后喂她牛奶，安排她吃药。来不及做完这一切，我就得去上课。途中在街边随便买点早餐打发自己。中午赶回来，像早上一样的程序旋转一遍，最后再坐下来吃自己从食堂里买回的饭菜。冬天的时候，饭菜早就冰凉了，我连再去热一下的力气和时间都没有。晚上的事情更多。我每天都像台机器一样疯狂转动。所有的工资都变成了医药费，沉重的债务压得我喘不过气。家徒四壁，屋里永远散发着一股病人特有的臭气。我请不起保姆，她家里也没有人愿意帮忙。偶然过来看看，看完就走，走前还说，只要人活着就好。对于他们活着是好，对于我呢？九年半呀，每一天的日子都如同一根钢针，天天都扎我刺我，我早已觉得自己遍体鳞伤。我夜夜诅咒她为什么还不死，为什么要这样折磨我。好几次我都想把她掐死。因为她再不死，我也撑不下去了。你说，我过着这样的生活，我还能对她有爱吗？我比你强吗？你只是在怀念中心痛而已，而我呢？从精神到肉体，无一处不痛。这样的痛苦才是你无法体会的。幸亏她还有点良心，死了。否则，今天你根本无法认识我，因为，我多半已经先她而死了。

陈福民的声音激烈而急促，他拿着酒杯的手一直抖着。瑶琴从来就没有见他这样过，心里不由生出怜惜。瑶琴想，他是好可怜啊。

瑶琴伸出了自己的手，将陈福民的手紧紧地握着。在她温热的手掌中，陈福民慢慢平静。他的手不再抖动，他享受着瑶琴的手掌。

陈福民说，你知道吗？我多想好好地过日子！多想有一个我喜欢的女人，一个不给我带来负担的女人，就像你一样，安安静静地陪着我，让我浑身轻松地过好每一天！所以，我希望我们两个重新开始，行不行？我一直没办法忘掉你，我好想重新来过，行不行？

那是一定的。为了他们共同的号哭和泪水，为了他们共同的灾难和痛苦，为了他们共同有过的漫长而孤独的十年，那是一定的。瑶琴想。

瑶琴说，今天在我那儿吃晚饭吧。还是我买菜，还是你下厨。

十

瑶琴和陈福民又走到了一起。他们所拥有的同一场灾难突然使他们的生活多出了激情。瑶琴想，就把留给杨景国的位置换上陈福民吧。

秋天过去了，冬天又来了。

陈福民每天都到瑶琴这边来。因为下课晚，路又远，陈福民到家时天多半都黑了。做菜的事也慢慢地归了瑶琴。陈福民吃过饭，一边剔牙一边看电视，高兴的时候便会说，这样才是人过的日子呀。到了晚上 10 点半，陈福民还是得赶回他自己的住所。他要改作业以及备课。有时候，会有几个同事见他的灯亮了，便奔他这里打麻将，都说他这里最自由，身心都可以无拘无束。这些人全都忘了他受难的时候。陈福民也跟着打打，打到夜里两三点，送走了人，他再睡觉。一觉可以睡到7点半起床。8点半上班，从从容容。比起他的从前，陈福民觉得这样的日子真是再好不过了。

陈福民每月10号发工资，但他从来也没有拿给瑶琴。陈福民觉得瑶琴虽然下了岗，可她的家境颇好，犯不着要他那几个钱。瑶琴也不能说什么，因为他们还没有结婚。可是每天买菜的钱都是瑶琴的。瑶琴没有工作，下岗给的一点生活费当然不够两个人吃。瑶琴开始动用自己的积蓄。瑶琴的妈知道了这事，骂瑶琴说，你疯了，找男人是要他来养你，你怎么还贴他呢？你得找他要呀。瑶琴有些窝囊，说，他没那个自觉性拿钱出来，我未必硬要？瑶琴的妈有些愤愤不平，不小心就说，真不如杨景国，杨景国跟你谈恋爱没几天，就把工资全都交给你了。说得瑶琴鼻子一酸，心道，你才知道？谁能比得上景国呢？但瑶琴嘴上却这样对妈说，你们都要我忘了杨景国，可是你为什么还要提他呢？妈妈自知自己失言，赶紧拍打了一下自己的嘴巴。

瑶琴的妈有个学生开了家图书超市。瑶琴的妈不顾自己曾是校长的身份，亲自登门央求，希望学生能安排一下瑶琴。学生年少时见过瑶琴，也听过瑶琴的故事，曾经为瑶琴的痴情热泪盈眶。一听校长介绍的人是瑶琴，立即把他已经聘用好的人辞退了一个，然后录用了瑶琴。

这样瑶琴又成了早出晚归的上班一族。

陈福民说，干吗还要上这个班呢？你又不是钱不够用。瑶琴说，你以为我那点生活费可以过日子？陈福民说，你有爹妈呀，他们挣下的钱不给你又留着干什么？瑶琴说，你这话说得好笑，我有手有脚，凭什么找我爹妈要钱？亏你说得出口。陈福民说，你要上班了，晚饭谁做？瑶琴说，谁先回来谁做。

瑶琴说过这话后，陈福民回来得更晚了。瑶琴6点半到家，而陈福民每天都是7点半左右才回来，比他平常晚了一个小时。这一个小时瑶琴刚好可以把饭菜做完。陈福民回来就上餐桌。陈福民解释说，要给差生补功课，一个小时好几十块哩。陈福民嘴上说到了钱，却仍然没有拿出一分。瑶琴心里不自在，但也忍下了，心想这就是男人呀。

有一天，图书超市做活动加了班，瑶琴回家时8点都过了。开门后见陈福民脸色不悦地坐在沙发上看电视，看见瑶琴也没有作声。瑶琴说，你吃过饭了吗？陈福民说，吃过了。瑶琴说，你回来做的？陈福民说，我回来都已经累得半死了，哪还有劲做饭？瑶琴说，那你吃的什么？陈福民说，我把冰箱里的一点剩饭剩菜混在一起炒了一碗油炒饭，刚好够我一个人吃。瑶琴说，那我呢？陈福民说，我能把我自己顾上就不错了，谁让你下班这么晚？瑶琴心里好一阵不愉快。但她没说什么，自己泡了碗方便面，随便吃过了事。

这天晚上，瑶琴情绪蓦然间低落下来。陈福民倒是没事一样，缠着瑶琴亲热了一番，到10点半便赶回学校。

陈福民走时，瑶琴突然说，我现在也上班了，以后也很难顾得上你的晚餐。你要是来，就吃过饭再来，或者干脆星期五再过来。陈福民怔了，他站在门边，没有动。仿佛想了想，陈福民说，你不高兴了？瑶琴说，谈不上，我只不过觉得好累。陈福民说，你要是觉得累，就直说呀，以后晚饭我做就是了，不就是这点小事吗？

陈福民走后，瑶琴躺在床上，好久睡不着。瑶琴想，激情这东西是纸做的，烧起来火头很旺，灭下去也很容易。一日日琐碎的生活仿佛都带着水分，不必刻意在火头上浇水，那些水分悄然之间就浸湿了纸，灭掉了火。

第二天，瑶琴到家时，陈福民还没回来，瑶琴还是自己做饭。菜差不多炒好了，陈福民进了门。陈福民说，不是说好了我回来做的吗？瑶琴说，我回都回了，未必还坐在那里干等？陈福民说，这是你自己主动做的哟，到时候别又怪我。瑶琴说，我怪你和不怪你又有什么差别？

瑶琴说完，突然觉得自己半点胃口都没有了。她摆好桌子，进到卧室里。她心里好躁乱，浑身火烧火燎的，血管淌着的仿佛不是血而是火。她想跺脚了，想骂人了，想揪自己的头发了，又有些想要砸东西了。她不知道自己为什么会这样，她不知道这份躁乱由何而起，她也不知道怎样才能让自己安定下来。瑶琴在屋里困兽一样转了几个小圈。她想起以前她一旦为什么事烦乱时，杨景国总是搂她在怀里，安慰她，劝导她。她不由得打开箱子，拿出杨景国的照片，贴在胸口，仿佛感受着杨景国的拥抱。瑶琴哀道，景国，帮帮我，你来帮帮我呀。

有一股凉意触到了瑶琴胸前的皮肤，慢慢地，它向心里渗透，一点一点，进到了瑶琴的心中，仿佛有一张小小的嘴，一口一口地吃着流窜在瑶琴周身的火头。瑶琴坐了下来，她开始平静。她看到了窗外的树，树叶在暗夜中辨不清颜色。被月光照着的几片，泛着淡淡的白光。对面楼栋的窗口，透出明亮的灯光。窗框新抹过红漆，嵌在那灯火中。一个女人趴在窗口跟楼下人说话，就像是一幅风景。瑶琴想，其实什么事也没有啊，其实我是好好的啊。景国，我给你找麻烦了。

陈福民盛好了饭，走到门口。陈福民说，吃饭吧，怎么跑掉了呢？说话间，他看到了贴在瑶琴胸前的照片。他走了过去，从瑶琴胸前抽出照片，拿在手上看了看说，他就是杨景国？瑶琴说，是。陈福民又看了几眼，似乎在忍着什么。好一会，他将照片轻轻放在床上，走了。走到门外，回头说了一句，你不把他忘掉，我们两个是没法过日子的。

吃饭时，陈福民一直没有说话。他的心像是很重，不时地吐着气。饭后，他没有看电视，也没有告辞，便走了。瑶琴听到门的哐声，她知道，她本已走向陈福民的心，又慢慢地回转了，回转到杨景国那里。只有那里才让她有归宿之感。瑶琴想，真的好久没有去看杨景国了。

第二天瑶琴跟老板请假，说是家里有点事情，需要提前走。老板也就是瑶琴妈的学生说，要去哪里？需不需要我开车送？瑶琴说，不用了，我去东郊，那地方得自己去。老板说，是去松山？看你的……瑶琴点了点头。老板默然不语，好半天才说，你现在还去看他？都多少年了？瑶琴说，十年了。不去看心里就堵。老板说，每个月都去？瑶琴说，是的。老板说，以后每个月我都专门批你一天假，让你从容去，别这么赶忙。瑶琴心下好是感激，说谢谢老板了。老板说，你男朋友虽然死了，可他是个幸福的人。瑶琴苦笑笑说，我宁愿他少一点幸福，但是还活着。老板说，可是你知道吗？当你深爱的人背叛你时，你会觉得生不如死。瑶琴说，是吗？

瑶琴走到了车站。有人叫她，声音响亮而熟悉。瑶琴心里蹦出张三勇三个字，回头一看，果然是他。

张三勇说，我正想去找你，扭过头就刚好看到你了，你说巧不巧？你去哪儿？瑶琴说，去东郊。张三勇张大了嘴，说，你还去看杨景国呀？瑶琴说，怎么能不去？张三勇伸手摸了一下瑶琴的额。瑶琴吓一跳，伸手打开他的手。张三勇说，我想看看你是不是个人。瑶琴说，真是屁话。张三勇说，你如果到别处去，我就陪你。你去那儿，我就不陪了，我最讨厌那个家伙。瑶琴说，我又没让你陪，不过，他不讨厌你。他说要不是你，他不会跟我在一起。张三勇叹道，唉，想起来都怪我，我那一拳头，害煞多少人？要不然，我早跟你结了婚，你也不会像今天一样，一个人守间空屋过日子。我也不会随便找个人，末了还是离掉，成了一个孤家寡人。杨景国不跟你也不会睡在松山上。我的那个悔呀，看我脸色，发青吧？都是悔青的。如果……瑶琴说，车来了，我走了。

瑶琴疾疾地跳上车，她不想再听张三勇说下去。因为这些话，于她没有任何意义。世界上的事没有什么如果好讲。难道跟你张三勇结了婚，这三个人的日子就会变得更好吗？谁能保证你不会离婚？谁能保证她瑶琴不是独守空房？谁能保证杨景国在这个如果里活过了，却没有死在另一个如果里？人这一生，一讲如果，就虚得厉害了。世界这么大，这么乱，这么百变，一个人在这世上活，还不跟盲人摸象一样？碰上了什么，就是什么。

尚是早春。山上的树都没有绿，草也黄着面孔趴在地上。曾经下过雪，雪化时有人踩过，草皮上满是干透的泥泞。瑶琴蹲在杨景国的墓前。瑶琴觉得她完全看得见杨景国。杨景国正全神贯注地等着听她说话，听她倾诉她所有的心事，她的痛苦和欢乐，她的忧伤和愤怒。杨景国是一个最好的听众，他从来不打断她的话，他总能用耐心的眼光望着她。他深情的目光可以化解她心中的一切。如果她痛苦，这痛苦就会像雪一样化掉；如果她快乐，这快乐就会放射出光芒来。除了杨景国，谁又可以做到这一切呢？

瑶琴说话了。她的声音在早春的黄昏中抖着。瑶琴说她是一个可恶的人，她险些想让别人来替代她的杨景国。她甚至想为了那个人去努力地忘掉杨景国。她要把杨景国埋在记忆深处，只在夜深人静时悄悄地想念他。但是现在，她明白了，杨景国是没有人可以替代的，而她的心里除了杨景国，也不可能再容下别的人。瑶琴说，我今天就要在这里，把这些话明明白白地说出来，我要说给你听，你听到了吗？听到了就回答我一声。

四周很空旷。因为无风，没有树枝摇摆。瑶琴的声音就是风，穿行在扶疏的杂木中，仿佛把它们吹动了，仿佛让它们的枝条起舞了，仿佛从舞动中传出了声音，很天籁的声音。这当然就是杨景国的回答。

瑶琴到家时，比平常又晚了许久。这天陈福民做好了饭。陈福民盯着进门的瑶琴说，是去东郊了吗？瑶琴说，没有，今天加班。说完，瑶琴想，我为什么要说这个谎呢？

十一

瑶琴的妈终于又找瑶琴说结婚的事了。妈妈说，五中校长专门找过她，是陈福民让她去找的，陈福民想结婚，可又怕跟你说时会碰钉子，自讨个没趣，便有些胆怯，想请老人出面做主。妈妈说，你难道还要像小年轻那样谈恋爱？闹也闹过了，和也和好了，住也住在了一起，不结婚还想干什么？瑶琴说，不干什么，结了婚又能干什么？妈妈说，既然结不结婚都差不多，那就结吧，我和你爸真是看不下去了。人生不就这么回事？哪里需要人去想这想那？如果什么事都由得人想好了再去做，做出的什么事又都合自己的意，那人生又有什么趣味？就算选错了人，又有什么打紧？一辈子还不是要过？一百个女人结婚后会有九十九个半觉得自己选错了人。你不是选错了这个，就是选错了那个，总归都是个错。既然如此，不如就选眼前这个算了，免得浪费时间。决定一件事都像你这样白天想完夜晚想，猿猴到今天还没变成人哩。

妈妈大大唠叨了一通后走了。瑶琴回头细细想她说过的话，觉得她讲得还蛮有道理，既然结婚跟不结婚都差不多，既然选错了人一辈子也还是要过，既然两个人过仍觉寂寞，一个人过也是孤独，何不就这么算了？

晚上，陈福民来时，瑶琴就盯着他。陈福民说，你盯着我干什么？你让我心里发慌哩。瑶琴说，你托人找我妈了？陈福民说，你妈来过了？你怎么想？瑶琴便把妈妈的话复述了一遍。

陈福民的目光散漫着，仿佛瑶琴说的是一件比洗碗更加随便的事情。瑶琴说，你是什么意思？是你要她来说的，你怎么又这样？陈福民说，我只想听你的意见，并不想听你妈说了什么。瑶琴噎住了。她是什么意见呢？瑶琴觉得自己还没有想好。可她转念又想，如果想好了，她又会是什么样的结论呢？这结论就会是陈福民以及她妈她爸所满意的吗？

陈福民似乎看透了她，说，你还没想好对不对？或者说你还在想着那个死人对不对？瑶琴说，你怎么这么多废话？你要结就结好了，我没意见。陈福民说，你也别太低看了我。瑶琴说，什么意思？陈福民说，我需要婚姻，但我也要爱情。没有爱情的婚姻，我不想要。瑶琴说，是吗？陈福民说，可是我到现在还不知道你到底爱不爱我。我不确定你是不是心里需要杨景国，肉体需要我。我是一个贪心的男人，我两个都想要，要你的肉体更要你的心。如果你只给我一样，那还不如我去伺候一个不会说话不会思考的病人，然后去找发廊小姐发泄一下。瑶琴说，两个人在一起过日子，没有爱情，但有平静的生活，就不行吗？陈福民说，也许行吧，不过我还是要跟你说，我已经有过十年痛苦不堪的生活，现在我需要至少十年的幸福来弥补。是不是有点可笑？瑶琴说，是这样啊。陈福民说，结婚吧，爱我十年，行不行？十年后，你不想爱了，我就由你。瑶琴淡然一笑，说，十年吗？如果我们结婚，至少有三十年过头，我在后十年爱你，不也行吗？你要的只是十年。陈福民怔了怔，笑了，说，想不到你还有这一手。瑶琴说，本来我也是不太想结婚的。可是现在我觉得结婚和不结婚并没有什么大的区别，所以就觉得结了也行。陈福民说，是不是有点破罐子破摔？瑶琴想了想才说，可能有点，但也不全是这样。

陈福民于是沉默，说，既然你这么说，我倒愿意再等等，等到你死心塌地爱上我，离不开我，我再跟你结婚。瑶琴说，也行。说完，瑶琴想，死心塌地地爱你？离不开你？这可能吗？你当我才十八岁，什么事都没遇到过？

躺在床上的时候，陈福民附在瑶琴的耳边说，其实我心目中的所谓爱，也只是想要你忘掉杨景国，不要让我在抱你的时候，能闻到他身上的气息。瑶琴说，瞎说什么？陈福民说，你不信？你身上，我总能闻到一股湿湿的气味，像是刚从雾水里钻出来，那不是你的气味，是他的，我知道。

瑶琴心里咯噔咯噔地猛跳了许久。这天夜里，她果然又看到杨景国从雾气浓浓的河岸走了出来。

结婚的事暂时放下不说了，生活就变得有些闷闷的。

陈福民晚上有时来，有时不来。不来时，他会打电话，或说是给学生补课，或说是有朋友在他那里打麻将。每个周末陈福民倒是必到的。陈福民说周末如果不跟女人一起过，就觉得这世上只剩得自己一个人，清冷得受不住。一到星期五，瑶琴就会去买一些菜，等陈福民回来做。瑶琴有了工资，陈福民就更不提钱的事了。瑶琴也懒得提，想想无非就是一天一顿饭而已。

陈福民有时候很想浪漫一下，比方去舞厅跳跳舞，或者去看看电影。瑶琴都拒绝了。瑶琴说，当你才二十岁？陈福民说，四十岁就不是人了？瑶琴说，当然是人，但是是大人，大人不需要那些小儿科。陈福民说，未必大人的日子就是厨房和卧室？瑶琴说，当然不是。大人有大富人和大穷人之分。如果是大富人，就可以坐着飞机，天南海北地享受生活，今天在海岛，明天在雪山。如果是大穷人，对不起，能有厨房和卧室已经是不错的了。陈福民说，什么逻辑？富人有富人的玩法，穷人也有穷人的玩法呀。瑶琴说，好，穷人的玩法就是去跳舞，去看电影。舞厅门票三十块钱一张，两个人六十块；电影票二十五块一张，两个人五十块，是你掏钱还是我掏钱？陈福民顿时无话。瑶琴心里冷笑道，一毛不拔，还想浪漫？这种浪漫谁要啊？陈福民说，既然话说到这地步，那就待在家里聊天吧。

聊天的内容多无主题，东一句西一句的，有些散漫又有些恍惚。陈福民喜欢说他学校的事，说得最多的是他的学生出洋相的故事，甚至有时还说至少有三个女生暗恋他。瑶琴则说又到了什么新书，哪一本书其实很臭，却卖得特别好，哪本书明明很好却卖不动。

墙上的钟便在他们零散的聊天中，嘀嘀嗒嗒地往前走。有时走得好快，有时又走得很慢。遇到好看的电视时，两个人都不讲话了，一起看电视。瑶琴蜷坐在沙发上，陈福民便坐在她的旁边。有时候，陈福民伸出手臂，搂着她一起看，像一对十分恩爱的情侣。瑶琴不太习惯，但也没有抗拒。

倚着陈福民时，瑶琴仿佛觉得自己心里一直在寻找着什么。她嘴上跟陈福民说着话，眼睛望着电视机，身体内却另有一种东西像海葵一样伸出许多触角四处寻找着。尽管陈福民的鼻息就在耳边，可每一次的寻找又似乎都是一无所获。空空的归来让瑶琴的心里也是空空的，不像跟杨景国在一起的感觉。常常，瑶琴空荡荡的目光会让陈福民觉察到，陈福民会带有一点醋意地说，怎么？又想起了杨景国？你能不能现实一点？

有一天陈福民打电话说，他晚上有事，不能回来。瑶琴就一个人做饭吃。刚吃完，有人敲门。瑶琴觉得可能陈福民事情办完又回来了，上前开门时便说，不是说不回来吗？门打开后，发现站在那里的是张三勇。瑶琴呆了一下。

张三勇说，怎么，以为是别人？瑶琴说，是呀，怎么也不会想到是你呀。张三勇没有等瑶琴让进，就自动走了进来，自动地坐在沙发上，自动地在茶几下找出烟缸，然后自己点燃了烟，那神态就好像他仍然是瑶琴的男朋友一样。

瑶琴说，你找我有事？张三勇说，我要有事还找你？我就是没事才找你。因为我晓得你也是个没事的人。瑶琴说，你又自作聪明了，你什么都不晓得。张三勇说，前些时我见你去看杨景国，我就晓得你还是跟以前一样，什么都没有变。我想，上天给我机会了，上天晓得我们两个是有缘的。瑶琴说，我警告你张三勇，你不可胡说八道，我看你是老同事的面子，让你老老实实在这里坐一下。抽了这根烟，你就赶紧走人。张三勇说，瑶琴，何必这么生分？我们也恋爱过那么久，抱也抱过，亲也亲过，就差没上床了。你放松一点行不行？我又没打算今天来强奸你。瑶琴说，你要再说得邪门，就马上给我走。张三勇说，好好好，我来看你，是关心你，怕你寂寞。瑶琴说，我一点也不寂寞。张三勇说，鸭子死了嘴巴硬。瑶琴说，我懒得跟你讲话，你抽完烟就走吧。瑶琴说着，自顾自地到厨房洗碗去了。外面下雨了，瑶琴从厨房的窗口看到树在晃，雨点也扑打了上来。瑶琴说，下雨了，你早点回吧。张三勇说，我回去了，你是一个人，我也是一个人。我不回去，两个人还可以说说话。我在屋里养了几只热带鱼，我一回家，就只看到它们是活的。

张三勇说话间，门又被敲响了。厨房里的瑶琴没有听见，但张三勇听见了，张三勇说着话，上前开门。进来的是陈福民。张三勇说，你找谁？陈福民说，你是什么人？张三勇说，我是这家的男主人。陈福民说，有这种事？

瑶琴闻声从厨房出来。陈福民说，这是怎么回事？瑶琴说，哦，他是我在机械厂的同事，今天来看我的。陈福民说，这么简单？张三勇说，也不是那么简单啦，在杨景国以前我们两个死去活来恋爱过一场，差点就结婚了，结果，杨景国那个王八蛋把我们拆散了。得亏他死了，要不然我落这份上时，也饶不了他。瑶琴说，你瞎说什么呀？借你一把伞，赶紧回去吧。张三勇说，你还没告诉我，他是什么人？陈福民说，我才是这里的男主人，现在是我跟瑶琴死去活来地恋爱，没你什么事。张三勇当即就叫了起来，你又找了男人？那你三天两头去看杨景国干什么？瑶琴说，走走走，你赶紧走吧。

张三勇走后，陈福民坐在他曾经坐过的地方。茶几上还放着张三勇的烟。陈福民用着他拿出来的烟缸，也抽起了烟。抽得闷闷的，吐烟的时候像是在吐气。瑶琴说，不是看到烟就想呕吗？陈福民没说话。

抽完一支烟，陈福民说，一个杨景国就够我受的了，这又冒出一个来。

比杨景国资格还老，而且还是活的，这叫我怎么吃得消？他叫什么？瑶琴说，张三勇。陈福民说，他真的就是来看你的？怎么拿这里当自己家一样？瑶琴说，他就那么个德行，我能怎么办？陈福民说，他来干什么？瑶琴说，他跟他老婆离了，也许想找我恢复以前的关系，不过这不可能。陈福民说，为什么不可能？你们以前也好过，轻车熟路，可能性太大了。瑶琴说，你希望这样？陈福民说，不关我的事。你要想跟他重归于好，我也是挡不住的，你一心想着杨景国，我挡住了吗？瑶琴说，张三勇跟杨景国是完全不同的，张三勇在我眼里只是一个混蛋而已。陈福民说，好女人最容易被混蛋勾走。瑶琴说，那你也算吗？陈福民想了想，哈哈地笑了起来。笑完说，大概也算混蛋一个。说得瑶琴也笑了起来。

陈福民说，他说你三天两头到杨景国那里去？瑶琴说，哪里有三天两头？陈福民说，反正常去？瑶琴说，只是习惯了，有什么事就想去那里坐坐。陈福民说，去诉苦？去那里哭？去表达你的思念之情？瑶琴说，其实只不过到那里坐一会，心里就安了。陈福民说，不能不去？你不能总这样呀！瑶琴没有作声。陈福民说，你要到什么时候才能明白？他已经死了，而你还活着，你俩是无法沟通的，你应该把感情放在活着的人身上。瑶琴说，你也可以到你前妻的墓前去哭呀，这样我们就扯平了。陈福民说，你这是什么话?！再说我为什么要哭她？我对她早就没有眼泪了，我后来的眼泪都是为自己流的。

瑶琴努力让自己想起曾经躺倒在杨景国旁边的那个女人的样子，但她怎么都想不起来。她只记得她仰在那里，满面是血，只记得一个男人在号哭。其实瑶琴也知道，那时她自己全部的心思都扑在杨景国身上，她在听杨景国最后的声音，在看杨景国最后的微笑。她并没有太留意与他同时摔倒的女人。那女人在她的印象里只有一个轮廓。她被撞惨了，她即将成为植物人了，她开始折磨爱过她也被她爱过的人了，于是她就被那个哭她的男人恨之入骨。

陈福民说，不要怪我没有提醒你，以后你不要再去了，否则……瑶琴说，否则又怎么样？陈福民说，我也不知道怎么样，我想我会……把他的墓给平了。瑶琴吓了一跳。瑶琴说，你疯了。陈福民说，那你就别让我疯掉呀。你不去，我就不会去。

连着两个晚上，瑶琴都梦到杨景国。他站在一个陷下去的土坑里，耸着肩望着她，一副吊死鬼的样子。瑶琴惊道，你怎么啦你怎么啦？杨景国愁眉苦脸着，什么也不说。瑶琴每每在这时醒来。瑶琴想，难道杨景国真被挖了？

第三天，瑶琴一大早便请了假。瑶琴紧紧张张赶到东郊的松山上。瑶琴想，如果陈福民真的平了杨景国的墓，那该怎么办？陈福民真敢做这样的龌龊事吗？他要真做了，我应该怎么办？我要杀了他吗？瑶琴想时，就有一种悲愤的感觉。

山上一片安静，杂木上的露珠还没落尽。杨景国的墓跟以前一样，也是静静的。瑶琴绕着墓走了一圈，然后呆站了片刻，她没有烧香，只是低声说了一句，以后你自己照顾好自己，我以后恐怕会很难来了。然后就下山了。她有些落寞，走时一步三回头，仿佛自己一去不返。

这天瑶琴主动告诉陈福民，说她去了杨景国的墓地。她去做了一个了断。她告诉杨景国，以后她不会去看他了，让他自己照顾自己。她说时，不知道什么缘故，眼泪一直往外涌。她努力克制着泪水，可是它们还是流了下来。陈福民有些不忍，搂她到胸口。瑶琴贴在陈福民的胸口上，感觉着他的温暖。这毕竟是与杨景国不同的温暖啊。她的哭声更猛了。陈福民长叹了一口气说，结婚吧，管你爱不爱我，我们结婚吧。

十二

事情就这样定下来了。

瑶琴想想，有时做一个决定也很简单。虽然它并不是你最想要的，可是一个人如果总是能得到他最想要的东西，那么这个人必须是一个怎样幸运的人呢？

新容听说瑶琴要结婚了，连忙跑过来。新容说，听到这个消息，张三勇气得半死，一口气喝了一斤酒。可我好高兴。你要不要我当你的伴娘？瑶琴说，你以为我会像年轻人那样大操大办吗？新容说，为什么不可以？一个人一辈子就这么一回，而你又跟别人不一样，你的婚姻来得多不容易啊。厂里好多人都想送礼哩。瑶琴说，去告诉他们，免了吧，如果是跟杨景国结婚，我就照单全收，可惜不是。所以，我结这个婚也不是特别开心，我一样礼都不想要。新容说，你怎么能这样想呢？你心里只想着杨景国对不对？那你就只当是跟杨景国结婚呀。只当你杨景国出门了十年，现在回来跟你结婚了。你这样想，你就会开开心心的呀。当然，这是放在你自己心里的事，你不必说出来就是了。

瑶琴被新容说愣住了。瑶琴想，哦，我可以只当是跟杨景国结婚吗?

瑶琴果然试想着自己将要同杨景国结婚。试想了几回，她便找到了一点点感觉。当初她和杨景国为了买新房的东西，提前跑过许多商场，早早就把要买的什么都看了一遍，只等拿到房钥匙，就开始采购。现在，她可以接着那个时候来做这一切了。

陈福民原想让他的住所成为新房。可是瑶琴想想他前妻在那里住了九年半，幻觉中就出现她卧在床上病气深重、瘦骨嶙峋的样子，便有不寒而栗之感。瑶琴觉得自己连进那扇门的勇气都没有。瑶琴对陈福民建议还是以她这边为主。瑶琴说两人都不富裕。她这边的东西齐全一点，就可以少花许多钱。陈福民想想觉得她说得有理。再又想另有一处房子独归自己，真有什么事，还有一个退路，反而更好，便依了她。陈福民这样想过后，就觉得婚事对于他来说简单多了。因为房间怎么布置，瑶琴是一定会按自己的主意的。他说了也不算数，索性不管，少一桩事，又何乐不为?

瑶琴每天下了班，都去商场打转。看到合适的东西，她就买回来。瑶琴的妈说瑶琴结婚不容易，给了瑶琴三万块钱，叫她把家里的旧东西都换新，并且买东西无论如何要按自己的心意去买，买好的。瑶琴把这话告诉陈福民时，陈福民说，还是实际一点吧，我们又不需要赶时髦。瑶琴说，那彩电和冰箱，就由你出钱买，好不好?陈福民说，喂，最贵的东西都让我来买呀?那我就把我家的搬过来好了。瑶琴说，歇着吧，我才不用你老婆用过的哩，我买就是了。陈福民说，你买就你买，你妈给的三万块钱，我看也足够我们买的了。瑶琴没作声。陈福民说，你没生气吧?你要是生气了，那就我来买。瑶琴说，我没生气。

瑶琴说完想，我生什么气?新容都跟我说了，我当是跟杨景国结婚哩，又不是跟你结婚，你买不买才不关我的事哩。

于是瑶琴再也懒得跟陈福民说谁买什么和不买什么了，她全部都一手包办下来。忙着忙着，瑶琴就忙得亢奋起来，十年来的抑郁都被这忙碌所驱除，瑶琴的脸上泛着红光。走进院子时，常有熟人笑道，瑶琴，看了你就晓得，人还是要结婚呀，你看这些日子你越来越漂亮。瑶琴便笑。熟人又说，真的好久没有看你这样笑过了，开心得就像你跟杨景国在一起时一模一样。

周末的时候，陈福民也过来帮忙。

瑶琴的屋子全部换了新的墙纸，墙纸泛着一点淡米色。瑶琴说，当初我和杨景国两个人去看墙纸时，一眼就看中了这种样式的。窗帘很厚重，是黄底印花的。瑶琴说，杨景国说这款窗帘配我们的墙纸特别协调，我比了一下，果然是这样。顶上的吊灯也换了，古色古香的一款。瑶琴说，我先看中的是一款很洋气的，可是杨景国特别喜欢这样的。我左看右看，觉得还是他的眼光比我高。床罩是上海货。杨景国特别喜欢上海的东西，他什么东西都喜欢买上海的。他说上海人精细，做东西讲究，不像广东人，光讲时髦，不注重做工。

陈福民本来看到新房弄得很像一回事，也蛮高兴的。可是瑶琴左一口杨景国，右一口杨景国，说得那么如意自然，他心里一下子就阴暗了下来。陈福民终于忍不住打断瑶琴的话。陈福民说，喂，你是不是以为你跟杨景国结婚?

瑶琴吓了一跳，她这才突然意识到，她已经把心里的内容在不经意间流露了出来。

这天，陈福民连晚饭都没有吃就走了。一连几天，陈福民都没有露面，也没有打电话过来。瑶琴想，难道就这样了?

想过，瑶琴就给陈福民打了一个电话。瑶琴说，你要怎么样? 陈福民说，没什么呀，我只是在想事。瑶琴说，想什么? 结婚还是不结婚吗? 陈福民说，怎么会? 我当然要跟你结婚。我都说过了，不管你爱不爱我，我都要跟你结婚。瑶琴说，那你还想什么? 陈福民说，为什么这么多年你都忘记不了杨景国，他是一个什么样的人呢? 我就在想这个。瑶琴说，那你就不要想了。陈福民说，我不想不行，因为他挡了我的幸福。瑶琴说，那我就告诉你，他是天底下最好的人。陈福民说，是吗? 听你这么一说，我还真不服气哩。瑶琴说，服不服气也就这么回事。他都死了，你又何必在意? 陈福民说，我不明白的就是，他都死十年了，还让我这么不舒服。张三勇还活着，可你看我有没有半点介意他? 瑶琴说，你有毛病呀! 瑶琴说完，挂掉了电话。

晚上，瑶琴一个人坐在屋子里呆想。世界上的事让人不明白的多着哩，你还能每一件都弄清? 想着一个死去的人难道不比想着一个活着的人要好些吗?

十三

结婚的日子是瑶琴和陈福民两人商定的，没有打算挑选吉日。学校暑假开始那天，他们就举办婚礼，然后出门旅行去。这一次他们计划去云南。听人说，那边的风景特别好，可以看到草原和雪山。陈福民说，去把灵魂洗一洗，洗干净好过一种全新的日子。陈福民总能说出很漂亮的话，这是杨景国说不出来的。杨景国总能做出很漂亮的事，却没见陈福民做出什么。瑶琴心里永远这么比较着他们二人。

婚期不远了，陈福民却突然忙了起来。有时一连几天都没空到瑶琴这边来，偶尔他会打个电话，电话里说些奇怪的事。有一回，陈福民打电话说他正在茶馆里，然后叫瑶琴猜他和谁在一起喝茶。瑶琴当然猜不出来。陈福民就说是和张三勇。瑶琴怎么也想不通，陈福民怎么会跟张三勇坐在一起喝茶?又一回，陈福民打来电话，告诉瑶琴他在和吴望远聊天。瑶琴只觉得吴望远这个名字很熟，却怎么也想不起来他是什么人。好多天后，才记起，杨景国有个大学同学就叫吴望远。还有一回，陈福民说他在乡下，乡下正刮着风。陈福民让瑶琴通过电话听那里的风声，然后说，你能闻出这风里的气息吗?

瑶琴闹不懂他在做什么。瑶琴想，管你做什么，不干我的事。

星期六的时候，陈福民来了。手上拎了只鸡，还拿了一根擀面棍。瑶琴说，太阳从西边升起了，怎么想起来买鸡呢? 陈福民说，讨好老婆呀。瑶琴说，怎么这么粗一根擀面棍? 陈福民说，是学校看门老头送给我的。说这木头沉实，擀饺子皮擀面条都特别趁手，那老头是东北人。瑶琴说，这擀面棍真打得死人哩。陈福民说，居家过日子，这东西特实在。

瑶琴和陈福民说好星期天一起去照婚纱照。瑶琴的妈要瑶琴无论如何都要去买一套婚纱。瑶琴觉得人一辈就穿这么一回，照相时借一下就行，而婚礼穿件旗袍就好了。瑶琴的妈说，就因为人生只穿一回，难道你还要穿件无数人都穿过的脏兮兮的婚纱? 瑶琴一想也是，没准陈福民老婆十年前也穿过的。想过，她就约着新容一起上了街。跑了好几家婚纱店，挑来挑去，总算挑了件满意的。新容说，酷毙了，还说现在年轻人都是这样用形容词。但陈福民却不是那么高兴。陈福民说，我真不晓得你只赚这么几个钱，却能拿钱不当钱。瑶琴说，我又没让你买，这是我妈给的钱呀。陈福民说，就算是你妈给的钱，也应该省着用。老话说，好钢用在刀刃上呀。瑶琴说，结婚不是刀刃，什么事是刀刃？陈福民说，比方哪天生病呀什么的，你又没有公费医疗。瑶琴说，你可真会说话。陈福民说，我的话都跟那擀面棍一样，实在得很。

照相的费用要一千块，价格贵得令瑶琴和陈福民都感到意外。瑶琴说，还照不照？陈福民说，看你的意思。瑶琴说，我没带够钱。陈福民说，我也没带够。瑶琴心想到现在为止，我几乎就没花过你的钱哩。想过心里就有些不悦。瑶琴说，那就算了吧。陈福民说，是你说算了的，到时候不要怪我。瑶琴说，我什么时候说要怪你的？

本来两个人准备照完相后，去看一场电影。瑶琴一下子没有了情绪。瑶琴揶揄道，看一场电影两个要花五十块钱，还是省了吧，以后可以用来看病。陈福民说，这个钱我来出好不好？免得你觉得我这个人小气。瑶琴说，我看还是算了吧，小气又不是什么大毛病。

于是两个人白出门一趟，什么事也没干就回了。星期天的气氛因了这趟白出门的经历一下子阴郁起来。瑶琴回来便往床上一躺。天花板上立即浮出杨景国的脸庞，忧郁地望着瑶琴。杨景国对瑶琴说，你什么都不用管，你只管当你的新娘子，所有的事都交给我，我的钱就是你的钱，我是你的奴隶也是你的管家。杨景国当年跟瑶琴说话的样子历历在目。

陈福民开始在厨房做饭。陈福民大声说，结婚时肯定会很累，婚前要好好补一补。今天我做辣子鸡和肉末蛋羹给你吃。这只鸡是真正的土鸡，比肉鸡贵多了，是我特意买给你的。

瑶琴没作声，她坐了起来。她新买的婚纱还放在包里。瑶琴想，婚纱照不拍也好。如果是杨景国，那就是再贵她也是要拍的。只是可惜了这套婚纱，如果结婚那天不穿的话，那就根本没机会穿它了。瑶琴在想，结婚那天到底穿婚纱还是穿旗袍呢？想了半天，她决定还是穿旗袍更好，因为她已经不再年轻，她的脸上有了皱纹，以她这样的年龄，穿件婚纱也有些不像那么回事。这婚纱就给自己做纪念好了。因为它的存在，她会明白自己是一个已经结了婚的人。

这样想着，瑶琴便将婚纱从包里拿了出来。她打开箱子，想把婚纱放进去。打开箱盖，瑶琴一眼看到的就是杨景国的相片。包裹着相框的羊毛衫不知道怎么松开了，杨景国的脸便露在了外面。他的目光依然忧郁，透过他黑框的眼镜和镜框的玻璃注视着瑶琴。瑶琴用手指在他的脸上抚了一下。瑶琴低语道，你没事吧？然后她把杨景国的相片放在了婚纱上。瑶琴想，对呀，我的婚纱就给你穿好了。一辈子穿在你的身上，你就会知道，你已经跟我结婚了。

瑶琴因了这个想法，心情变得愉快起来。但是在她的身后却响了一个声音，细细的，却也是严厉的，你在干什么?！这是陈福民。

瑶琴想关上箱子，但来不及了。陈福民有些气急败坏。陈福民说，为什么你总让他出现在我们之间？为什么就不能让过去的事情永远过去呢？瑶琴说，我我我……陈福民说，你不要说了。我今天就要好好地告诉你杨景国到底是个什么人。瑶琴有些讶异，说，什么意思？陈福民说，别以为你了解杨景国，我现在比你更清楚地知道这个人的底细。你把他当宝贝当偶像一样珍惜着崇拜着，心里把他想象得完美无缺，其实他这个人狗屁不是。瑶琴说，你瞎说什么呀？陈福民说，我一句也没有瞎说，我要救你，我要告诉你杨景国到底是什么样的人，所以我费了好多时间，找了许多认识他的人。我去过他的老家，我去过他的学校。我怕你不相信，每回都给你打过电话。现在就让我来告诉你，这个折磨了你十年的杨景国，这个让你十年来不得安宁的杨景国是个什么东西。

瑶琴有些紧张了。她并不想听这些，她只需要知道杨景国就是她心目中的那一个就够了。瑶琴说，我不要听，我不稀罕。

陈福民说，你怕了是不是？你怕我也要告诉你。杨景国的村里人说杨景国从小就阴得很。他曾经因为他五岁的妹妹吃了他的一口饭，而把她丢进水塘里，想要淹死她。

瑶琴说，没有的事！

陈福民说，他在学校偷校长家的油被抓住后，留校察看了一年。

瑶琴声音大了一点，说，根本没有的事！

陈福民说，他后来跟他的弟弟在同一个班，他的弟弟学习比他好得多，学校要培养他上北大。可是他家里只能在两兄弟中供一个人上大学。杨景国却不让他的弟弟，反而对他的父母说如果不让他上大学，他就跳河。他的弟弟只好放弃了高考，把机会让给了他。

瑶琴声音更大了，说，这是瞎编的。

陈福民说，他的心理阴暗，又自卑，想找女朋友，又怕，所以经常去女生宿舍偷窥女生洗澡。有一次还偷了女生的内衣内裤，因为这件事在他们系里臭名昭著。他在大学里每一年都补考，他的成绩在他们系里倒数第一。他在学校为什么找不到女朋友？因为在大家眼里，他差不多就是个流氓。

瑶琴叫了起来，你胡说！你无耻！

陈福民说，无耻的是杨景国。他到你们厂后，一眼就盯上了你，故意找你问路，找你搭讪，把自己装成情深似海的样子，来勾引你。他的运气在于他新一轮坏事还没干时就死了，要不，真跟你结了婚，还不知道要出什么事来丢尽你的脸。

瑶琴跳了起来，她伸手打了陈福民一个嘴巴。瑶琴叫道，他死都死了，你为什么还要这么污辱他？陈福民说，因为他在这个家还没有死，他原先折磨你，现在又折磨我。我要让你清醒，要你看到你天天思念的那个完美无缺的爱人只不过是一个地道的下三烂而已！

瑶琴哭了起来，说，你以为我会相信吗？对于别人，他是流氓也好，是下三烂也好，是无耻之徒也好，那是别人的事。可是对于我来说，他就是一个完美的爱人。你再怎么污辱他，也不会动摇我对他的感情。陈福民气得拿瑶琴无奈。陈福民说，你怎么就这么糊涂呢？他不值得你这样。瑶琴依然哭着。瑶琴说，就算你是世界上最高尚的一个人，可是在我心里，他比你要值得得多。

陈福民觉得自己都快气得背过气了，他没话可说，他觉得一个女人一旦愚钝了，就不可救药。陈福民说，我今天非要让你跟他彻底了断，我不要在这个家里见到这个人的任何东西。陈福民说着掀开箱子，抽出裹在婚纱里的杨景国照片，想都没想便朝地上猛然一砸。镜框立即碎了，陈福民抽出里面的相片，三两下就撕得粉碎。镜片的玻璃碴割破了他的手，血就滴在碎了的照片上。陈福民的动作太快了，瑶琴一时看得发呆。她觉得自己的心在那一瞬间也被砸得粉碎，而滴在碎照片上的陈福民的血正是她自己的。

陈福民说，床罩是杨景国喜欢的是不是？明天换掉；窗帘是杨景国看中的是不是？明天也换；吊灯是杨景国选定的是不是？我现在就砸掉；还有墙纸，也要全部都换。凡是跟杨景国相关的任何东西，我都不要见到，我不要让这个人在我的家里有一丝气息。

瑶琴说，那我呢？我是杨景国的未婚妻，我跟他有过肌肤之亲，我还为他做过一次人工流产，你要怎么把我处置掉呢？陈福民也哭了起来。陈福民说，我爱你。我不想让这个人毁了我的幸福，我已经受不了了。瑶琴想，你以为我受得了吗？

瑶琴想着，走出了卧室。她走进了厨房，鸡已经剁好了，肉末也绞了一碗。鸡蛋打了，两个蛋黄圆圆的。瑶琴把蛋打碎，然后把肉末放了进去。炉子上烧着水，水已经开了。瑶琴关了炉火。她拿起刀。刀上有剁鸡时沾上的肉渍，油腻腻的。瑶琴放了下来。她往门外走时，看到了那根擀面杖。瑶琴一伸手，就把那根擀面杖拿在了手上。

屋里好安静。发过火的陈福民显然也明白他的发火对瑶琴来说无济于事。陈福民叹着气，弯着腰清理着地上的碎片。

瑶琴站在门口。瑶琴想，我不替杨景国出这口恶气吗？我只有替杨景国出了这口气我才能跟他了断啊。瑶琴想着就举起了擀面杖。那一刻，瑶琴全身的力气都凝聚在两只手臂上。她朝着陈福民的背挥了过去。

陈福民知道瑶琴在门口，他想站起来跟瑶琴说句话。他想说，你要是实在忘不掉，那就不忘吧，让我慢慢跟他来斗。在他站起来的那一瞬，瑶琴的擀面杖已经挥了下去，正在砸在了他的头顶。陈福民脑子里什么都没来得及想，就发出一声巨响倒在了地上。他的血再一次融进了地板上的玻璃碴中。瑶琴呆掉了。

躺在地上的陈福民满面鲜血，和躺在石头边满面鲜血的杨景国一模一样。

十四

新容想尽办法，通过她的警察表哥，终于在看守所见到了瑶琴一面。新容哭着说，瑶琴呀，你怎么这么傻呢？你为什么要这么做呢？瑶琴面容苍白。瑶琴说，他怎么样？新容说，他现在成植物人了，在医院里。你怎么办呢？瑶琴说，帮我找个好律师，把我放出去，我要去伺候他。新容说，你这是何必呢？你怎么这样毁自己呢？瑶琴说，我要出去。不管花多少钱，你要想办法把我弄出去。

新容替瑶琴找了一个好律师。律师在法庭上陈述了瑶琴和杨景国的爱情故事，陈述了瑶琴十年来对杨景国无休无止的思念与爱。律师在讲这些时，瑶琴失声痛哭。那些往事在她的脑子里演绎着，然后渐渐地远去。律师说，我讲述这个故事，就是要告诉大家，瑶琴这样一个弱女子怎么会突然出手伤人？那正是因为伤者陈福民砸了她最心爱的人的照片。想想她十年来靠这张照片度过的每一天每一夜，大家就能理解当时她的激愤。正是因为伤者的过激行为，使她激愤得失去理智。从这个角度，她情有可原，希望法官能从轻处理。

法庭里有许多听众，人们点着头，同情的砝码明显倾向瑶琴。瑶琴的妈和瑶琴的爸都在哭。他们的身边许多相识和不相识的人也纷然掬一把眼泪。

判决终于下来了。瑶琴为过失伤人，判了三年，但也缓期三年。瑶琴出来后家都没回便赶去了医院。

病床上的陈福民头上包扎着白色的纱布。他两眼闭得紧紧，嘴角亦抿得紧紧。瑶琴说，我来了，我会伺候你的。如果你不醒，我要伺候你十年。如果你醒了，我就爱你十年。瑶琴说时，泪眼婆娑。她知道她的又一种人生来临了。

从那天开始，瑶琴夜里不再梦见杨景国。从河对岸的水雾中会有人走出来，深情地凝望着她。瑶琴能很清晰地看到，这个人是陈福民。

东郊的松山上杨景国的墓也没有人去清理了，杂木和野草疯长着。

陈福民在一个很冷的日子里突然醒了过来。他醒来时看到瑶琴，仿佛想起了什么。陈福民说，了断。

瑶琴说，都了断了。

方方的文学新世纪

——方方新世纪小说阅读印象

於可训

进入新世纪以后，方方的文学世界主要由三部分作品组成：一部分是一般人生故事的“刀锋叙事”，另一部分是有关爱情和婚姻的自我拯救，还有一部分是对“辛亥首义”和“武昌围城”的历史叙述。这三部分创作集中表现了方方韧性的人生态度、自主的爱情观念和人本主义的历史哲学。方方新世纪小说的“刀锋叙事”，是近期小说“极端化”写作潮流的重要表现，其中有关创作的问题，值得引起深思和注意。

一

一个成熟作家的创作，像米酒酿造，经过一个发酵过程，那些坚硬的米粒就变成了醇厚的浓浆。虽然其中仍不免有些微的浮渣，但却不影响酒浆的澄澈透明、清冽甘甜。我读方方新世纪以来的小说，就有这样的印象。

方方出生于知识分子世家，有学院派背景，但她的某些经历和独特个性，却注定了她是一个很“生活化”或曰很“世俗化”的作家。正因为如此，她早期的创作，无论是取材于校园，还是取材于市井，抑或是曾经的职业生涯所接触的人事，都是“源于生活”，都是她从一个激变时代的社会生活中所汲取的积极乐观的人生态度和她率直纯真的自然天性的表现。但这种依靠即时即地的生活感受，和本于“自性”的创作，很快就发生了变化。这变化便是方方看人看事的眼光开始由单纯变“复杂”，由面对“复杂”而深感“失望”，以至于“身不由己地陷入一种无边无际而又无言无奈的痛苦之中”。在论及《白梦》的创作时，方方曾谈到过引起这种变化的原因。但她所说的某个具体事件，无疑只是她的创作将要发生变化的一个偶发的契机。事实上，在她的创作中，这期间已经有一种东西，开始从她对生活的直接经验中升华出来，就像正在发酵的米粒，开始有酒浆从中溢出一样。这酒浆将要浸透这米粒，助它继续发酵，让随后溢出的酒浆由清淡变醇厚，由酸涩变甘甜，终至成为真正的琼浆玉液。这最初溢出的酒浆，便是日后在她的创作中逐渐得到强化，乃至起支配作用的一种理智，或曰理性精神。我曾经说她此后一个时期的创作有“三副面孔”：“比较冷峻的，如《风景》的揭示人生世相；比较深沉的，如《祖父在父亲心中》的透视家族历史；比较轻松的，如《白驹》的玩笑世间物事。”这三副面孔，便是在她这期间的创作中，逐渐生长着的理性精神的三个不同侧面的表现。

进入20世纪90年代以后，方方创作中的这“三副面孔”迭经变化：“揭示人生世相”的，由市井进入校园，如《行云流水》等；“透视家族历史”的，由个体旁及群落，如长篇小说《乌泥湖年谱》；“玩笑世间物事”的，则由社会乱象直击警匪故事，如《行为艺术》等。创作题材的这种大幅度转移，无疑表明作家在对创作做一次新的调整，也是由此日渐走向深化的表现。在这个过程中，方方把对人的生活和人性最初的那一点“失望”，留在了发酵过后的酒米之中，变成对人生问题的一种终极追问，而将她从生活中汲取的积极乐观的精神和天性中的那一点率直纯真，酿成一种面对“失望”隐忍求生的韧性的人生哲学。这种哲学甚至也影响到她对爱情婚姻的态度，只不过在这类题材的作品中，主人公大多要用一种激烈的手段反抗这“失望”，而在其他日常生活题材中，则表现出更多顺应的态度。至于历史，方方则本着她一贯的人道立场，探求隐含于其中的个人和群体的命运，不同的是，她逐渐将关注的目光由知识者移向平民，由知识者的人格变异移向平民的意义生成，将之发展成一种带有人本主义或人道主义色彩的历史哲学。

方方的文学新世纪，便是由这样的一些创作组成的一幅文学图景。

二

方方近期有一篇小说叫《刀锋上的蚂蚁》，作品的主人公是一位落魄的画家，当有人问及他年轻时的心态，这位在极端政治化的年代经受过挫折的画家说，“就仿佛刀锋上的蚂蚁，每爬一步，都怕受伤”。虽然这只是作品主人公在特定年代的个人感受，但把他的这种个人感受稍做转换，就成了方方新世纪小说处理人生问题的一种主要方式。借用这篇小说标题的句式，这种处理方式也可以叫作“刀锋上的人生”。具体体现于她的创作，则常见她把笔下的芸芸众生置于“刀锋”之上，让他们一步一步地艰难爬行，看他们如何承受这份“刺”激和“锋”险：是颓然仆倒，被“刀锋”割成碎片，还是履险如夷，顺利到达终点，抑或歪歪扭扭、磕磕碰碰，任尔遍体鳞伤，也不惧身处“刀锋”之上。我把这种处理方式称为“极端叙事”或曰“绝地叙事”，也可以直接叫作“刀锋叙事”，是方方上述“冷峻”的写作风格在新世纪创作中的一个新发展。你也许觉得这样的处理方式未免失之残忍，但或许方方正是想通过这种方式，将人生诸问题推向极致，置于绝地，以见出其中的利害，测得人性的斤两，甚或还能照出其他种种人生和社会的病相。

就拿这篇《刀锋上的蚂蚁》来说吧。像这位落魄画家这样的“刀锋心态”，但凡经历过“文革”及其之前某些极端政治化年代的中国人，尤其是那些有着这样那样的“政治问题”的中国人，多少都有所体会。这自然是中国特产，放在本土语境中，看不出有什么特别。但是，如果换一个地方，植入他种语境，情况又会是怎样呢？比如说就像这位落魄画家这样，遇上了一位好心的德国老人，帮他出国，助他成名，让他过上了美好的生活，改变了他的命运。在这个过程中，画家不常怀感恩之心，却时有警惧之意，总怀疑别人有不良企图，生怕自己受骗上当，“战战兢兢，如临深渊，如履薄冰”。这样的心态，又岂是“特别”二字能言？你当然可以说，这是文化差异使然，一个历经磨难、艰难求生，尤其是经历过那个人与人的关系高度紧张的阶级斗争年代的中国人，又如何能够理解一个衣食丰足、心无挂碍的德国老人要以余生余力做成一件事，以收获其中的快乐的心愿呢？但作者既然将主人公置于这种文化差异极大的环境之中，显然不是要他在洋人面前出乖露怯，也不完全是要批评他日后的忘恩负义，而是想借此表明，一个自由的灵魂一旦折了翅膀，即使有人帮他解开绳索，也不能真正自由地飞翔，更遑论享受自由飞翔的快乐和幸福？这样说来，方方把这个折翅的画家送到异国他乡，让他在那里小心翼翼地伸展翅膀的同时，是否也会勾起人们想起那个折翅年代的一些事情？除此而外，这篇小说似乎还有另外一个主题，就是从那位德国老人的角度看，“不要以为你能改变别人的人生”，“你给了这个人幸运，却又给了另外的人不幸”，“甚至你给人带去的幸运，或许也不一定就是幸运”。这自然是典型的德国式的思辨。这种颇带辩证色彩的思辨，是否也表明，一个人的命运无论存在多少变数，也不管这变数因何而起，最终的根源都在“自性”，比如这画家的“刀锋心态”。所谓“幸”与“不幸”，都因这心态而起，或许这也是人生的一种宿命。

就这篇小说而言，异域毕竟不是绝地，虽然主人公怀着“刀锋心态”，但《刀锋上的蚂蚁》还不是“刀锋叙事”的极致。另有两个中篇，可以当此“极致”之名，一篇叫《出门寻死》，一篇叫《万箭穿心》。这两篇小说的题目已经昭示，作者要将主人公置于绝地。不同的只是主人公的选择，一者求死，一者求生。因了这选择的不同，也就有了不同的意义。

把这两篇小说放在一起做比较分析，饶有兴味。主人公的身份都是家庭妇女、下岗女工，又都是因为一些日常生活矛盾和家庭纠纷而走向绝地或濒临绝境。不同的是，《出门寻死》的主人公何汉晴是自找的，而《万箭穿心》的主人公李宝莉却是被迫的。何汉晴“出门寻死”不为别的，只为一些鸡毛蒜皮的家庭琐事和日常生活矛盾，让她觉得活着很是“烦”“累”，这种“烦”“累”郁结于心，竟成为一个解不开的死结，于是就决定“出门寻死”以求解脱。李宝莉却是因为丈夫的背叛，一念之间断送了丈夫的性命，也改变了儿子和自己的命运，最后竟弄得众叛亲离，被公婆和儿子逐出家门。虽然二者都被作者推上了绝境，但过程和结局却大不一样。何汉晴虽然决心“出门寻死”，但她却想不到，“寻死”竟如“觅活”一样，也是一件万难之事。在“出门寻死”的过程中，不但这些家庭琐事和日常生活矛盾仍然萦绕于心，还有对家人的牵挂和对世俗生活的留恋，时刻在下意识深处与死亡抗争。她时刻放心不下、割舍不断的，正是那些让她身心疲惫又欲罢不能的家庭琐事，正是那些让她爱怨交织、气恼莫名的家人。这样一来，她的内心深处就不能不处在一种“剪不断、理还乱”的矛盾纠结之中。这样的矛盾纠结，不但没有加速她走向死亡的步伐，相反，却促成了她在“寻死”途中的许多“义举”和“善行”，不断动摇她走向死亡的决心。“生存还是死亡”，这个普通的家庭妇女在自己濒死前的“高峰体验”中，竟一步一步地走到了一个人生的终极问题面前。这是近年来我读到的一篇情节极端吊诡又极富心理张力的小说。结果是，何汉晴不但“寻死”不得，反而挽救了另一个“寻死”的女人的生命。同样要面对“生存还是死亡”的问题，李宝莉的内心没有这么多纠结。丈夫死后，她忍受着身心的创痛，靠卖苦力，一个人挑起家庭生活的重担，默默地承受冥冥中的惩罚和“报应”。尽管这样做仍得不到家人的宽恕和谅解，但她却咬紧牙关，一如既往，满怀达观地坚持走完自己余下的人生路程。如果说何汉晴是通过救人而自救的话，那么，李宝莉就纯属是一种自我拯救。二者都在这种“刀锋”状态下，完成了各自对人生的体验。

方方是一个下笔极“狠”的作家。她刻画人生、解剖人性从来不留情面。她曾在《风景》中写过“七哥”一家猪狗一样的生活，和“七哥”不择手段地向上爬的经历，又在《落日》中让两个亲生儿子把尚未断气的母亲送进火葬场，还让他们编出无数“合情合理”的借口，在《一波三折》中，她不惮于暴露一个受伤的灵魂如何变得卑劣，在《桃花灿烂》中，又不惜在一对情侣的生死恋情中插进一丛别样肉欲的“桃花”，在《祖父在父亲心中》中，她甚至忍心让一位“几十年夙兴夜寐，勤奋不懈地钻研和苦学”的“父亲”，走着“一条不通向任何地方，而直指死亡的路”，让他“存在的意义”变成“他行进时痛苦而扭曲的姿势”，如此等等。我曾经从人与环境的关系和人性自身缺陷的角度，讨论过这个问题，认为这些创作表现了人与环境的一种紧张关系和因了人自身的弱点和人性的缺陷，而与环境“联手”打败了人自己。但在这两部作品中，方方的这股子狠劲似乎有所改变。从表面上看，方方对这两篇作品的主人公仍下手不轻，但同时却也往她们的内心深处灌注了少有的温情。这温情就作品的叙事层面上看，虽然表现为主人公割舍不断的亲情和对世俗生活的留恋，但方方所着意表现的，却不完全是诸如亲亲孝悌之类的伦理关系和众生皆具的人间情怀，而是对个体生命的体认和自我价值的确证。因为无论是何汉晴的“出门寻死”，还是李宝莉的绝处求生，前者怨，后者愤，却都有一个共同的系念：“我”死了或“我”不活着，“他们”怎么办？“他们”的生活怎么办？这个“他们”以及“他们”的生活，在方方笔下，不是孤立的、外在于何汉晴和李宝莉的对象，而是已经内化为何汉晴和李宝莉的生命的有机组成部分，是她们的生命和她们的存在价值的体现。对“他们”和“他们”的生活的系念，大到丈夫的事业、儿子的前途，小到公婆的早点，乃至“坐”在炉子上的一壶水，日常生活中的“一箪食，一瓢饮”，就是对自己的生命的体认，是对自我存在价值的确证。“人只有凭借现实的、感性的对象才能表现自己的生命”，只有在“他们”身上，才能证明自己的存在，才能体现活着的价值。抛弃了“他们”和“他们”的生活，也就意味着抛弃了自己的生命和自己存在的价值。因为共有这样的系念，所以她们在发泄“怨”“愤”的同时，也都清楚地意识到，她们的肉身虽然是自己的，她们活着却是“为别个”的，她们的这条命是“归蛮多人所有”的。因此，她们没有权利选择死亡。她们唯一可能的选择，只有李宝莉的母亲指出的一个“忍”字，如黑格尔所说，“人的特点就在于他不仅担负多方面的矛盾，而且还忍受多方面的矛盾，在这种矛盾里仍然保持自己的本色，忠实于自己”，即在韧性的坚持中走完属于自己的人生路程。这种“忍”的哲学，并非我们通常所说的屈服和无能的表现，而是在百般无奈的人生面前，接受命运的安排，与命运达成和解。你也许会说，这有悖于我们一向所提倡的与命运抗争的人生理念，但在一个高扬主体性、把人的积极能动的主体作用发挥到极致的年代过去之后，重新正视人的感性存在的“受动性”，难道不也需要有一个与之相适应的主体人格的重新建构吗？从这个意义上说，方方这两篇作品的主人公，分别从不同的方面体现了这种主体人格的重建过程，是近期小说中出现的一种新的人格类型。

如果说在这种主体人格重建的过程中，上述两部作品的主人公各有“偏至”的话，那么在方方的长篇小说《水在时间之下》和中篇近作《涂自强的个人悲伤》中，水上灯和涂自强的人生经历，就比较集中、也比较典型地反映了人如何在马克思所说的“受动”（受制约的和受限制的）状态下，显现自己“感性存在”的生命本质。如同何汉晴与李宝莉一样，这两个人物也存在着极大的个体差异。虽然水上灯由一个弃儿成为一个汉剧名角，经历了无数磨难，涂自强由一个农村青年成为一个大学生，也吃尽千辛万苦，但水上灯毕竟大红大紫过，曾经到达过人生“灿烂”的极点，而涂自强则终其一生默默无闻，一事无成，虽“从未松懈，却也从未得到”。一者辉煌，一者平淡，二者在世俗生活中所发挥的能量和价值，显然判若云泥。尽管如此，在生命的终点，方方却给他们安排了一个近似的结局：她让水上灯历尽劫波，泯灭恩仇，最后洗净铅华，归隐市井，在了却生前身后事之后，如入睡般平静地死去。又让涂自强失去工作，患上绝症，在得知自己来日无多之后，安排好母亲的“后事”，也如水上灯一样，平静地走向死亡，像他在人生来路上一样，“一步一步地走出这个世界的视线”。二者都以令人倍感悲凉或倍觉“悲伤”的方式，结束了各自的人生历程。这样的结局自然是悲剧性的，但正是在承受这种悲剧性命运的过程中，这两篇作品的主人公都活出了各自的“真意”和本色，活出了生命的高贵和尊严。方方曾说《水在时间之下》“是一本有关尖锐的书”。这“尖锐”，我以为不仅在于她一如既往地把她笔下的人物置于“刀锋”之上，让他们承受种种人生的“刺”激和“锋”险，而且也在于，她以“刀锋”一样的笔触，刺破了人们向来妄自尊大的假面，让人在这种“刀锋”状态的人生体验中，得见生存的本相。

如果联系世纪之交以来的小说创作，我们不难看出，方方上述小说所追求的“刀锋叙事”，是20世纪90年代末以来“极端化”写作潮流的一个重要方面的表现。这股小说创作潮流，始于余华的《活着》和《许三观卖血记》等小说的“苦难叙事”。其特点是将众多的人生苦难加诸主人公的一生，或人生的一个阶段，借以反映主人公所处的“艰难时世”，或所经历的“苦难的历程”。这类小说就中国传统而言，有“经磨历劫”的文化原型，如《西游记》的历经九九八十一难而取得真经。就西洋小说的影响而言，则与西方近代带有“自传体”性质的小说如《大卫·科波菲尔》和“成长小说”或“大河小说”有关，如《约翰·克利斯朵夫》等，包括现代“百炼成钢”式的革命小说的影响，等等。当然，这是就其深层的文化渊源和文学影响而言，如放在现实的社会文化语境中来考察，则不能不说，从这种“极端化”的“苦难叙事”中，也不难看到当代大众文化，尤其是某种流行的电视剧模式影响的痕迹。如从《渴望》开始，到近期以各种不同身份的家庭成员为主人公的、表现嘉德懿行的电视剧作品。因为存在接受这种影响的可能，所以这些作品就不免要把人生写成“苦海”或“炼狱”，把人物写成受难者或苦行僧，失去了上述小说所具有的深广的社会生活内容和丰富的人物性格内涵。尤其是主人公所经历的某种“艰难时世”和“苦难历程”，往往是在一个线性时间的维度上，由无数接踵而至的或突如其来的人生苦难叠加、累积而成的受难图或苦行图，而不是如上述小说那样，是主人公的精神追求和人格理想与成长环境的冲突造成的人生困境，或由主人公所经历的艰难困苦而折射出一个时代的巨变。因而在这些小说中，所谓“艰难”和“苦难”，虽然也有它特定的意义指向，但就其对主人公的作用而言，似乎仅止于测试主人公身心的韧性和耐力，失去了它所应具的激励人格、完善人性的功能和价值。从这个意义上说，包括方方的上述小说在内，近期小说的这种“极端化”的“苦难叙事”，确实值得引起我们的深思和注意。

三

如果要用形象一点的说法，方方是带着一团《奔跑的火光》走进她的文学新世纪的。这篇作品写的是一个“杀夫”的故事，主人公英芝因不堪忍受丈夫的滥赌和无赖，点火烧死了自己的丈夫。这样的故事很容易让人想起台湾女作家李昂的小说《杀夫》。不同的是，《奔跑的火光》并无多少女权意识或反封建倾向，英芝也不是为了争取女权或妇女解放而杀死了自己的丈夫。恰恰相反，这是一个具有独立的经济地位和生存能力，因而也具有独立人格和独特个性的女性，为拯救自己的人生所采取的决绝行动。英芝的婚姻后来固然逐渐埋葬了爱情，但最初却是受着自己的情欲的驱使和对生活的憧憬，嫁给这个叫作贵清的男人的。贵清的滥赌和无赖，不但耗尽了她靠走村串户四处演出的辛苦所得，让她在家庭内外陷入困境，而且也断送了她重整家庭生活、重建人生图景的努力和希望。既然爱和婚姻包括全部人生幸福，都不能在自己所寄望的对象身上得到实现，相反却要受到对象的威逼和纠缠，让对象消灭也许是这个走投无路的女人唯一可能的选择。这样的选择自然为法律和道德所不容，所以在做出这个选择的同时，她也把自己送上了不归路。如同上述小说一样，这无疑又是一种“刀锋叙事”，只不过这种“刀锋叙事”不是宏观的历史或中观的人生，而是历史和人生的一种具体化形式，即所谓的爱情和婚姻生活。或许因为这篇小说是始作俑者，所以方方这期间涉及爱情、婚姻题材的小说，大都有一个与自我拯救相关的主题，且大都被作者推到“刀锋”之上，让主人公在自我拯救的过程中，显示爱的一种自给自足和自洽自为的状态。从这个意义上说，《奔跑的火光》包含了这类小说一些基本的意义元素。

为了说明问题的方便，我想把这类小说分为如下几种情况：

第一种情况是以消灭对象或自我的肉身为手段的拯救，如《水随天去》

《闭上眼睛就是天黑》。像《奔跑的火光》一样，《水随天去》也以一个杀人案结束。只不过小说主人公的性别发生了转换，由受伤害的女主角转换为代女主角发泄怨恨的男性。作品中的那个少年，不堪忍受和目睹自己心爱的女人遭受丈夫的抛弃和凌辱，愤而杀了他心目中的情敌。他保卫和拯救了自己的爱，但最终并没有真正得到他为之付出生命代价的那个女人的爱。这自然也是一种悲剧，但与《奔跑的火光》不同的是，这悲剧不是在爱与被爱（包括婚姻）的双方之间发生的一种对抗性的悲剧，而是爱的一方的自足性的悲剧，即在他沉溺其中的性爱生活图景，包括与之相关的婚恋生活图景中，通过释放仇恨以获得自我满足的悲剧。如果说《水随天去》消灭的对象是主人公心目中的情敌，那么，《闭上眼睛就是天黑》企图消灭的对象就是主人公的情欲对象化的肉身。这篇作品的主人公虽然也是男性，但这是一个对一切都视而不见，不愿正视也不敢正视现实，且缺少道德感和责任心的男人。他把自己封闭在自己的本能和情欲之中，任其自然发展，并不顾及由此而引起的一些生活、道德、法律等的现实问题。所谓“闭上眼睛就是天黑”，作为主人公的一种人生态度或人生哲学，那一团黑暗的深渊，正是他的本能和情欲之所在。虽然他在背叛妻子的过程中，也有过犹豫和“思想斗争”，但最终仍无法摆脱情欲的牵引，与情人双双私奔；被情人背叛后，也自觉痛不欲生，甚至还想到过报复，但最终仍采取逃避的态度，听其自然。他的世界，是一个以本能和情欲为中心的世界。他在这个世界里自给自足，自洽自为，需要恋爱时恋爱，需要结婚时结婚，需要偷情时偷情，需要私奔时私奔，并不顾及他人的感受和反应。尽管他可以用“闭上眼睛”来逃避自己制造的种种麻烦，但这个充满麻烦的世界，最终却逼得他不能不用自杀的方式来了却这一切。虽然主人公企图消灭的是自己的肉身，但这个肉身，同时也是他的情欲物质化了的对象。消灭了这个肉身，也就消灭了这个对象，他就可以永远地“闭上眼睛”，在另一个世界里得救，永享安宁。他的自杀未遂，并非作者心慈手软，而是意在用这种“刀锋”状态，显示拯救的希望和可能。

第二种情况是一种纯粹精神性的自我拯救，如《树树皆秋色》。这是一篇包含有双重对话关系的复调的诗性小说，是方方近期中篇小说的极品。如果说上述作品都带有比较浓重的功利的或肉欲的倾向，那么，这篇作品就是一种超功利、超肉欲的精神恋爱。作品主要的对话关系，是主人公华蓉通过电话，与一个外号老五的男性之间的“对话”；次要的对话关系，则是华蓉与同事梅芜夫妇之间的日常“对话”。这两重对话关系互为“和声”，相互映衬，相互补充，通过一个“复调”旋律，把华蓉拒绝功利、悬置肉欲，追求心灵慰藉的爱情心理表现得淋漓尽致。作品中的老五虽然始终没有出现在华蓉面前，甚至还不止一次地婉拒或回避了华蓉要求见面的暗示或安排，但却不影响他一步一步地潜入华蓉生活、深入华蓉心灵的自然进程。正是这个“但闻其声，不见其人”的幽灵一样的老五，夺走了华蓉向所寄情的山、水——她的“丈夫”和“情人”，日深月久，潜移默化，竟演成了她一直在“等待”和“渴望”着的那份“爱情”。华蓉“爱”上老五，显然与世俗的功利和肉欲无关，而是她的内心深处潜藏已久的一份有关爱的情感的外化，老五无意中便成了这外化的对象。通过这个老五，并在这个老五身上，华蓉确证了自己的爱，获得了一种精神的满足。但当这种精神的满足被老五后来捉摸不定的行踪所烦扰，华蓉感到自己的感情可能被老五所亵渎和戏弄，或因此而陷入世俗的爱情陷阱的时候，她立即中断了与老五的交往，让这段可能的爱情“胎死腹中”，永远地封闭在自己的感受和想象之中。从世俗的角度看，这样的结果或许可以理解为缘分未到，但从华蓉所经历的一场精神恋爱的角度而论，则是她的爱情得救。她重新回到了她先前的“丈夫”和“情人”的怀抱，回到了她向所寄情的山水之中，只不过这山水已非旧日的模样，华蓉也非旧日的华蓉。“树树都舒展着秋色，这秋色染透了华蓉的心”。这篇作品的结局虽然十分平淡，波澜不惊，甚至还有些诗情画意，但华蓉与老五的关系“情”到深处，戛然而止，也可以看作是“刀锋叙事”的一种变体。

第三种情况是从断裂的人生中实施爱的拯救，如《有爱无爱都铭心刻骨》《琴断口》。从某种意义上说，这两篇作品兼有上述两类作品的情节元素，尤其是死亡，更是其共有的情节元素中的核心元素。在《有爱无爱都铭心刻骨》中，瑶琴的男友杨景国死于车祸；在《琴断口》中，米加珍的男友蒋汉死于断桥。两篇作品，都是因为爱人的死亡，才造成了主人公人生的断裂，当然同时也造成了主人公情感的断裂或爱的断裂，因而修复断裂，重建人生，再造爱情，就成了这两篇作品的主人公所无法回避的生活课题。但问题是，断裂了的人生和爱情，不是《琴断口》中白水河上的那座断桥，说修复就能修复，说重建就能重建。它有太多的过去需要清理，有太多的旧情需要了结。

这过去了的生活和未了的旧情，对“重建”人生和“再造”爱情来说，又免不了是一种障碍和负担。例如瑶琴在与后来的男友陈福民相处，乃至谈婚论嫁的过程中，始终不能忘怀杨景国；米加珍虽然在蒋汉死于断桥之前已爱上了杨小北，但无论婚前婚后，蒋汉仍是她与杨小北的婚恋生活中一个有形无形的障碍。轻易地告别过去，轻率地了断旧情，对主人公来说，既是一件违心之事，也是一件悖德之行，所以要有一个曲折而漫长的过程，甚至要付出新的断裂的代价，例如陈福民因摔了杨景国的相片而被瑶琴一击致残，杨小北因不堪忍受舆论的压力而与米加珍离婚出走。这样的结局，对两篇作品的女主人公来说，自然又是一种“刀锋状态”，但正是这种“刀锋状态”，让她们维护了“旧爱”的完整和尊严，也让她们获得了再造“新爱”的希望与可能。从这个意义上说，她们是从这断裂的人生中，拯救了各自心灵中那份万劫不隳（hui，毁灭）且生生不息的爱。

如同面对人生的“失望”一样，方方对爱情和婚姻似乎也没有太多的信心。在先前的作品中，她写过爱的沉没（《船的沉没》），也写过爱的屈辱（《随意表白》），还有诸如《桃花灿烂》那样的爱的悲剧，诸如《无处遁逃》那样的夫妻陌路，以及穿插在诸多作品中的家庭纷争，等等。不同的是，她此前的这类作品，受伤害者虽然也多为女性，但却大多逆来顺受，听其自然，并无多少自觉的反抗意识，也少见有自我拯救的努力，或虽则“反抗”和“自救”，但却往往采取一种扭曲或变态的方式，如《随意表白》中靳雨吟的刻意“滥交”，《在我的开始是我的结束》中黄苏子的甘作“暗娼”，等等。你可以把这样的结果归因于某种男性的“权力”或女性的宿命，但就方方这类题材的创作历史来看，她似乎是在一步一步地逼近爱情的本质。在《琴断口》中，不止一个人物说过这样的话，“爱情不是一切，也创造不了一切”；“这世上，有无数的困难，不是靠爱情就可以克服的”；“所谓爱情的力量原是我们所想象的，一直以来，我们虚夸了它，其实它经不起什么。与日常琐细相比，它就像玫瑰，远不及杂草的旺盛和坚实。一有风吹草动，它便溃不成军”；“爱和爱情是两回事。爱很伟大，爱情却很脆弱”。虽然在作品中，说这样的话，或有这样的“觉悟”的，依旧是经受过爱情挫折的男性，却也折射了方方在此类作品中有关爱情观念的一种蜕变。如果要对上面的话做一点咬文嚼字的解析的话，这里所谓的“爱”，应当是指对异性的一种渴求，包括感情的和欲望的，或曰精神的和肉体的，也包括自觉的和不自觉的，或曰意识的和潜意识的，等等。所谓“爱情”，则是这种“渴求”异性的“爱”的一种外化，或曰对象化，是在所“爱”的对象身上得到确证的一种现实性形式。只有通过这种现实性形式，“爱”才不是一种本能的欲望或心生的意念，而是一种有血有肉的“感性存在”，或曰现实性的情感。“爱”在外化为这种“感性存在”或现实性情感的过程中，又不免像鲁迅笔下的涓生所说的那样，要有所“附丽”：“人必生活着，爱才有所附丽。”因为“爱”所“附丽”的这“生活”，所以才有了与“爱”有关的许多人生纠葛，包括与所“爱”对象的诸多日常生活的和情感的纠葛，等等。而当这种纠葛不再能在所“爱”的对象身上确证“爱”，甚至破坏了这“爱”的时候，从前的作家多让女性取忍耐的态度，或做出自我牺牲，所以就常有悲剧发生。虽然这期间经历过启蒙思想的洗礼，也有过女权主义或女性主义之类的觉悟，但方方的近期作品，似乎仍刻意要确证“爱情”的本质，探求“爱”在现实人生中得到实现的种种可能和方式，包括不能得到实现的种种影响和后果。这种执意探求的结果是，在方方笔下，“爱”和涉“爱”的感情，只要是在人生中现实地经验过的，不论成与败，喜与悲，幸与不幸，美与非美，都会在人的生活中搅起一场波澜，在人的心灵中刻下深深的烙印。从这个意义上说，“有爱无爱都铭心刻骨”，也可以看作是方方的近作对“爱情”这种社会性情感的一种新的理解。

与上述作品对两性情感的“极端化”书写不同，方方最新发表的中篇小说《惟妙惟肖的爱情》，似乎又回到了两性情感书写的常态。这种所谓常态，相对于上述作品而言，亦即是把两性情感关系作为人的现实关系的一种，将之置于各种现实关系之中加以描写，而不是像上述作品那样，刻意把它从各种现实关系中凸显或剥离出来。因此，在这篇作品中，发生在惟妙、惟肖兄弟和他们的女友或妻子之间的纠葛，就不像方方的上述作品那样，仅仅是或主要是两性之间的“战争”，而是同时还通过这种两性的“战争”，揭示了当今社会错乱的情感状态和颠倒的价值观念。惟妙的第一次婚姻，是为了帮助一个从乡下出来的女大学生满足留城的愿望，所以，当成了他的妻子的这个女人另择“高枝”的时候，他毫不犹豫地“成全”了她，“帮助”她进一步继续改变自己的命运。惟肖的第一次婚姻，则明知应该是他哥哥的女友马小珍“弃兄就弟”，是贪图自己有车有房，所以当自己另结新欢的时候，也就能“开一个大价”，毫不费力地搞定马小珍。而这一切情感的错乱，又都与这个书香之家在读书有用无用问题（即所谓“永乐派”和“臭屁派”）上的价值颠倒有关。在他们背后，则是一个更为广大的也更加光怪陆离的现实生存图景。从这个意义上说，这篇作品“惟妙惟肖”地反映的也就不仅仅是两个年轻人的“爱情”，而是当下社会生态和价值关系的真实图景。相对于上述小说而言，这篇小说似乎也可以看作是方方的这类小说从“极端化”的“刀锋叙事”中，“大踏步地撤退”（莫言语）和向社会“还原”的表现。

四

进入新世纪以后，方方写过两本与武汉这座城市的历史有关的书，一本叫《汉口的沧桑往事》，另一本叫《汉口租界》。这两本书的写作，让方方沿着汉口老旧的里分、武昌残剩的城墙和那些而今缠绕三镇的通衢大道，当年却宛转于街巷的阡陌小径，一步一步地走进武汉这座城市的历史深处。虽然在这个过程中，她也曾在今天的武汉街头做过短暂的停留，写过中北路上一个下岗工人“空荡荡”的失落心理（《中北路空无一人》），也关注过一个爱好摄影的年轻人走出昙华林的命运（《春天来到昙华林》），这些，都是她置身剧变中的武汉所抒发的沧桑之慨和无常之叹。但武汉这座城市更令她不能释怀的却是，这些年她才从浩繁的史料中结识的，那些静静地躺在“时间之下”的“武汉人”，尤其是那些在近现代历史上，曾经让武汉这座城市烜赫一时、彪炳千秋的人们。为了这些土生土长的和被历史从四面八方召集起来的“武汉人”，她写下了《民的1911》和《武昌城》这两部格式特别的“历史小说”。

熟悉《风景》的读者，应该不会忘记作品中那个出生才半个月就死去了的男孩，方方让这个长眠地下的男孩，“以十分冷静的目光一滴不漏地看着”他的家人的生活，“看着他们劳碌奔波，看着他们的艰辛和凄惶”。这个独特的“幽灵视角”，曾经为众多论者所称道。《民的1911》无疑沿用了这个视角。不同的是，《民的1911》中的这个叫民的男孩，不是一个“死魂灵”，而是被作者“设想”为一个“无处不在”的活人。凭着这双“无处不在”的活人的眼睛，方方让他见证了1911年在武昌爆发的那场革命的全过程，从秘密串联到密谋策划，从酝酿起义到机密败露，从仓皇无计到瞬间爆发，乃至首义功成，大乱甫定，民国建立。在这个过程中，民既作为方方“设想”的一个“无处不在”的观察者，时刻注视、关切着这场革命，同时也作为作品中的一个小人物，一个剃头匠的儿子，以自己的微弱之躯、微薄之力，尽其可能，与武汉民众一道参与、援助这场革命。这种虚实相生的双重身份，无疑使民成了这篇作品的一个象征物。在他身上，既隐约可见活动在革命党人身边的民众的身影，又仿佛可触游荡在革命党人头脑中的民魂，激励革命党人为之奋斗牺牲的民众的意志和精神。通过这个象征物，方方从一个作家所持的朴素的民本立场出发，诠释了1911年发生在武昌的这场革命，如何从“帝王的国”进到“民的国”的伟大转变，让民的意义通过文学叙事，得以在历史的层积中生成和凸显出来。

如果说，在《民的1911》中，无论是作为一种全知的视角，还是作为一种意义的抽象，民都不免带有某种形而上的虚幻性质，那么，到了《武昌城》中，无论是在平民的意义上，还是在民众的意义上，民已经不再是这种“寓言式的抽象品”，而是一些活生生的有血有肉的实体。在这部以北伐战争中武昌城的攻、守战为上、下篇对应结构起来的长篇小说中，方方把这些活生生的个体或群体的命运交给敌对的双方，让双方面对他们的生死存亡，做出各自的选择。这个选择对攻城的一方来说，自然是以夺得武昌为目标，因为只有夺得这座城池，才能保证此后的北伐顺利成功，才能最终实现国民革命的理想，救民于水火，解民于倒悬，包括从北洋军阀的统治下解救眼下被围困在武昌城的百姓。但这样的胜利，须得付出极为惨重的代价，除了像梁克斯、莫正奇这样的革命军人的牺牲，还有被围困的武昌城的民众在死亡线上的挣扎。而对守城的一方来说，这挣扎在死亡线上的武昌城的民众，正是他们选择的艰难之所在：继续固守，必致生民涂炭；放弃坚守，民众得救，却有悖军人“天职”，还要背负骂名，接受军法审判。方方虽然写出了他们的矛盾和痛苦，尤其是守城主将刘玉春和他的副手马维甫的内心冲突，但最终还是让马维甫选择了“弃守”。马维甫说：“就算今生今世被打上懦夫或者叛徒的印记，我也选择弃守。以我一己的遗臭万年，来拯救众生。个人名节被毁固然可惜，设若这毁灭能换取无数人的生命，便是值得。”这个选择的结果，不仅是马维甫内心的道义和良知的胜利，同时也是高于军人“天职”的普遍的人道的胜利。方方让马维甫做出这样的选择，无疑意味着，梁克斯、莫正奇等为国民革命的理想而牺牲，与马维甫的最终以自杀殉人道，在人本或人道的意义上，其内在精神有着某种契合与一致。正是这种契合与一致，使得这部长篇小说超越了一般意义上的进步与反动、正义与邪恶的道德评价，表现了作者对历史事件和历史人物的一种“了解之同情”的态度。

方方在《武昌城》的“后记”中说：“守城和攻城，各有自己的角度，各有自己对事情的看法，也各有自己的痛苦和悲伤。战争将人性中的大善大恶都张扬了出来。我相信，无论革命军还是北洋军，投身行伍，有人是为了解决饥饿，有人是为了反抗压迫，有人是因为天性尚武，也有人就是无可奈何。但亦有人，为的就是理想。这理想便是希望中国有个美好的未来，希望能投入自己的一己之力让国家和平安宁。他们的理想是相同的，只是选择不同，结果也全然不同罢了。”这样的说法，似乎有悖于我们向所习惯的阶级分析，但正如雨果在《九三年》中对革命和人道主义的论定一样，在一个某些时代可能绝对正确的阶级分析之上，似乎也有一个在任何时代都可能绝对正确的人道主义。正是基于这种人道主义的同情，方方才有可能对这些人物的个体差异和生存动机的多样性，有足够充分的了解，也只有对这种差异性和多样性有足够充分的了解，才能把敌对阵营的这些人物，从阶级对立和军事对抗的壁垒中剥离出来，将其还原成带着各自的动机和目的，具备各自的个性和气质，“有意识的，经过思虑或凭激情行动的”个人。这样的个人，自然不仅因为选择的不同而分属不同的阵营，或者也可能因此而打上不同阵营的思想烙印，有不同的情感倾向和行动目的，但在他们的内心深处，同时还应该有一种普遍的人道主义同情、一种人所应具的道义的或良知的诉求，或者说是人所应具的一种“类的属性”，即我们通常所说的人性。正因为如此，所以，无论是罗以南的愤慨于同学的被杀，物伤其类，在出家途中改变初衷追随梁克斯参加北伐，还是陈明武的以一介书生，在乱世中肩负起保护老弱妇孺的责任，抑或是孟洋人冒险出城，要说服北伐军停止炮击，以免伤及无辜；一个普通学生冒着杀头的危险，力谏马维甫开城投降，以拯救苍生，甚至也包括刘玉春对喜云一家的关心和在情急之中做出同意难民出城觅食的决定。当然也包括出没于炮火之中的双方救护人员，冒着生命危险救死扶伤和汉口各界对难民的援助、关注与同情，以及北伐军对北洋军的“给食”“疗伤”

等人身救助，等等。不能说这些都不关乎战争双方的义务和责任，但方方所着力表现的，似乎更多的是这其中所体现出来的人道精神和人性内涵，而不是直接的政治或军事目的。从这个意义上说，这部作品与其说是写武昌城的攻守战，不如说是写攻守双方的人性较量和围城之内各色人等的人性“表演”。而这一切，又都关乎武昌城二十万百姓的生命安危，是他们的生命安危激起了攻守双方，包括他们自身的道义和良知、怜悯与同情，当然也有义务和责任，而造就了这样的一场“人性的战争”。武昌城的最后弃守，固然与“大势已去”的战场态势有关，但最终让马维甫做出开城的决定，一个最直接的促成因素，毕竟是全城百姓的生命安危，尤其是舅舅一家的遭遇和他所爱的表妹的惨死，更是他不忍再睹的悲剧。从这个意义上说，1926年发生在武昌的这场四十天围城战事的结束，并非完全的军事上的胜利，同时还有，或者说更多的是人道和人性的胜利。在方方笔下，民众或平民作为一种力量，决定战争胜负，进而影响历史的进程，并非我们通常所说的人心向背，而是他们的生命和存在本身所具有的意义和价值。以这样的眼光看历史，她的历史观因而带有较重的人本主义或人道主义色彩。

方方著作年表

1.《“大篷车”上》（短篇小说集） 长江文艺出版社 1983 年
2.《十八岁进行曲》（中篇小说集） 长江文艺出版社 1986 年
3.《江那一岸》（短篇小说集） 中国文联出版公司 1989 年
4.《行云流水》（中短篇小说集） 长江文艺出版社 1992 年
5.《一唱三叹》（中短篇小说集） 陕西人民出版社 1992 年
6.《随意表白》（中篇小说集） 湖北辞书出版社 1993 年
7.《中国当代作家选集丛书——方方》 人民文学出版社 1993 年
8.《远处遁逃》 北京师范大学出版社 1993 年
9.《行为艺术》（中篇小说集） 中国文学出版社 1994 年
10.《何处是我家园》（中篇小说集） 河北教育出版社 1995 年
11.《风景》（法文版） 法国彼楷尔出版社 1995 年
12.《桃花灿烂》 台湾麦田出版社 1995 年
13.《闲聊》（散文） 四川人民出版社 1995 年
14.《拈花一笑》（散文） 群众出版社 1995 年
15.《方方文集》（五本） 江苏文艺出版社 1996 年
《凶案》（短篇小说集）
《埋伏》（中篇小说集）
《白梦》（中篇小说集）
《风景》（中篇小说集）
《黑洞》（中篇小说集）
16.《桃花灿烂》（中短篇小说集） 百花文艺出版社 1996 年

17.《推测几种》（中短篇小说集） 云南人民出版社 1996 年
18.《风景》（英文版） 中国文学出版社 1996 年
19.《雅兴》（随笔） 江苏文艺出版社 1997 年
20.《方方小说三种》（英文版） 中国文学出版社 1997 年
21.《武汉人》（随笔） 浙江人民出版社 1997 年
22.《方方影记》（随笔） 河北教育出版社 1998 年
23.《出门看风景》（随笔） 陕西师范大学出版社 1998 年
24.《听取自然》（随笔） 上海书店出版社 1998 年
25.《落日》（法文版） 法国 STOCK 出版社 1999 年
26.《有个小孩叫冬冬》（长篇儿童小说） 湖北少儿出版社 1999 年
27.《方方小说精粹》（中短篇小说集） 四川人民出版社 1999 年
28.《方方小说精品选》 华艺出版社 1999 年
29.《过程》（中篇小说集） 解放军文艺出版社 2000 年
30.《暗示》（中短篇小说集） 中国华夏出版社 2000 年
31.《拈花一笑——画与话》 西苑出版社 2000 年
32.《乌泥湖年谱》（长篇小说） 人民文学出版社 2000 年
33.《又一个好人远行了》（随笔） 明天出版社 2000 年
34.《落日》（意大利版） 意大利出版社 2001 年
35.《都市谣言》（中短篇小说集） 北岳文艺出版社 2001 年
36.《何处家园》（ 小长篇） 长江文艺出版社 2001 年
37.《暗示》（中篇小说集） 中国文联出版公司 2001 年
38.《到庐山看老别墅》（散文） 湖北美术出版社 2001 年
39.《奔跑的火光》（单行本） 长江文艺出版社 2001 年
40.《方方散文选》 浙江文艺出版社 2001 年
41.《在我的开始是我的结束》 意大利出版社 2001 年
42.《在我的开始是我的结束》 葡萄牙出版社 2001 年
43.《在我的开始是我的结束》 法国 STOCK 出版社 2001 年
44.《黑洞》 时代文艺出版社 2001 年
45.《方方读本》 花山文艺出版社 2002 年
46.《阅读武汉》（随笔集） 南方日报出版社 2002 年 9 月

47.《祖父在父亲心中》（作家文库） 江苏文艺出版社 2002 年 9 月
48.《有爱无爱都铭心刻骨》 四川文艺出版社 2003 年 5 月
49.《作家档案》 新世界出版社 2002 年 9 月
50.《落日》 北京群众出版社 2003 年
51.《夏天过去了》 浙江美术出版社 2003 年
52.《别墅故事》（散文） 香港三联出版社
53.《树树皆秋色》 北京十月文艺出版社 2004 年
54.《汉口的沧桑往事》 湖北人民出版社 2004 年
55.《闭上眼睛就是天黑》（中短篇小说集） 武汉出版社 2005 年
56.《行为艺术，中北路空无一人》（九元丛书） 人民文学出版社 2005 年
57.《方方小说精品》 长江文艺出版社 2005 年
58.《汉口租界》（随笔集） 湖北美术出版社 2006 年
59.《一个人怎样生活不需要问为什么》（随笔集） 时代文艺出版社 2006 年
60.《春天来到昙华林》（中篇小说集） 作家出版社 2007 年
61.《水随天去》（中篇小说集） 春风文艺出版社 2007 年
62.《生命的韧性》（散文集） 江苏文艺出版社 2008 年
63.《方方自选集》 四川新华文轩出版公司 2008 年
64.《水在时间之下》（长篇小说） 上海文艺出版社 2008 年
65.《行为艺术》（小说集 韩文版） 韩国出版社 2008 年
66.《风景深处》（散文集） 上海学林出版社 2009 年
67.《客观》（旅行随笔） 三联书店 2009 年
68.《琴断口》（小说集） 作家出版社 2009 年
69.《中篇精品两篇》（小说集） 黄山书社 2010 年
70.《风景——名家中篇小说典藏丛书》（小说集） 浙江文艺出版社 2010 年
71.《纸婚年》（中篇小说集） 新华出版社 2010 年
72.《武昌城》（长篇小说） 人民文学出版社 2011 年

73.《刀锋上的蚂蚁》(中篇小说集)　上海东方出版中心 2012 年
74.《武汉人》　南京大学出版社 2012 年
75.《哪里来哪里去》(短篇小说集)　上海文艺出版社 2012 年
76.《声音低回》(中篇小说集)　海豚出版社 2012 年
77.《落日》(中篇小说集)　日本勉诚出版社 2012 年
78.《有爱无爱都铭心刻骨》　重庆出版社 2012 年
79.《少年往事》　二十一世纪出版社 2012 年
80.《方方作品精选》　长江文艺出版社 2012 年
81.《涂自强的个人悲伤》　十月文艺出版社 2013 年
82.《中国好小说·方方卷》　中国青年出版社 2013 年
83.《万箭穿心》　重庆出版社 2013 年
84.《水随天去》　江苏文艺出版社 2014 年
85.《到庐山看老别墅》(散文)　广西师大出版社 2014 年再版
86.《汉口的沧桑往事》(散文)　广西师大出版社 2014 年再版
87.《埋伏》　湖南文艺出版社 2014 年
88.《惟妙惟肖的爱情》　花城出版社 2014 年
89. 长篇小说文集(三部)　人民文学出版社 2014 年

《乌泥湖谱》

《水在时间之下》

《武昌城》

90. 中篇小说文集(七部)　人民文学出版社 2015 年

《风景》

《涂自强的个人悲伤》

《埋伏》

《在我的开始是我的结束》

《有爱无爱都铭心刻骨》

《万箭穿心》

《祖父在父亲心中》

91.《方方散文》　人民文学出版社 2016 年
92.《软埋》(长篇小说)　人民文学出版社 2016

93.《云淡风轻》(短篇小说集) 华东师范大学出版社 2016 年
94.《声音低回》(中篇小说) 墨西哥 2017 年
95.《怀念朴素，怀念简单》(散文集) 山东文艺出版社 2017 年
96.《命运三部曲》一套三本（单行本） 华东师范大学出版社 2017 年